Jane Austen

Überredung

Aus dem Englischen übersetzt von
Ursula und Christian Grawe
Nachwort und Anmerkungen
von Christian Grawe

Philipp Reclam jun. Stuttgart

Englischer Originaltitel: Persuasion

RECLAMS UNIVERSAL-BIBLIOTHEK Nr. 7972

Gesamtherstellung: Reclam, Ditzingen. Printed in Germany 2007
RECLAM, UNIVERSAL-BIBLIOTHEK und
RECLAMS UNIVERSAL-BIBLIOTHEK sind eingetragene Marken
der Philipp Reclam jun. GmbH & Co., Stuttgart
ISBN 978-3-15-007972-0

www.reclam.de

Kapitel 1

Sir Walter Elliot von Kellynch Hall in Somersetshire[1] war ein Mann, der außer dem Adelskalender nie ein Buch zum Vergnügen in die Hand nahm; dabei aber fand er Beschäftigung in müßigen und Trost in trübsinnigen Stunden; dabei erregte der Gedanke an den ausgesuchten Kreis der noch überlebenden ältesten Adelsfamilien Bewunderung und Ehrfurcht in ihm; dabei verwandelten sich alle unangenehmen Empfindungen, die wohl mit seinen häuslichen Umständen zusammenhingen, unweigerlich in Mitleid und Verachtung, wenn er die schier endlosen Adelsverleihungen des letzten Jahrhunderts durchblätterte; und dabei las er, wenn alle anderen Seiten des Buches ihre Wirkung verfehlten, mit nie versagendem Interesse seine eigene Geschichte. Dies war die Stelle, an der sich sein Lieblingsbuch unterdessen ganz von selbst aufschlug.

ELLIOT VON KELLYNCH HALL

»Walter Elliot, geb. 1. März 1760, verh. 15. Juli 1784 mit Elizabeth, Tochter von James Stevenson, wohlgeb., von Southpark in der Grafschaft Gloucester. Seine Gemahlin (die 1800 starb) gebar ihm folgende Kinder: Elizabeth (1. Juni 1785), Anne (9. August 1787), einen totgeborenen Sohn (5. November 1789), Mary (20. November 1791).«

Genau so war der Absatz ursprünglich aus den Händen des Druckers gekommen, aber Sir Walter hatte ihn dadurch verbessert, daß er zu seiner eigenen Information und zu der seiner Familie hinter Marys Geburtsdatum die Worte »verh. 16. Dezember 1810 mit Charles, Sohn und Erbe von Charles Musgrove, wohlgeb., von Uppercross in der Grafschaft Somerset« ergänzt und präzise Tag und Monat eingetragen hatte, an dem ihm seine Frau gestorben war.

Dann folgten in den üblichen Formulierungen Geschichte und Aufstieg der alten und angesehenen Familie: wie sie sich ursprünglich in Cheshire niedergelassen hatten, wie sie in Dugdale als höchste königliche Beamte der Grafschaft und als Abgeordnete in drei aufeinanderfolgenden Parlamenten mit ihrem Eifer im Dienst der Krone und der Verleihung der Baronatswürde im ersten Jahr der Herrschaft Karls II. und all den Marys und Elizabeths, die sie geheiratet hatten, erwähnt wurden – was alles in allem zwei eindrucksvolle Duodezseiten füllte und nach dem Wappen und dem Wahlspruch abschloß mit: »Hauptsitz: Kellynch Hall in der Grafschaft Somerset«, und dem folgenden Zusatz, wieder in Sir Walters eigener Handschrift: »Erbe: William Walter Elliot, hochwohlgeb., Urenkel des zweiten Sir Walter.«

Eitelkeit war das A und O von Sir Walters Charakter – persönliche und gesellschaftliche Eitelkeit. Er hatte in seiner Jugend bemerkenswert gut ausgesehen und war mit vierundfünfzig noch immer ein ausgesprochen ansehnlicher Mann. Nur wenige Frauen verschwendeten wohl mehr Gedanken an ihre äußere Erscheinung als er, und nicht einmal der Kammerdiener irgendeines gerade geadelten Lords hätte begeisterter über seine Stellung in der Gesellschaft sein können. Seiner Meinung nach wurde der Segen der Schönheit nur vom Segen eines Baronats übertroffen, und der Sir Walter, der diese Gaben in sich vereinigte, war der ständige Gegenstand seiner tiefsten Ehrfurcht und Anbetung.

In *einer* Hinsicht war sein Stolz auf sein gutes Aussehen und seinen Rang berechtigt, denn nur ihnen verdankte er wohl eine Frau, die *charakterlich* allen Ansprüchen, die *er* diesbezüglich stellen durfte, unendlich überlegen war. Lady Elliot war eine großartige Frau gewesen, vernünftig und liebenswert; und wenn man ihr die jugendliche Verblendung vergeben kann, durch die sie Lady Elliot wurde, so waren ihr Urteil und ihre Haltung später auf

Nachsicht keineswegs angewiesen. Sie hatte die Schwächen ihres Mannes hingenommen oder gemildert oder zugedeckt und siebzehn Jahre lang zu seinem Ansehen beigetragen; und obwohl sie in ihrem Leben nicht gerade glücklich gewesen war, hatten ihre Pflichten, ihre Freunde und ihre Kinder ihr das Leben lebenswert und keineswegs gleichgültig erscheinen lassen, als die Abschiedsstunde nahte. Drei Mädchen zu hinterlassen, die älteren sechzehn und vierzehn, war ein furchtbares Vermächtnis für eine Mutter, ja, mehr, es war eine furchtbare Belastung, sie der Autorität und dem Schutz eines eitlen, oberflächlichen Vaters anzuvertrauen. Sie hatte allerdings eine enge Freundin, eine vernünftige, verdienstvolle Frau, die sich aus Anhänglichkeit zu ihr ganz in ihrer Nähe, im Dorf Kellynch, niedergelassen hatte und auf deren Verständnis und Rat bei der Verwirklichung all der soliden Grundsätze und Anordnungen, auf die sie bei ihren Töchtern solchen Wert gelegt hatte, sie sich vor allem verließ.

Diese Freundin und Sir Walter heirateten aber trotz allem, was ihre Bekannten in dieser Hinsicht vorausgesagt hatten, nicht. Dreizehn Jahre waren seit Lady Elliots Tod vergangen, und sie waren immer noch enge Nachbarn und gute Freunde, und der eine blieb Witwer und die andere Witwe.

Daß Lady Russell bei ihrem gefestigten Alter und Charakter und ihrer finanziellen Unabhängigkeit an eine zweite Ehe nicht dachte, bedarf keiner Entschuldigung in den Augen der Öffentlichkeit, die eher dazu neigt, unvernünftige Entrüstung zu zeigen, wenn eine Frau tatsächlich wieder heiratet, als wenn sie es nicht tut; aber daß Sir Walter weiter allein blieb, verlangt eine Erklärung. Es sei deshalb angemerkt, daß Sir Walter (nachdem er bei sehr unvernünftigen Heiratsanträgen ein oder zwei persönliche Enttäuschungen erfahren hatte) wie jeder gute Vater stolz darauf war, um seiner lieben Töchter willen unverheiratet zu bleiben. Für *eine* Tochter, für seine älteste, hätte er wirklich auf alles verzichtet – ein Gedanke, der ihm sonst gar nicht nahelag. Elizabeth hatte mit sechzehn, soweit irgend möglich, die Rechte und die gesellschaftliche Stellung ihrer Mutter übernommen; und da sie sehr schön und ihm selbst sehr ähnlich war, war ihr Einfluß auf ihn immer groß gewesen, und sie hatten sich immer glänzend verstanden. Seine beiden anderen Kinder bedeuteten ihm sehr viel weniger. Mary hatte sich auf Umwegen ein bißchen Bedeutung erworben, indem sie Mrs. Charles Musgrove geworden war, aber Anne mit ihrer geistigen Überlegenheit und ihrem ausgeglichenen Charakter, die ihr die Achtung aller wirklich einsichtigen Menschen einbringen mußten, bedeutete weder ihrem Vater noch ihrer Schwester etwas; ihr Wort zählte nicht, auf ihre Bequemlichkeit kam es nicht an; sie war nur Anne.

Aber sie war Lady Russells geliebte und hochgeschätzte Patentochter, Favoritin und Freundin. Lady Russell liebte sie alle, aber nur in Anne sah sie das leibhaftige Ebenbild ihrer Mutter.

Vor ein paar Jahren war Anne Elliot ein sehr hübsches Mädchen gewesen, aber ihre Schönheit war früh vergangen; und da sie für ihren Vater auch in ihrer vollen Blüte wenig Bewundernswertes gehabt hatte (so völlig verschieden waren ihre feinen Züge und freundlichen dunklen Augen von seinen eigenen), besaß sie jetzt, wo sie verwelkt und dünn war, nichts mehr, was seinen Beifall fand. Er hatte sich nie großen Hoffnungen hingegeben und hegte jetzt gar keine mehr, ihren Namen je auf einer weiteren Seite seines Lieblingsbuches zu sehen. Eine ebenbürtige Heirat kam nur für Elizabeth in Frage, denn Mary hatte lediglich in eine alteingesessene Gutsbesitzerfamilie von Ansehen und großem Vermögen eingeheiratet und war deshalb durch ihre Heirat nicht im Rang gestiegen, sondern gesunken. Elizabeth würde irgendwann einmal angemessen heiraten.

Es kommt manchmal vor, daß eine Frau mit neunundzwanzig hübscher ist als zehn Jahre zuvor; und wenn sie nicht unter Krankheit oder Kummer gelitten hat, handelt es sich im allgemeinen um einen Zeitpunkt im Leben, an dem sie kaum an Charme eingebüßt hat. So war es mit Elizabeth – immer noch dieselbe schöne Miss Elliot, zu der sie vor dreizehn Jahren herangewachsen war, und man konnte es Sir Walter deshalb verzeihen, daß er ihr Alter vergaß, oder ihn jedenfalls nicht für ganz so naiv halten, wenn er sich und Elizabeth, während das gute Aussehen aller anderen dahin war, blühend fand wie eh und je, denn er konnte deutlich sehen, wie der Rest seiner Familie und seiner Bekanntschaft alterte. Anne hager, Mary gewöhnlich, jedes Gesicht in der Nachbarschaft heruntergekommen, und die rapide Vermehrung von Krähenfüßen in Lady Russells Augenwinkeln beobachtete er seit langem mit Beklommenheit.

Elizabeth besaß nicht ganz die Selbstgefälligkeit ihres Vaters. Seit dreizehn Jahren war sie Herrin von Kellynch Hall und herrschte und lenkte mit einer Besonnenheit und Entschiedenheit, die niemals den Gedanken nahelegten, sie sei jünger, als sie tatsächlich war. Dreizehn Jahre lang hatte sie die Rolle der Gastgeberin gespielt und die häusliche Ordnung bestimmt und war zur vierspännigen Kutsche vorausgeschritten und hatte unmittelbar hinter Lady Russell alle Wohnzimmer und Eßzimmer in der Gegend verlassen. Dreizehnmal hatte der wiederkehrende Winterfrost sie jeden standesgemäßen Ball eröffnen sehen, den eine dünngesäte Nachbarschaft zustande brachte; und dreizehnmal hatte der Frühling seine Blüten gezeigt, wenn sie mit ihrem Vater nach London reiste, um jährlich ein paar Wochen die große Welt zu genießen. Sie lebte in der Erinnerung daran. Sie lebte in dem Bewußtsein, neunundzwanzig zu sein; und beides verursachte ihr ein gewisses Bedauern und eine gewisse Beklemmung. Sie war durchaus überzeugt, daß sie immer noch so schön war wie eh und je, aber sie spürte, daß sie sich den gefährlichen Jahren näherte; und die

Gewißheit, daß jemand von Adel im Laufe der nächsten ein oder zwei Jahre förmlich um ihre Hand anhalten würde, hätte sie unendlich erleichtert. Dann könnte sie das Buch der Bücher wieder mit der gleichen Freude in die Hand nehmen wie in Kindertagen. Aber jetzt hatte sie eine Abneigung dagegen. Immer mit dem eigenen Geburtsdatum konfrontiert zu werden und keine Heirat folgen zu sehen als die ihrer jüngsten Schwester, verleidete ihr das Buch; und wenn ihr Vater es offen in ihrer Nähe auf dem Tisch liegengelassen hatte, hatte sie es mehr als einmal mit abgewandtem Blick zugeklappt und von sich geschoben.

Sie hatte darüber hinaus eine Enttäuschung erlebt, deren Erinnerung das Buch und besonders die Geschichte ihrer eigenen Familie immer wachhalten würden. Der Erbe, genau jener William Walter Elliot, hochwohlgeb., dessen Ansprüche so großzügig von ihrem Vater unterstützt worden waren, hatte sie enttäuscht.

Schon als sehr junges Mädchen, sobald sie wußte, daß er der zukünftige Baron sein würde, wenn sie keinen Bruder haben sollte, hatte sie beschlossen, ihn zu heiraten; und ihr Vater hatte sie in diesem Entschluß immer bestärkt. Sie hatten ihn als Jungen nicht gekannt, aber bald nach Lady Elliots Tod hatte Sir Walter sich um die Bekanntschaft seines Neffen bemüht; und obwohl seine Annäherungsversuche nicht auf Begeisterung gestoßen waren, hatte er seine Bemühungen fortgesetzt, wobei er ihm die bescheidene Zurückhaltung der Jugend zugute hielt; und bei einem ihrer Frühjahrsausflüge nach London, als Elizabeth in ihrer ersten Blüte war, hatten sie Mr. Elliot ihre Bekanntschaft aufgezwungen.

Er war zu der Zeit noch ein sehr junger Mann, der gerade sein Jurastudium absolvierte. Elizabeth fand ihn ungewöhnlich anziehend, und sein persönlicher Eindruck bestätigte sie in ihren Absichten. Er wurde nach Kellynch Hall eingeladen. Man sprach von ihm und erwartete ihn für den Rest des Jahres, aber er kam nie. Im folgenden Frühjahr traf man ihn wieder in London, fand ihn nicht minder anziehend, ermutigte ihn, lud ihn ein und erwartete ihn, und wieder kam er nicht; und als nächstes kam die Nachricht, daß er verheiratet war. Statt sein Glück auf *dem* Wege zu suchen, der für den Erben des Hauses Elliot vorgezeichnet war, hatte er sich seine Unabhängigkeit durch eine Verbindung mit einer reichen Frau von niederer Herkunft erkauft.

Sir Walter hatte es ihm verübelt. Als Haupt der Familie fand er, man hätte seinen Rat einholen sollen, besonders nachdem er sich mit dem jungen Mann in aller Öffentlichkeit gezeigt hatte. Denn man müsse sie zusammen gesehen haben, bemerkte er, einmal bei Tattersall[2] und zweimal in der Vorhalle des Unterhauses. Er gab seiner Mißbilligung Ausdruck, aber offenbar ohne jeden Erfolg. Mr. Elliot hatte sich zu keiner Entschuldigung veranlaßt gesehen und sich so wenig an weiteren Aufmerksamkeiten von seiten der Familie interessiert gezeigt, wie Sir Walter ihn für ihrer unwürdig hielt; jeder Verkehr zwischen ihnen wurde eingestellt.

Diese sehr peinliche Geschichte mit Mr. Elliot erfüllte Elizabeth, die den jungen Mann um seiner selbst willen und mehr noch, weil er der Erbe ihres Vaters war, gemocht hatte und deren ausgeprägter Familienstolz nur in *ihm* eine angemessene Partie für Sir Walters älteste Tochter sehen konnte, noch nach Ablauf mehrerer Jahre mit Ärger. Es gab von A bis Z keinen Baron, den sie so bereitwillig als gleichberechtigt empfunden hätte. Aber er hatte sich so schäbig benommen, daß sie sich trotz der Trauerbinde, die sie zum gegenwärtigen Zeitpunkt (im Sommer 1814) um seiner Frau willen trug, nicht gestatten konnte, ihn noch einmal in Erwägung zu ziehen. Die Schande seiner ersten Ehe hätte man, da kein Grund zu der Annahme bestand, daß sie durch Nachkommen fortgesetzt worden war, verschmerzt, wäre es nicht noch schlimmer gekommen. Aber er hatte, wie sie durch die übliche Einmischung wohlmeinender Freunde erfahren hatten, sehr abfällig von ihnen allen, sehr beleidigend von dem Blut, zu dem er gehörte, und dem Titel gesprochen, der später auf ihn übergehen würde. So etwas war unverzeihlich.

Das waren Elizabeths Gesinnungen und Gefühle. Das waren die Sorgen und Aufregungen, die Eintönigkeit und Vornehmheit, Luxus und Nichtigkeit ihres alltäglichen Lebens erträglicher und abwechslungsreicher machen sollten. Das waren die Empfindungen, die einem langen, ereignislosen Aufenthalt in dem immer gleichen ländlichen Zirkel Interesse geben, die Leere beseitigen sollten, wo nützliche Tätigkeiten außerhalb, Begabungen und Talente innerhalb des Hauses fehlten, um sie zu füllen.

Aber jetzt begann eine neue Aufgabe und Sorge ihre Gedanken zu beschäftigen. Ihr Vater geriet immer mehr in finanzielle Schwierigkeiten. Sie wußte, daß er den Adelskalender nur noch in die Hand nahm, um die hohen Rechnungen seiner Lieferanten und die unangenehmen Anspielungen von Mr. Shepherd, seinem Rechtsanwalt, darüber zu vergessen. Der Besitz von Kellynch war ertragreich, aber den Ansprüchen, die Sir Walter an den Lebensstil seines Besitzers stellte, nicht gewachsen. Solange Lady Elliot lebte, hatten Überlegung, Bescheidenheit und Sparsamkeit geherrscht, so daß er mit seinen Einkünften gerade auskam. Aber mit ihr war auch alle Rechtschaffenheit dahingegangen, und seit der Zeit hatte er ständig über seine Verhältnisse gelebt. Er hatte es nicht fertig gebracht, weniger auszugeben; er hatte nur getan, wozu Sir Walter Elliot unbedingt verpflichtet war. Aber schuldlos, wie er war, geriet er nicht nur immer tiefer in Schulden, sondern bekam es auch so oft zu hören, daß es aussichtslos wurde, es auch nur teilweise länger vor seiner Tochter zu verheimlichen. Er hatte ihr gegenüber im letzten Frühjahr in London einige Andeutungen gemacht. Er war sogar so weit gegangen zu fragen: »Können wir uns einschränken?

Meinst du, daß wir uns irgendwo einschränken können?« – und Elizabeth, das muß man ihr lassen, hatte im ersten Eifer weiblicher Panik ernsthaft darüber nachgedacht, was zu tun sei, und schließlich die beiden folgenden Sparmaßnahmen vorgeschlagen: einige unnötige Wohltätigkeitsspenden zu streichen und von einer Neumöblierung des Wohnzimmers abzusehen, wozu ihr später noch der glückliche Einfall kam, Anne diesmal, wie es sonst ihr jährlicher Brauch gewesen war, kein Geschenk mitzubringen. Aber diese Maßnahmen, so sinnvoll sie auch sein mochten, wurden dem tatsächlichen Ausmaß des Übels, das in seiner ganzen Tragweite ihr zu gestehen Sir Walter sich bald danach genötigt sah, bei weitem nicht gerecht. Elizabeth hatte keine tiefergreifenden Hilfsmittel vorzuschlagen. Sie fühlte sich genau wie ihr Vater mißbraucht und unglücklich; und sie waren beide außerstande, Wege zu finden, ihre Ausgaben einzuschränken, ohne auf unerträgliche Weise ihre Würde zu beeinträchtigen oder auf ihre Bequemlichkeit zu verzichten.

Es gab nur einen kleinen Teil seines Besitzes, den Sir Walter veräußern konnte. Aber hätte er sich von jedem Stückchen Erde trennen können, es hätte nichts genutzt. Er hatte sich, soweit es in seiner Macht stand, zu Hypotheken herabgelassen, aber er würde sich nie dazu herablassen zu verkaufen. Nein, soweit würde er den Familiennamen nicht entehren. Der Besitz von Kellynch würde heil und ganz, so wie er ihn übernommen hatte, weitergegeben werden.

Ihre beiden engsten Freunde, Mr. Shepherd, der in der nächsten Kleinstadt wohnte, und Lady Russell, wurden um ihren Rat gebeten, und sowohl Vater als auch Tochter erwarteten anscheinend, daß einer von beiden einen Einfall haben würde, wie man ihnen aus der Verlegenheit helfen und ihre Ausgaben verringern könne, ohne daß ihre Ansprüche an Geschmack oder Stolz Abbruch erleiden würden.

Kapitel 2

Mr. Shepherd, ein höflicher, vorsichtiger Rechtsanwalt, dem ungeachtet seiner Macht oder seiner Ansichten über Sir Walter daran lag, die unangenehmen Nachrichten von jemand anderem offenbaren zu lassen, enthielt sich auch der leisesten Andeutung und erlaubte sich lediglich, dem ausgezeichneten Urteil von Lady Russell, von deren gesundem Menschenverstand er sich genau *die* einschneidenden Maßnahmen versprach, die er letzten Endes getroffen zu sehen wünschte, seine uneingeschränkte Hochachtung auszusprechen.

Lady Russell lag das Thema außerordentlich am Herzen, und sie machte sich ernsthafte Gedanken darüber. Zuverlässig, wenn auch nicht schnell in ihrem Urteil, war sie eine Frau, die bei dem Aufeinanderprallen zweier wichtiger Grundsätze große Schwierigkeiten hatte, eine Entscheidung zu treffen. Sie war eine durch und durch integre Frau, mit unbestechlichem Ehrgefühl. Aber sie war ebenso bemüht, Sir Walters Gefühle zu schonen, wie auf das Ansehen der Familie bedacht, ebenso standesbewußt in ihren Vorstellungen über ihre gesellschaftlichen Ansprüche, wie ein vernünftiger und aufrichtiger Mensch nur sein konnte. Sie war eine wohlmeinende, gütige, ehrliche Frau und zu starken Bindungen fähig, äußerst korrekt in ihrem Benehmen, streng in ihren Vorstellungen von Anstand und mit Umgangsformen, die für den Inbegriff einer guten Kinderstube gehalten wurden. Sie war gebildet und dachte im allgemeinen rational und logisch – aber sie hatte Vorurteile in Fragen des Standes. Sie maß Rang und Stellung eine Bedeutung bei, die sie gelegentlich über die Schwächen derer hinwegtäuschte, die sie besaßen. Selbst nur die Witwe eines Geadelten, galt der Würde eines Barons ihre ganze Bewunderung; und Sir Walter hatte unabhängig von seinen Ansprüchen als alter Bekannter, als aufmerksamer

Nachbar, als verständnisvoller Vermieter, als Gatte ihrer engsten Freundin und Vater von Anne und ihren Schwestern in ihren Augen schon allein als Sir Walter Anspruch auf eine Menge Mitleid und Nachsicht in seinen augenblicklichen Schwierigkeiten.

Sie mußten sich einschränken; daran gab es keinen Zweifel. Aber sie war sehr darauf bedacht, daß er und Elizabeth so wenig wie möglich darunter zu leiden hatten. Sie entwarf Sparmaßnahmen, sie stellte genaue Berechnungen an, und sie tat das, woran sonst niemand gedacht hatte: sie bat Anne um ihren Rat, von der anscheinend niemand sonst irgendein Interesse an der Sache erwartete. Sie fragte sie also um Rat und ließ sich in gewisser Weise beim endgültigen Entwurf der Einschränkungsmaßnahmen, wie sie Sir Walter zu guter Letzt vorgelegt wurden, beeinflussen. Anne hatte bei allen ihren Vorschlägen für Aufrichtigkeit statt für eine standesgemäße Fassade plädiert. Sie wollte einschneidendere Maßnahmen, eine radikalere Umstellung, eine schnellere Tilgung der Schulden, eine entschieden größere Gleichgültigkeit gegenüber allem, außer was recht und billig war.

»Wenn wir deinen Vater *dazu* überreden können«, sagte Lady Russell mit einem Blick auf ihren Plan, »dann ist schon viel erreicht. Wenn er diese Maßnahmen akzeptiert, ist er in sieben Jahren schuldenfrei; und ich hoffe, wir können ihn und Elizabeth davon überzeugen, daß Kellynch Hall an sich ein Ansehen besitzt, dem diese Einschränkungen keinen Abbruch tun können, und daß Sir Walter Elliots wahre Würde in den Augen vernünftiger Leute durchaus nicht beeinträchtigt wird, wenn er wie ein Mann von Grundsätzen handelt. Und was tut er denn anderes, als was sehr viele unserer führenden Familien ebenfalls getan haben – oder tun sollten? Sein Fall ist keine Ausnahme, und es ist die Ausnahme, die uns oft am schlimmsten trifft oder jedenfalls unser Handeln entscheidend beeinflußt. Ich habe große Hoffnungen,

daß wir uns durchsetzen. Wir müssen bestimmt und entschieden sein – denn schließlich muß der, der Schulden gemacht hat, sie auch bezahlen. Und obwohl man den Empfindungen eines Gentleman und dem Haupt einer Familie wie deinem Vater viel Rücksicht schuldig ist, dem Charakter eines ehrlichen Mannes ist man mehr Rücksicht schuldig.«
Anne lag daran, daß ihr Vater nach diesem Grundsatz handelte und seine Freunde ihn darin bestärkten. Sie hielt es für ein unumgängliches Gebot der Pflicht, die Ansprüche der Gläubiger mit all der Geschwindigkeit zu befriedigen, die nur durchgreifende Einschränkungen garantieren konnten; und weniger als das erschien ihr ehrlos. Sie wünschte, daß ein solcher Schritt verordnet und als Pflicht empfunden wurde, sie versprach sich viel von Lady Russells Einfluß; und was die Rigorosität des Verzichts betraf, den ihr eigenes Gewissen vorschrieb, so glaubte sie, daß es kaum schwieriger sein werde, sie zu einer *vollständigen* Umkehr zu überreden als zu einer halbherzigen. Wie sie ihren Vater und Elizabeth kannte, würde das Opfer *eines* Pferdegespannes sie kaum weniger schmerzlich treffen als das von zweien, und das gleiche galt für die ganze Liste von Lady Russells zu vorsichtigen Einsparungen.
Wie Annes rigorosere Forderungen aufgenommen worden wären, spielt keine Rolle. Lady Russells hatten keinerlei Erfolg – galten als unannehmbar – waren unerträglich. Was! Auf alle Annehmlichkeiten des Lebens verzichten! Reisen, London, Diener, Pferde, Tafelfreuden – überall Kürzungen und Einschränkungen! Sich nicht einmal mehr den Lebensstil eines einfachen Gentleman leisten! Nein, lieber würde er Kellynch Hall auf der Stelle verlassen, als unter solch schmählichen Bedingungen weiter darin zu wohnen!
»Kellynch Hall verlassen!« Das Stichwort wurde sofort von Mr. Shepherd aufgegriffen, der ein durchaus greifbares Interesse an Sir Walters Sparmaßnahmen hatte und

völlig davon überzeugt war, daß ohne einen Wohnungswechsel nichts zu erreichen war.
Da der Gedanke von genau der Seite komme, die die Entscheidungen treffen müsse, habe er keinerlei Skrupel, sagte er, zu gestehen, daß er mit dieser Meinung völlig übereinstimme. Er halte es nicht für wahrscheinlich, daß Sir Walter seinen Lebensstil in einem Haus wesentlich ändern könne, das so vom Geist der Gastfreundschaft und alter Ehrwürdigkeit durchdrungen sei. Überall sonst sei er sein eigener Herr und werde, gleichgültig, wie er seinen eigenen Haushalt gestalte, ein Vorbild für den Lebensstil anderer sein.
Sir Walter würde Kellynch Hall verlassen – und nach nur wenigen Tagen voller Zweifel und Unschlüssigkeit war die große Frage, wohin er ziehen solle, beantwortet und ein erster Plan für diese tiefgreifende Veränderung entworfen.
Es hatten drei Möglichkeiten zur Debatte gestanden, London, Bath oder ein anderer Landsitz. Annes Wünsche richteten sich ganz auf das letzte. Ein kleines Haus in ihrer alten Nachbarschaft, wo sie weiterhin mit Lady Russell verkehren, weiterhin in Marys Nähe sein und weiterhin das Vergnügen haben konnten, ab und zu die Anlagen und Wäldchen von Kellynch zu sehen, war das ganze Ziel ihrer Wünsche. Aber es traf sie das übliche Schicksal Annes, denn man entschied sich für etwas ihren Wünschen völlig Entgegengesetztes. Sie mochte Bath nicht und konnte sich nicht vorstellen, daß sie sich dort wohlfühlen werde – und ausgerechnet Bath sollte ihr Zuhause werden.
Sir Walter hatte zuerst eigentlich an London gedacht, aber Mr. Shepherd fand, daß man ihm in London nicht trauen konnte, und war geschickt genug gewesen, ihm Bath schmackhaft zu machen. Bath sei ein viel sichererer Ort für einen Gentleman in seiner schwierigen Lage: dort habe er mit verhältnismäßig wenig Aufwand großes Ansehen. Zwei wesentliche Vorteile von Bath gegenüber

London hatten natürlich den Ausschlag gegeben, und zwar seine geringere Entfernung von Kellynch, nur fünfzig Meilen, und die Tatsache, daß Lady Russell jedes Jahr einen Teil des Winters dort verbrachte; und zur großen Beruhigung von Lady Russell, die bei dem bevorstehenden Umzug Bath von Anfang an den Vorzug gegeben hatte, wurden Sir Walter und Elizabeth davon überzeugt, daß sie weder auf Ansehen noch Abwechslung verzichten müßten, wenn sie sich dort niederließen.

Lady Russell sah sich gezwungen, den ihr bekannten Wünschen ihrer lieben Anne zu widersprechen. Man mute Sir Walter zu viel zu, wenn man erwarte, daß er sich dazu herablassen werde, in ein kleines Haus in seiner eigenen Nachbarschaft zu ziehen. Anne selbst würde die Demütigung stärker empfinden als erwartet, und für Sir Walters Ehrgefühl wäre sie bestimmt unerträglich. Und was Annes Abneigung gegen Bath angehe, so halte sie sie für ein Vorurteil und einen Irrtum, der erstens darauf beruhe, daß sie dort drei Jahre nach dem Tod ihrer Mutter zur Schule gegangen sei, und daß es ihr zweitens in dem einzigen Winter, den sie dort anschließend mit ihr selbst verbracht habe, nicht besonders gut gegangen sei.

Kurz und gut, Lady Russell gefiel Bath, und sie neigte deshalb zu der Annahme, daß es für alle das Richtige sei. Und was die Gesundheit ihrer jungen Freundin betreffe, so werde jedes Risiko vermieden, wenn sie die warmen Sommermonate bei ihr in Kellynch Lodge verbringe. Es handle sich also um einen Wechsel, der sowohl ihrer Gesundheit als auch ihrer Stimmung guttun müsse. Anne sei zu wenig von zu Hause fortgekommen, zu wenig in Gesellschaft gewesen. Es fehle ihr an Unternehmungslust. Mehr Gesellschaft werde ihr guttun. Sie wolle sie mehr unter Leute bringen.

Das Fatale eines Hauses in derselben Nachbarschaft wurde für Sir Walter natürlich wesentlich durch ein

Element verstärkt, und zwar ein entscheidendes Element des Plans, das man dem ersten Schritt arglos noch aufgepfropft hatte. Er sollte sein Heim nämlich nicht nur verlassen, sondern es in anderen Händen sehen – eine Prüfung, die für stärkere Naturen als Sir Walter zuviel gewesen wäre. Kellynch Hall sollte vermietet werden. Dies allerdings war ein tiefes Geheimnis, das nicht über ihren unmittelbaren Kreis hinausdringen durfte.

Sir Walter hätte die erniedrigende Bekanntmachung, daß sein Haus zu vermieten sei, nicht ertragen. Mr. Shepherd hatte ein einziges Mal das Wort »annoncieren« fallenlassen, aber nicht gewagt, je wieder darauf zurückzukommen. Sir Walter wies den Gedanken, daß man es auf irgendeine Weise feilbieten könne, empört von sich; verbat sich die leiseste Anspielung, er könne eine derartige Absicht haben; und nur unter der Voraussetzung, daß er ein ganz spontanes Angebot von einem ganz außergewöhnlichen Bewerber erhalte, würde er nach seinen eigenen Bedingungen und als große Gefälligkeit überhaupt vermieten.

Wie schnell wir Gründe bei der Hand haben, das zu billigen, was uns gefällt! Lady Russell führte einen weiteren ausgezeichneten Grund für ihre übergroße Freude an, daß Sir Walter und seine Familie vom Land in die Stadt zogen. Elizabeth hatte vor kurzem eine enge Freundschaft angeknüpft, die sie gern unterbunden hätte. Es handelte sich um eine Tochter von Mr. Shepherd, die nach unglücklicher Ehe mit der zusätzlichen Bürde zweier Kinder ins Haus ihres Vaters zurückgekehrt war. Sie war eine geschickte junge Frau, die es verstand, sich beliebt zu machen, jedenfalls in Kellynch Hall, und die sich so bei Miss Elliot eingeschmeichelt hatte, daß sie trotz aller Anspielungen auf Vorsicht und Zurückhaltung von Lady Russell, die diese Freundschaft für völlig unstandesgemäß hielt, dort schon mehr als einmal länger zu Besuch gewesen war.

Lady Russell hatte tatsächlich kaum Einfluß auf Elizabeth und liebte sie anscheinend eher, weil sie es sich vorgenommen hatte, als weil Elizabeth es verdiente. Sie hatte von ihr nie mehr als oberflächliche Aufmerksamkeit erhalten, nichts, was über die notwendige Höflichkeit hinausging, und es war ihr nie gelungen, sie von einer einmal gehegten Vorliebe abzubringen. Sie hatte mehrfach ernsthaft versucht, daß Anne bei den Besuchen nach London mitgenommen wurde, da sie schmerzlich die ganze Ungerechtigkeit und Rücksichtslosigkeit dieser egoistischen Unternehmungen empfand, von denen sie ausgeschlossen war, und hatte bei viel geringfügigeren Anlässen versucht, Elizabeth von ihrer eigenen besseren Einsicht und Erfahrung profitieren zu lassen – aber immer vergeblich. Elizabeth bestand darauf, ihren eigenen Weg zu gehen, und nie hatte sie ihn in entschiedenerem Widerspruch zu Lady Russell verfolgt als bei ihrer Wahl von Mrs. Clay. Sie verschmähte die Gesellschaft einer so schätzenswerten Schwester und schenkte ihre Neigung und ihr Vertrauen statt dessen einer Person, die nichts als ein Gegenstand kühler Höflichkeit hätte sein sollen.

Ihrer Stellung nach war Mrs. Clay in Lady Russells Augen eine sehr unebenbürtige, ihrem Charakter nach, glaubte sie, sehr gefährliche Freundin; und ein Umzug, der Mrs. Clay zurücklassen und Miss Elliot den Umgang von geeigneteren Gefährtinnen ermöglichen würde, war deshalb ein höchst wünschenswertes Ziel.

Kapitel 3

»Ich gestatte mir zu bemerken«, sagte Mr. Shepherd eines Morgens in Kellynch, als er die Zeitung beiseitelegte, »daß die augenblickliche Lage der Dinge uns sehr entgegenkommt. Dieser Friede[3] wird alle unsere reichen

Marineoffiziere an Land bringen. Sie werden alle ein Haus brauchen. Kein besserer Zeitpunkt denkbar, Sir Walter, um eine ganze Auswahl an Mietern zu haben, sehr verantwortungsbewußten Mietern. Manch einer hat während des Krieges ein stattliches Vermögen gemacht. Wenn uns ein reicher Admiral über den Weg liefe, Sir Walter ...«

»Dann könnte er sich glücklich schätzen, Shepherd«, erwiderte Sir Walter, »mehr habe ich dazu nicht anzumerken. Kellynch Hall wäre wahrlich eine schöne Prise für ihn; vermutlich die bei weitem größte Prise, da kann er bisher noch so viele Schiffe gekapert haben, wie, Shepherd?«

Mr. Shepherd, der wußte, was er Sir Walter schuldig war, lachte über soviel Witz und fuhr dann fort:

»Ich erlaube mir anzumerken, Sir Walter, daß sich mit den Herren von der Marine in geschäftlichen Dingen ausgezeichnet verhandeln läßt. Ich habe ein wenig Erfahrung mit ihrer Art, Geschäfte zu machen, und bin so frei zu gestehen, daß sie sehr großzügige Vorstellungen haben und wahrscheinlich nicht weniger erstrebenswerte Mieter sind als Leute aus anderen Kreisen. Deshalb, Sir Walter, möchte ich mir vorzuschlagen gestatten, daß ich, John Shepherd ..., falls infolge irgendwelcher über Ihre Absichten in Umlauf geratener Gerüchte, die man ja als Möglichkeit einkalkulieren muß, denn wir wissen, wie schwierig es ist, die Handlungen und Absichten des einen Teils der Menschheit vor der Aufmerksamkeit und Neugier des anderen Teils geheimzuhalten – Größe hat ihren Preis ... das Recht habe, alle Familienangelegenheiten, bei denen es mir nötig scheint, geheimzuhalten, denn mich zu beobachten würde niemand für lohnend halten, aber auf Sir Walter Elliot ruhen Augen, denen zu entgehen sehr schwierig sein dürfte ... und deshalb wäre es keineswegs eine große Überraschung für mich, so viel wage ich zu sagen, wenn bei all unserer Vorsicht doch Gerüchte von der Wahrheit in Umlauf geraten würden

... in welchem Falle, wie ich gerade bemerken wollte, da Mietgesuche ohne Frage folgen werden, ich es für angezeigt halten würde, denen von seiten unserer wohlhabenden Marinekommandanten besondere Aufmerksamkeit zu schenken ... und ich erlaube mir hinzuzufügen, daß ich jederzeit in zwei Stunden hier sein könnte, um Ihnen die Mühe einer Antwort zu ersparen.«

Sir Walter nickte nur. Aber bald darauf erhob er sich, schritt im Zimmer auf und ab und bemerkte sarkastisch:

»Es gibt nur wenige Herren bei der Marine, könnte ich mir vorstellen, die nicht überrascht wären, sich in einem Haus dieser Größenordnung wiederzufinden.«

»Sie würden sich umsehen, keine Frage, und ihrem Schicksal danken«, sagte Mrs. Clay, denn Mrs. Clay war anwesend. Ihr Vater hatte sie mitgebracht, denn nichts tat Mrs. Clays Gesundheit so gut, wie eine Fahrt nach Kellynch. »Aber ich bin mir mit meinem Vater einig, daß ein Seemann ein sehr wünschenswerter Mieter wäre. Ich kenne allerlei Leute in diesem Beruf, und abgesehen von ihrer Großzügigkeit sind sie rundherum so adrett und umsichtig! Ihre kostbaren Bilder hier, Sir Walter, falls Sie die zurücklassen sollten, wären vollkommen sicher. Drinnen und draußen würde alles so ausgezeichnet instand gehalten werden! Park und Garten würden von dem hervorragenden Zustand, in dem sie jetzt sind, fast nichts verlieren. Sie brauchten keine Angst zu haben, Miss Elliot, daß ihr reizender kleiner Blumengarten vernachlässigt würde.«

»Was das betrifft«, fuhr Sir Walter kühl fort, »angenommen, ich wäre tatsächlich bereit, mein Haus zu vermieten, so habe ich keineswegs über die Privilegien entschieden, die damit verbunden sind. Ich bin nicht sonderlich geneigt, einem Mieter Vergünstigungen einzuräumen. Der Park stünde ihm natürlich offen, und nur wenige Marineoffiziere oder auch Leute aus irgendeinem anderen Milieu können über eine solche Fläche verfügt haben.

Aber welche Einschränkungen ich ihm bei der Benutzung der Gartenanlagen auferlege, ist eine andere Frage. Mir behagt der Gedanke gar nicht, daß man in meinem Staudengarten ein- und ausgeht; und ich würde Miss Elliot empfehlen, Vorsichtsmaßnahmen für ihren Blumengarten zu treffen. Ich bin ganz und gar nicht geneigt, einem Mieter von Kellynch Hall irgendwelche außergewöhnlichen Vorzüge einzuräumen, das kann ich Ihnen versichern, ob Seemann oder Soldat.«

Nach einer kurzen Pause gestattete sich Mr. Shepherd die folgende Bemerkung:

»In all diesen Fällen gibt es bewährte Gepflogenheiten, die das Verhältnis zwischen Vermieter und Mieter klar und einfach regeln. Ihre Interessen, Sir Walter, sind in guten Händen. Sie können sich auf mich verlassen, daß kein Mieter mehr Rechte erhält, als ihm zustehen. Ich erlaube mir den Hinweis, daß Sir Walter Elliot nicht halb so sehr auf seinen Vorteil bedacht ist wie John Shepherd.«

Hier nahm Anne das Wort.

»Der Marine, die so viel für uns getan hat, steht, finde ich, mindestens der gleiche Anspruch wie Angehörigen anderer Berufe auf all die Annehmlichkeiten und Privilegien zu, die ein Haus bieten kann. Seeleute müssen für ihre Annehmlichkeiten schwer genug arbeiten, das wissen wir doch alle.«

»Sehr wahr, sehr wahr. Was Miss Anne sagt, ist sehr wahr«, war Mr. Shepherds Entgegnung, und »Oh, gewiß!« die seiner Tochter, aber Sir Walter bemerkte kurz darauf:

»Der Beruf hat seinen Nutzen, aber ich würde es bedauern, wenn einer meiner Freunde dazu gehörte.«

»Wirklich!« war die von einem Blick des Erstaunens begleitete Antwort.

»Ja, er ist mir aus zwei Gründen zuwider, ich habe zwei triftige Einwände dagegen: Erstens ist er dafür verantwortlich, daß Leute obskurer Herkunft es zu unverdienter Auszeichnung bringen und Männer in ehrenvolle Stellungen gelangen, von denen ihre Väter und Großväter niemals geträumt hätten. Und zweitens verkürzt er die Jugend und Lebenskraft eines Mannes fürchterlich. Ein Seemann altert schneller als alle anderen Menschen; das habe ich mein Leben lang beobachtet. Man ist in der Marine in größerer Gefahr als in jedem anderen Beruf, durch den Aufstieg eines Mannes beleidigt zu werden, mit dessen Vater zu sprechen der eigene Vater für unter seiner Würde gehalten hätte, und auf diese Weise selbst vorzeitig Gegenstand der Verachtung zu werden. Eines Tages im letzten Frühjahr befand ich mich in London in der Gesellschaft zweier Männer, schlagende Beispiele für das, wovon ich spreche, Lord St. Ives, von dessen Vater wir alle wissen, daß er Landpfarrer war, ohne genug zu beißen zu haben. Ich sollte Lord St. Ives und einem gewissen Admiral Baldwin den Vortritt lassen, der trostlosesten Figur, die Sie sich vorstellen können, sein Gesicht mahagonifarben, rauh und rissig, wie es gar nicht schlimmer geht, nur Falten und Runzeln, neun einzelne graue Haare an der Seite und nichts als ein Tupfen Puder obendrauf. ›Um Gottes willen, wer ist der alte Bursche?‹ sagte ich zu einem Freund, der in der Nähe stand (Sir Basil Morley). ›Alter Bursche!‹ rief Sir Basil, ›das ist Admiral Baldwin. Was glauben Sie, wie alt er ist?‹ – ›Sechzig‹, sagte ich, ›oder vielleicht zweiundsechzig.‹ – ›Vierzig‹, erwiderte Sir Basil, ›vierzig, und keinen Tag älter.‹ – Stellen Sie sich mein Erstaunen vor. Ich werde Admiral Baldwin so bald nicht vergessen. Ich habe nie wieder ein so trostloses Beispiel dafür gesehen, was ein Seemannsleben einem antun kann, aber ich weiß, bis zu einem gewissen Grade gilt das für sie alle: sie werden überallhin verschlagen und sind jedem Klima und jedem Wetter ausgesetzt, bis man sie nicht mehr ansehen mag. Es ist ein Jammer, daß man ihnen nicht eins über den Kopf schlägt, bevor sie Admiral Baldwins Alter erreichen.«

»Aber Sir Walter«, rief Mrs. Clay, »Sie sind wirklich zu streng. Haben Sie doch ein bißchen Mitleid mit den armen Leuten. Wir kommen nicht alle als Schönheiten auf die Welt. Die Seefahrt ist keine Schönheitskur, weiß Gott nicht, Seeleute altern vor der Zeit; ich habe es oft beobachtet, sie verlieren bald ihr jugendliches Aussehen. Aber geht das vielen anderen Berufen nicht ebenso? Vielleicht sogar den meisten. Soldaten im aktiven Dienst sind auch nicht besser dran. Und selbst in den gesetzteren Berufen muß man sich geistig, wenn auch nicht körperlich so abrackern und mühen, daß das Aussehen eines Mannes selten seinem natürlichen Alter entspricht. Der Rechtsanwalt plagt sich, von Sorgen zermürbt; der Arzt ist Tag und Nacht auf den Beinen und muß bei jedem Wetter unterwegs sein; und selbst der Pfarrer ...«, sie hielt einen Moment inne, um nachzudenken, was wohl für den Pfarrer in Frage kam –, »und selbst der Pfarrer, wissen Sie, ist gezwungen, verseuchte Zimmer zu betreten und seine Gesundheit und sein Aussehen dem verderblichen Einfluß einer vergifteten Atmosphäre auszusetzen. Wirklich, ich bin seit langem überzeugt, daß zwar jeder Beruf auf seine Weise notwendig und ehrenwert ist, daß aber nur die Leute, die keinem Beruf nachzugehen brauchen, das Glück haben, ein ungestörtes Leben führen zu können – auf dem Lande, wo sie sich ihren Tag einteilen und ihren eigenen Neigungen nachgehen und auf ihren eigenen Besitzungen leben, ohne die Mühsal, sich anstrengen zu müssen. Nur *sie* haben das Glück, sage ich, die Segnungen von Gesundheit und gutem Aussehen bis zum Äußersten zu genießen; ich kenne sonst keine Gruppe von Leuten, die nicht an gutem Aussehen einbüßen, wenn sie ihre Jugend hinter sich haben.«
Es schien, als sei Mr. Shepherd bei seinen Bemühungen, Sir Walter einen Marineoffizier als Mieter schmackhaft zu machen, mit prophetischen Gaben gesegnet gewesen, denn der erste Interessent für das Haus war ein ge-

wisser Admiral Croft, mit dem er kurz danach bei den vierteljährlichen Gerichtssitzungen in Taunton zusammengetroffen war. Ja, er hatte sogar von einem Londoner Kollegen einen Hinweis auf den Admiral erhalten. Seinem unverzüglich in Kellynch abgegebenen Bericht zufolge war Admiral Croft in Somersetshire gebürtig, hatte nach Erwerb eines stattlichen Vermögens den Wunsch, sich in seiner Heimatgegend niederzulassen und war nach Taunton heruntergekommen, um in der unmittelbaren Nachbarschaft ein paar zum Verkauf angebotene Häuser zu besichtigen, die ihm allerdings nicht gefallen hatten; und als er zufällig davon gehört – (es war genau, wie er vorhergesehen hatte, bemerkte Mr. Shepherd, Sir Walters Angelegenheiten ließen sich nicht geheimhalten) – als er also zufällig davon gehört hatte, daß Kellynch Hall möglicherweise zu vermieten sei, und von seinen (Mr. Shepherds) Beziehungen zu dem Besitzer erfuhr, hatte er ihn aufgesucht, um eingehende Erkundigungen einzuziehen, und im Laufe einer ziemlich langen Unterredung für jemanden, der das Haus nur der Beschreibung nach kannte, eine außerordentlich große Vorliebe dafür verraten und Mr. Shepherd in einem ausführlichen Bericht über sich selbst jeden Beweis gegeben, daß er ein höchst verantwortungsbewußter und wünschenswerter Mieter wäre.

»Und wer ist Admiral Croft?« war Sir Walters kühle, mißtrauische Frage.

Mr. Shepherd verbürgte sich dafür, daß er der Familie eines Gentlemans entstamme, und nannte einen Besitz; und Anne fügte nach kurzer Pause hinzu:

»Er ist Konteradmiral bei der Weißen Flottille.[4] Er hat bei Trafalgar gekämpft und war seitdem in Indien. Er war dort, glaube ich, einige Jahre stationiert.«

»Dann ist damit zu rechnen«, bemerkte Sir Walter, »daß sein Gesicht ungefähr so gelb ist wie Manschetten und Kragen der Livree meiner Dienerschaft.«

Mr. Shepherd beeilte sich, ihm zu versichern, Admiral

Croft sei ein sehr munterer, gesunder, gutaussehender Mann, ein bißchen wettergegerbt natürlich, aber nicht sehr; und durch und durch Gentleman in seiner Einstellung und seinem Benehmen; werde bestimmt keine Schwierigkeiten wegen des Mietvertrags machen; wolle nur ein bequemes Haus und so schnell wie möglich einziehen; sei sich im klaren, daß er für seine Bequemlichkeit bezahlen müsse; sei sich im klaren, welche Miete ein möbliertes Haus von diesem Zuschnitt einbringen könne; wäre nicht überrascht gewesen, wenn Sir Walter mehr verlangt hätte; habe sich nach dem Herrenhaus erkundigt; wäre froh gewesen über das Jagdrecht, gewiß, bestehe aber nicht darauf; nehme zwar, wie er sagte, manchmal ein Gewehr mit, schieße aber nie etwas – durch und durch ein Gentleman.

Das Thema machte Mr. Shepherd beredt. Er berichtete alle Einzelheiten über die Familie des Admirals, die ihn als Mieter ganz besonders empfahlen. Er sei verheiratet, habe aber keine Kinder, genau das, worauf man Wert lege. Ohne eine Hausfrau, bemerkte Mr. Shepherd, erhalte ein Haus nie die richtige Pflege; er frage sich ernsthaft, ob das Mobiliar *ohne* Hausherrin nicht in Gefahr sei, ebenso zu leiden wie *mit* vielen Kindern. Eine Hausherrin ohne Familie schone das Mobiliar auf denkbar beste Weise. Er habe Mrs. Croft ebenfalls kennengelernt. Sie sei mit dem Admiral in Taunton und fast die ganze Zeit, während die Sache zur Debatte gestanden habe, dabei gewesen.

»Und anscheinend eine sehr kultivierte, vornehme, scharfsinnige Dame«, fuhr er fort, »stellte mehr Fragen über Haus und Mietvertrag und Steuern als der Admiral selbst und kannte sich in Geschäften anscheinend besser aus als er. Und außerdem, Sir Walter, habe ich herausbekommen, daß sie in diesem Teil des Landes ebenso Familie hat wie ihr Mann, das heißt, sie ist die Schwester eines Gentleman, der einmal unter uns gelebt hat; sie hat es mir selber erzählt, Schwester jenes Gentleman, der vor ein paar Jahren in Monkford gelebt hat. Du meine Güte! Wie hieß er doch? Ich kann im Augenblick nicht auf seinen Namen kommen, obwohl ich ihn gerade erst gehört habe. Penelope, mein Kind, kannst du dich an den Namen des Gentleman erinnern, der in Monkford gelebt hat, Mrs. Crofts Bruder?«

Aber Mrs. Clay unterhielt sich so angeregt mit Miss Elliot, daß sie die Aufforderung nicht hörte.

»Ich habe keine Ahnung, wen Sie meinen, Shepherd. Ich erinnere mich nicht, daß seit den Zeiten des alten Gouverneurs Trent ein Gentleman in Monkford gewohnt hat.«

»Du meine Güte! Wie merkwürdig! Ich vergesse demnächst vermutlich noch meinen eigenen Namen, fürchte ich. Ein Name, der mir so vertraut ist, kannte den Gentleman so gut von Ansehen, bin ihm hundertmal begegnet, hat mich einmal zu Rate gezogen, erinnere ich mich, wegen unbefugten Betretens seines Grundstücks, Einbruch eines Knechts in seinen Obstgarten, eine beschädigte Mauer, gestohlene Äpfel, auf frischer Tat ertappt, ließ sich hinterher gegen meinen Rat auf einen gütlichen Vergleich ein. Wirklich sehr merkwürdig!«

Nach kurzem Zögern sagte Anne:

»Sie meinen vermutlich Mr. Wentworth.«

Mr. Shepherd war ganz Dankbarkeit.

»Wentworth, genau das war der Name! Mr. Wentworth, genau das war der Mann! Er war doch der Pfarrer von Monkford, Sir Walter, vor einiger Zeit, zwei oder drei Jahre lang. Traf dort ungefähr im Jahre fünf ein, wenn ich mich recht erinnere. Sie müssen sich doch an ihn erinnern.«

»Wentworth? Wie! Ach so, Mr. Wentworth, der Pfarrer von Monkford. Sie haben mich durch die Bezeichnung Gentleman irregeführt. Ich dachte, Sie sprächen von einem Mann mit Grundbesitz. Mr. Wentworth war ein Niemand, erinnere ich mich, ganz ohne Beziehungen, hatte nichts mit der Strafford-Familie zu tun. Wie

kommt es bloß, daß so viele unserer Adelsnamen so gängig werden?«
Als Mr. Shepherd merkte, daß diese Verbindung den Crofts in den Augen Sir Walters nicht zugute kam, erwähnte er sie lieber nicht mehr und hielt sich in seinem unbeirrbaren Eifer ausführlich bei den Umständen auf, die eindeutiger zu ihren Gunsten sprachen: ihr Alter, ihre Kinderlosigkeit und ihr Vermögen, die Wertschätzung, die sie Kellynch Hall entgegenbrachten, und ihr dringender Wunsch, das Haus mieten zu dürfen; und er tat so, als kennten sie kein größeres Glück auf Erden, als Mieter von Sir Walter Elliot zu sein, ein ungewöhnlicher Geschmack, zweifellos, denn man konnte doch nicht erwarten, daß sie von Sir Walters hohen Ansprüchen an die Pflichten eines Mieters etwas ahnten.
Er hatte allerdings Erfolg, und obwohl Sir Walter auf jeden möglichen Mieter seines Hauses mit scheelem Blick sehen und angesichts seines unerhörten Wohlstands keinen Mietpreis für zu hoch halten würde, ließ er sich doch überreden, Mr. Shepherd die Weiterführung der Verhandlungen zu erlauben und ihn zu ermächtigen, Admiral Croft, der noch in Taunton war, aufzusuchen und einen Tag für die Besichtigung des Hauses zu vereinbaren.
Sir Walter war nicht sehr einsichtig, aber er hatte immerhin Lebenserfahrung genug, um zu spüren, daß er einen empfehlenswerteren Mieter, als Admiral Croft in allen wesentlichen Punkten zu werden versprach, wohl kaum finden werde. Das sah er immerhin ein; und seine Eitelkeit fand in dem gesellschaftlichen Rang des Admirals, der gerade hoch genug, aber nicht zu hoch war, ein kleines zusätzliches Trostpflaster. »Ich habe mein Haus an Admiral Croft vermietet« würde ausgezeichnet klingen, viel besser als ein bloßes »Mr. Soundso«. Ein Mr. (abgesehen vielleicht von einem halben Dutzend in ganz England) braucht immer ein paar erläuternde Worte. »Admiral« spricht für sich selbst und nimmt gleichzeitig

einem Baron nichts von seiner Würde. In all ihren Verhandlungen und ihrem Umgang miteinander würde Sir Walter Elliot immer den Vortritt erhalten.
Ohne Elizabeths Urteil konnte nichts unternommen werden, aber ihre Neigung auszuziehen war unterdessen so groß geworden, daß sie froh war, den Umzug durch einen verfügbaren Mieter besiegelt und beschleunigt zu sehen; und es kam von ihr nicht ein Wort, das die Entscheidung hinausgezögert hätte.
Mr. Shepherd wurde mit allen Vollmachten ausgestattet; und kaum war das geschehen, als Anne, die das Ganze mit großer Aufmerksamkeit verfolgt hatte, das Zimmer verließ, um ihre erhitzten Wangen an der frischen Luft zu kühlen; und während sie durch ein Gehölz ging, das zu ihren Lieblingsspaziergängen gehörte, sagte sie mit einem leichten Seufzer: »Noch ein paar Monate, dann geht vielleicht *er* hier entlang.«

Kapitel 4

Dieser *er* war nicht Mr. Wentworth, der frühere Pfarrer von Monkford, so verdächtig die Umstände auch erscheinen mochten, sondern ein Kapitän Frederick Wentworth, sein Bruder, der nach der Schlacht vor Sto. Domingo zum Kommandanten ernannt und, da er nicht unmittelbar ein Schiff übernommen hatte, im Sommer 1806 nach Somersetshire gekommen war; und weil seine Eltern nicht mehr lebten, hatte er ein halbes Jahr lang in Monkford ein Zuhause gefunden. Er war damals ein ungewöhnlich stattlicher junger Mann, voller Geist, Leben und Feuer und Anne ein außerordentlich hübsches Mädchen, voller Sanftheit, Bescheidenheit, Geschmack und Empfindsamkeit. Schon die Hälfte dieser Vorzüge hätte vermutlich auf beiden Seiten genügt, denn *er* hatte nichts zu tun, und *sie* hatte kaum jemanden, den sie lieben konnte. Aber bei so überreichlichen Gaben konnte die Begegnung gar nicht fehlschlagen. Sie lernten sich nach und nach kennen; und als sie sich kannten, verliebten sie sich schnell und tief ineinander. Es wäre schwer gewesen zu entscheiden, wer im anderen das vollkommenere Vorbild gesehen hatte oder wer von beiden glücklicher gewesen war – sie, als sie seine Erklärung und seinen Heiratsantrag entgegennahm, oder er, als er erhört wurde.

Eine kurze Zeit ungetrübten Glücks folgte, wenn auch nur eine kurze. Bald gab es Schwierigkeiten. Als Sir Walter um die Hand seiner Tochter gebeten wurde, verweigerte er zwar nicht seine Zustimmung oder erklärte, daraus könne nichts werden, doch äußerte er seine ganze Ablehnung in auffälligem Erstaunen, auffälliger Kälte, auffälligem Schweigen und der unmißverständlichen Absicht, nichts für seine Tochter zu tun. Er hielt die Verbindung für ausgesprochen unstandesgemäß; und obwohl sich Lady Russells Stolz auf zurückhaltendere und nachsichtigere Weise äußerte, betrachtete auch sie die Partie als höchst unpassend.

Wenn Anne Elliot mit ihren Ansprüchen von Herkunft, Schönheit und Intelligenz sich mit neunzehn wegwarf, sich mit neunzehn in ein Verlöbnis mit einem jungen Mann einließ, der nichts zu bieten hatte als sich selbst, keine Hoffnung, es zu Vermögen zu bringen außer den Chancen, die ihm ein höchst unsicherer Beruf bot, und keine Verbindungen, die seinen weiteren Aufstieg in diesem Beruf garantierten, dann müsse man das wahrlich »Wegwerfen« nennen; und es tat ihr in der Seele weh, daran zu denken. Daß Anne Elliot, so jung, so unerfahren, von einem Fremden ohne Verbindungen oder Vermögen weggeschnappt werden sollte oder sich vielmehr in einen Zustand unvorstellbar aufreibender, deprimierender, jugendverzehrender Abhängigkeit stürzte! Es durfte nicht sein, wenn es sich durch gerechtes Eingreifen einer Freundin, durch die Vorhaltungen von jemandem, der beinahe die Liebe einer Mutter und die Rechte einer Mutter für sich in Anspruch nahm, verhindern ließ.

Kapitän Wentworth hatte kein Vermögen. Er hatte Glück gehabt in seinem Beruf, aber da er großzügig ausgegeben hatte, was ihm großzügig zugefallen war, hatte er kein Vermögen angesammelt. Aber er vertraute darauf, daß er bald reich sein würde. Voller Leben und Begeisterung, war er sicher, daß er bald ein Schiff haben und einen Posten übernehmen würde, der ihm alle Wünsche erfüllen sollte. Er hatte immer Glück gehabt, er war sicher, daß es so bleiben würde. Solch Selbstvertrauen, mitreißend durch seinen Enthusiasmus und bestrickend durch die geistreiche Art, in der er sich oft ausdrückte, hatten Anne offenbar genügt, aber Lady Russell sah es ganz anders. Seine optimistische Natur und seine Unerschrockenheit wirkten auf sie ganz anders. Für sie machte es das Übel nur noch schlimmer. Es wies ihn obendrein als einen Abenteurer aus. Er war brillant, er war dickköpfig. Lady Russell hatte wenig für geistreiche Bemerkungen übrig und verabscheute alles, was an Leichtsinn grenzte. Sie mißbilligte die Verbindung in jeder Hinsicht.

Der Ablehnung, zu der diese Gefühle führten, war Anne keineswegs gewachsen. Jung und nachgiebig, wie sie war, hätte sie vielleicht dem Unwillen ihres Vaters trotzen können, auch wenn nicht ein einziger freundlicher Satz und Blick von seiten ihrer Schwester ihn gemildert hätte, aber die Ratschläge Lady Russells, der immer ihre ganze Liebe und ihr ganzes Vertrauen gehört hatten, konnten bei so viel Unbeirrbarkeit und so viel Einfühlsamkeit ihre Wirkung auf die Dauer nicht verfehlen. Anne ließ sich überreden, daß die Verlobung falsch war – unbesonnen, ungehörig, mit wenig Aussicht und keinerlei Anspruch auf Erfolg. Aber als sie sie auflöste, handelte sie nicht einfach aus eigennütziger Vorsicht. Hätte sie nicht geglaubt, mehr in seinem Interesse als in ihrem eigenen zu handeln, dann hätte sie ihn kaum aufgeben können. Die Überzeugung, um seinetwillen einsichtig zu sein und Selbstverzicht zu leisten, war im Schmerz über die Trennung, die endgültige Trennung, ihr Haupttrost; und viel Trost war nötig, denn obendrein traf es sie schmerzlich, daß er einen so völlig uneinsichtigen und unnachgiebigen Standpunkt einnahm und daß er sich durch diese erzwungene Auflösung der Verlobung betrogen fühlte. Er hatte daraufhin das Land verlassen.

Innerhalb weniger Monate hatte sich Anfang und Ende ihrer Bekanntschaft abgespielt. Aber Annes Kummer war nicht in ein paar Monaten vorüber. Ihre Liebe und ihr Bedauern hatten lange Zeit jede jugendliche Heiterkeit überschattet und einen bleibenden vorzeitigen Verlust von Blüte und Lebensfreude zur Folge gehabt.

Mehr als sieben Jahre waren vergangen, seit die traurigen Ereignisse dieser kleinen Geschichte ihr Ende gefunden hatten, und die Zeit hatte sie von ihrer intensiven Zuneigung zu ihm teilweise, wenn auch vielleicht nicht ganz geheilt; aber sie war zu sehr auf die Zeit allein angewiesen gewesen, und weder ein Ortswechsel (außer einem Besuch in Bath kurz nach der Trennung) noch irgendwelche Abwechslung oder eine Vergrößerung ihres Bekanntenkreises waren ihr zu Hilfe gekommen. Niemand war je im Kreis von Kellynch aufgetaucht, der dem Vergleich mit Kapitän Wentworth, wie er in ihrer Erinnerung lebte, standhielt. Keine zweite Liebe, in ihrem Alter die einzig wirklich natürliche, glückliche und erfolgreiche Kur, war bei ihren hohen geistigen Ansprüchen, ihrem erlesenen Geschmack in den engen Grenzen der sie umgebenden Gesellschaft in Frage gekommen. Mit ungefähr zweiundzwanzig war sie aufgefordert worden, den Namen des jungen Mannes anzunehmen, der wenig später auf mehr Entgegenkommen bei ihrer jüngeren Schwester stieß. Lady Russell hatte ihre Ablehnung beklagt, denn Charles Musgrove war der älteste Sohn eines Mannes, dessen Landbesitz und allgemeines Ansehen in jener Gegend nur dem Sir Walters nachstand, besaß einen guten Charakter und ein ansprechendes Äußeres; und wenn Lady Russell, als Anne neunzehn war, auch etwas anspruchsvoller gewesen sein mochte, so hätte sie sie jetzt mit zweiundzwanzig mit Freuden auf so respektable Weise der Parteilichkeit und Ungerechtigkeit im Hause ihres Vaters entzogen und auf Dauer in ihrer Nähe angesiedelt gesehen. Aber in diesem Fall war Anne keinem guten Rat zugänglich gewesen; und obwohl Lady Russell, mit ihrer Entscheidung so zufrieden wie eh und je, das Vergangene nicht ungeschehen zu machen wünschte, überkamen sie nun doch an Hoffnungslosigkeit grenzende Zweifel, ob Anne durch einen Mann von Intelligenz und finanzieller Unabhängigkeit je in Versuchung geführt werden könnte, eine Rolle zu übernehmen, für die sie sie aufgrund ihres liebevollen Naturells und ihrer häuslichen Neigungen so besonders geeignet hielt.

Sie wußten voneinander nicht, ob die Ansicht des anderen sich im Hinblick auf einen entscheidenden Punkt in Annes Verhalten gleichgeblieben war oder sich geändert hatte, denn dieses Thema wurde nie berührt, aber Anne dachte mit siebenundzwanzig völlig anders, als man sie mit neunzehn zu denken gezwungen hatte. Sie machte Lady Russell keinen Vorwurf, machte auch sich selbst keinen Vorwurf, daß sie sich hatte von ihr leiten lassen, aber sie wußte genau, daß sie einem jungen Menschen, der sich in ähnlicher Lage um Rat an sie wenden würde, niemals solch unzweifelhaftes gegenwärtiges Leiden, solch zweifelhaftes zukünftiges Glück zumuten würde. Sie war überzeugt, daß sie trotz der unglückseligen väterlichen Mißbilligung und der Befürchtungen im Hinblick auf seinen Beruf, trotz aller voraussichtlichen Ängste, Verzögerungen und Enttäuschungen bei Aufrechterhaltung der Verlobung immer noch eine glücklichere Frau geworden wäre, als sie nach dem Verzicht darauf war –

und dies, wie sie fest überzeugt war, sogar dann, wenn ihnen das übliche Maß, ja, mehr als das übliche Maß an all solchen Belastungen und Ungewißheiten unabhängig vom tatsächlichen Ausgang der Angelegenheit zugefallen wäre, der, wie sich bald herausstellte, zu baldigerem Wohlstand geführt hätte, als man vernünftigerweise annehmen konnte; denn all seine optimistischen Erwartungen, all sein Selbstvertrauen war berechtigt gewesen. In seiner Genialität und seiner Entschlossenheit hatte er seinen erfolgreichen Lebensweg anscheinend vorausgesehen und bestimmt. Sehr bald nach dem Abbruch ihres Verlöbnisses hatte er ein Schiff bekommen, und alles, was er ihr prophezeit hatte, war eingetreten. Er hatte sich ausgezeichnet, war vor der Zeit einen Rang höher befördert worden und mußte nun durch wiederholtes Kapern feindlicher Schiffe ein ansehnliches Vermögen gemacht haben. Sie besaß nur Marinekalender und Zeitungsausschnitte als Beleg, aber sie konnte an seinem Reichtum nicht zweifeln; und daß sie keinen Grund hatte, ihn für verheiratet zu halten, führte sie auf seine Beständigkeit zurück.

Wie überzeugend hätte Anne Elliot geklungen, wie überzeugend hätte sie jedenfalls für eine frühe große Liebe und ein heiteres Vertrauen in die Zukunft und gegen diese überängstliche Vorsicht plädiert, die jede Anstrengung verachtet und dem Schicksal mißtraut! Man hatte ihr in ihrer Jugend *Lebensklugheit* aufgezwungen; was *romantische Liebe* bedeutet, begriff sie erst, als sie älter wurde – die natürliche Entwicklung eines unnatürlichen Anfangs.

Bei all diesen Einzelheiten, Erinnerungen und Empfindungen konnte sie nicht mitanhören, daß Kapitän Wentworths Schwester wahrscheinlich in Kellynch wohnen würde, ohne daß vergangener Schmerz wieder auflebte; und es bedurfte vieler Spaziergänge und vieler Seufzer, um das Beunruhigende dieses Gedankens zu vertreiben. Sie mußte sich oft sagen, wie töricht sie war, bevor ihre

Nerven der ständigen Unterhaltung über die Crofts und ihre Angelegenheiten gewachsen waren. Allerdings kam ihr dabei die völlige Gleichgültigkeit und die offensichtliche Vergeßlichkeit der drei einzigen ihr nahestehenden Menschen zugute, die das Geheimnis ihrer Vergangenheit kannten und anscheinend beinahe jede Erinnerung daran verdrängten. Sie hatte dabei für Lady Russells Motive, die denen ihres Vaters oder Elizabeths überlegen waren, durchaus Verständnis; sie war sich bewußt, welchen Vorteil ihre eigene Gelassenheit bedeutete – aber die Atmosphäre allgemeiner Vergeßlichkeit unter ihnen, worauf sie auch beruhen mochte, war äußerst wichtig; und falls Admiral Croft Kellynch Hall wirklich mietete, konnte sie *Beruhigung* aus der Überzeugung schöpfen, für die sie immer besonders dankbar gewesen war, daß nämlich die Vergangenheit nur den dreien unter ihren Verwandten bekannt war, die, wie sie glaubte, niemals eine Silbe davon würden verlauten lassen, und *Zuversicht* daraus, daß unter seinen Verwandten nur der Bruder, bei dem er gewohnt hatte, von ihrer kurzlebigen Verlobung wußte. Dieser Bruder war schon vor langer Zeit aus der Gegend fortgezogen; und da er ein vernünftiger Mann und zu der Zeit obendrein Junggeselle gewesen war, war es ihr lieb, sich darauf verlassen zu können, daß er keiner Menschenseele je davon erzählt hatte.

Die Schwester, Mrs. Croft, war damals gar nicht in England gewesen, sondern hatte ihren Mann ins Ausland begleitet; und ihre eigene Schwester Mary war im Internat gewesen, während sich alles abgespielt hatte; und die einen hatten aus Stolz und die anderen aus Zartgefühl hinterher nicht das Geringste davon erzählt.

Im Vertrauen darauf hoffte sie, daß die Bekanntschaft zwischen ihr und den Crofts, die sich wohl kaum vermeiden ließ, wenn Lady Russell weiterhin in Kellynch und Mary nur drei Meilen entfernt wohnte, zu keinerlei Unannehmlichkeiten zu führen brauchte.

Kapitel 5

Am Morgen der für Admiral Croft und seine Frau vorgesehenen Besichtigung von Kellynch Hall war es für Anne ganz selbstverständlich, ihren beinahe täglichen Spaziergang zu machen und sich nicht blicken zu lassen, bis alles vorüber war. Dann war es ihr ebenso selbstverständlich zu bedauern, daß sie die Gelegenheit versäumt hatte, sie kennenzulernen.

Dieses Treffen zwischen den beiden Parteien erwies sich als äußerst erfolgreich und entschied die Angelegenheit auf der Stelle. Beide Damen waren einer Verständigung von vornherein geneigt gewesen, und jede nahm an der anderen deshalb nur gute Seiten wahr. Und was die Herren anging, so verriet der Admiral eine herzhafte gute Laune, eine offene, vertrauenerweckende Unbefangenheit, die ihre Wirkung auf Sir Walter nicht verfehlen konnten, dem im übrigen Mr. Shepherds Versicherungen, daß man ihn dem Admiral als ein Beispiel vollendeter Lebensart dargestellt habe, sein allerbestes und ausgesuchtestes Benehmen abgeschmeichelt hatten.

Haus, Anlagen und Mobiliar fanden Anklang, die Crofts fanden Anklang, Mietbedingungen und -dauer, alle und alles stießen auf Zustimmung. Und Mr. Shepherds Bürokräfte konnten an die Arbeit gehen, ohne daß »der Wortlaut der folgenden Bestimmungen« durch irgendwelche Unstimmigkeit hätte abgewandelt werden müssen.

Sir Walter erklärte den Admiral ohne Zögern zum bestaussehenden Seemann, den er je getroffen hatte, und ging so weit zu sagen, daß er sich, wenn sein eigener Kammerdiener ihm hätte das Haar machen dürfen, durchaus nicht schämen würde, sich mit ihm in der Öffentlichkeit sehen zu lassen. Und der Admiral bemerkte mit wohlwollender Herzlichkeit zu seiner Frau, als sie durch den Park zurückfuhren: »Ich wußte, daß wir uns schnell einigen würden, meine Liebe, trotz allem, was man uns in Taunton erzählt hat. Der Baron wird die Welt nicht auf den Kopf stellen, aber er ist durchaus kein übler Bursche«, gegenseitige Komplimente, die wohl als etwa gleichwertig gegolten hätten.

Die Crofts sollten das Haus Ende September in Besitz nehmen, und da Sir Walter vorhatte, im Laufe des vorhergehenden Monats nach Bath zu ziehen, war es höchste Zeit, die nötigen Vorbereitungen zu treffen.

In ihrer Überzeugung, daß man Anne keinerlei Rolle oder Einfluß bei der Wahl des Hauses, das man besorgen wollte, einräumen werde, sah Lady Russell sie höchst ungern so überstürzt abreisen und wollte unbedingt, daß sie so lange dablieb, bis sie sie nach Weihnachten selbst mit nach Bath nehmen konnte. Aber eigene Verpflichtungen, die sie ein paar Wochen von Kellynch fernhalten würden, hinderten sie daran, die Einladung auf den ganzen Zeitraum auszudehnen; und obwohl Anne in Bath vor der möglichen Septemberhitze und dem grellen Licht graute und es ihr leid tat, auf die so köstliche und so melancholische Wirkung der Herbstmonate auf dem Land verzichten zu müssen, fand sie bei genauerem Nachdenken auch nicht, daß sie zurückbleiben wolle. Es wäre das richtigste und das klügste und deshalb auch das am wenigsten schmerzliche, mit den anderen abzureisen.

Es ereignete sich allerdings etwas, was ihr eine andere Aufgabe zuwies. Mary, die sich oft unwohl fühlte und immer viel aus ihren eigenen Leiden machte und immer dazu neigte, Anne in Anspruch zu nehmen, wenn etwas los war, war unpäßlich; und da sie fürchtete, daß sie den ganzen Herbst keinen gesunden Tag haben würde, bat sie darum oder bestand eher darauf, denn eine Bitte war es kaum, daß Anne, statt nach Bath zu gehen, nach Uppercross Cottage kommen und ihr Gesellschaft leisten solle, solange sie sie brauche.

»Wie soll ich ohne Anne fertig werden«, war Marys

Begründung, und Elizabeth entgegnete: »Dann finde ich, daß Anne bleiben sollte, denn in Bath kann sie sowieso keiner gebrauchen.«

Als Eigentum in Anspruch genommen zu werden, wenn auch auf so ungehörige Weise, ist immer noch besser, denn als überflüssig abgeschoben zu werden; und Anne, froh, für nützlich gehalten zu werden, froh, überhaupt eine Aufgabe zugeteilt zu bekommen, und keineswegs unglücklich, daß sie dieser auf dem Land, ihrem eigenen lieben Land nachgehen durfte, willigte gern ein zu bleiben.

Diese Einladung von Mary enthob Lady Russell aller Schwierigkeiten, und es wurde deshalb gleich vereinbart, daß Anne erst nach Bath fahren solle, wenn Lady Russell sie mitnahm, und daß sie die Zeit bis dahin zwischen Uppercross Cottage und Kellynch Lodge teilen solle.

So weit war alles bestens geregelt. Aber Lady Russell war geradezu entsetzt, als ihr eine Ungehörigkeit des Plans von Kellynch Hall zu Ohren kam, nämlich, daß Mrs. Clay aufgefordert worden war, Sir Walter und Elizabeth nach Bath zu begleiten, um dieser bei all den vor ihr liegenden Aufgaben eine wichtige und unentbehrliche Hilfe zu sein. Lady Russell fand es höchst bedauerlich, daß ein solcher Schritt überhaupt in Erwägung gezogen worden war – wunderte sich, beklagte es und hatte die schlimmsten Befürchtungen – und der Affront, der für Anne darin lag, daß Mrs. Clay sich als nützlich erwies, während sie selbst überflüssig war, erbitterte sie zutiefst.

Anne selbst war inzwischen gegen solche Affronts abgestumpft, aber sie empfand die Unklugheit einer solchen Vereinbarung genauso stark wie Lady Russell. Aufgrund eingehender, schweigender Beobachtung und oft verwünschter Kenntnis des väterlichen Charakters sah sie die ernsthaftesten Folgen für ihre Familie aus dieser intimen Beziehung voraus. Sie konnte sich nicht vorstellen, daß ihr Vater gegenwärtig derlei Absichten hegte. Mrs. Clay hatte Sommersprossen, einen vorstehenden Zahn und knochige Handgelenke, worüber er in ihrer Abwesenheit ständig abfällige Bemerkungen machte. Aber sie war jung und alles in allem zweifellos gutaussehend und übte bei einem scharfen Verstand und unverdrossener Zuvorkommenheit einen unendlich viel gefährlicheren Reiz aus, als bloße körperliche Vorzüge je hätten ausüben können. Anne war so beunruhigt von der Gefahr, in der sie schwebten, daß sie nicht umhin konnte zu versuchen, ihre Schwester darauf aufmerksam zu machen. Sie versprach sich nicht viel davon, aber Elizabeth, die ein solcher Schicksalsschlag unendlich viel stärker treffen würde als sie, sollte ihr, fand sie, niemals vorwerfen können, sie nicht gewarnt zu haben.

Sie sprach offen und verletzte anscheinend nur. Elizabeth konnte sich gar nicht vorstellen, wie sie auf einen solch absurden Verdacht gekommen war und verbürgte sich empört dafür, daß alle Beteiligten sich über ihre Position völlig im klaren seien.

»Mrs. Clay«, sagte sie mit Nachdruck, »vergißt nie, wer sie ist; und da ich mit ihren Empfindungen weiß Gott besser vertraut bin als du, kann ich dir versichern, daß sie in puncto Ehe besonders heikel sind und daß sie Unebenbürtigkeit in Rang und Stellung stärker verurteilt als die meisten Leute. Und was meinen Vater betrifft, so weiß ich wirklich nicht, warum er, der unsretwegen so lange ledig geblieben ist, ausgerechnet jetzt verdächtigt werden muß. Wenn Mrs. Clay eine ausgesprochen schöne Frau wäre, zugegeben, dann wäre es vielleicht ein Fehler, sie so viel um mich zu haben. Es würde meinem Vater zwar im Traum nicht einfallen, eine Mesalliance einzugehen, aber er könnte sich unglücklich machen. Aber ausgerechnet die arme Mrs. Clay, die bei all ihren Verdiensten nie auch nur als einigermaßen hübsch gegolten haben kann! Ich glaube wirklich, die arme Mrs. Clay kann getrost bei uns bleiben. Man könnte meinen, du hättest ihn noch nie über ihr unglückseliges Äußeres reden hören, obwohl das hundertmal der Fall gewesen sein muß. Dieser Zahn! Und diese Sommersprossen! Ihn widern Sommersprossen noch mehr an als mich. Ich kenne Leute, die durch ein paar Sommersprossen nicht wesentlich verunstaltet werden, aber er verabscheut sie. Du mußt doch gehört haben, daß er über Mrs. Clays Sommersprossen geredet hat.«

»Es gibt wohl kaum einen äußeren Defekt«, erwiderte Anne, »mit dem ein liebenswürdiges Wesen einen nicht nach und nach versöhnt.«

»Da bin ich ganz anderer Meinung«, antwortete Elizabeth kurz angebunden, »ein liebenswürdiges Wesen kann ein hübsches Gesicht unterstreichen, aber ein häßliches niemals verändern. Aber wie auch immer, da wohl niemand ein größeres Interesse an dieser Sache haben kann als ich, halte ich es für ziemlich überflüssig, daß ausgerechnet du mir dabei Ratschläge erteilst.«

Die Sache war für Anne erledigt – sie war froh, daß es vorüber war, und nicht ganz ohne Hoffnung, etwas erreicht zu haben. Elizabeth verübelte ihr den Verdacht zwar, war aber durch ihn vielleicht aufmerksam geworden.

Die letzte Pflicht des Viergespanns war es, Sir Walter, Miss Elliot und Mrs. Clay nach Bath zu ziehen. Die Gesellschaft fuhr in gehobener Stimmung davon. Sir Walter bereitete sich mit herablassenden Verneigungen auf all die bekümmerten Pächter und Häusler vor, denen man einen Wink gegeben haben mochte, sich zu zeigen; und Anne wanderte gleichzeitig in einer Art trauriger Ergebenheit zur Lodge hinüber, wo sie die erste Woche verbringen sollte.

Ihre Freundin war auch nicht in besserer Stimmung als sie selbst. Lady Russell ging dieses Auseinanderfallen der Familie sehr nahe. *Deren* Ansehen lag ihr ebenso am Herzen wie ihr eigenes; und der tägliche Umgang war ihr mit der Zeit unentbehrlich geworden. Der Anblick des verlassenen Grundstücks war ihr schmerzlich, und schlimmer noch der Gedanke an die neuen Hände, in die es fallen würde; und um der Verlassenheit und der Melancholie eines so veränderten Dorfes zu entgehen und bei Admiral und Mrs. Crofts Ankunft aus dem Weg zu sein, hatte sie beschlossen, ihre Reise anzutreten, sobald sie auf Anne verzichten mußte. So verließen sie das Haus gemeinsam, und Anne wurde auf der ersten Etappe von Lady Russells Reise in Uppercross Cottage abgesetzt.

Uppercross war ein Dorf von mittlerer Größe, das noch bis vor ein paar Jahren ganz die alte englische Dorfanlage und daher nur zwei Häuser gehabt hatte, die großzügiger gebaut waren als die der Bauern und Landarbeiter – das Herrenhaus des Gutsbesitzers mit seinen hohen Mauern, großen Toren und alten Bäumen, ausgedehnt und altmodisch, und das gedrängte, enge Pfarrhaus in seinem eigenen gepflegten Garten, um dessen Fenster wilder Wein und ein Birnenspalier rankten. Aber bei der Heirat des jungen Herrn war ein Bauernhof renoviert und für ihn als Wohnhaus in eine Cottage umgebaut worden; und Uppercross Cottage mit ihrer Veranda, ihren Schiebefenstern und sonstigen Reizen zog die Aufmerksamkeit des Reisenden vermutlich ebenso auf sich wie das harmonischere und gewichtigere Aussehen und die Räumlichkeiten des Herrenhauses, ungefähr eine Viertelmeile entfernt.

Hier hatte Anne sich oft aufgehalten. Sie kannte das alltägliche Leben in Uppercross ebenso gut wie das in Kellynch. Die beiden Familien hatten so ungezwungenen Umgang miteinander, waren so daran gewöhnt, jederzeit beieinander ein- und auszugehen, daß Anne eher überrascht war, Mary allein vorzufinden. Aber da sie allein war, verstand es sich beinahe von selbst, daß sie sich unpäßlich und niedergeschlagen fühlte. Obwohl sie besser aussah als ihre ältere Schwester, besaß Mary doch nicht Annes Intelligenz oder Naturell. Solange sie sich wohl und munter und von allen umsorgt fühlte, konnte sie bestens gelaunt und ausgelassen sein; aber bei jeder Unpäßlichkeit verließ sie aller Lebensmut; sie wußte allein nichts mit sich anzufangen; und da sie durchaus ihren Teil von der Elliotschen Selbstgefälligkeit geerbt hatte, neigte sie sehr schnell dazu, sich bei allem Unglück obendrein noch einzubilden, sie werde benachteiligt und ausgenutzt. Rein äußerlich war sie ihren beiden Schwestern unterlegen und hatte es selbst in der Blüte ihrer Jahre nur zu einem »ganz netten Mädchen« gebracht. Sie lag gerade auf dem verschossenen Sofa in ihrem hübschen kleinen Wohnzimmer, dessen früher elegantes Mobiliar unter der Einwirkung von vier Sommern und zwei Kindern nach und nach schäbig geworden war, und begrüßte Anne bei ihrem Erscheinen mit den Worten:

»Na, da kommst du ja endlich! Ich dachte schon, ich bekäme dich gar nicht mehr zu sehen. Ich bin so krank, ich kann kaum sprechen. Ich habe den ganzen Vormittag keine Menschenseele gesehen!«

»Es tut mir leid, daß es dir nicht gut geht«, erwiderte Anne. »Du hast mir doch am Donnerstag so beruhigende Nachrichten von dir geschickt.«

»Ja, ich habe das Beste daraus gemacht. Das tue ich doch immer. Aber es ging mir ganz und gar nicht gut; und so schlecht wie heute den ganzen Vormittag ist es mir in meinem ganzen Leben noch nicht gegangen – viel zu krank, um allein gelassen zu werden. Stell dir vor, ich hätte plötzlich einen schrecklichen Anfall und wäre unfähig zu klingeln! So, und Lady Russell wollte also nicht mal aussteigen. Ich glaube, sie ist den ganzen Sommer über keine dreimal in diesem Haus gewesen.«

Anne gab eine verbindliche Antwort und erkundigte sich nach Marys Mann. »Ach, Charles ist auf der Jagd. Ich habe ihn seit sieben Uhr nicht gesehen. Er mußte unbedingt gehen, obwohl ich ihm gesagt habe, wie krank ich bin. Er wollte nicht lange fortbleiben. Aber er ist noch nicht zurück, und jetzt ist es beinahe eins. Du wirst es nicht glauben, aber ich habe den ganzen Vormittag keine Menschenseele gesehen.«

»Du hast doch deine kleinen Jungen bei dir gehabt.«

»Ja, solange ich ihren Krach ertragen konnte. Aber sie sind so ungezogen, daß sie mich kränker machen, als ich bin. Klein-Charles will überhaupt nicht auf mich hören, und Walter ist schon beinahe ebenso schlimm.«

»Na ja, jetzt geht es dir bald besser«, erwiderte Anne heiter. »Du weißt doch, wenn ich komme, wirst du immer gleich gesund. Wie geht es deinen Nachbarn im Herrenhaus?«

»Das kann ich dir doch nicht sagen. Ich habe heute noch keinen von ihnen gesehen. Außer Mr. Musgrove, der nur kurz angehalten und durchs Fenster mit mir gesprochen hat, aber ohne vom Pferd zu steigen. Und obwohl ich ihm gesagt habe, wie krank ich bin, hat sich nicht ein einziger von ihnen blicken lassen. Es kam den Miss Musgrove wohl ungelegen, und sie strengen sich sowieso nicht gern an.«

»Du bekommst sie ja vielleicht noch zu sehen, ehe der Vormittag vorbei ist. Es ist noch früh.«

»Das will ich gar nicht, das kannst du mir glauben. Sie schwatzen und lachen mir viel zu viel. Ach, Anne, es geht mir so schlecht! Es war gar nicht nett von dir, daß du am Donnerstag nicht gekommen bist.«

»Meine liebe Mary, vergiß nicht, was für beruhigende Nachrichten du selbst mir geschickt hast! Du hast mir nur Positives geschrieben und gesagt, es ginge dir ausgezeichnet und ich brauchte mich nicht zu beeilen; und da das der Fall war, kannst du dir denken, wie viel mir daran lag, bis zuletzt mit Lady Russell zusammenzusein; und abgesehen von meinen Verpflichtungen ihr gegenüber war ich wirklich so beschäftigt, hatte ich so viel zu tun, daß ich Kellynch nicht gut früher hätte verlassen können.«

»Du liebe Güte, was kannst du denn schon zu tun haben!«
»Eine ganze Menge, das kannst du mir glauben. Mehr als mir im Moment einfällt. Aber einiges kann ich dir aufzählen. Ich habe eine Abschrift des Katalogs von Vaters Büchern und Bildern gemacht. Ich bin mehrmals mit Mackenzie im Garten gewesen, um zu begreifen und ihm begreiflich zu machen, welche von Elizabeths Blumen für Lady Russell sind. Ich mußte alle meine eigenen kleinen Angelegenheiten ordnen – Bücher und Noten aussortieren und alle meine Kisten umpacken, weil ich nicht rechtzeitig begriffen hatte, was auf den Wagen mitgehen sollte; und eine wirklich unangenehme Aufgabe mußte ich erledigen, Mary: ich mußte beinahe jedes Haus in der Gemeinde besuchen, so eine Art Abschied. Ich hatte gehört, daß man es erwartete. Aber alle diese Dinge haben mich sehr viel Zeit gekostet.«
»Na ja« – und nach kurzer Pause –, »aber du hast dich noch mit keiner Silbe nach unserem Dinner bei den Pooles gestern erkundigt.«
»Dann bist du also hingegangen! Ich habe nicht danach gefragt, weil ich annahm, daß du gezwungen warst, auf die Party zu verzichten.«
»Ach so – doch, ich war da. Mir ging es gestern sehr gut; mir hat gar nichts gefehlt bis heute morgen. Es hätte komisch ausgesehen, wenn ich nicht hingegangen wäre.«
»Wie schön, daß es dir so gut ging, und ich hoffe, du hast dich gut amüsiert.«
»Nicht besonders. Man weiß ja schon vorher immer, wie das Dinner ist und wer da sein wird; und es ist so furchtbar lästig, keine eigene Kutsche zu haben. Mr. und Mrs. Musgrove haben mich mitgenommen, und es war vielleicht eng! Sie sind beide so furchtbar dick und nehmen so viel Platz ein, und Mr. Musgrove sitzt immer vorne. Da saß ich also und mußte mich mit Henrietta

und Louisa auf den Rücksitz zwängen, und es ist gut möglich, daß meine Krankheit daher kommt.«
Ein bißchen zusätzliche Geduld und forcierte Heiterkeit auf seiten Annes bewirkten eine fast völlige Genesung auf seiten Marys. Bald konnte sie aufrecht auf dem Sofa sitzen und begann zu hoffen, zum Dinner vielleicht schon aufstehen zu können; und als sie vergaß, daran zu denken, war sie plötzlich am anderen Ende des Zimmers und arrangierte einen Blumenstrauß. Dann aß sie ihr kaltes Fleisch, und dann ging es ihr auf einmal so gut, daß sie einen kleinen Spaziergang vorschlug.
»Wohin sollen wir gehen?« fragte sie, als sie fertig waren. »Du willst sicher nicht gern im Herrenhaus vorsprechen, ehe sie dir nicht einen Besuch gemacht haben.«
»Dagegen habe ich nicht den geringsten Einwand«, erwiderte Anne. »Bei Leuten, die ich so gut kenne wie Mrs. und die Miss Musgrove, lege ich auf solche Förmlichkeiten überhaupt keinen Wert.«
»Ach so; aber sie müßten dir so bald wie möglich einen Besuch machen. Sie müßten wissen, was sie dir als meiner Schwester schuldig sind. Aber wir können trotzdem hingehen und ein Weilchen bei ihnen sitzen; und wenn wir das hinter uns haben, können wir unseren Spaziergang genießen.«
Anne hatte diese Form des Umgangs immer für unklug gehalten. Aber weil sie überzeugt war, daß keine Familie trotz ständiger Anlässe zu Kränkungen auf beiden Seiten darauf verzichten konnte, hatte sie den Versuch einzugreifen aufgegeben. Sie gingen also zum Herrenhaus, um eine volle halbe Stunde in dem altmodischen viereckigen Wohnzimmer mit dem kleinen Teppich und dem polierten Fußboden zu sitzen, in dem die Töchter des Hauses nach und nach durch einen Flügel und eine Harfe, Blumenständer und überall aufgestellte kleine Tischchen die Atmosphäre eines modischen Durcheinanders geschaffen hatten. Ach, hätten die Modelle der Porträts an den getäfelten Wänden, hätten die Herren in braunem Samt

und die Damen in blauem Satin sehen können, was da vorging; hätten sie solchen Umsturz aller Ordnung und Regelmäßigkeit miterleben können! Die Porträts selbst schienen ungläubige Augen zu machen.
Die Musgroves befanden sich wie ihre Häuser in einem Zustand der Veränderung, vielleicht sogar der Verbesserung. Der Vater und die Mutter hatten noch ganz den alten englischen Stil und die jungen Leute den neuen. Mr. und Mrs. Musgrove waren sehr nette Leute, liebenswürdig und gastfreundlich, nicht besonders gebildet und ganz und gar nicht vornehm. Ihre Kinder hatten modernere Vorstellungen und Umgangsformen. Sie waren eine kinderreiche Familie, aber die beiden einzigen Herangewachsenen außer Charles waren Henrietta und Louisa, junge Damen von neunzehn und zwanzig, die von einer Schule in Exeter den üblichen Vorrat an Fertigkeiten mitgebracht hatten und jetzt wie Tausende anderer junger Damen nur auf der Welt waren, um elegant, glücklich und ausgelassen zu sein. Ihre Kleidung besaß allen Schick, ihre Gesichter waren ziemlich hübsch, ihre Stimmung war bestens, ihre Umgangsformen ungezwungen und angenehm; innerhalb ihrer Familie waren sie tonangebend und außerhalb beliebt. Anne betrachtete sie immer als die glücklichsten Mädchen ihrer Bekanntschaft; und doch hätte sie dank jenes angenehmen Gefühls der Überlegenheit, das uns alle davon abhält, mit den anderen tauschen zu wollen, ihren eigenen anspruchsvolleren und kultivierteren Verstand nicht für alle ihre Vergnügungen hergegeben und beneidete sie um nichts als das anscheinend völlig ungetrübte Einvernehmen und den Einklang zwischen ihnen, die selbstverständliche gegenseitige Zuneigung, die sie von keiner ihrer Schwestern je erfahren hatte.
Sie wurden mit großer Herzlichkeit empfangen. In der Familie im Herrenhaus, die, wie Anne ganz genau wußte, meist weniger Schuld an den Verstimmungen hatte, war alles in bester Ordnung. Sie verbrachten die

halbe Stunde in angenehmer Unterhaltung, und sie war anschließend nicht im geringsten überrascht, daß die beiden Miss Musgrove sie, und zwar auf Marys ausdrücklichen Wunsch, bei ihrem Spaziergang begleiteten.

Kapitel 6

Anne hätte auch ohne diesen Besuch in Uppercross gewußt, daß der Wechsel von einem Kreis zum anderen, auch wenn die Entfernung nur drei Meilen beträgt, oft völlig andere Gespräche, Meinungen, Vorstellungen mit sich bringt. Schon bei früheren Besuchen dort war sie davon beeindruckt gewesen oder hatte gewünscht, daß andere Elliots ebenfalls einmal in den Genuß kämen zu merken, wie unbekannt oder unwichtig hier die Angelegenheiten waren, die man in Kellynch für allgemein bekannt und allgemein interessant hielt. Doch trotz all dieser Erfahrung mußte sie sich nun wohl oder übel eine weitere Lektion in der Kunst, sich der eigenen Bedeutungslosigkeit außerhalb unseres eigenen Zirkels bewußt zu sein, gefallen lassen; denn so voll ihr das Herz von dem einen Thema, das beide Häuser in Kellynch seit vielen Wochen beschäftigte, bei ihrer Ankunft natürlich auch war, so hatte sie in den voneinander unabhängigen, jedoch sehr ähnlichen Bemerkungen von Mr. und Mrs. Musgrove: »So, Miss Anne, Sir Walter und Ihre Schwester sind also fort; und in welchem Teil von Bath wollen sie sich denn nun niederlassen?« oder in dem Zusatz der jungen Damen: »Hoffentlich sind wir diesen Winter auch in Bath; aber denk daran, Papa, wenn wir wirklich fahren, müssen wir in einer angesehenen Gegend wohnen; deinen Queen Square sind wir nun leid!« oder in dem besorgten Nachsatz von Mary: »Du meine Güte, und ich kann sehen, wo ich bleibe, wenn ihr euch alle in

Bath amüsiert!« etwas mehr Neugier und Anteilnahme erwartet.
Sie konnte sich nur vornehmen, solchen Selbsttäuschungen in Zukunft nicht zu erliegen und noch mehr als sonst für das außerordentliche Glück dankbar zu sein, eine so wahrhaft mitfühlende Freundin wie Lady Russell zu haben.
Die beiden Mr. Musgrove waren damit beschäftigt, ihren Wildbestand zu pflegen und zu schießen und sich mit ihren eigenen Pferden, Hunden und Zeitungen die Zeit zu vertreiben; und die weibliche Gesellschaft hatte alle Hände voll zu tun mit all den anderen alltäglichen Dingen wie Haushalt, Nachbarn, Kleider, Tanzen und Musik. Sie mußte zugeben, wie richtig es war, daß jedes kleine gesellschaftliche Gemeinwesen seine eigenen Gesprächsthemen wählt, und hoffte, über kurz oder lang ein nicht unwürdiges Mitglied der Gruppe zu werden, in die sie nun verpflanzt war. Bei der Aussicht, mindestens zwei Monate in Uppercross zu verbringen, war es ratsam, ihre Phantasie, ihre Erinnerungen und ihre Vorstellungen soviel wie möglich denen von Uppercross anzupassen.
Ihr graute nicht vor diesen zwei Monaten in Uppercross. Mary war nicht so abweisend und unschwesterlich wie Elizabeth und auch ihrem Einfluß nicht so unzugänglich; und von den anderen Bewohnern der Cottage hatte sie für ihr Wohlbefinden nichts zu befürchten. Sie verstand sich mit ihrem Schwager immer gut, und die Kinder, die sie beinahe so herzlich liebten und sie beinahe mehr respektierten als ihre eigene Mutter, boten ihr Abwechslung, Vergnügen und gesunde körperliche Bewegung.
Charles Musgrove war höflich und umgänglich; an Einsicht und Selbstbeherrschung war er seiner Frau zweifellos überlegen, nicht aber an Intelligenz, Unterhaltungsgabe oder gesellschaftlicher Gewandtheit, so daß ihre frühere Beziehung niemals eine Gefahrenquelle für sie darstellte, obwohl Anne mit Lady Russell darin überein-

stimmte, daß er von der Heirat mit einer anspruchsvolleren Frau nur hätte profitieren können und eine wirklich intelligente Frau seiner Persönlichkeit mehr Profil und seinen Gewohnheiten und Interessen mehr Sinn, Verstand und Geschmack gegeben hätte. So betrieb er nichts mit besonderer Ausdauer außer der Jagd und vertrödelte ansonsten seine Zeit, ohne daß Bücher oder sonst irgend etwas ihn gebildet hätte. Er war immer gut gelaunt und ließ sich anscheinend von der gelegentlichen Verdrießlichkeit seiner Frau kaum beeindrucken, ertrug ihre Unvernunft so geduldig, daß Anne ihn manchmal bewunderte, und alles in allem konnten sie (obwohl es häufig kleine Unstimmigkeiten gab, an denen sie oft stärker beteiligt war, als ihr lieb sein konnte, weil beide Parteien an sie appellierten) als glückliches Paar gelten. In dem Wunsch nach mehr Geld oder dem Bedürfnis nach finanziellen Zuwendungen von seinem Vater waren sie sich immer einig. Aber hier wie in den meisten Punkten behielt er die Oberhand, denn während Mary es außerordentlich beklagte, daß eine solche Zuwendung nicht gemacht wurde, vertrat er immer den Standpunkt, daß sein Vater sein Geld selbst gut gebrauchen könne und ein Recht habe, es auszugeben, wie es ihm gefiel.

Was die Erziehung der Kinder anging, so waren seine Theorien viel besser als die seiner Frau und ihre praktische Anwendung nicht so schlecht. »Ich könnte ganz gut mit ihnen fertig werden, wenn Mary nicht immer eingriffe«, waren Worte, die Anne ihn oft sagen hörte und für die sie durchaus Verständnis hatte; wenn sie dagegen Marys Vorwürfe: »Charles verwöhnt die Kinder, so daß sie mir nicht gehorchen«, anhörte, verspürte sie niemals die geringste Versuchung zu sagen: »Das stimmt.«

Eine der unangenehmsten Begleiterscheinungen ihres Aufenthalts dort war der Umstand, daß alle Parteien sie zu sehr ins Vertrauen zogen und daß beide Häuser sie zu sehr zur Mitwisserin ihrer gegenseitigen Beschwerden machten. Da man wußte, daß sie einen gewissen Einfluß auf ihre Schwester hatte, bat man sie ständig oder deutete ihr doch wenigstens an, ihn weit über ihre tatsächlichen Möglichkeiten hinaus auszuüben. »Wenn du nur Mary dazu überreden könntest, nicht immer krank zu spielen«, kam es von Charles; und wenn Mary niedergeschlagen war, hieß es von ihr: »Ich glaube, wenn Charles mich im Sterben liegen sähe, würde er immer noch nicht glauben, daß mir etwas fehlt. Wenn du wolltest, Anne, könntest du ihn bestimmt davon überzeugen, daß ich wirklich sehr krank bin; jedenfalls sehr viel kränker, als ich je zugebe.«

Mary erklärte: »Ich schicke die Kinder so ungern ins Herrenhaus, obwohl ihre Großmama sie immer bei sich haben will, denn sie verhätschelt und verzärtelt sie in einem Maße und gibt ihnen so viel unbekömmliches und süßes Zeug, daß sie jedesmal krank und für den Rest des Tages unausstehlich nach Hause kommen.« Und Mrs. Musgrove nahm die erste Gelegenheit wahr, um im Vertrauen zu Anne zu sagen: »Ach, Miss Anne, wenn doch Mrs. Charles nur ein bißchen von Ihrer Art hätte, mit den Kindern umzugehen. Bei Ihnen sind sie wie ausgewechselt. Aber sonst werden sie ja so verwöhnt! Es ist ein Jammer, daß Sie Ihrer Schwester nicht beibringen können, wie man mit ihnen fertig wird. Es sind ausgesprochen nette und gesunde Kinder, die armen Kleinen, ganz ohne Voreingenommenheit, aber Mrs. Charles weiß wirklich nicht mit ihnen umzugehen. Meine Güte, wie ungezogen sie manchmal sind! Sie können mir glauben, Miss Anne, es verleidet mir den Wunsch, sie öfter zu uns herüberzuholen, als ich es sonst täte. Ich glaube, Mrs. Charles ist es gar nicht recht, daß ich sie nicht öfter einlade, aber es ist wirklich schrecklich, Kinder bei sich zu haben, die man immerzu mit ›Tu dies nicht‹ und ›Tu das nicht‹ zurechtweisen muß oder die man nur mit mehr Kuchen, als ihnen bekommt, einigermaßen im Zaum halten kann.«

Mary verdankte sie außerdem folgende Information:

»Mrs. Musgrove hält ihr ganzes Personal für so zuverlässig, daß es an Hochverrat grenzen würde, daran zu zweifeln. Aber ohne Übertreibung, ich weiß, daß ihr Zimmermädchen und ihr Wäschemädchen sich, statt ihre Arbeit zu tun, im Dorf herumtreiben, und zwar den ganzen Tag. Ich laufe ihnen dauernd über den Weg; und ich sage dir, ich kann nicht in mein Kinderzimmer gehen, ohne sie dort zu finden. Wenn Jemima nicht eine so vertrauenswürdige, zuverlässige Person wäre, hätten sie bestimmt einen schlechten Einfluß auf sie; denn sie hat mir erzählt, sie wollen sie immer überreden, mit ihnen spazierenzugehen.« Und von Mrs. Musgroves Seite hieß es: »Ich mische mich grundsätzlich nicht in die Angelegenheiten meiner Schwiegertochter ein, weil ich weiß, das führt zu nichts. Aber Ihnen kann ich es ja sagen, Miss Anne, weil Sie vielleicht Einfluß darauf nehmen können, daß ich von Mrs. Charles' Kindermädchen gar keine gute Meinung habe. Man erzählt merkwürdige Geschichten von ihr. Sie treibt sich ständig herum; und nach dem, was ich mit eigenen Augen gesehen habe, kann ich Ihnen sagen, sie spielt so sehr die feine Dame, daß sie allen Mädchen, mit denen sie umgeht, Flausen in den Kopf setzt. Mrs. Charles schwört auf sie, das weiß ich; aber ich will Sie lieber darauf hinweisen, damit Sie auf der Hut sind; und wenn Ihnen irgend etwas auffällt, scheuen Sie sich nicht, es mir zu sagen.«
Andererseits beschwerte sich Mary, daß Mrs. Musgrove dazu neigte, den *ihr* zukommenden gesellschaftlichen Rang nicht anzuerkennen, wenn sie mit anderen Familien im Herrenhaus zum Dinner waren; und sie sah nicht ein, warum man sie als so sehr zur Familie gehörig betrachten sollte, daß sie ihre Stellung einbüßte. Und eines Tages, als Anne nur mit den Miss Musgrove einen Spaziergang machte, bemerkte eine von ihnen, nachdem sie über Standesunterschiede, Standesbewußtsein und Standesdünkel gesprochen hatten: »Ich scheue mich nicht, in *deinem* Beisein zu erwähnen, wie unsinnig

manche Leute auf ihren Rang bedacht sind, denn alle Welt weiß, wie nüchtern und unvoreingenommen du darüber denkst. Aber wenn doch nur jemand Mary mal zu verstehen gäbe, wieviel klüger es wäre, nicht so hartnäckig darauf zu bestehen; vor allem, daß sie es nicht immer darauf anlegt, den Vorrang vor Mama zu haben. Es bestreitet ja keiner, daß sie Mama gesellschaftlich überlegen ist, aber es würde einen sehr viel besseren Eindruck machen, wenn sie nicht immer so darauf beharrte. Nicht daß es Mama auch nur das geringste ausmacht, aber ich weiß doch, daß es vielen Leuten auffällt.«

Wie sollte Anne alle diese Dinge ins rechte Lot bringen? Sie konnte nicht viel mehr tun, als geduldig zuzuhören, Verständnis für alle Sorgen zu zeigen und sie gegenseitig zu entschuldigen, sie alle darauf hinzuweisen, wie wichtig es bei so enger Nachbarschaft war, nachsichtig miteinander zu sein, und da am deutlichsten zu werden, wo ihre Schwester von ihren Hinweisen lernen konnte.

Abgesehen davon begann und verlief ihr Besuch sehr erfreulich. Ihre eigene Stimmung hob sich in neuer Umgebung und bei neuen Gesprächen, jetzt, wo sie drei Meilen von Kellynch entfernt war; auch Marys Leiden ließen nach, da sie nun ständige Gesellschaft hatte, und der tägliche Umgang mit der anderen Familie erwies sich, da es in der Cottage weder besondere Zuneigung, noch Vertraulichkeit oder Beschäftigung gab, die darunter gelitten hätten, eher als Vorteil. Sie nahmen wirklich beinahe jede sich bietende Gelegenheit wahr, denn sie trafen sich jeden Vormittag und verbrachten kaum einen Abend getrennt. Aber Anne war überzeugt, es wäre, wenn nicht die ehrfurchtgebietenden Gestalten von Mr. und Mrs. Musgrove an ihrem gewohnten Platz gesessen oder ihre Töchter nicht geredet, gelacht und gesungen hätten, längst nicht so gut gegangen.

Sie spielte sehr viel besser Klavier als beide Miss Musgrove; aber da sie keine Stimme, keine Ahnung vom

Harfenspiel und keine liebenden Eltern hatte, die dabeisaßen und sich entzückt gaben, wurde ihre Darbietung wenig, und wie sie wohl merkte, nur aus Höflichkeit oder um die anderen zu ermuntern, geschätzt. Sie wußte, wenn sie spielte, daß es nur zu ihrem eigenen Vergnügen geschah. Aber diese Erfahrung war nichts Neues; außer für eine sehr kurze Zeit hatte sie seit ihrem vierzehnten Lebensjahr nie, nie seit dem Verlust ihrer lieben Mutter das Glück empfunden, daß man ihr zuhörte oder sie mit ehrlicher Dankbarkeit oder wirklichem Geschmack ermutigte. Sie war längst daran gewöhnt, Musik einsam zu genießen, und Mr. und Mrs. Musgroves liebevolle Voreingenommenheit für das Spiel ihrer Töchter und ihre völlige Gleichgültigkeit gegenüber allen anderen bedeutete ihr mehr Vergnügen für die beiden als Kränkung für sie selbst.

Die Gesellschaft im Herrenhaus wurde manchmal durch andere Gäste erweitert. Die Zahl der Nachbarn war nicht groß, aber die Musgroves wurden von allen besucht und hatten mehr Dinnerparties und mehr Gäste, mehr eingeladene und zufällige Besucher als irgendeine andere Familie. Sie waren eben am beliebtesten.

Die Mädchen waren wild aufs Tanzen, und die Abende endeten gelegentlich in einem unvorhergesehenen kleinen Ball. Nur einen Spaziergang von Uppercross entfernt, gab es eine Familie von Vettern und Kusinen in weniger wohlhabenden Verhältnissen, die bei all ihren Vergnügungen auf die Musgroves angewiesen waren. Sie waren bereit, jederzeit zu kommen, bei allem mitzuspielen oder überall zu tanzen; und Anne, die die Aufgabe, Klavier zu spielen, dem aktiveren Mitmachen bei weitem vorzog, spielte Stunde um Stunde Kontratänze für sie – eine Gefälligkeit, durch die ihre musikalischen Talente Mr. und Mrs. Musgrove überhaupt nur auffielen und die oft das Kompliment hervorrief: »Gut gemacht, Miss Anne! Wirklich gut gemacht! Du lieber Gott! Wie ihre kleinen Finger über die Tasten fliegen!«

So vergingen die ersten drei Wochen. Der September näherte sich seinem Ende; und jetzt war Anne mit dem Herzen wieder in Kellynch, ihrem geliebten Zuhause, das jetzt andere übernahmen. All die kostbaren Räume und Möbel, Wäldchen und Ausblicke, die nun mit Leib und Seele anderen gehören sollten. Sie konnte am 29. September kaum an etwas anderes denken und freute sich abends über die mitfühlende Geste von Mary, die zufällig das Datum aufschrieb und ausrief: »Du liebe Güte! Ist dies nicht der Tag, an dem die Crofts in Kellynch einziehen wollten? Ein Glück, daß ich nicht vorher daran gedacht habe. Wie mich der Gedanke bedrückt.«

Die Crofts zogen mit typisch seemännischer Entschlußkraft ein und mußten besucht werden. Mary jammerte über die Unumgänglichkeit. Es ahne ja niemand, wie sie darunter leiden werde. Sie werde es hinauszögern, solange sie könne, gab aber keine Ruhe, bis sie Charles dazu überredet hatte, sie bei der ersten Gelegenheit hinüberzufahren, und befand sich im angenehmen Zustand äußerst lebhafter eingebildeter Erregung, als sie zurückkam. Anne war von Herzen froh, daß sie keine Möglichkeit hatte hinzufahren. Sie wollte die Crofts allerdings gern kennenlernen und freute sich, zu Hause zu sein, als der Besuch erwidert wurde. Sie kamen. Der Herr des Hauses war nicht daheim, aber die beiden Schwestern waren da; und da der Zufall es wollte, daß Anne sich Mrs. Crofts annahm, während der Admiral sich zu Mary setzte und sich durch die gutmütige Anteilnahme an ihren kleinen Jungen sehr beliebt machte, hatte sie ausgiebig Gelegenheit, auf Ähnlichkeiten zu achten und sie, falls der Gesichtsausdruck ihr nichts sagte, in ihrer Stimme, ihren Auffassungen und ihren Gesten zu suchen.

Mrs. Croft, obwohl weder groß noch dick, war von einer Gesetztheit, Geradheit und Vitalität, die ihrer Person Gewicht verlieh. Sie hatte strahlende dunkle Augen, gute Zähne und ein durchaus ansprechendes Gesicht, obwohl man aus ihrem geröteten und wettergebräunten Teint – einer Folge davon, daß sie beinahe ebenso viel Zeit auf See verbracht hatte wie ihr Mann – geschlossen hätte, daß sie schon etwas länger auf der Welt war als achtunddreißig Jahre. Ihr Benehmen war offen, ungezwungen und bestimmt wie bei jemandem, dem es an Selbstvertrauen nicht fehlt und der sich im klaren ist, was er zu tun hat, ohne jedoch in die Nähe von Gewöhnlichkeit oder Humorlosigkeit zu geraten; und Anne mußte ihr wirklich zugestehen, daß sie in allem, was sich im Zusammenhang mit Kellynch auf *sie* bezog, großes Taktgefühl bewies. Das freute sie besonders, da sie sich in der allerersten halben Minute, ja, unmittelbar bei der Vorstellung vergewissert hatte, daß Mrs. Croft auch nicht das geringste Anzeichen von Mitwissen oder Verdacht verriet, das auf Voreingenommenheit hätte schließen lassen. Sie war also in dieser Hinsicht ganz ruhig und deshalb voller Zuversicht und Mut, bis eine plötzliche Bemerkung von Mrs. Croft sie zusammenfahren ließ:

»Mit Ihnen und nicht mit Ihrer Schwester hatte mein Bruder, wie ich höre, das Vergnügen, bekannt zu sein, als er in dieser Gegend wohnte.«

Anne hoffte, über das Alter des Errötens hinaus zu sein, aber über das Alter starker Gemütsbewegungen war sie es nicht.

»Vielleicht haben Sie gar nicht gehört, daß er verheiratet ist«, fügte Mrs. Croft hinzu.

Nun konnte sie antworten, wie es sich gehörte, und war erleichtert, als Mrs. Crofts folgende Worte klarmachten, daß sie Mr. Wentworth gemeint, daß sie nichts gesagt hatte, was nicht auf beide Brüder zutraf. Sie begriff sofort, wie naheliegend es war, daß Mrs. Croft von Edward und nicht von Frederick sprach; und beschämt über ihre eigene Vergeßlichkeit, brachte sie den Ausführungen über das augenblickliche Wohlergehen ihres früheren Nachbarn das erforderliche Interesse entgegen.

Den Rest des Besuches überstand sie in völliger Gelassenheit, bis sie beim Aufbruch den Admiral zu Mary sagen hörte:
»Wir erwarten demnächst einen Bruder von Mrs. Croft hier. Sie kennen ihn bestimmt dem Namen nach.«
Er wurde durch die ungestümen Überfälle der kleinen Jungen unterbrochen, die sich an ihn hängten wie an einen alten Freund und ihn nicht gehen lassen wollten; und da er mit der Drohung, sie in seiner Manteltasche mitzunehmen, so beschäftigt war, daß ihm gar keine Zeit blieb, das zu beenden oder sich auch nur auf das zu besinnen, was er angefangen hatte, war Anne darauf angewiesen, sich so gut es ging einzureden, daß es sich immer noch um denselben Bruder handelte. Sie war sich ihrer Sache allerdings nicht so sicher, daß sie nicht liebend gern erfahren hätte, ob im Herrenhaus, wo die Crofts vorher einen Besuch gemacht hatten, etwas über das Thema gesagt worden war.
Die Familie vom Herrenhaus sollte an diesem Tag den Abend in der Cottage verbringen; und da es unterdessen zu spät im Jahr war, solche Besuche zu Fuß zu machen, fingen sie gerade an, auf die Kutsche zu horchen, als die jüngste Miss Musgrove eintrat. Daß sie kam, um die Familie zu entschuldigen, und daß sie nun womöglich den Abend allein verbringen mußten, war zuerst ihre Befürchtung; und Mary war auch schon drauf und dran, wie üblich beleidigt zu sein, als Louisa sie durch die Nachricht versöhnte, daß sie nur zu Fuß gekommen sei, um mehr Platz für die Harfe zu lassen, die mit der Kutsche nachkäme.
»Und ich will euch auch genau erzählen«, fuhr sie fort, »warum. Ich bin gekommen, um euch zu sagen, daß Papa und Mama heute abend sehr niedergeschlagen sind, besonders Mama. Sie muß immer an den armen Richard denken, und wir waren uns einig, daß die Harfe das beste wäre, denn sie macht ihr anscheinend mehr Spaß als das Klavier. Ich will euch auch sagen, warum sie so niederge-

schlagen ist. Als die Crofts heute vormittag zu Besuch waren (hinterher waren sie hier, oder nicht?), haben sie zufällig erwähnt, daß ihr Bruder, Kapitän Wentworth, gerade nach England zurückgekehrt ist oder vorläufig an Land bleibt oder irgend so was und daß er sie sehr bald besuchen will, und unglücklicherweise fiel Mama, als sie gegangen waren, ein, daß der Kapitän des armen Richard früher mal Wentworth oder so was ähnliches geheißen hat, ich weiß nicht, wann oder wo, aber jedenfalls lange vor seinem Tod, der Ärmste! Und als sie seine Briefe und Sachen durchsah, stellte sie fest, daß es stimmte, und ist nun ganz sicher, daß er genau der Mann sein muß, und muß nun immer daran denken und an den armen Richard! Wir müssen also alle so vergnügt sein wie möglich, damit sie nicht immer an solche trostlosen Sachen denkt.«

Die wahren Hintergründe dieser traurigen Familiengeschichte waren, daß die Musgroves das Unglück gehabt hatten, einen sehr schwierigen, hoffnungslosen Sohn zu haben, und das Glück, ihn zu verlieren, bevor er zwanzig war. Daß man ihn auf See geschickt hatte, weil er an Land so dumm und unausstehlich war; daß der Familie niemals viel an ihm gelegen hatte, wenn auch fast mehr, als er verdiente; daß er selten von sich hören ließ und so gut wie gar nicht vermißt wurde, als die Nachricht von seinem Tode vor zwei Jahren nach Uppercross gelangt war.

Er war, auch wenn seine Schwestern sich nun alle Mühe um ihn gaben, indem sie ihn den »armen Richard« nannten, in Wirklichkeit nichts anderes als der dickköpfige, gefühllose, nutzlose Dick Musgrove gewesen, der, tot oder lebendig, nichts getan hatte, was ihn zu mehr als der Abkürzung seines Namens berechtigt hätte.

Er war mehrere Jahre zur See gefahren und im Verlauf von Versetzungen, der alle Kadetten und besonders solche unterworfen sind, die jeder Kapitän los werden möchte, sechs Monate an Bord von Kapitän Frederick

Wentworths Fregatte, der »Laconia«, gewesen. Und von der »Laconia« hatte er unter dem Einfluß seines Kapitäns die einzigen beiden Briefe geschrieben, die sein Vater und seine Mutter während seiner ganzen Abwesenheit je von ihm erhalten hatten; d. h. die einzigen beiden uneigennützigen Briefe. Alle anderen waren bloße Bitten um Geld gewesen.

In beiden Briefen hatte er seinen Kapitän lobend erwähnt, aber sie waren so wenig daran gewöhnt, auf solche Dinge zu achten, so unaufmerksam und wenig neugierig waren sie, was die Namen von Männern und Schiffen anging, daß es damals so gut wie keinen Eindruck bei ihnen hinterlassen hatte; und daß Mrs. Musgrove ausgerechnet an diesem Tag der Name Wentworth im Zusammenhang mit ihrem Sohn schlagartig einfiel, war anscheinend einer jener außergewöhnlichen Geistesblitze, die gelegentlich vorkommen.

Sie war an ihre Briefe gegangen und hatte alles bestätigt gefunden; und das Wiederlesen dieser Briefe nach so langer Zeit, jetzt, wo ihr armer Sohn längst dahin und die Schwere seiner Fehler längst vergessen war, berührte sie sichtbar schmerzlich und rief größere Trauer um ihn hervor, als sie bei der unmittelbaren Nachricht seines Todes empfunden hatte. Mr. Musgrove war, wenn auch in geringerem Maße, ebenso bedrückt; und als sie die Cottage erreichten, war es ihnen ein offensichtliches Bedürfnis, zunächst das Thema lang und breit noch einmal zu erörtern und anschließend allen Trost zu erhalten, den ausgelassene Gesellschaft geben konnte.

Daß man so viel von Kapitän Wentworth redete, seinen Namen so oft wiederholte, über vergangene Jahre rätselte und sich schließlich einigte, daß es vermutlich, daß es höchstwahrscheinlich genau der Kapitän Wentworth sei, den sie, wie sie sich erinnerten, ein- oder zweimal nach ihrer Rückkehr von Clifton getroffen hatten – ein stattlicher junger Mann, aber niemand wußte, ob es sieben oder acht Jahre her war – war eine neue Prüfung für

Annes Nerven. Sie fand allerdings, daß dies etwas war, woran sie sich gewöhnen mußte. Da er tatsächlich in der Gegend erwartet wurde, mußte sie sich zwingen, in solchen Dingen unempfindlich zu sein; und nicht nur hatte es den Anschein, daß er erwartet wurde, und zwar umgehend, sondern in ihrer tiefen Dankbarkeit für die Freundlichkeit, die er dem armen Dick erwiesen hatte, und aus Achtung vor seinem Charakter, der sich dadurch auszeichnete, daß der arme Dick sechs Monate lang unter seiner Obhut gewesen war und ihn in warmen, wenn auch nicht einwandfrei buchstabierten Lobeshymnen einen »schneidichen Buhrschen« genannt hatte, »wenn er auch zufiel den Schulmeister spilte«, bestanden die Musgroves darauf, sich ihm vorzustellen und seine Bekanntschaft zu machen, sobald sie von seiner Ankunft hörten. Durch diesen Entschluß trug der Abend wesentlich zu ihrem Trost bei.

Kapitel 7

Nur wenige Tage später, und Kapitän Wentworth war, wie man wußte, in Kellynch, und Mr. Musgrove hatte ihm einen Besuch gemacht und war des Lobes voll zurückgekommen; und nach Ablauf einer weiteren Woche war er mit den Crofts in Uppercross zum Essen eingeladen. Mr. Musgrove war sehr enttäuscht gewesen, daß man keinen früheren Termin vereinbaren konnte, so ungeduldig war er, Kapitän Wentworth seine Dankbarkeit zu erweisen, ihn unter seinem eigenen Dach zu sehen und ihn mit dem Stärksten und Besten aus seinem Weinkeller willkommen zu heißen. Aber eine Woche mußte vergehen, eine Woche nur, nach Annes Schätzung, dann würden sie sich wohl treffen, und bald hatte sie Grund zu wünschen, wenigstens diese eine Woche vor ihm sicher zu sein.

Kapitän Wentworth erwiderte Mr. Musgroves Zuvorkommenheit beinahe umgehend, und fast hätte auch sie während derselben halben Stunde einen Besuch im Herrenhaus gemacht! Sie war nämlich schon im Begriff, mit Mary dorthin aufzubrechen, wo sie ihn, wie sie später erfuhr, unweigerlich getroffen hätten, wenn sie nicht dadurch aufgehalten worden wären, daß der ältere Junge infolge eines bösen Sturzes im nämlichen Augenblick nach Hause gebracht wurde. Der Zustand des Kindes verhinderte den Besuch, aber sie konnte auch angesichts der allergrößten Besorgnis, die sie anschließend um seinetwillen empfanden, nicht mit Gelassenheit an ihr Entkommen denken.

Er hatte sich das Schlüsselbein gebrochen und Verletzungen am Rücken erlitten, die zu größter Besorgnis Anlaß gaben. Es war ein sorgenvoller Nachmittag, und Anne mußte alles gleichzeitig tun – nach dem Apotheker schikken – den Vater suchen und benachrichtigen lassen – die Mutter trösten und vor hysterischen Anfällen bewahren – das Personal anleiten – das jüngere Kind fernhalten und den armen Kranken pflegen und trösten; und außerdem mußte sie, sobald sie daran dachte, das Herrenhaus benachrichtigen, was ihr Zulauf von eher verängstigten, neugierigen Zuschauern als von besonders nützlichen Helfern brachte.

Die Rückkehr ihres Schwagers war eine Erleichterung für sie, er konnte sich am besten um seine Frau kümmern; und die Ankunft des Apothekers bald darauf war eine wahre Wohltat. Bis er kam und das Kind untersucht hatte, hatten sie schlimmste Befürchtungen, weil sie völlig im ungewissen schwebten. Sie vermuteten schwere Verletzungen, wußten aber nicht, wo. Aber nun war das Schlüsselbein bald eingerenkt, und obwohl Mr. Robinson ihn immer wieder abtastete und massierte und ein ernstes Gesicht machte und leise mit dem Vater und der Tante sprach, konnten sie doch alle das Beste hoffen und aufbrechen und ihr Dinner einigermaßen beruhigt verzehren; und jetzt endlich, unmittelbar vor dem Aufbruch, waren die beiden jungen Tanten imstande, so weit vom Zustand ihres Neffen abzusehen, daß sie einen Bericht von Kapitän Wentworths Besuch geben konnten. Sie blieben fünf Minuten länger als Vater und Mutter, um ihnen einen Eindruck zu vermitteln, wie ausgesprochen entzückt sie von ihm waren, wieviel attraktiver, wie unendlich viel liebenswürdiger sie ihn fanden als diejenigen unter ihren männlichen Bekannten, die überhaupt bei ihnen in Gunst standen – wie froh sie waren, als Papa ihn eingeladen hatte, zum Dinner zu bleiben – wie leid es ihnen tat, als er sagte, daß er dazu nicht imstande sei – und wie froh dann wieder, als er in Erwiderung auf Papas und Mamas drängende Einladungen versprochen hatte, morgen zu ihnen zum Essen zu kommen, tatsächlich schon morgen! Und er hatte es auf so reizende Art und Weise versprochen, als sei er sich durchaus der Beweggründe ihrer Aufmerksamkeit bewußt. Kurz und gut, sein Äußeres und seine Worte hatten einen so überwältigenden Charme, daß sie ihnen allen versichern könnten, er habe ihnen beiden völlig den Kopf verdreht! Und fort waren sie, mindestens ebenso vergnügt wie verliebt und in Gedanken offensichtlich mehr bei Kapitän Wentworth als beim kleinen Charles.

Die gleiche Geschichte und die gleichen Begeisterungsausbrüche wiederholten sich, als die beiden Mädchen in der Abenddämmerung mit ihrem Vater kamen, um sich nach dem Kranken zu erkundigen; und Mr. Musgrove, von der ursprünglichen Befürchtung um seinen Erben befreit, konnte seine Bestätigung und sein Lob hinzufügen, hoffen, es gebe nun keinen Anlaß mehr, Kapitän Wentworths Besuch zu verschieben, und nur bedauern, daß die Familie in der Cottage den Kleinen vermutlich nicht allein lassen wollte, um ihn zu treffen. – »O nein! Den Kleinen allein lassen!« – Sowohl Vater als auch Mutter standen noch zu sehr unter dem Eindruck des jüngsten Schocks, um auch nur daran denken zu können;

und Anne, froh, noch einmal davonzukommen, konnte nicht umhin, in ihren Protest nachdrücklich einzustimmen.
Charles Musgrove allerdings besann sich hinterher. Dem Kind gehe es zusehends besser, er würde Kapitän Wentworth so gern kennenlernen, daß er sich vielleicht am Abend zu ihnen gesellen könne; er werde nicht außer Haus essen, aber vielleicht auf eine halbe Stunde hinübergehen. Damit allerdings stieß er bei seiner Frau auf heftigen Widerstand. »O nein! Wirklich, Charles, das kannst du mir nicht antun. Denk doch nur, wenn etwas passieren sollte!«
Das Kind verbrachte eine gute Nacht, und es ging ihm am nächsten Tag zusehends besser. Es war nun lediglich eine Frage der Zeit, bis man sicher wußte, daß keine Rückgratverletzung vorlag, und da Mr. Robinson nichts fand, was zu weiterer Beunruhigung Anlaß gab, sah Charles Musgrove keinen Grund, sich noch länger einsperren zu lassen. Das Kind sollte im Bett bleiben und so still wie möglich beschäftigt werden. Aber was sollte ein Vater dabei schon tun? Dies war ganz und gar Frauensache, und es wäre höchst absurd, wenn er, der sich in keiner Weise zu Hause nützlich machen konnte, sich einschließen würde. Sein Vater lege Wert darauf, daß er Kapitän Wentworth kennenlerne, und da keine ernsthaften Gründe dagegensprächen, müsse er auch gehen. Und es endete damit, daß er bei seiner Rückkehr von der Jagd eine kühne öffentliche Erklärung abgab, daß er die Absicht habe, sich auf der Stelle umzuziehen und im anderen Haus zu essen.
»Dem Kind könnte es gar nicht besser gehen«, sagte er, »also habe ich gerade zu meinem Vater gesagt, daß ich kommen würde, und er fand, ich hätte ganz recht; und da deine Schwester bei dir ist, mein Schatz, habe ich auch gar keine Skrupel. Du selbst würdest ihn nicht gern allein lassen, aber ich werde hier doch gar nicht gebraucht. Anne soll nach mir schicken, wenn etwas los ist.«

Eheleute wissen im allgemeinen genau, wann Widerstand vergeblich ist. Mary erkannte an Charles' Art zu sprechen, daß er entschlossen war zu gehen und daß es zu nichts führte, wenn sie ihm zusetzen würde. Sie sagte deshalb nichts, solange er im Zimmer war, aber sobald nur Anne allein sie hören konnte, begann sie:
»Aha! Wir beide dürfen also sehen, wie wir mit diesem armen kranken Kind allein fertig werden – und den ganzen Abend keine Menschenseele, die sich um uns kümmert! Ich wußte, daß es so kommen würde. So geht es mir immer. Wenn es etwas Unerfreuliches zu tun gibt, halten sich die Männer immer raus, und Charles ist auch nicht besser. Eine ausgesprochene Rücksichtslosigkeit! Ich muß schon sagen, es ist eine ausgesprochene Rücksichtslosigkeit von ihm, diesen armen kleinen Jungen im Stich zu lassen! Und sagt auch noch, daß es ihm besser geht! Woher will er denn wissen, ob es ihm besser geht oder ob er in einer halben Stunde nicht einen plötzlichen Rückfall hat. Ich hätte nicht gedacht, daß Charles so rücksichtslos sein kann! Er geht also weg und amüsiert sich, und bloß weil ich die arme Mutter bin, darf ich mich nicht vom Fleck rühren, und dabei bin ich am allerwenigsten geeignet, mich um das Kind zu kümmern. Gerade *weil* ich seine Mutter bin, müßten meine Gefühle geschont werden. Ich bin dem ganz und gar nicht gewachsen. Du hast ja gesehen, wie hysterisch ich gestern war.«
»Aber das lag doch nur an dem plötzlichen Schreck – an dem Schock. Du wirst sicher nicht noch einmal hysterisch. Es gibt bestimmt keinen Grund zur Beunruhigung. Mr. Robinsons Anweisungen sind mir völlig klar, und ich habe keine Befürchtungen. Und außerdem, Mary, ich wundere mich nicht über deinen Mann, Krankenpflege ist nichts für Männer, es ist nicht ihre Stärke. Ein krankes Kind gehört immer der Mutter, das sagen ihr ihre eigenen Gefühle.«
»Ich hänge hoffentlich an meinem Kind ebenso wie jede

andere Mutter, aber ich weiß wirklich nicht, warum ich im Krankenzimmer dringender gebraucht werde als Charles, denn ich kann so ein armes Kind nicht immer ausschimpfen und zurechtweisen, wenn es krank ist. Du hast ja selbst heute vormittag gesehen, wenn ich ihm sage, er soll still liegen, dann strampelt er sich gleich wieder bloß. Für so was habe ich einfach keine Nerven.«

»Aber hättest du denn Ruhe, wenn du den armen Jungen den ganzen Abend allein ließest?«

»Ja, seinem Papa macht es nichts aus, warum also mir? Jemima ist so gewissenhaft! Und sie könnte uns alle Stunde Bescheid sagen lassen, wie es ihm geht. Ich finde wirklich, Charles hätte seinem Vater ebenso gut sagen können, daß wir alle kommen. Ich mache mir im Augenblick nicht mehr Sorgen um den Kleinen als er. Gestern habe ich mir furchtbare Sorgen gemacht, aber heute sieht die Sache ganz anders aus.«

»Na ja – wenn du findest, daß es nicht zu spät ist, Bescheid zu sagen, warum geht ihr dann nicht beide hin? Überlaßt den kleinen Charles mir. Mr. und Mrs. Musgrove können nichts dagegen haben, solange ich bei ihm bin.«

»Ist das dein Ernst?« rief Mary mit leuchtenden Augen. »Meine Güte, das ist eine glänzende Idee, wirklich glänzend. Was liegt schon daran, ob ich gehe oder bleibe, ich werde hier doch nicht gebraucht – oder? Und es belastet mich ohnehin nur. Du hast nicht die Gefühle einer Mutter und bist wesentlich besser geeignet. Du wirst mit dem kleinen Charles so gut fertig, dir gehorcht er aufs Wort. Das ist bei weitem besser, als ihn mit Jemima allein zu lassen. Doch! Natürlich gehe ich hin. Ich muß mindestens ebenso dringend gehen wie Charles, denn sie wollen unbedingt, daß ich Kapitän Wentworth kennenlerne, ich weiß, daß es dir nichts ausmacht, allein zu bleiben. Eine ausgezeichnete Idee von dir, Anne, wirklich! Ich gehe und sage Charles Bescheid und ziehe mich sofort um. Du kannst uns ja jederzeit holen lassen, wenn etwas los ist. Aber es gibt bestimmt keinen Anlaß zur Beunruhigung. Glaub mir, ich würde gewiß nicht gehen, wenn ich mir um mein liebes Kind irgendwelche Sorgen machte.«

Einen Augenblick später klopfte sie ans Ankleidezimmer ihres Mannes, und da ihr Anne die Treppe hinauf folgte, kam sie gerade rechtzeitig, um die ganze Unterhaltung mitzuhören, die damit begann, daß Mary überschwenglich sagte:

»Ich komme mit, Charles, denn ich werde zu Hause ebenso wenig gebraucht wie du. Auch wenn ich mich für den Rest meines Lebens mit dem Kind einschlösse, könnte ich ihn doch zu nichts bewegen, wozu er keine Lust hat. Anne bleibt hier. Anne hat sich bereit erklärt, zu Hause zu bleiben und sich um ihn zu kümmern. Es ist Annes eigener Vorschlag, und deshalb gehe ich mit, was auch viel besser ist, denn ich habe seit Dienstag nicht im Herrenhaus gegessen.«

»Das ist sehr freundlich von Anne«, antwortete ihr Mann, »und mir wäre es sehr lieb, wenn du mitgingest. Aber ist es nicht ungerecht, daß sie allein zu Hause bleiben muß, um unser krankes Kind zu hüten?«

Nun war Anne zur Stelle, um ihren eigenen Standpunkt zu verteidigen, und da die Ernsthaftigkeit ihrer Argumentation ihn bald hinlänglich überzeugte, wo er sich nur zu gern überzeugen ließ, hatte er weiter keine Skrupel, sie zum Dinner sich selbst zu überlassen, obwohl er es immer noch gern gesehen hätte, wenn sie sich später, sobald das Kind eingeschlafen war, zu ihnen gesellt hätte, und freundlich in sie drang, ihn herüberkommen und sie abholen zu lassen. Aber sie blieb standhaft; und da das der Fall war, hatte sie bald das Vergnügen, die beiden in bester Stimmung aufbrechen zu sehen. Sie hoffte, sie würden sich amüsieren, auf welch merkwürdigen Voraussetzungen dieses Amüsement auch beruhen mochte, und tröstlichere Empfindungen als die, mit denen sie zurückblieb, hatte sie auch in Zukunft nicht zu erwarten. Sie wußte, daß sie dem Kind unentbehrlich war, und was bedeutete es ihr, wenn Frederick Wentworth sich nur eine halbe Meile entfernt bei anderen beliebt machte.

Sie hätte gern gewußt, wie er über eine Begegnung mit ihr dachte. Vielleicht empfand er Gleichgültigkeit, wenn es unter solchen Umständen überhaupt Gleichgültigkeit geben konnte. Er mußte entweder gleichgültig oder abgeneigt sein. Hätte er je den Wunsch gehabt, sie wiederzusehen, hätte er nicht so lange zu warten brauchen. Er hätte getan, was sie an seiner Stelle bestimmt längst getan hätte, als die Umstände ihm die Unabhängigkeit gaben, die allein ihm gefehlt hatte.

Ihr Schwager und ihre Schwester kehrten entzückt von ihrer neuen Bekanntschaft und ihrem Besuch im allgemeinen zurück. Man hatte musiziert, sich unterhalten, gelacht und sich alles in allem glänzend amüsiert. Reizende Umgangsformen, dieser Kapitän Wentworth; keinerlei Schüchternheit oder Zurückhaltung! Als wären sie alte Bekannte gewesen, und er würde am nächsten Vormittag kommen, um mit Charles auf die Jagd zu gehen. Er würde zum Frühstück kommen, aber nicht in der Cottage, obwohl zuerst die Rede davon gewesen war. Aber man hatte darauf bestanden, daß er statt dessen zum Herrenhaus kam, und er befürchtete anscheinend, Mrs. Charles Musgrove wegen des Kindes im Wege zu sein. Jedenfalls lief es dann irgendwie darauf hinaus, und keiner wußte recht, wie, daß Charles ihn zum Frühstück bei seinem Vater treffen sollte.

Anne verstand. Er wollte eine Begegnung vermeiden. Er hatte sich, wie sie erfuhr, flüchtig nach ihr erkundigt, wie es einer früheren flüchtigen Bekanntschaft wohl entsprach, und wollte damit anscheinend zu verstehen geben, was sie ihrerseits zu verstehen gegeben, ja, vielleicht sogar ausgelöst hatte, als sie einer Begegnung mit ihm aus dem Weg ging.

In der Cottage begann der Vormittag immer erst später als im Herrenhaus, und an diesem Tag war der Unterschied so groß, daß Mary und Anne sich gerade erst zum Frühstück setzten, als Charles hereinkam, um ihnen zu sagen, daß sie eben aufbrechen wollten, daß er wegen der Hunde gekommen sei, daß seine Schwestern mit Kapitän Wentworth folgten, seine Schwestern Mary und das Kind besuchen wollten und Kapitän Wentworth ebenfalls ein paar Minuten bei ihr vorsprechen wolle, falls es nicht ungelegen komme; und obwohl Charles ihm versichert hatte, daß der Gesundheitszustand des Kindes seinen Besuch keineswegs ungelegen mache, hatte Kapitän Wentworth darauf bestanden, daß er vorauslief und Bescheid sagte.
Mary, geschmeichelt von so viel Aufmerksamkeit, war über den Besuch entzückt, während tausend Empfindungen auf Anne einstürzten, von denen die tröstlichste noch war, daß es bald vorüber sein würde; und es war auch bald vorüber. Zwei Minuten nach Charles' Ankündigung erschienen die anderen. Sie waren im Wohnzimmer. Ihr Blick streifte Kapitän Wentworth. Eine Verbeugung, ein Knicks folgten. Sie hörte seine Stimme – er sprach mit Mary, sagte alles, was sich gehörte, sagte etwas zu den Miss Musgrove, genug, um einen zwanglosen Umgangston zu verraten. Der Raum schien voll – voller Menschen und Stimmen –, aber in ein paar Minuten war alles vorbei. Charles zeigte sich am Fenster, alles war bereit, ihr Besucher hatte sich verbeugt und war fort. Die Miss Musgrove waren ebenfalls fort, denn sie hatten sich plötzlich entschlossen, die beiden Jäger ans Dorfende zu begleiten: das Zimmer war leer, und Anne mochte ihr Frühstück beenden, so gut sie konnte.
»Es ist vorüber! Es ist vorüber!« wiederholte sie innerlich immer wieder dankbar, aber voller Erregung. »Das Schlimmste ist vorüber!«
Mary redete, aber sie konnte nicht zuhören. Sie hatte ihn

gesehen. Sie waren sich begegnet. Sie waren noch einmal im gleichen Zimmer gewesen!
Bald allerdings begann sie, sich zur Vernunft zu rufen und sich zu bemühen, weniger emotional zu reagieren. Acht Jahre, beinahe acht Jahre waren vergangen, seit alles zu Ende gegangen war. Wie lächerlich, wieder dieselbe Erregung zu spüren, die diese Zeitspanne in eine undeutliche Ferne verbannt hatte! Was konnten acht Jahre nicht alles bewirken! Alle möglichen Ereignisse, Veränderungen, Entfremdungen, Trennungen – alles, alles konnte in dieser Zeit vorgefallen sein, und das Auslöschen der Vergangenheit – wie natürlich und auch wie selbstverständlich! Diese Zeit umfaßte fast ein Drittel ihres eigenen Lebens.
Aber ach, bei all ihren Überlegungen stellte sie fest, daß für beständige Gefühle acht Jahre wenig mehr sind als ein Nichts.
Und wie mußte sie nun seine Gefühle deuten? Sah es aus, als wolle er ihr aus dem Weg gehen? Schon im nächsten Augenblick haßte sie sich für die Torheit, mit der sie diese Frage stellte.
Im Hinblick auf eine weitere Frage – und auch die größte Abgeklärtheit hätte sie wohl nicht verhindern können – blieb ihr jede Ungewißheit erspart, denn nachdem die Miss Musgrove zurückgekehrt und ihren Besuch in der Cottage beendet hatten, bemerkte Mary ganz spontan zu ihr:
»Kapitän Wentworth ist nicht sehr galant zu dir, Anne, obwohl er mir gegenüber so aufmerksam war. Henrietta hat ihn gefragt, was er von dir hält, als sie aufbrachen, und er hat gesagt, du hättest dich so verändert, er hätte dich nicht wiedererkannt.«
Mary besaß im allgemeinen nicht genug Taktgefühl, um die Empfindungen ihrer Schwester zu schonen; aber sie ahnte nicht im geringsten, wie tief sie sie in diesem Fall verletzte.
»Bis zur Unkenntlichkeit verändert!« Anne unterwarf

sich dem Urteil schweigend und tief gedemütigt. Zweifellos war es so; und sie konnte sich nicht einmal rächen, denn er hatte sich nicht verändert, jedenfalls nicht zum Nachteil. Das hatte sie sich bereits selbst eingestanden, und sie konnte ihre Meinung nicht ändern, mochte er von ihr denken, was er wollte. Nein, die Jahre, die ihre Jugend und ihre Blüte zerstört hatten, hatten ihm nur ein strahlenderes, männlicheres, offeneres Aussehen gegeben, ohne seine persönliche Anziehungskraft im geringsten zu beeinträchtigen. Sie hatte demselben Frederick Wentworth gegenübergestanden.

»So verändert, daß er sie nicht wiedererkannt hatte!« Diese Worte mußten ihr einfach nachgehen. Doch nach und nach wurde sie froh darüber, sie gehört zu haben. Sie hatten eine ernüchternde Wirkung; sie dämpften ihre Erregung; sie gaben ihr Haltung und trugen deshalb zu ihrer Seelenruhe bei.

Frederick Wentworth hatte diese Worte oder jedenfalls ähnliche benutzt, aber ohne zu ahnen, daß sie ihr hinterbracht würden. Er hatte sie kläglich verändert gefunden und, darauf angesprochen, seinen Gefühlen freien Lauf gelassen. Er hatte Anne Elliot nicht verziehen. Sie hatte ihn schlecht behandelt, ihn verlassen und enttäuscht, und schlimmer noch, sie hatte dabei eine Charakterschwäche verraten, die seine eigene entschlossene, selbstbewußte Natur nicht ertragen konnte. Sie hatte anderen zuliebe auf ihn verzichtet. Es war die Folge unbilliger Überredung gewesen. Es war Schwäche und Kleinmut gewesen.

Er hatte sie ernsthaft geliebt und hatte seitdem keine Frau getroffen, die er ihr ebenbürtig fand. Aber abgesehen von einem ganz natürlichen Gefühl der Neugier hatte er keinerlei Bedürfnis, sie wiederzusehen. Sie hatte ihre Macht über ihn ein für allemal verloren.

Er hatte nun vor zu heiraten. Er war reich, und da er nun an Land blieb, beabsichtigte er ernsthaft, sich niederzulassen, sobald sich eine passende Gelegenheit dazu bot, und sah sich tatsächlich in der Absicht um, sich so schnell zu verlieben, wie ein klarer Kopf und ein anspruchsvoller Geschmack es zuließen. Er hatte ein Herz für beide Miss Musgrove, wenn sie es erobern konnten; kurz und gut, ein Herz für jede ansprechende junge Frau, die ihm über den Weg lief, außer für Anne Elliot. Das war die einzige Ausnahme, die er insgeheim machte, als er auf die Mutmaßungen seiner Schwester antwortete:

»Ja, Sophia, hier bin ich nun, zu jeder Dummheit bereit. Jede zwischen fünfzehn und dreißig kann mich ohne weiteres haben. Ein hübsches Gesicht, ein gelegentliches Lächeln, ein paar Komplimente an die Marine, und ich bin verloren. Sollte das nicht ausreichen für einen Seemann, der zu wenig in weiblicher Gesellschaft gewesen ist, um wählerisch zu sein?«

Das sagte er, wie sie wußte, nur, damit sie ihm widersprach. Sein blitzender, stolzer Blick verriet deutlich, daß er doch wählerisch war, und Anne Elliot war beileibe nicht vergessen, als er die Frau, der er zu begegnen wünschte, etwas ernsthafter beschrieb. »Ein selbständiger Geist, gepaart mit einem liebenswürdigen Wesen«, waren das A und O seiner Beschreibung.

»Das ist die Frau, die ich mir wünsche«, sagte er. »Ein bißchen würde ich meine Ansprüche herunterschrauben, aber doch nicht viel. Wenn ich schon ein Narr bin, dann wenigstens ganz, denn ich habe über das Thema mehr nachgedacht als die meisten Männer.«

Kapitel 8

Von nun an fanden sich Kapitän Wentworth und Anne Elliot wiederholt in derselben Gesellschaft. Bald aßen sie auch zusammen bei Mr. Musgrove, denn der Gesundheitszustand des kleinen Jungen konnte seiner Tante nicht länger als Vorwand dienen, fernzubleiben; und das war nur der Beginn von weiteren Dinners und weiteren Begegnungen.

Ob die alte Zuneigung sich wieder einstellen würde, blieb abzuwarten. An alte Zeiten mußten beide unweigerlich erinnert werden. Man konnte sie nicht umgehen. Es ließ sich gar nicht vermeiden, daß er in den kleinen Erzählungen und Beschreibungen, zu denen das Gespräch führte, das Jahr ihrer Verlobung erwähnte. Sein Beruf berechtigte und seine Natur veranlaßte ihn dazu, das Wort zu ergreifen, und der Satz »Das war im Jahre 6«, »Das geschah im Jahre 6, bevor ich auf See ging«, fiel mehrmals im Laufe des ersten Abends, den sie gemeinsam verbrachten; und obwohl seine Stimme nicht schwankte und obwohl sie keinen Grund zu der Annahme hatte, daß sein Blick beim Sprechen zu ihr herüberschweifte, erschien es Anne, wie sie ihn kannte, völlig ausgeschlossen, daß er nicht ebenso von Erinnerungen heimgesucht wurde wie sie selbst. Seine Gedanken mußten doch in dieselbe Richtung wandern, obwohl sie es für gänzlich unwahrscheinlich hielt, daß sie ihn ebenso schmerzlich berührten wie sie.

Ihre Unterhaltung, ihr Umgang miteinander gingen über die nötigsten Höflichkeiten nicht hinaus. Einander früher soviel bedeutet! Und jetzt nichts! Es hatte eine Zeit gegeben, wo es ihnen von all den jetzt das Wohnzimmer in Uppercross füllenden Leuten am schwersten gefallen wäre, nicht mehr miteinander zu sprechen. Mit Ausnahme vielleicht von Admiral und Mrs. Croft, die anscheinend ein besonders enges und glückliches Verhältnis hatten (Anne konnte selbst unter den verheirateten Paaren keine weitere Ausnahme machen), hätte man keine so unbefangenen Herzen, keine so ähnlichen Geschmäcke, keine so einträchtigen Empfindungen, keine sich so zugetanen Gesichter gefunden. Jetzt waren sie wie Fremde, ja, schlimmer als Fremde, denn sie konnten nie wieder miteinander vertraut werden. Es war eine Entfremdung für immer.

Wenn er sprach, hörte sie dieselbe Stimme und erkannte dahinter denselben Geist. Die ganze Gesellschaft hatte von der Seefahrt nicht die geringste Ahnung, und er wurde, und zwar besonders von den beiden Miss Musgrove, die anscheinend nur für ihn Augen hatten, mit Fragen über die Lebensweise an Bord, die täglichen Pflichten, das Essen, die Arbeitszeit usw. bestürmt; und ihr Erstaunen über seine Berichte, über das Maß der an Bord herrschenden Bequemlichkeit und Ordnung veranlaßte ihn zu liebevollem Spott, der Anne an frühere Zeiten erinnerte, als sie ebenfalls keine Ahnung hatte und sich ebenfalls den Vorwurf gefallen lassen mußte zu glauben, daß Seeleute ohne etwas zu essen an Bord leben oder ohne einen Koch, der es gegebenenfalls anrichtet, ohne einen Diener, der es aufträgt und überhaupt ohne Messer und Gabel zu benutzen.

So ins Zuhören und Nachdenken versunken, wurde sie von Mrs. Musgroves Geflüster unterbrochen, die, von blindem Selbstmitleid überwältigt, nicht umhin konnte, zu bemerken:

»Ach, Miss Anne! Wenn es dem Himmel gefallen hätte, meinen armen Sohn zu verschonen, dann wäre inzwischen bestimmt auch solch ein Mann aus ihm geworden.«

Anne unterdrückte ein Lächeln und hörte freundlich zu, während Mrs. Musgrove ihr Herz noch ein bißchen erleichterte, und konnte deshalb ein paar Minuten lang dem Gespräch der anderen nicht folgen. Als sie ihr Interesse wieder zuwenden konnte, wem sie wollte, waren die Miss Musgrove gerade dabei, den Flottenkalender zu holen (ihren eigenen Flottenkalender, der erste, den es je in Uppercross gegeben hatte), und setzten sich nun zusammen, um ihn eingehend zu studieren und, wie sie erklärten, herauszufinden, welche Schiffe Kapitän Wentworth kommandiert hatte.

»Ihr erstes war die ›Asp‹, erinnere ich mich; wir werden die ›Asp‹ suchen.«
»Sie werden sie darin nicht finden. Ganz heruntergekommen und altersschwach. Ich war der letzte, der sie kommandiert hat. Schon damals kaum noch seetüchtig. Noch ein oder zwei Jahre für den Küstendienst tauglich erklärt, und ich wurde damit prompt in die Karibik geschickt.«
Die Mädchen rissen vor Erstaunen die Augen auf.
»Die Admiralität«, fuhr er fort, »macht sich gelegentlich den Spaß, ein paar hundert Mann in einem Schiff auf See zu schicken, das völlig seeuntüchtig ist. Aber sie müssen eine Menge Leute unterhalten und können doch unmöglich unter den Tausenden, die man ebenso gut untergehen lassen kann, die Mannschaft auswählen, die man vielleicht am wenigsten vermißt.«
»Pah! Pah!« rief der Admiral. »Was für dummes Zeug diese jungen Leute reden! Eine bessere Korvette als die ›Asp‹ in ihrer besten Zeit hat es nie gegeben. Als eine vor so langer Zeit gebaute Korvette hatte sie nicht ihresgleichen. Er kann von Glück sagen, daß er sie bekommen hat. Er weiß genau, daß sich mindestens zwanzig bessere Leute als er zur gleichen Zeit um sie beworben haben. Er kann von Glück sagen, ohne viel Beziehungen so schnell ein Schiff bekommen zu haben.«
»Ich wußte mein Glück zu schätzen, Admiral, das können Sie mir glauben«, entgegnete Kapitän Wentworth ernsthaft. »Sie können sich gar nicht vorstellen, wie froh ich über meine Ernennung war. Es war damals gerade mein größter Wunsch, auf See zu sein – mein allergrößter Wunsch. Ich wollte unbedingt etwas tun.«
»Und ob Sie das wollten! Was sollte ein junger Bursche wie Sie wohl ein halbes Jahr lang an Land anfangen? Wenn ein Mann keine Frau hat, möchte er bald wieder an Bord sein.«
»Aber Kapitän Wentworth«, rief Louisa, »wie ärgerlich müssen Sie gewesen sein, als Sie auf die ›Asp‹ kamen und

sahen, was für einen alten Kahn man Ihnen gegeben hatte.«
»Ich wußte auch vorher schon ziemlich genau, wie sie aussah«, sagte er lächelnd. »Mir standen nicht mehr Überraschungen bevor als Ihnen über den Schick und die Haltbarkeit eines alten Mantels, der, solange Sie sich erinnern können, unter Ihren Bekannten herumgereicht worden ist und der schließlich an einem regnerischen Tag bei Ihnen wieder ankommt. Ach! die alte ›Asp‹ wuchs mir ans Herz. Sie tat alles, was ich wollte. Und das wußte ich auch. Ich wußte, daß wir entweder zusammen untergehen oder daß sie mein Glück machen würde; und solange ich mit ihr unterwegs war, hatte ich keine zwei Tage lang schlechtes Wetter; und nachdem wir genug Handelsschiffe gekapert hatten, um die Reise zu einem wahren Vergnügen zu machen, hatte ich auf der Heimfahrt im nächsten Herbst das Glück, genau *die* französische Fregatte aufzubringen, auf die ich es abgesehen hatte. Ich brachte sie nach Plymouth, und hier war mir das Glück wieder hold. Wir waren noch keine sechs Stunden in der Bucht, als ein Sturm losbrach, der vier Tage und vier Nächte dauerte und die arme alte ›Asp‹ schon nach zwei Tagen erledigt hätte, denn unser Rendezvous mit der *Grande Nation* hatte ihren Zustand nicht gerade verbessert. Vierundzwanzig Stunden danach wäre ich nichts als der tapfere Kapitän Wentworth in einer kleinen Anzeige in einer Ecke der Zeitungen gewesen; und da ich nur mit einer Korvette untergegangen wäre, hätte mir keiner eine Träne nachgeweint.«
Anne durfte ihr Erschauern nicht zeigen, aber die Miss Musgrove brauchten ihre ehrlich gemeinten Mitleids- und Schreckensausrufe nicht zu verbergen.
»Und dann, nehme ich an«, sagte Mrs. Musgrove mit gesenkter Stimme, als ob sie laut dachte, »und dann ging er also auf die ›Laconia‹, wo er unserem armen Jungen begegnete. Charles, mein Junge« (sie winkte ihn zu sich)

»frag doch Kapitän Wentworth, wo er deinen armen Bruder zum erstenmal getroffen hat. Ich vergesse es immer.«
»Das war in Gibraltar, Mutter, ich weiß es. Dick war krank auf Gibraltar zurückgelassen worden, mit einer Empfehlung seines früheren Kapitäns an Kapitän Wentworth.«
»Ach so! – Aber Charles, sag Kapitän Wentworth, er braucht keine Angst zu haben, den armen Dick in meiner Gegenwart zu erwähnen; es würde mir sogar Freude machen, wenn ein so guter Freund von ihm spricht.«
Charles, der sich der Risiken eines solchen Gesprächs etwas bewußter war, nickte nur zur Erwiderung und ging davon.
Die Mädchen waren nun auf der Suche nach der »Laconia«, und Kapitän Wentworth ließ sich das Vergnügen nicht rauben, um ihnen die Mühe zu ersparen, selbst den kostbaren Band in die Hand zu nehmen und laut noch einmal die kleine Eintragung vorzulesen, die Namen, Schiffsklasse und gegenwärtige Verwendung angab, wobei er bemerkte, daß auch sie zu den besten Freunden gehörte, die es je gab.
»Ja, das waren schöne Zeiten, als ich auf der ›Laconia‹ fuhr! Wie schnell ich Geld mit ihr gemacht habe! Ein Freund von mir und ich, wir haben eine so herrliche Kreuzfahrt vor den Karibischen Inseln gemacht. Der arme Harville, Schwester! Du weißt, wie dringend er Geld brauchte – mehr als ich. Er hatte eine Frau. Fabelhafter Bursche! Ich werde nie vergessen, wie glücklich er war. Ihm lag so daran, um ihretwillen. Ich wollte, er wäre im nächsten Sommer wieder dabei gewesen, als ich im Mittelmeer wieder dasselbe Glück hatte.«
»Und ich bin sicher, Sir«, sagte Mrs. Musgrove, »daß es für uns auch ein Glückstag war, als Sie auf dem Schiff Kapitän wurden. Wir werden nie vergessen, was Sie getan haben.«
Von ihren Gefühlen überwältigt, sprach sie mit gesenkter

Stimme; und Kapitän Wentworth, der sie nur teilweise verstand und dem Dick Musgrove vermutlich im Augenblick denkbar fern lag, sah sie eher gespannt an, als warte er auf mehr.
»Mein Bruder«, flüsterte eins der Mädchen, »Mama denkt an den armen Richard.«
»Armer, lieber Kerl«, fuhr Mrs. Musgrove fort, »er war so zuverlässig geworden und ein so regelmäßiger Briefschreiber, solange er in Ihrer Obhut war. Ach, es wäre ein wahres Glück gewesen, wenn er Sie nie verlassen hätte. Ich versichere Ihnen, Kapitän Wentworth, es tut uns richtig leid, daß er Sie je verlassen hat.«
Ein flüchtiger Zug in Kapitän Wentworths Gesicht, ein gewisser Ausdruck in seinen wachen Augen und ein Zucken um seinen gutgeschnittenen Mund bei diesen Worten überzeugten Anne, daß er, statt Mrs. Musgroves freundliche Wünsche im Hinblick auf ihren Sohn zu teilen, offensichtlich einige Mühe gehabt hatte, ihn loszuwerden. Aber der Anflug von Belustigung war zu schnell vorüber, als daß jemand ihn entdeckt hätte, der ihn nicht so gut kannte wie sie. Im nächsten Augenblick war er vollkommen gefaßt und ernst. Und fast unmittelbar darauf kam er zum Sofa herüber, auf dem sie und Mrs. Musgrove saßen, nahm neben dieser Platz, ließ sich mit gesenkter Stimme mit ihr in ein Gespräch über ihren Sohn ein und tat das mit so viel Anteilnahme und natürlichem Zartgefühl, daß daraus das liebevollste Verständnis für all das hervorging, was an den Empfindungen der Mutter echt und unaffektiert war.
Sie saßen tatsächlich beide auf demselben Sofa, denn Mrs. Musgrove hatte bereitwillig Platz für ihn gemacht – sie waren nur durch Mrs. Musgrove getrennt. Es war allerdings keine unerhebliche Barriere. Mrs. Musgrove war von gemütlichem, beträchtlichem Umfang, von der Natur viel eher dazu bestimmt, Heiterkeit und gute Laune auszustrahlen als Zärtlichkeit und Gefühl; und da man darauf vertrauen darf, daß die Erregung in Annes

schlanker Gestalt und nachdenklichem Gesicht dadurch vollständig abgeschirmt war, muß man Kapitän Wentworth etwas zugute halten für die Selbstbeherrschung, mit der er ihren herzzerreißenden, fetten Seufzern über das Schicksal eines Sohnes zuhörte, für den sich zu seinen Lebzeiten niemand interessiert hatte.

Körperlicher Umfang und seelischer Schmerz stehen natürlich nicht unbedingt in einem bestimmten Verhältnis zueinander. Eine umfangreiche, üppige Figur hat das gleiche Recht auf tiefen Seelenschmerz wie das graziöseste Ensemble von Gliedern. Aber, ob recht und billig oder nicht, es gibt unvorteilhafte Kombinationen, für die sich der Verstand vergeblich einsetzt – die der Geschmack nicht dulden kann – die der Lächerlichkeit zum Opfer fallen.

Nachdem sich der Admiral, die Hände auf dem Rücken, durch zwei oder drei Runden um das Zimmer Bewegung verschafft hatte und von seiner Frau dafür zurechtgewiesen worden war, trat er nun auf Kapitän Wentworth zu und richtete ohne Rücksicht darauf, was für ein Gespräch er unterbrach, und nur mit seinen eigenen Gedanken beschäftigt, folgende Worte an ihn:

»Wenn Sie letztes Frühjahr eine Woche später in Lissabon gewesen wären, Frederick, dann hätte man sie gebeten, Lady Mary Grierson und ihre Tochter an Bord zu nehmen.«

»Wirklich? Dann bin ich froh, daß ich nicht eine Woche später da war.«

Der Admiral machte ihm diesen Mangel an Galanterie zum Vorwurf. Er verteidigte sich, gab aber zu, daß er freiwillig keine Damen an Bord eines Schiffes lassen würde, das er kommandierte, es sei denn zu einem Ball oder einem Besuch, der einige Stunden nicht überschreiten würde.

»Aber so wie ich mich kenne«, sagte er, »beruht das keineswegs auf Mangel an Galanterie ihnen gegenüber. Eher auf der Überzeugung, wie unmöglich es ist, sie an

Bord trotz aller Anstrengungen und aller Opfer so unterzubringen, wie es sich für Frauen gehört. Es ist kein Mangel an Galanterie, Admiral, wenn man die Ansprüche der Frauen auf jeden persönlichen Komfort ernst nimmt – und genau das tue ich. Ich hasse es, von Frauen an Bord zu hören oder sie an Bord zu sehen! Und kein Schiff unter meinem Kommando wird je eine Gruppe von Damen irgendwohin befördern, wenn ich es verhindern kann.«

Damit brachte er seine Schwester gegen sich auf.

»Also, Frederick! Ich kann es gar nicht fassen! Alles übertriebene Rücksichtnahme! Frauen können sich an Bord ebenso wohl fühlen wie im schönsten Haus in England. Ich glaube, ich habe mehr Zeit an Bord verbracht als die meisten Frauen, und ich kenne nichts, was der Unterbringung auf einem Kriegsschiff gleichkommt. Ich behaupte, daß ich keinen Komfort und keinen Luxus genieße, nicht einmal in Kellynch Hall (sie machte eine freundliche Verbeugung zu Anne), den ich auf den meisten Schiffen, auf denen ich gelebt habe, nicht auch genossen hätte; und es waren insgesamt fünf.«

»Das ist etwas ganz anderes«, erwiderte ihr Bruder. »Du warst mit deinem Mann zusammen und warst die einzige Frau an Bord.«

»Aber du hast doch selbst Mrs. Harville, ihre Schwester, ihre Kusine und die drei Kinder von Portsmouth mitgenommen. Wo war denn da deine sogenannte unübertreffliche, erlesene Galanterie?«

»Meinen freundschaftlichen Gefühlen zum Opfer gefallen, Sophia. Ich würde der Frau jedes Kameraden helfen, wenn ich könnte, und alles, was zu Harville gehört, würde ich vom Ende der Welt herbringen, wenn er es wollte. Aber bilde dir nicht ein, daß ich es nicht an sich für ein Übel halte.«

»Verlaß dich darauf, sie haben sich alle ausgesprochen wohl gefühlt.«

»Vielleicht ist mir das gar nicht lieb. Eine solche Anzahl

von Frauen und Kindern haben kein Recht, sich an Bord wohl zu fühlen.«

»Mein lieber Frederick, was redest du denn da? Was sollte wohl aus uns armen Seemannsfrauen werden, die oft hinter ihren Männern her von einem Hafen zum anderen transportiert werden wollen, wenn alle deiner Ansicht wären?«

»Meine Ansicht hat mich ja nicht davon abgehalten, Mrs. Harville und ihre Familie nach Plymouth mitzunehmen.«

»Aber es paßt mir nicht, wenn du so redest wie ein vornehmer Herr. Als ob die Frauen alle vornehme Damen wären und nicht vernünftige Wesen. Wir erwarten gar nicht, immer nur in ruhigen Gewässern zu segeln.«

»Ach, mein Schatz«, sagte der Admiral, »wenn er erst eine Frau hat, wird er ein anderes Lied singen. Wenn er erst verheiratet ist und wir das Glück haben sollten, einen neuen Krieg zu erleben, wird er es schon genau so machen wie du und ich und viele, viele andere. Er wird schon noch dankbar sein, wenn ihm jemand seine Frau bringt.«

»Ja, das wird er.«

»Nun reicht es aber!« rief Kapitän Wentworth. »Wenn verheiratete Leute einem vorwerfen: ›Ach, du wirst ganz anders denken, wenn du verheiratet bist‹, dann kann man nur sagen: ›Nein, das werde ich nicht‹, und dann erwidern sie: ›Das wirst du doch‹, und damit ist die Diskussion zu Ende.«

Er stand auf und entfernte sich.

»Was für ausgedehnte Reisen Sie gemacht haben müssen, Madam«, sagte Mrs. Musgrove zu Mrs. Croft.

»Ziemlich viele, Madam, in den fünfzehn Jahren meiner Ehe. Obwohl viele Frauen mehr gereist sind. Ich habe viermal den Atlantik überquert und bin einmal nach Indien und zurück gefahren, und abgesehen von verschiedenen Orten in England, nur einmal nach Cork und

Lissabon und Gibraltar. Aber ich bin nie über die Straße von Gibraltar hinausgekommen und war nie in der Karibik. Die Bermudas oder Bahamas zählen wir ja nicht zur Karibik, wissen Sie.«

Für Mrs. Musgrove gab es da nichts zu widersprechen. Sie konnte sich nicht vorwerfen, sie je im Laufe ihres ganzen Lebens zu irgend etwas gezählt zu haben.

»Und ich kann Ihnen versichern, Madam«, nahm Mrs. Croft den Faden wieder auf, »daß nichts die Unterbringung auf einem Kriegsschiff übertrifft. Ich spreche aber nur von den größeren Schiffen, wissen Sie. Wenn man auf eine Fregatte kommt, ist man natürlich beengter, obwohl jede vernünftige Frau auch darauf vollkommen glücklich sein kann; und ich darf mit gutem Gewissen sagen, daß ich die glücklichsten Zeiten meines Lebens an Bord eines Schiffes verbracht habe. Solange wir zusammen waren, wissen Sie, brauchte man nichts zu befürchten. Dem Himmel sei Dank! Ich war immer mit einer ausgezeichneten Gesundheit gesegnet, und mir bekommt jedes Klima. Ein bißchen unpäßlich die ersten vierundzwanzig Stunden auf See, aber danach nie richtig krank gewesen. Das einzige Mal, das ich wirklich an Leib und Seele gelitten habe, das einzige Mal, das ich mich krank gefühlt oder Gefahr gefürchtet habe, war während des Winters, den ich allein in Deal verbracht habe, als der Admiral (damals Kapitän Croft) in der Nordsee war. Ich lebte in ständiger Furcht zu der Zeit und litt an allen möglichen eingebildeten Beschwerden, weil ich nicht wußte, was ich mit mir anfangen sollte oder wann ich das nächste Mal von ihm hören würde. Aber solange wir zusammen sein konnten, hat mir nie etwas gefehlt, und ich habe niemals über etwas zu klagen gehabt.«

»O gewiß! Ja, natürlich, o ja, ich bin ganz Ihrer Meinung, Mrs. Croft«, war Mrs. Musgroves von Herzen kommende Antwort. »Nichts ist so schlimm wie eine Trennung. Ich bin ganz Ihrer Meinung. Ich weiß, was das bedeutet, denn Mr. Musgrove muß immer zu den

Gerichtssitzungen in der Grafschaft, und ich bin jedesmal froh, wenn sie vorüber sind und er heil und ganz wieder zu Hause ist.«

Der Abend endete mit Tanz. Als der Vorschlag gemacht wurde, bot Anne wie üblich ihre Dienste an, und obwohl sich ihre Augen gelegentlich mit Tränen füllten, als sie am Instrument saß, war sie erleichtert, beschäftigt zu sein, und wünschte sich zur Belohnung nichts, als unbeobachtet zu bleiben.

Es war eine fröhliche, ausgelassene Gesellschaft, und niemand schien in besserer Laune als Kapitän Wentworth. Sie begriff, wie groß sein Hochgefühl sein mußte, da allgemeine Aufmerksamkeit und Verehrung und vor allem die Aufmerksamkeit so vieler junger Damen ihn umgaben. Den Miss Hayter, den weiblichen Mitgliedern der bereits erwähnten verwandten Familie, war offenbar ebenfalls die Ehre zuteil geworden, sich in ihn verlieben zu dürfen, und was Henrietta und Louisa anging, so waren sie beide anscheinend so ausschließlich mit ihm beschäftigt, daß nur der anhaltende Eindruck ungetrübtesten Einvernehmens zwischen ihnen es glaubhaft erscheinen ließ, daß sie nicht erbitterte Rivalinnen waren. Wen konnte es wundern, daß er sich ein bißchen geschmeichelt fühlte bei solch allgemeiner, solch glühender Bewunderung.

Dies waren einige der Gedanken, die Anne beschäftigten, während sie ihre Finger eine ganze halbe Stunde lang ohne Fehler, aber auch ohne Aufmerksamkeit mechanisch über die Tasten gleiten ließ. Einmal hatte sie das Gefühl, daß er sie ansah – vielleicht ihre veränderten Züge beobachtete und versuchte, darunter Spuren des Gesichts wiederzuentdecken, das ihn einmal bezaubert hatte; und einmal, wußte sie, hatte er von ihr gesprochen. Sie merkte es eigentlich erst richtig, als sie die Antwort hörte. Aber dann war sie sicher, daß er seine Partnerin gefragt hatte, ob Miss Elliot nie tanze. Die Antwort war: »O nein, nie. Sie hat das Tanzen ganz

aufgegeben. Sie spielt lieber. Sie wird das Spielen nie leid.« Einmal sprach er auch mit ihr. Sie hatte das Instrument verlassen, als der Tanz vorbei war, und er hatte daran Platz genommen, um eine Melodie auszuprobieren, die er den Miss Musgrove andeuten wollte. Zufällig kam sie wieder dorthin zurück. Er sah sie und sagte, indem er sich unverzüglich erhob, mit forcierter Höflichkeit:
»Ich bitte um Verzeihung, Madam, dies ist Ihr Platz«, und obwohl sie sich mit einer nachdrücklich verneinenden Antwort zurückzog, war er nicht dazu zu bewegen, wieder Platz zu nehmen.
Anne war an solchen Blicken und solchen Worten nicht gelegen. Nichts konnte schlimmer sein als seine kalte Höflichkeit und seine förmliche Beflissenheit.

Kapitel 9

Kapitän Wentworth konnte Kellynch als ein Zuhause betrachten, wo er so lange bleiben konnte, wie er wollte, und die Freundschaft seines Schwagers, des Admirals, ebenso genoß wie die seiner Frau. Er hatte bei seiner Ankunft vorgehabt, ziemlich bald nach Shropshire weiterzufahren und den in dieser Grafschaft wohnenden Bruder zu besuchen, aber die Reize von Uppercross ließen ihn diesen Plan aufschieben. Sein Empfang dort hatte etwas so Freundliches und so Schmeichelhaftes und so durch und durch Bezauberndes; die Alten waren so gastfreundlich, die Jungen so umgänglich, daß er nicht anders konnte als zu bleiben, wo er war, und die Reize und Vollkommenheiten von Edwards Frau noch ein bißchen länger auf gut Glauben hinzunehmen.
Bald zog es ihn beinahe täglich nach Uppercross. Die Musgroves konnten kaum weniger daran interessiert

sein, ihn einzuladen, als er zu kommen, besonders vormittags, wenn er zu Hause keine Gesellschaft hatte, denn der Admiral und Mrs. Croft verbrachten die Zeit im allgemeinen gemeinsam im Freien, nahmen ihren neuen Besitz, ihr Weideland und ihre Schafe in Augenschein, vertrödelten die Zeit auf eine für einen Dritten unerträgliche Weise oder fuhren in einer Gig[5] aus, die sie sich kürzlich zugelegt hatten.

Bisher hatte es unter den Musgroves und ihren Verwandten nur *eine* Meinung über Kapitän Wentworth gegeben. Sie war überall von einhelliger, herzlicher Bewunderung bestimmt. Aber kaum war diese enge Beziehung hergestellt, als ein gewisser Charles Hayter in ihren Kreis zurückkehrte, der sich dadurch verunsichert fühlte und fand, daß Kapitän Wentworth außerordentlich im Wege sei.

Charles Hayter war der älteste von all den Vettern und Kusinen und ein sehr liebenswürdiger, angenehmer junger Mann; und es hatte vor Kapitän Wentworths Erscheinen ganz so ausgesehen, als bestehe zwischen ihm und Henrietta eine Zuneigung. Er war Geistlicher, und da er als Vikar an einer Pfarre in der Gegend war, wo er nicht zu wohnen brauchte, lebte er im Haus seines Vaters, nur zwei Meilen von Uppercross entfernt. Eine kurze Abwesenheit von zu Hause hatte die Dame seines Herzens ausgerechnet zu diesem kritischen Zeitpunkt seiner Aufmerksamkeit entzogen, und als er zurückkehrte, fand er zu seinem Schmerz ein gründlich verändertes Benehmen und Kapitän Wentworth vor.

Mrs. Musgrove und Mrs. Hayter waren Schwestern. Sie hatten beide Geld gehabt, aber ihre Heirat war von entscheidendem Einfluß auf ihre gesellschaftliche Stellung gewesen. Mr. Hayter hatte etwas Grundbesitz, der aber im Vergleich zu Mr. Musgroves unbedeutend war; und während die Musgroves zu den ersten gesellschaftlichen Kreisen auf dem Lande gehörten, hätten die jungen Hayters wegen der untergeordneten, zurückgezogenen und bescheidenen Lebensart ihrer Eltern und ihrer eigenen mangelhaften Erziehung wohl überhaupt nicht in Gesellschaft verkehrt, wenn nicht ihre Verwandtschaft mit Uppercross gewesen wäre; abgesehen natürlich von diesem ältesten Sohn, der sich für das Leben eines Gelehrten und Gentleman entschieden hatte und den anderen an Bildung und Umgangsformen weit überlegen war.

Die beiden Familien hatten sich immer ausgezeichnet verstanden, da es auf der einen Seite keinen Stolz und auf der anderen keinen Neid gab und die Miss Musgrove sich ihrer eigenen Überlegenheit nur so weit bewußt waren, daß es ihnen Spaß machte, ihren Vettern und Kusinen gesellschaftlichen Schliff beizubringen. Charles' Werben um Henrietta war von ihrem Vater und ihrer Mutter ohne jede Mißbilligung betrachtet worden. »Er war keine glänzende Partie für sie, aber wenn Henrietta ihn mochte ... und Henrietta mochte ihn ja anscheinend.«

Davon war auch Henrietta selbst voll und ganz überzeugt, bis Kapitän Wentworth kam. Aber von da an war Vetter Charles so gut wie vergessen.

Welche der beiden Schwestern von Kapitän Wentworth bevorzugt wurde, war, soweit Anne beobachten konnte, noch durchaus zweifelhaft. Henrietta war vielleicht die hübschere, Louisa die ausgelassenere, und sie konnte nicht sagen, ob ihn eher die stillere oder die lebhaftere Art anziehen würde.

Mr. und Mrs. Musgrove, die entweder nichts bemerkten oder völliges Vertrauen in die Besonnenheit ihrer beiden Töchter und all der jungen Männer hatten, die in ihre Nähe kamen, ließen der Sache anscheinend ihren Lauf. Nichts wies darauf hin, daß man sich im Herrenhaus Sorgen machte oder darüber sprach, aber in der Cottage war es ganz anders: das junge Ehepaar war eher geneigt, zu spekulieren und zu rätseln. Kapitän Wentworth hatte die Miss Musgrove kaum mehr als vier- oder fünfmal getroffen, und Charles Hayter war gerade erst wieder erschienen, als Anne den Ansichten ihres Schwagers und ihrer Schwester zuhören mußte, welche der beiden er wohl lieber mochte. Charles war für Louisa, Mary für Henrietta, aber beide waren sich einig, wie außerordentlich erfreulich es wäre, wenn er eine von beiden heiratete.

Charles hatte in seinem ganzen Leben noch keinen so angenehmen Mann getroffen und war, nach dem, was er Kapitän Wentworth einmal selbst hatte sagen hören, ganz sicher, daß ihm der Krieg nicht weniger als 20 000 Pfund eingebracht hatte. Hier ließ sich leicht an ein Vermögen kommen; obendrein, welche Chancen mochte ein zukünftiger Krieg noch bieten, und er war sicher, wenn sich ein Offizier in der Marine auszeichnen würde, dann war es Kapitän Wentworth. Oh! Er war eine glänzende Partie für eine seiner Schwestern.

»Das kann man wohl sagen!« erwiderte Mary. »Du meine Güte! Wenn er zu hohen Ehren käme! Wenn er nun geadelt würde! ›Lady Wentworth‹ klingt sehr gut. Das wäre wirklich eine wunderbare Sache für Henrietta. Sie hätte dann den Vorrang vor mir, und dagegen hätte Henrietta bestimmt nichts. Sir Frederick und Lady Wentworth! Es wäre allerdings nur verliehener Adel, und von diesem verliehenen Adel habe ich nie viel gehalten.«

Mary lag um Charles Hayters willen, dessen Anmaßung sie ein für allemal einen Dämpfer aufgesetzt zu sehen wünschte, mehr daran, Henrietta für die Bevorzugte zu halten. Sie blickte ganz entschieden auf die Hayters herab und hätte es für ein ausgesprochenes Unglück gehalten, wenn die bestehende Verbindung zwischen den Familien noch enger geknüpft würde – trostlos für sie selbst und ihre Kinder.

»Weißt du«, sagte sie, »ich kann in ihm ganz und gar keine geeignete Partie für Henrietta sehen; und wenn man die verwandtschaftlichen Beziehungen bedenkt, die

die Musgroves eingegangen sind, dann hat sie kein Recht, sich wegzuwerfen. Ich finde, eine junge Frau hat nicht das Recht, eine Wahl zu treffen, die den angesehensten Mitgliedern ihrer Familie womöglich unangenehm und peinlich ist, und denen minderwertige Verwandtschaft aufzuzwingen, die bisher nicht daran gewöhnt sind. Und wer ist denn schon dieser Charles Hayter? Nichts als ein Landpfarrer. Eine höchst unangebrachte Partie für Miss Musgrove von Uppercross.«

Ihr Mann allerdings war darin nicht ihrer Meinung; denn abgesehen davon, daß er seinen Vetter schätzte, war Charles Hayter der älteste Sohn, und er selbst sah die Welt ebenfalls aus der Perspektive eines ältesten Sohnes.

»Nun redest du aber Unsinn, Mary«, gab er deshalb zur Antwort. »Es wäre keine großartige Partie für Henrietta, aber Charles hat durch die Spicers alle Aussichten, im Laufe von ein oder zwei Jahren vom Bischof eine Pfarre zu bekommen; und vergiß bitte nicht, daß er der älteste Sohn ist. Sobald mein Onkel stirbt, tritt er ein recht hübsches Erbe an. Der Besitz in Winthrop umfaßt nicht weniger als hundert Hektar, abgesehen von dem Bauernhof in der Nähe von Taunton, der mit zu den fruchtbarsten im ganzen Land gehört. Ich gebe zu, daß alle anderen Söhne außer Charles eine ganz unmögliche Partie für Henrietta wären, wirklich völlig ausgeschlossen. Er ist der einzige, der überhaupt in Frage kommt. Er ist doch ein ausgesprochen freundlicher, netter Kerl, und wenn er Winthrop erst einmal übernimmt, wird er etwas daraus machen und doch ein ganz anderes Leben führen. Mit dem Besitz ist er keineswegs zu verachten. Gutes altes Freibauernland. Nein, nein, Henrietta könnte Schlimmeres passieren, als Charles Hayter zu heiraten; und wenn sie ihn nimmt, und Louisa kann Kapitän Wentworth bekommen, dann will ich ganz zufrieden sein.«

»Charles kann sagen, was er will«, rief Mary ihrer

Schwester Anne zu, sobald er aus dem Zimmer war, »aber es wäre unerhört, wenn Henrietta Charles Hayter heiratete; furchtbar für *sie* und noch schlimmer für *mich*, und deshalb kann man nur von ganzem Herzen wünschen, daß Kapitän Wentworth ihn bald bei ihr verdrängt, und ich zweifle nicht, daß das bereits geschehen ist. Sie hat Charles Hayter gestern kaum eines Blickes gewürdigt. Schade, daß du nicht da warst und ihr Benehmen beobachtet hast; und die Behauptung, daß Kapitän Wentworth Louisa ebenso gern mag wie Henrietta, ist Unsinn, denn natürlich mag er Henrietta viel, viel lieber. Aber Charles ist so rechthaberisch! Schade, daß du gestern nicht dabei warst, denn dann hättest du zwischen uns entscheiden können; und ich bin sicher, du wärst zu dem gleichen Schluß gekommen wie ich, es sei denn, du hättest mir absichtlich widersprechen wollen.«

Ein Dinner bei den Musgroves hätte Anne Gelegenheit geboten, alle diese Dinge zu beobachten. Aber sie war unter dem doppelten Vorwand, daß sie selbst Kopfschmerzen und der kleine Charles einen Rückfall hatte, zu Hause geblieben. Sie hatte eigentlich nur Kapitän Wentworth aus dem Weg gehen wollen, aber nun wurden die Annehmlichkeiten eines ungestörten Abends noch dadurch vergrößert, daß sie der ihr zugemuteten Schiedsrichterrolle entgangen war.

Was Kapitän Wentworths Vorstellungen anging, so hielt sie es für wichtiger, daß er sich rechtzeitig über seine Absichten klar wurde und nicht das Glück der beiden Schwestern gefährdete oder seine eigene Ehre aufs Spiel setzte, als daß er Henrietta Louisa vorzog oder Louisa Henrietta. Beide würden ihm aller Wahrscheinlichkeit nach eine liebevolle, verträgliche Frau sein. Im Hinblick auf Charles Hayter war ihr Zartgefühl verletzt, weil es unter dem leichtfertigen Benehmen eines arglosen jungen Mädchens litt, und ihr Mitleid mit all dem dadurch hervorgerufenen Kummer kam von Herzen. Aber wenn Henrietta sich in ihren Gefühlen getäuscht haben sollte,

konnte sie sich über diesen Sinneswandel nicht früh genug klarwerden.
Charles Hayter hatte allen Grund, über das Benehmen seiner Kusine beunruhigt und gekränkt zu sein. Sie war zu lange mit ihm befreundet gewesen, um sich so gründlich mit ihm auseinanderzuleben, daß zwei Begegnungen alle früheren Hoffnungen zerstören konnten und ihm nichts übrigblieb, als Uppercross fernzubleiben. Aber eine solche Veränderung gab allen Anlaß zu Besorgnis, wenn ein solcher Mann wie Kapitän Wentworth als mutmaßliche Ursache betrachtet werden mußte. Er war nur zwei Sonntage fort gewesen, und beim Abschied hatte ihr Interesse an seiner Aussicht, sein augenblickliches Vikariat bald zu verlassen und statt dessen das von Uppercross zu übernehmen, sogar seinen schönsten Erwartungen entsprochen. Sie hatte damals anscheinend keinen größeren Wunsch gehabt, als daß Dr. Shirley, der Pfarrer, der alle Aufgaben seines Amtes seit mehr als vierzig Jahren gewissenhaft erledigte, nun aber vielen von ihnen zu gebrechlich wurde, sich dazu entschloß, einen Vikar einzustellen, dieses Vikariat so einträglich machte, wie es ging, und es Charles Hayter in Aussicht stellte. Der Vorteil, nur nach Uppercross, statt sechs Meilen in eine andere Richtung reiten zu müssen, ein in jeder Hinsicht besseres Vikariat zu haben, mit ihrem lieben Dr. Shirley zusammenzuarbeiten und den lieben, guten Dr. Shirley von den Pflichten befreit zu sehen, die er ohne abträgliche Erschöpfungszustände nicht mehr erledigen konnte, war selbst Louisa äußerst wichtig gewesen, hatte aber Henrietta alles bedeutet. Aber ach, als er zurückkam, war ihr Interesse an der Sache erlahmt. Louisa wollte seinen Bericht über ein gerade mit Dr. Shirley gehabtes Gespräch überhaupt nicht hören; sie stand am Fenster und hielt nach Kapitän Wentworth Ausschau, und selbst Henrietta konnte ihm allerhöchstens ihre geteilte Aufmerksamkeit schenken und hatte

anscheinend alle früheren Zweifel und Befürchtungen über die Unterhandlungen vergessen.

»Na ja, das freut mich natürlich, aber ich habe immer geglaubt, du würdest sie bekommen. Ich habe immer geglaubt, sie sei dir sicher. Ich hatte nie den Eindruck, daß ... kurz und gut, schließlich braucht Dr. Shirley ja einen Vikar, und er hatte es dir versprochen. Kommt er schon, Louisa?«

Eines Vormittags, sehr bald nach dem Dinner bei den Musgroves, bei dem Anne nicht gewesen war, betrat Kapitän Wentworth das Wohnzimmer der Cottage, wo nur sie und der kleine Kranke sich befanden, der auf dem Sofa lag.

Die Überraschung, mit Anne Elliot allein zu sein, raubte ihm seine gewohnte Fassung; er stutzte und konnte nur sagen: »Ich dachte, die Miss Musgrove seien hier; Mrs. Musgrove hat mir gesagt, ich würde sie hier finden«, bevor er ans Fenster trat, um sich zu fassen und zu überlegen, wie er sich verhalten sollte.

»Sie sind oben bei meiner Schwester, sie werden sicher jeden Augenblick herunterkommen«, war bei der Verwirrung, in der sie sich natürlich befand, Annes ganze Antwort; und wenn der Junge nicht gerufen hätte, sie möchte herkommen und etwas für ihn tun, wäre sie im nächsten Augenblick aus dem Zimmer gewesen und hätte Kapitän Wentworth und auch sich selbst erlöst.

Er blieb am Fenster stehen, und nach den ruhigen und höflichen Worten: »Ich hoffe, dem Kleinen geht es besser«, schwieg er wieder.

Sie mußte am Sofa niederknien und dort bleiben, um ihren kleinen Patienten zufriedenzustellen; und so verharrten sie ein paar Minuten, als sie zu ihrer allergrößten Erleichterung jemanden das kleine Vorzimmer durchqueren hörte. Sie hatte gehofft, als sie den Kopf wandte, den Hausherrn zu sehen; aber wie sich herausstellte, war es jemand, der sehr viel weniger geeignet war, die Dinge zu vereinfachen. Charles Hayter, vermutlich nicht viel mehr erfreut über den Anblick von Kapitän Wentworth als Kapitän Wentworth über den Anblick von Anne.

Sie machte nur den schwachen Versuch zu sagen: »Wie geht es Ihnen? Wollen Sie sich nicht setzen? Die anderen werden gleich hier sein.«

Kapitän Wentworth allerdings wandte sich vom Fenster ab und schien einem Gespräch nicht abgeneigt; aber Charles Hayter machte seinen Annäherungsversuchen bald ein Ende, indem er sich an den Tisch setzte und die Zeitung in die Hand nahm; und Kapitän Wentworth kehrte zu seinem Fenster zurück.

Nach einer Weile vergrößerte sich ihr Kreis wieder. Der kleinere Junge, ein für sein Alter kräftiges Kind von zwei Jahren, hatte sich die Tür von außen öffnen lassen und trat mit entschlossener Miene in ihren Kreis, marschierte direkt zum Sofa, um zu sehen, was vorging, und Anspruch auf alle guten Dinge zu erheben, die verteilt wurden.

Als es nichts zu essen gab, mußte er sich mit einem Spiel begnügen; und da seine Tante ihm nicht erlaubte, seinen kranken Bruder zu ärgern, begann er, während sie kniete, sich auf eine Weise an sie zu klammern, daß sie ihn, beschäftigt wie sie mit Charles war, nicht abschütteln konnte. Sie redete ihm gut zu – befahl, bat und beschwor – vergeblich. Einmal gelang es ihr, ihn wegzuschieben, aber dem Jungen machte es um so größeres Vergnügen, ihr direkt wieder auf den Rücken zu klettern.

»Walter«, sagte sie, »geh sofort herunter. Du bist sehr ungezogen. Ich bin sehr böse mit dir.«

»Walter«, rief Charles Hayter, »warum tust du nicht, was man dir sagt? Hast du deine Tante nicht gehört? Komm zu mir, Walter, komm zu Onkel Charles.«

Aber Walter dachte nicht daran.

Einen Augenblick später allerdings spürte sie plötzlich, wie sie von ihm erlöst wurde. Jemand nahm ihn ihr vom

Rücken, obwohl er ihren Kopf so heruntergedrückt hatte, daß seine kleinen kräftigen Händchen von ihrem Hals gelöst werden mußten, und er wurde unbarmherzig weggetragen, ehe sie begriffen hatte, daß es Kapitän Wentworth gewesen war.

Ihre Empfindungen bei dieser Entdeckung raubten ihr die Sprache. Sie konnte ihm nicht einmal danken. Erfüllt von den widersprüchlichsten Gefühlen, konnte sie sich nur über den kleinen Charles beugen. Die Freundlichkeit, die Art und Weise, mit der er ihr zu Hilfe kam – das Schweigen, in dem sich alles abgespielt hatte – die kleinen Einzelheiten des Vorfalls – und auch die ihr durch den Lärm, den er geflissentlich mit dem Kind machte, aufgezwungene Überzeugung, daß er ihren Dank auf jeden Fall vermeiden wollte und sich bemühte, ihr zu verstehen zu geben, daß ihm an einem Gespräch mit ihr nicht das geringste lag, riefen ein solches Durcheinander von verschiedenen, aber sehr schmerzlichen Gefühlen in ihr hervor, daß sie sich nicht davon erholen konnte, bevor das Erscheinen von Mary und den Miss Musgrove ihr erlaubte, den kleinen Patienten deren Obhut zu überlassen und aus dem Zimmer zu gehen. Sie konnte einfach nicht bleiben. Es wäre eine Gelegenheit gewesen, die Vorlieben und Eifersüchteleien der vier zu beobachten. Jetzt waren sie alle zusammen, aber sie konnte trotzdem nicht bleiben. Es war offensichtlich, daß Charles Hayter für Kapitän Wentworth nichts übrig hatte. Sie hatte deutlich gehört, wie er mit verärgerter Stimme nach Kapitän Wentworths Eingreifen gesagt hatte: »Du hättest auf *mich* hören sollen, Walter. Ich habe doch gesagt, du sollst deine Tante nicht ärgern«, und hatte Verständnis für sein Bedauern, daß Kapitän Wentworth getan hatte, was er selbst hätte tun sollen. Aber weder Charles Hayters Empfindungen noch die von irgend jemand sonst konnten ihr Interesse gewinnen, solange sie sich über ihre eigenen nicht etwas besser im klaren war. Sie schämte sich über sich selbst, schämte sich richtig, daß eine Bagatelle sie so irritiert, sie so überwältigt hatte, aber so war es nun einmal; und es erforderte ein gehöriges Maß an Einsamkeit und Nachdenken, ehe sie sich erholt hatte.

Kapitel 10

Andere Gelegenheiten, Beobachtungen anzustellen, ließen nicht auf sich warten. Anne war bald oft genug mit allen vieren zusammen gewesen, um sich ein Urteil zu bilden, obwohl sie sich hütete, das zu Hause zuzugeben, weil sie wußte, daß dort keiner der Ehepartner Gefallen daran gefunden hätte; denn auch wenn sie Louisa eher für die Favoritin hielt, konnte sie sich andererseits, soweit Erinnerung und Erfahrung ihr ein Urteil erlaubten, des Eindrucks nicht erwehren, daß Kapitän Wentworth in keine von beiden verliebt war. Sie waren zwar verliebt in ihn, doch bei ihm war es keine Liebe. Es war eine kleine Schwärmerei, aber es konnte oder würde vermutlich bei einigen von ihnen schließlich Liebe daraus werden. Charles Hayter merkte offenbar, daß er geschnitten wurde, und doch erweckte Henrietta manchmal den Eindruck, als schwanke sie zwischen den beiden. Anne hätte etwas darum gegeben, allen klarmachen zu können, worauf sie sich einließen, und ihnen einige der Gefahren darzustellen, denen sie sich aussetzten. Sie unterstellte niemandem böse Absicht; ihre Überzeugung, daß Kapitän Wentworth nicht die geringste Ahnung hatte, welchen Kummer er verursachte, war ein wahrer Trost für sie. Es lag nichts Triumphierendes in seinem Benehmen, kein herablassender Triumph. Er hatte wahrscheinlich nie davon gehört und nie daran gedacht, daß Charles Hayter irgendwelche Ansprüche hatte. Sein einziger Fehler bestand darin, die Aufmerksamkeiten von zwei jungen Frauen gleichzeitig

hinzunehmen – und hinnehmen mußte man es wohl nennen.
Nach kurzem Kampf schien Charles Hayter allerdings das Feld zu räumen. Drei Tage waren vergangen, ohne daß er ein einziges Mal in Uppercross erschienen war – ein drastischer Wandel. Er hatte sogar eine offizielle Einladung zum Dinner abgelehnt. Und da er bei der Gelegenheit von Mr. Musgrove hinter einigen dicken Büchern entdeckt wurde, waren Mr. und Mrs. Musgrove überzeugt, daß nicht alles seine Richtigkeit hatte, und sprachen mit ernsten Gesichtern darüber, daß er sich zu Tode studiere. Mary lebte in der Hoffnung und dem Glauben, daß Henrietta ihm eine eindeutige Abfuhr erteilt hatte, und ihr Mann lebte in der ständigen Überzeugung, ihn am nächsten Tag zu sehen. Anne konnte nicht umhin, Charles Hayter für weise zu halten.
Eines Vormittags, ungefähr zu dieser Zeit, als Charles Musgrove und Kapitän Wentworth gemeinsam auf die Jagd gegangen waren und die Schwestern in der Cottage schweigend über ihrer Handarbeit saßen, tauchten die beiden Schwestern vom Herrenhaus am Fenster auf.
Es war ein sehr schöner Novembertag, und die Miss Musgrove kamen durch den Blumengarten und hielten nur an, um ihnen zu sagen, daß sie einen *langen* Spaziergang machen wollten und deshalb nicht annähmen, Mary wolle mitkommen; und als Mary auf der Stelle und mit einiger Verstimmung, weil man sie für keine gute Spaziergängerin hielt, erwiderte: »O doch, ich hätte sehr viel Lust, mitzugehen, ich habe lange Spaziergänge sehr gern«, überzeugten die Blicke, die die beiden Mädchen sich zuwarfen, Anne davon, daß sie gerade das nicht wünschten, und sie staunte wieder einmal darüber, mit welcher Unausweichlichkeit Familiengewohnheiten dazu führten, daß alles mitgeteilt und alles gemeinsam unternommen wurde, auch wenn es unwillkommen und lästig war. Sie versuchte, Mary den Spaziergang auszureden,

aber vergeblich. Und da ihr das nicht gelang, hielt sie es für das beste, die sehr viel herzlichere Einladung der Miss Musgrove an sie selbst, auch mitzugehen, zu akzeptieren, da sie sich dann als nützlich erweisen und mit ihrer Schwester umkehren und verhindern konnte, daß irgendwelche Pläne der beiden vereitelt wurden.

»Ich weiß gar nicht, wie sie darauf kommen, daß ich für lange Spaziergänge nichts übrig habe!« sagte Mary, als sie nach oben gingen. »Alle Welt bildet sich dauernd ein, daß ich keine gute Spaziergängerin bin; und dabei hätte es ihnen auch nicht gepaßt, wenn wir uns geweigert hätten, sie zu begleiten. Wenn Leute einen so ausdrücklich auffordern, wie kann man da nein sagen!«

Gerade als sie aufbrechen wollten, kehrten die Herren zurück. Sie hatten einen jungen Hund mitgenommen, der ihnen die Jagd verdorben hatte und sie früher zur Rückkehr zwang. Sie hatten deshalb gerade zu einem solchen Spaziergang Zeit, Energie und Lust und schlossen sich ihnen mit Vergnügen an. Hätte Anne eine solche Wendung vorhersehen können, wäre sie zu Hause geblieben. Aber aus einem gewissen Interesse und einer gewissen Neugier heraus fand sie, daß es nun für einen Rückzieher zu spät sei, und alle sechs brachen in die von den Miss Musgrove, die sich offenbar als die Führerinnen des Ausflugs betrachteten, gewählte Richtung auf.

Annes Absicht war es, niemandem im Weg zu sein und sich dort, wo die schmalen Pfade über die Felder eine Trennung nötig machten, an ihren Schwager und ihre Schwester zu halten. *Sie* war auf das Vergnügen an der körperlichen Bewegung und an dem schönen Tag angewiesen, am Anblick des letzten herbstlichen Lächelns, das auf den rostbraunen Blättern und verwelkten Hecken lag, und am stillen Memorieren einiger der tausend poetischen Beschreibungen des Herbstes, dieser Jahreszeit, die einen ganz besonderen und unermeßlichen Einfluß auf ein feines und empfindsames Gemüt hat; dieser Jahreszeit, die jeden lesenswerten Dichter zum Versuch einer Beschreibung oder zu einigen einfühlsamen Zeilen veranlaßt hat. Sie beschäftigte sich in Gedanken, so gut es ging, mit solchen Überlegungen und Zitaten; aber in Hörweite von Kapitän Wentworths Unterhaltung mit einer der beiden Miss Musgrove zu sein ohne den Versuch zuzuhören, gelang ihr nicht. Doch es drang wenig Bemerkenswertes an ihr Ohr. Es war nur ein lebhaftes Plaudern, wie es zwischen jungen Leuten, die sich gut kennen, üblich ist. Er war mehr mit Louisa als mit Henrietta beschäftigt. Louisa wußte seine Aufmerksamkeit unbedingt mehr zu fesseln als ihre Schwester. Diese Bevorzugung nahm anscheinend zu, und ein paar Sätze von Louisa fielen ihr besonders auf. Nach einem der zahlreichen Loblieder auf den Tag, die ständig gesungen wurden, fügte Kapitän Wentworth hinzu:

»Was für herrliches Wetter für den Admiral und meine Schwester! Sie wollten heute vormittag eine lange Ausfahrt machen; vielleicht können wir ihnen von einem dieser Hügel zuwinken. Sie sprachen davon, in diese Gegend zu kommen. Wo ihr Wagen wohl heute umstürzt? Oh, das passiert ihnen sehr häufig, glauben Sie mir, aber meine Schwester findet nichts dabei, ihr macht es gar nichts aus, hinausgeworfen zu werden.«

»Ja, aber *Sie* machen etwas daraus«, rief Louisa, »doch wenn es wirklich so wäre, ich würde an ihrer Stelle genau dasselbe tun. Wenn ich in einen Mann so verliebt wäre, wie sie den Admiral liebt, wäre ich immer bei ihm, nichts sollte uns je trennen, und ich würde mich lieber von *ihm* umwerfen, als von jemand anderem sicher kutschieren lassen.«

Aus ihren Worten klang Begeisterung.

»Wirklich!« rief er und stimmte in ihren Ton ein. »Das ehrt Sie.« Und eine Weile herrschte Schweigen zwischen ihnen.

Anne fiel nicht sofort ein neues Zitat ein. Die lieblichen Herbstszenen mußten eine Zeitlang zurücktreten, bis ein zärtliches Sonett, getragen von der passenden Analogie zwischen dem sich neigenden Jahr und dem sich neigenden Glück und den Bildern von Jugend und Hoffnung und Frühling, die allesamt vergangen waren, ihr Gedächtnis wohltuend gefangen nahm. Als sie auf Befehl einen anderen Weg einschlugen, raffte sie sich zu der Bemerkung auf: »Führt dieser Weg nicht nach Winthrop?« Aber niemand hörte sie, jedenfalls gab ihr niemand Antwort.

Winthrop oder seine Umgebung – denn manchmal trifft man junge Männer auf einem Streifzug durch die Nachbarschaft – war allerdings ihr Ziel; und nach einem weiteren Anstieg von einer halben Meile über ausgedehnte Felder, wo Pflüge und frischgezogene Furchen von Bauernarbeit zeugten, die dem melancholischen Trost der Poesie entgegenwirkte und einen neuen Frühling verkündete, erreichten sie die Spitze des höchsten Hügels, der Uppercross und Winthrop trennte und ihnen einen vollen Blick auf das Gut am Fuß des Hügels auf der anderen Seite gewährte.

Winthrop lag ohne Schönheit und ohne Würde ausgebreitet vor ihnen. Ein durchschnittliches Haus, niedrig gelegen und von Scheunen und Stallungen eines Bauernhofs umgeben.

Mary rief aus: »Du meine Güte! Da ist Winthrop! Ich hatte ja keine Ahnung! Also, ich finde, wir sollten lieber umkehren. Ich bin schrecklich müde.«

Da Henrietta, schuldbewußt und beschämt, Vetter Charles auf keinem Weg gehen oder an keinem Tor lehnen sah, war sie bereit, Marys Wunsch zu folgen. Aber Charles Musgrove sagte: »Nein«, und Louisa rief noch eifriger: »Nein, nein«, nahm ihre Schwester beiseite und redete anscheinend nachdrücklich auf sie ein.

Charles erklärte inzwischen mit aller Entschiedenheit, er werde seiner Tante, wo er schon einmal in der Nachbarschaft sei, einen Besuch machen; und versuchte deutlich, wenn auch vorsichtiger, seine Frau zum Mitkommen zu bewegen. Aber dies war einer der Punkte, wo die Dame ihre Entschlossenheit zeigte; und als er ihr, da sie so müde sei, die Wohltat einer viertelstündigen Ruhepause in Winthrop darstellte, antwortete sie bestimmt: »O nein, auf keinen Fall!« Den Hügel hinterher wieder hinaufzuwandern würde ihr mehr schaden, als jede Erholung nützen könnte; und kurz und gut, ihr Blick und Benehmen machten klar, daß sie auf keinen Fall mitkommen werde.

Diese Art Erörterung und Beratung hielt noch eine Weile an, und dann kam Charles mit seinen Schwestern überein, daß er und Henrietta ein paar Minuten hinunterlaufen würden, um ihre Tante, Vettern und Kusinen zu besuchen, während der Rest der Gruppe auf dem Hügel auf sie warten sollte. Louisa war anscheinend vor allem für den Plan verantwortlich; und während sie ein Stückchen mit ihnen den Hügel hinunterging und immer noch auf Henrietta einredete, nahm Mary die Gelegenheit wahr, sich verächtlich umzusehen und zu Kapitän Wentworth zu sagen:

»Wie peinlich eine solche Verwandtschaft ist! Aber glauben Sie mir, ich bin höchstens zweimal in dem Haus gewesen.«

Sie erhielt als Antwort nur ein gequältes zustimmendes Lächeln, dem beim Abwenden ein verächtlicher Blick folgte, den Anne nur zu gut verstand.

Die Hügelkuppe, wo sie warteten, war ein reizender Platz. Louisa kehrte zurück, und Mary, die auf dem Brett eines Zauntritts einen bequemen Sitz gefunden hatte, war ganz zufrieden, solange die anderen alle um sie herumstanden. Aber als Louisa Kapitän Wentworth mitzog, um in einer angrenzenden breiten Hecke nach Nüssen zu suchen, und die beiden allmählich nicht mehr zu sehen oder zu hören waren, war es mit Marys Geduld vorbei. Sie fand an ihrem eigenen Sitzplatz etwas auszusetzen, war sicher, Louisa hatte irgendwo einen viel besseren gefunden, und nichts konnte sie abhalten, sich ebenfalls nach einem besseren umzusehen. Sie folgte ihnen durch dasselbe Gatter, konnte sie aber nicht entdecken. Anne fand einen schönen Platz für sie auf einer trockenen, sonnigen Bank unter der Hecke, in welcher sie die beiden noch irgendwo vermutete. Mary nahm einen Moment Platz, hielt es aber nicht lange aus. Sie war sicher, Louisa hatte irgendwo einen besseren Sitzplatz gefunden, und sie würde weitersuchen, bis sie sie gefunden hatte.

Da Anne selbst ganz erschöpft war, war sie froh, sich setzen zu können; und sehr bald hörte sie Kapitän Wentworth und Louisa im Gebüsch hinter sich, als ob sie sich einen Weg zurück durch die verwilderte, überwachsene Höhlung der Hecke bahnten. Sie unterhielten sich, während sie näherkamen. Louisas Stimme war zuerst zu erkennen. Sie war anscheinend mitten in einer lebhaften Erklärung. Was Anne zuerst hörte, war folgendes:

»Und deshalb habe ich sie gezwungen hinzugehen. Ich konnte es nicht ertragen, daß solcher Unsinn sie von dem Besuch abhalten sollte. Was! Würde ich mich durch die Anmaßung und Einmischung einer solchen Person oder meinetwegen auch irgendeiner Person von etwas abhalten lassen, wozu ich entschlossen war und was ich für richtig hielt? Nein! Ich habe nicht die Absicht, mich so leicht überreden zu lassen. Wenn ich mich einmal entschlossen habe, dann habe ich mich entschlossen; und Henrietta war anscheinend fest entschlossen, heute in Winthrop einen Besuch zu machen – und trotzdem, sie war drauf und dran, aus unsinniger Nachgiebigkeit darauf zu verzichten.«

»Sie wäre also umgekehrt, wenn Sie nicht gewesen wären?«

»Das wäre sie. Ich schäme mich beinahe, es zu sagen.«

»Was für ein Glück für sie, daß Sie ihr mit Ihrer Entschlossenheit beistehen konnten. Nach den Andeutungen, die Sie gerade gemacht haben und die meine eigenen Beobachtungen vom letzten Mal, als ich mit ihm zusammen war, nur bestätigen, brauche ich nicht so zu tun, als wüßte ich nicht, worum es geht. Es handelt sich also um mehr als einen vormittäglichen Pflichtbesuch bei Ihrer Tante. Und weh ihm und auch ihr, sollte es einmal um wichtige Dinge gehen, sollten sie einmal in eine Lage kommen, die Mut und Willensstärke erfordert, wenn sie nicht einmal genug Entschlußkraft hat, sich bei einer solchen Kleinigkeit gegen unvernünftige Einmischung zu wehren. Ihre Schwester ist ein liebenswertes Mädchen. Aber offenbar haben Sie die entschiedenere und standhaftere Persönlichkeit. Wenn Ihnen an ihrem richtigen Verhalten oder ihrem Glück liegt, versuchen Sie ihr so viel von Ihrer eigenen Entschlußkraft einzuflößen wie möglich. Aber das haben Sie wohl schon immer getan. Das Schlimmste an einem zu nachgiebigen und unentschlossenen Charakter ist, daß man sich auf seinen Einfluß über ihn nie verlassen kann. Man ist nie sicher, ob ein guter, positiver Eindruck von Dauer ist. Jeder kann ihn ins Schwanken bringen. Wenn doch alle, die glücklich sein möchten, auch standhaft wären! Hier ist eine Nuß«, sagte er und pflückte eine von einem oberen Zweig. »Als Beweis, wie eine schöne, glänzende Nuß, die von der Natur mit Kraft gesegnet ist, alle Herbststürme überdauert. Nirgendwo ein Loch, nirgendwo eine schwache Stelle. Diese Nuß«, fuhr er mit gespielter Feierlichkeit fort, »ist, während so viele ihrer Brüder gefallen und zertrampelt worden sind, noch im Besitz all des Glücks, das man einer Haselnuß zutrauen kann.« Dann nahm er den früheren, ernsthaften Ton wieder auf: »Mein vorrangiger Wunsch für alle, an denen mir liegt, ist, daß sie Standhaftigkeit besitzen. Wenn Louisa Musgrove im November ihres Lebens schön und glücklich sein will, dann muß sie sich all ihre augenblickliche Charakterstärke bewahren.«

Er hatte geendet – und blieb ohne Antwort. Es wäre eine Überraschung für Anne gewesen, wenn Louisa auf eine solche Erklärung ohne weiteres hätte antworten können – Worte von solcher Anteilnahme, mit solch echter

Herzlichkeit gesprochen –, sie konnte sich vorstellen, was in Louisa vorging. Was sie selbst betraf, so traute sie sich, aus Angst, gesehen zu werden, nicht, sich zu bewegen. Wo sie saß, wurde sie von einem niedrigen Busch wuchernden Immergrüns verdeckt, und die beiden gingen weiter. Bevor sie außer Hörweite waren, sprach Louisa noch einmal.

»Mary ist ja in vieler Hinsicht ganz umgänglich«, sagte sie, »aber sie geht mir manchmal entsetzlich auf die Nerven mit ihrem Unsinn und ihrem Stolz, dem Elliot-Stolz. Sie hat entschieden zu viel von diesem Elliot-Stolz. Wenn Charles doch nur Anne statt dessen geheiratet hätte. Sie wissen doch sicher, daß er Anne heiraten wollte?«

Nach einer Pause sagte Kapitän Wentworth:

»Wollen Sie damit sagen, daß sie ihn abgewiesen hat?«

»O ja, natürlich.«

»Wann war das?«

»Ich weiß es nicht genau, denn Henrietta und ich waren damals im Internat. Aber ich glaube, ungefähr ein Jahr, bevor er Mary geheiratet hat. Wenn sie ihn bloß genommen hätte. Sie wäre uns allen entschieden lieber gewesen. Und Papa und Mama denken immer noch, daß wir es ihrer vornehmen Freundin Lady Russell zu verdanken haben, daß sie ihn nicht genommen hat. Sie glauben, Charles wäre vielleicht nicht gebildet und gelehrt genug für Lady Russells Geschmack, und daß sie Anne deshalb überredet hat, ihn abzuweisen.«

Die Geräusche entfernten sich, und Anne konnte nichts mehr verstehen. Sie wurde von ihrer inneren Erregung auf ihrem Platz festgehalten. Es gab zu viel, wovon sie sich erholen mußte, bevor sie sich bewegen konnte. Das Schicksal des sprichwörtlichen Lauschers an der Wand war ihr zwar nicht ganz zugefallen; sie hatte nichts Böses über sich selbst gehört. Aber sie hatte eine Menge für sie Schmerzliches mit angehört. Sie begriff, wie Kapitän Wentworth ihre Persönlichkeit beurteilte, und sein Benehmen hatte gerade das Maß von Anteilnahme und Neugier an ihr verraten, das sie in äußerste Erregung versetzen mußte.

Sobald sie konnte, machte sie sich auf die Suche nach Mary, und als sie sie gefunden hatte und mit ihr zu ihrem früheren Treffpunkt am Zauntritt zurückging, fühlte sie sich ein wenig erleichtert, als die ganze Gesellschaft sich unmittelbar danach wieder versammelte und in Bewegung setzte. Ihr Gemüt brauchte die Einsamkeit und das Schweigen, das nur eine größere Zahl von Menschen bieten kann.

Charles und Henrietta kehrten zurück und brachten, wie zu erwarten, Charles Hayter mit. Anne durchschaute die Einzelheiten der Angelegenheit nicht, und auch Kapitän Wentworth war anscheinend nicht vollständig ins Vertrauen gezogen worden. Aber daß der Herr Nachsicht und die Dame Entgegenkommen gezeigt hatte und daß sie nun sehr froh waren, wieder beieinander zu sein, stand außer Zweifel. Henrietta sah ein bißchen beschämt, aber sehr zufrieden aus; Charles Hayter überglücklich, und sie waren von dem Augenblick an, wo sie alle nach Uppercross aufbrachen, ausschließlich miteinander beschäftigt.

Alles deutete nun darauf hin, daß Louisa für Kapitän Wentworth bestimmt war, nichts konnte klarer sein; und wo sich die Gruppe trennen mußte und selbst, wo nicht, gingen sie fast ebenso ausschließlich nebeneinander wie die anderen beiden. Auf einem langen Streifen Weideland, wo es genug Platz für alle gab, waren sie so aufgeteilt, daß sie drei einzelne Gruppen bildeten; und zu der Gruppe, die sich am wenigsten auf ihre Lebhaftigkeit und auf ihren freundlichen Umgangston einbilden konnte, gehörte unvermeidlich Anne. Sie hatte sich Charles und Mary angeschlossen und war so erschöpft, daß sie Charles gerne auf einer Seite einhakte. Aber Charles, ihr gegenüber bestens gelaunt, war seiner Frau gegenüber verstimmt. Mary hatte sich ihm ungefällig erwiesen und mußte nun die Folgen tragen, die darin bestanden, daß er ständig ihren Arm losließ, um die Köpfe der Disteln in der Hecke mit seiner Gerte abzuschlagen; und als Mary anfing, sich darüber zu beschweren und zu jammern, daß sie wie üblich benachteiligt wurde und auf der Heckenseite gehen mußte, während Anne auf der anderen Seite unbehelligt blieb, ließ er die Arme beider los, um hinter einem Wiesel herzujagen, das er flüchtig gesehen hatte, und sie konnten kaum mit ihm Schritt halten.

Diese lange Wiese grenzte an einen Feldweg, den ihr Fußpfad am anderen Ende überqueren mußte; und als die ganze Gesellschaft das Ausgangstor erreicht hatte, kam die Kutsche, die auch in ihre Richtung fuhr und die sie schon eine Zeitlang gehört hatten, heran und erwies sich als Admiral Crofts Gig. Er und seine Frau hatten die beabsichtigte Ausfahrt gemacht und waren nun auf dem Heimweg. Als sie hörten, was für einen langen Spaziergang die jungen Leute unternommen hatten, hatten sie die Liebenswürdigkeit, der am meisten erschöpften Dame einen Platz anzubieten. Es würde ihr eine ganze Meile ersparen, und sie kämen durch Uppercross. Die Einladung erging an alle und wurde allseits abgelehnt. Die Miss Musgrove waren überhaupt nicht erschöpft, und Mary war entweder beleidigt, daß sie nicht vor den anderen aufgefordert worden war, oder das, was Louisa den Elliot-Stolz nannte, konnte es nicht ertragen, die dritte in einem Einspänner zu sein.

Die Wanderer hatten den Feldweg überquert und stiegen gerade über einen Zauntritt auf der gegenüberliegenden Seite, und der Admiral setzte sein Pferd schon wieder in Bewegung, als Kapitän Wentworth kurzentschlossen über die Hecke sprang, um etwas zu seiner Schwester zu sagen. Was dieses Etwas war, ließ sich aus der Wirkung erraten.

»Miss Elliot, Sie sind doch bestimmt erschöpft«, rief Mrs. Croft. »Gönnen Sie uns das Vergnügen, Sie nach

Hause zu bringen. Hier ist ausreichend Platz für drei, glauben Sie mir. Wenn wir alle Ihre Figur hätten, würden wir sicher zu viert hineinpassen. Kommen Sie doch, kommen Sie.«

Anne befand sich noch auf dem Weg, und obwohl sie unwillkürlich begann abzulehnen, ließ man sie damit nicht weit kommen. Der Admiral kam seiner Frau mit freundlichem Drängen zu Hilfe. Sie ließen sich nicht abweisen. Sie rückten auf kleinstmöglichem Raum zusammen, um in einer Ecke Platz zu machen, und ohne ein Wort zu sagen, wandte sich Kapitän Wentworth zu ihr und brachte sie unaufdringlich dazu, sich in die Kutsche helfen zu lassen.

Ja, *er* hatte es getan. Sie saß in der Kutsche und war sich bewußt, daß er sie dorthin gesetzt hatte, daß sein Wille und seine Hände es getan hatten; daß sie es seiner Teilnahme an ihrer Erschöpfung, seiner Entschlossenheit, ihr Erholung zu gönnen, verdankte. Sie war außerordentlich gerührt bei dem Gedanken an seine Einstellung ihr gegenüber, die aus all diesen Gesten sprach. Der kleine Zwischenfall schien die Vollendung alles dessen, was vorhergegangen war. Sie begriff ihn. Er konnte ihr nicht verzeihen, aber er konnte auch nicht teilnahmslos sein. Obwohl er sie für die Vergangenheit verurteilte und mit heftiger, ungerechter Empörung darauf zurückblickte, obwohl sie ihm völlig gleichgültig war und obwohl im Begriff, sich in eine andere zu verlieben, konnte er ohne das Bedürfnis, ihr beizustehen, doch nicht mitansehen, wie sie litt. Es war ein Rest früherer Zuneigung. Es war eine Regung reiner, wenn auch uneingestandener Freundschaft. Es war ein Beweis für sein eigenes mitfühlendes und liebevolles Herz, an den sie nur mit einer so unentwirrbaren Mischung aus Freude und Schmerz denken konnte, daß sie nicht wußte, was stärker war.

Sie beantwortete die freundlichen Fragen und Bemerkungen ihrer beiden Gefährten zuerst ganz mechanisch.

Sie hatten bereits die halbe Strecke des holprigen Feldweges zurückgelegt, ehe sie sich bewußt wurde, was sie sagten. Dann merkte sie, daß sie von »Frederick« sprachen.

»Auf eins der beiden Mädchen hat er es ganz bestimmt abgesehen, Sophy«, sagte der Admiral, »die Frage ist nur, auf welche. Er ist nun lange genug hinter ihnen hergelaufen, sollte man meinen, um einen Entschluß zu fassen. Ja, das kommt vom Frieden. Wenn Krieg wäre, dann hätte er die Sache längst erledigt. Wir Seeleute, Miss Elliot, können es uns nicht leisten, in Kriegszeiten lange auf Freiersfüßen zu gehen. Wie viele Tage liegen zwischen unserer ersten Begegnung, mein Schatz, und unserer ersten Mahlzeit in unserer Wohnung in North Yarmouth?«

»Darüber wollen wir lieber kein Wort verlieren, mein Schatz«, erwiderte Mrs. Croft liebevoll, »denn wenn Miss Elliot wüßte, wie schnell wir uns einig waren, würde sie es nicht für möglich halten, daß wir glücklich miteinander werden konnten. Ich kannte deinen Charakter allerdings schon lange vorher.«

»Na ja, und dich hatte man mir als sehr hübsches Mädchen geschildert; und worauf hätten wir denn auch warten sollen? Ich schiebe die Dinge nicht gern auf die lange Bank. Wenn Frederick nur ein paar Segel mehr setzen und uns eine dieser jungen Damen nach Kellynch heimführen würde. Dann hätten wir dort immer Gesellschaft. Und was für nette junge Damen sie beide sind! Ich kann sie kaum auseinanderhalten.«

»Wirklich sehr gut gelaunte, unaffektierte Mädchen«, lobte Mrs. Croft sie etwas weniger enthusiastisch, was in Anne den Verdacht erregte, daß ihr größerer Scharfsinn keine von beiden ihres Bruders für würdig hielt, »und eine sehr angesehene Familie. Bessere Verwandte könnte man sich gar nicht wünschen. Mein lieber Admiral, der Pfosten, wir nehmen gleich den Pfosten mit!«

Geistesgegenwärtig griff sie selbst in die Zügel, und die

Gefahr war glücklich überstanden; und da sie später noch einmal vorsorglich die Hand ausstreckte, fielen sie weder in einen Graben noch rammten sie einen Mistkarren; und mit einer gewissen Erheiterung beobachtete Anne ihre Fahrkünste, die ihr ein durchaus repräsentatives Beispiel für ihren Lebensstil im allgemeinen zu sein schienen, und sah sich von ihnen sicher vor der Cottage abgesetzt.

Kapitel 11

Der Zeitpunkt von Lady Russells Rückkehr kam nun näher. Sogar der Tag stand schon fest, und Anne, die bei ihr wohnen sollte, sobald sie sich wieder häuslich eingerichtet hatte, freute sich auf ihren baldigen Umzug nach Kellynch und begann, sich Gedanken darüber zu machen, welche Wirkung das auf ihr eigenes Wohlbefinden haben könnte.

Sie würde dann im selben Dorf wie Kapitän Wentworth wohnen, höchstens eine halbe Meile von ihm entfernt. Sie müßten dieselbe Kirche besuchen, und ein Umgang zwischen den beiden Familien wäre unumgänglich. Das gefiel ihr nicht. Aber andererseits verbrachte er so viel Zeit in Uppercross, daß ihr Umzug eher aussah, als lasse sie ihn hinter sich zurück, anstatt ihm entgegenzugehen; und alles in allem fand sie, konnte sie bei diesem interessanten Punkt eigentlich nur gewinnen, ebenso wie bei der Veränderung ihres täglichen Umgangs, wenn sie die arme Mary um Lady Russells willen verließ.

Sie wünschte von Herzen, daß es sich vermeiden ließe, Kapitän Wentworth jemals in Kellynch Hall zu begegnen. Die Räume dort waren Zeugen früherer Begegnungen gewesen, deren Erinnerung zu schmerzvoll für sie gewesen wäre. Aber noch mehr lag ihr daran, eine Begegnung von Lady Russell und Kapitän Wentworth zu verhindern. Sie mochten sich nicht, und eine Erneuerung ihrer Bekanntschaft würde zu nichts führen; und sollte Lady Russell sie zusammen sehen, würde sie denken, *er* habe zu viel Selbstbewußtsein und *sie* zu wenig.

Diese Gesichtspunkte trugen entscheidend zu ihrer Ungeduld bei, Uppercross zu verlassen, wo sie sich ihrer Meinung nach lange genug aufgehalten hatte. Ihre Pflege des kleinen Charles würde ihr die Erinnerung an ihren zweimonatigen Aufenthalt immer versüßen, aber er erholte sich zusehends, und es gab sonst nichts, was sie dort hielt.

Ihr Besuch fand allerdings einen aufregenden Abschluß, mit dem sie überhaupt nicht gerechnet hatte. Kapitän Wentworth, von dem man in Uppercross zwei volle Tage nichts gehört und gesehen hatte, erschien wieder unter ihnen, um sich durch einen Bericht über das, was ihn ferngehalten hatte, zu rechtfertigen.

Ein Brief seines Freundes Kapitän Harville hatte ihn endlich erreicht und die Nachricht gebracht, daß Kapitän Harville sich für den Winter mit seiner Familie in Lyme niedergelassen hatte; daß sie sich also, ohne es zu ahnen, nur zwanzig Meilen entfernt voneinander aufhielten. Kapitän Harville hatte sich nie wieder ganz von einer schweren Verwundung erholt, die er vor zwei Jahren erlitten hatte; und in seiner Ungeduld, ihn zu sehen, hatte Kapitän Wentworth beschlossen, unverzüglich nach Lyme aufzubrechen. Er hatte sich vierundzwanzig Stunden dort aufgehalten. Seine Abwesenheit wurde gerne entschuldigt, seine Freundschaft aufs höchste gepriesen, ein reges Interesse für seinen Freund geweckt und seine Beschreibung der herrlichen Landschaft um Lyme von der ganzen Gesellschaft so begeistert aufgenommen, daß der ernsthafte Wunsch entstand, Lyme auch zu sehen, und der Plan gefaßt wurde, dorthin zu fahren.

Die jungen Leute waren von dem Gedanken, Lyme zu sehen, ganz hingerissen, Kapitän Wentworth sprach davon, selbst noch einmal mitzufahren. Es waren nur siebzehn Meilen von Uppercross. Obwohl schon November, war das Wetter keineswegs schlecht. Kurz und gut, nachdem Louisa, die unter den Ungeduldigen die Ungeduldigste war und die es sich zusätzlich zu dem Vergnügen, ihren eigenen Kopf durchzusetzen, nun auch noch als Verdienst anrechnen konnte, ihren Willen zu bekommen, den Entschluß gefaßt hatte zu fahren, räumte sie alle Einwände ihres Vaters und ihrer Mutter, es doch bis zum Sommer aufzuschieben, aus dem Weg. Nach Lyme also sollte es gehen – Charles, Mary, Anne, Henrietta, Louisa und Kapitän Wentworth.

Nach dem ursprünglichen, undurchdachten Plan hatten sie morgens aufbrechen und abends zurückkehren wollen. Aber damit war Mr. Musgrove aus Rücksicht auf seine Pferde nicht einverstanden; und bei nüchterner Überlegung ergab sich, daß ihnen ein Tag Mitte November nicht viel Zeit lassen würde, einen neuen unbekannten Ort kennenzulernen, wenn man die sieben Stunden abzog, die sie bei dem Charakter der Landschaft für die Hin- und Rückfahrt brauchten. Sie wollten also über Nacht bleiben und konnten kaum vor dem Dinner am nächsten Tag zurückerwartet werden. Das empfand man als eine wesentliche Verbesserung; und obwohl sie sich alle zu einem sehr zeitigen Frühstück im Herrenhaus einfanden und sehr pünktlich aufbrachen, war, als die beiden Wagen – Mr. Musgroves Kutsche mit den vier Damen und Charles' Zweispänner, in dem Kapitän Wentworth mitfuhr – den langen Hügel nach Lyme hinunterkamen und die noch steilere Straße in den Ort selbst hineinfuhren, der Nachmittag so weit vorgeschritten, daß offensichtlich war, sie würden gerade noch Zeit haben, sich umzusehen, ehe das Licht und die Wärme des Tages verschwunden waren.

Nachdem sie sich in einem der Gasthöfe eine Unterkunft besorgt und ein Dinner bestellt hatten, mußten sie zunächst natürlich unbedingt zum Meer hinuntergehen.

Es war schon zu spät im Jahr, als daß Lyme als Badeort noch irgendwelche Unterhaltung oder Abwechslung geboten hätte. Die Kuranlagen waren geschlossen, die Gäste fast alle verschwunden, kaum eine Familie war außer den Ansässigen übriggeblieben; und da es an den Gebäuden nichts zu bewundern gibt, sind es die ungewöhnliche Lage des Ortes mit seiner Hauptstraße, die direkt zum Wasser hinunterführt, der Weg zum Cobb[6] unmittelbar an der hübschen kleinen Bucht entlang, die während der Saison mit Badekarren und Menschen belebt ist, der Cobb selbst mit seinen alten Wundern und neueren Verbesserungen, mit seiner höchst eindrucksvollen Kette von Klippen, die sich östlich des Ortes hinzieht, die den Blick des Fremden auf sich ziehen; und es muß schon ein sehr merkwürdiger Fremder sein, in dem der Reiz der unmittelbaren Umgebung von Lyme nicht den Wunsch erregt, es besser kennenzulernen. Die Schönheiten der Umgebung – das höher gelegene Charmouth mit seinen weit hingezogenen Hügeln und mehr noch seiner lieblichen, abgelegenen, von dunklen Klippen überragten Bucht, wo niedrige, am Strand verstreute Felsbrocken dazu einladen, Ebbe und Flut zu beobachten oder in ungestörter Betrachtung dazusitzen, der vielfältige Baumbestand des heiteren Dörfchens von Up Lyme und vor allem Pinny mit seinen grünen Schluchten zwischen romantischen Felsen, wo die verstreut stehenden Nadelbäume und üppig wachsenden Obstgärten davon zeugen, daß viele Generationen vergangen sein müssen, seit das erste teilweise Abbröckeln der Klippen den Boden für solche Fruchtbarkeit vorbereitet hat, wo sich einem der Anblick solcher Schönheit und solcher Lieblichkeit bietet, daß er ähnlichen Szenen auf der berühmten Isle of Wight vielleicht in nichts nachsteht – diese Orte muß man immer wieder besuchen, um den Wert von Lyme zu begreifen.

Als die Gesellschaft von Uppercross an den nun verlassen und melancholisch aussehenden Kuranlagen vorbeigegangen und noch weiter hinabgestiegen war, fand sie sich schließlich am Strand; und als sie sich nur so lange aufgehalten hatte wie alle, die den Anblick des Meeres überhaupt verdient haben, bei ihrer Rückkehr dorthin sich erst einmal aufhalten und staunen, setzte sie ihren Weg zum Cobb fort, der sowohl um seiner selbst als um Kapitän Wentworths willen ihr Ziel war, denn in einem kleinen Haus am Fuß einer alten Pier unbestimmten Alters wohnten die Harvilles. Kapitän Wentworth bog ab, um seinen Freund zu besuchen. Die anderen gingen weiter, und er wollte sich später auf dem Cobb wieder zu ihnen gesellen.

Sie hatten noch längst nicht alles bestaunt und bewundert, und anscheinend hatte nicht einmal Louisa den Eindruck, daß viel Zeit vergangen war, seit sie sich von Kapitän Wentworth getrennt hatten, als sie ihn in Begleitung von drei Gefährten, die sie nach seiner Beschreibung bereits als Kapitän Harville und seine Frau und einen Kapitän Benwick gut kannten, der bei ihnen zu Besuch war, hinter sich herkommen sahen.

Kapitän Benwick war vor einiger Zeit erster Offizier auf der ›Laconia‹ gewesen; und dem Bericht, den Kapitän Wentworth bei seiner Rückkehr von Lyme von ihm gegeben hatte, und seinen begeisterten Worten über ihn als ausgezeichneten jungen Mann und Offizier, den er immer außerordentlich geschätzt hatte, was ihm zweifellos die Sympathie aller Zuhörer gewann, war eine kleine Darstellung seines Privatlebens gefolgt, die ihn den Augen der Damen außerordentlich interessant erscheinen ließ. Er war mit Kapitän Harvilles Schwester verlobt gewesen und trauerte über ihren Verlust. Sie hatten ein oder zwei Jahre auf Vermögen und Beförderung gewartet. Das Vermögen kam, da er als Offizier eine erhebliche Prise bekam, und schließlich kam auch die Beförderung, aber Fanny Harville sollte sie nicht mehr erleben. Sie war in diesem Sommer, während er auf See war, gestorben. Kapitän Wentworth konnte sich nicht vorstellen, daß ein

Mann mehr an einer Frau hing als Kapitän Benwick an Fanny Harville oder von dem furchtbaren Schicksalsschlag stärker betroffen war. Er hielt ihn für einen Menschen, der unter so etwas schwer litt und starke Gefühle mit einem ruhigen, ernsthaften und zurückhaltenden Wesen und einer entschiedenen Vorliebe für Lektüre und einer seßhaften Lebensweise verband. Der interessante Schluß der Geschichte war, daß die Freundschaft zwischen ihm und den Harvilles durch das Ereignis, das jeder Hoffnung auf eine Verbindung ein Ende machte, womöglich noch mehr gefestigt wurde und Kapitän Benwick nun ganz bei ihnen lebte. Kapitän Harville hatte das gegenwärtige Haus für ein halbes Jahr gemietet, da sein Geschmack, seine Gesundheit und sein Geldbeutel ihm eine anspruchslose und am Meer gelegene Wohnung nahelegten; und die Großartigkeit der Landschaft und die Abgelegenheit von Lyme im Winter entsprachen anscheinend Kapitän Benwicks seelischer Verfassung. Das Mitgefühl und die Anteilnahme, die Kapitän Benwick erregte, waren sehr groß.

»Aber vielleicht«, dachte Anne bei sich, als sie nun auf die Gruppe zugingen, »vielleicht ist sein Herz nicht tiefer getroffen als meines. Ich kann mir nicht vorstellen, daß seine Zukunftsaussichten so vollständig zerstört sind. Er ist jünger als ich, dem Gefühl, wenn auch nicht den Jahren nach – als Mann jünger. Er wird sich wieder aufraffen und mit einer anderen glücklich werden.«

Sie trafen sich und wurden einander vorgestellt. Kapitän Harville war ein großer, dunkelhaariger Mann mit einem sensiblen, gütigen Gesichtsausdruck. Er hinkte ein wenig; und seine ausgeprägten Züge und angegriffene Gesundheit ließen ihn viel älter erscheinen als Kapitän Wentworth. Kapitän Benwick schien und war von den dreien der Jüngste und wirkte im Vergleich zu den beiden anderen klein. Er hatte, ganz wie erwartet, ein ansprechendes Gesicht und einen melancholischen Ausdruck und nahm nicht am Gespräch teil.

Obwohl Kapitän Harville nicht über die Umgangsformen von Kapitän Wentworth verfügte, war er ein vollkommener Gentleman, unaffektiert, herzlich und entgegenkommend. Mrs. Harville wirkte zwar eine Idee weniger kultiviert als ihr Mann, strahlte aber die gleiche Herzlichkeit aus; und nichts hätte liebenswürdiger sein können als ihr Wunsch, die ganze Gesellschaft, weil sie Freunde von Kapitän Wentworth waren, auch als ihre Freunde zu betrachten; nichts gastfreundlicher als ihre eindringlichen Bitten, sie bei sich zum Essen zu sehen. Das Dinner, das sie bereits im Gasthaus bestellt hatten, wurde schließlich, wenn auch zögernd, als Entschuldigung akzeptiert. Aber sie waren anscheinend fast gekränkt, daß Kapitän Wentworth eine solche Gesellschaft nach Lyme brachte, ohne es für eine Selbstverständlichkeit zu halten, daß sie bei ihnen essen würden.
All dies verriet so viel Zuneigung zu Kapitän Wentworth, und dieses ungewöhnliche Maß an Gastfreundschaft eine so wohltuende Menschlichkeit, was den üblichen wechselseitigen Einladungen und Dinners voller Förmlichkeit und Aufwand so gar nicht ähnelte, daß Anne sich von einer näheren Bekanntschaft mit seinen Offiziersfreunden keine erfreuliche Wirkung auf ihre Stimmung versprach. »Sie wären jetzt alle auch meine Freunde«, ging es ihr durch den Kopf; und sie mußte sich zusammenreißen, um nicht in eine große Niedergeschlagenheit zu verfallen.
Sie verließen den Cobb, betraten das Haus ihrer neuen Freunde und fanden sich in so kleinen Zimmern, daß nur jemand, dessen Einladung von Herzen kommt, es für möglich hält, so viele Menschen darin unterzubringen. Sogar Anne staunte einen Augenblick lang darüber. Aber dieses Gefühl wich angenehmeren Empfindungen beim Anblick all der genialen Vorrichtungen und hübschen Einfälle, mit deren Hilfe Kapitän Harville den vorhandenen Raum außerordentlich geschickt ausgenutzt, das

unzureichende Mobiliar des Mietshauses ergänzt und Fenster und Türen gegen die zu erwartenden Winterstürme abgedichtet hatte. Die Abwechslung in der Ausstattung der Räume, wo das üblicherweise Notwendigste, vom Besitzer auf die übliche gleichgültige Art zur Verfügung gestellt, mit einigen aus einer seltenen Holzart hergestellten und hervorragend gearbeiteten Gegenständen und mit allerlei Interessantem und Wertvollem aus all den fernen Ländern kontrastierte, die Kapitän Harville besucht hatte, war für Anne höchst unterhaltsam; da all das mit seinem Beruf, den Früchten seiner Arbeit, dem spürbaren Einfluß auf seine Gewohnheiten und dem darin zum Ausdruck kommenden Bild von Ruhe und häuslichem Glück verbunden war, erfüllte es sie gleichzeitig mit angenehmen und unangenehmen Gefühlen.

Kapitän Harville las nicht gern. Aber für die passable Sammlung von Büchern in schönen Einbänden, Kapitän Benwicks Eigentum, hatte er geschickt Platz gefunden und sehr hübsche Regale gebastelt. Seine Verwundung hinderte ihn an ausgedehnter körperlicher Bewegung, aber ein Sinn fürs Praktische und sein Einfallsreichtum verschafften ihm ständige Beschäftigung im Haus. Er entwarf, er lackierte, er tischlerte, er klebte. Er machte Spielzeug für die Kinder, er schnitzte neue Klöppelnadeln, und wenn alles getan war, setzte er sich an sein großes Fischernetz in eine Ecke des Zimmers.

Beim Abschied schien es Anne, als lasse sie ein großes familiäres Glück in dem Haus zurück; und Louisa, neben der sie zufällig ging, brach in Begeisterung und Entzücken über den Charakter der Marine aus – ihre Freundlichkeit, ihre Brüderlichkeit, ihre Offenheit, ihre Aufrichtigkeit, und gab ihrer Überzeugung Ausdruck, Seeleute besäßen mehr Wert und Wärme als irgendeine andere Berufsgruppe in ganz England. Nur sie verstünden zu leben, und nur sie verdienten es, respektiert und geliebt zu werden.

Sie gingen zurück, um sich umzuziehen und zu essen; und so gut hatte bisher alles geklappt, daß niemand etwas auszusetzen fand, obwohl die »ungewöhnlich späte Jahreszeit« und »die Abgelegenheit von Lyme« und »der völlige Mangel an Gesellschaft« die Besitzer des Gasthauses schon zu vielen Entschuldigungen veranlaßt hatten.
Anne merkte inzwischen, wie sie Kapitän Wentworths Gesellschaft ungerührter ließ, als sie zu Anfang für möglich gehalten hatte; daß die gemeinsamen Mahlzeiten am selben Tisch und der dabei stattfindende Austausch gängiger Höflichkeiten – denn darüber kamen sie nie hinaus – ihr nichts mehr ausmachte.
Die Nächte waren zu dunkel, als daß die Damen sich vor dem nächsten Vormittag noch einmal treffen konnten, aber Kapitän Harville hatte ihnen für den Abend einen Besuch versprochen; und er kam auch und brachte sogar seinen Freund mit, was ihre Erwartungen übertraf, denn sie waren sich einig gewesen, daß Kapitän Benwick ganz den Eindruck machte, als bedrücke ihn die Gegenwart so vieler Fremder. Er wagte sich jedoch wieder unter sie, obwohl seine Stimmung der allgemeinen Ausgelassenheit der Gesellschaft durchaus nicht zu entsprechen schien.
Während Kapitän Wentworth und Kapitän Harville das Gespräch auf der einen Seite des Zimmers beherrschten und durch die Erinnerung an frühere Zeiten eine Fülle von Anekdoten zur Beschäftigung und Unterhaltung der anderen beisteuerten, ergab es sich so, daß Anne mit Kapitän Benwick etwas abseits saß; und ihr Mitgefühl veranlaßte sie dazu, ein Gespräch mit ihm anzuknüpfen. Er war schüchtern und neigte zu Zerstreutheit; aber die gewinnende Güte ihrer Züge und die Sanftheit ihres Wesens taten bald ihre Wirkung; und Anne wurde für die Mühe, den ersten Schritt getan zu haben, voll belohnt. Er war offensichtlich ein junger Mann von bemerkenswerter Belesenheit, vor allem aber in der Lyrik; und abgesehen von der Überzeugung, daß sie ihm

wenigstens Gelegenheit gegeben hatte, über Themen zu sprechen, an denen seine sonstigen Kameraden vermutlich kein Interesse hatten, hegte sie die Hoffnung, ihm mit ein paar Ratschlägen über die Pflicht und den Nutzen, gegen Kummer anzukämpfen, worauf sie im Gespräch unweigerlich gekommen waren, wirklich helfen zu können, denn obwohl er schüchtern war, war er anscheinend nicht verschlossen. Es erweckte eher den Eindruck, als sei er froh, seinen unterdrückten Gefühlen freien Lauf lassen zu können; und als sie über Gedichte und die große Zahl zeitgenössischer Talente sprachen und kurz ihr Urteil über die bedeutendsten Dichter austauschten, wobei sie sich zu einigen versuchten, ob »Marmion« oder »Die Frau vom See« den Vorzug verdiene, was man von »Giaour« und »Die Braut von Abydos« zu halten habe, wie man den »Giaour«[7] auszusprechen habe, erwies er sich als so vertraut mit all den zärtlichsten Liedern des einen Dichters und all den leidenschaftlichsten Darstellungen der Verzweiflung des anderen, zitierte mit so viel innerer Bewegung verschiedene Zeilen, die von einem gebrochenen Herzen oder einem durch Unglück erschütterten Gemüt handelten, und gab ihr so sehr mit Blicken zu verstehen, er rechne mit ihrem Verständnis, daß sie zu hoffen wagte, er lese nicht immer nur Lyrik, und zu sagen, daß sie es für das Unglück der Lyrik halte, selten ungestraft von denen gelesen zu werden, die sie mit Genuß läsen, und daß die empfindsamen Seelen, die allein sie wirklich zu schätzen wüßten, genau die Seelen seien, die nur vorsichtig davon kosten sollten.

Da sein Gesicht keine Betroffenheit, sondern eher Freude über diese Anspielung auf seine eigene Lage verriet, fühlte sie sich ermutigt fortzufahren; und da sie das Recht auf größere Reife beanspruchte, wagte sie ihm eine stärkere Dosis an Prosa bei seiner täglichen Lektüre zu empfehlen und nannte auf seine Bitte um Vorschläge die Werke der besten englischen Moralisten, die Samm-

lungen von anspruchsvollen Briefen und Memoiren von charaktervollen und geprüften Persönlichkeiten, die ihr im Augenblick als geeignet einfielen, um den Geist durch die höchsten Forderungen und die überzeugendsten Beispiele moralischer und religiöser Standhaftigkeit aufzurichten und zu stärken.
Kapitän Benwick hörte aufmerksam zu und war anscheinend für das darin zum Ausdruck kommende Interesse dankbar; und obwohl sein Kopfschütteln und seine Seufzer geringen Glauben an die Wirksamkeit von Büchern bei Kummer wie seinem verrieten, schrieb er doch die Namen der empfohlenen Autoren auf und versprach, sie zu besorgen und zu lesen.
Als der Abend vorüber war, konnte Anne bei dem Gedanken, daß sie nach Lyme gekommen war, um einem jungen Mann, den sie noch nie gesehen hatte, Geduld und Entsagung zu predigen, nur lächeln und sich bei ernsthaftem Nachdenken auch der Befürchtung nicht erwehren, daß sie wie viele andere große Moralisten und Prediger Beredsamkeit in einem Punkt gezeigt hatte, in dem ihr eigenes Verhalten einer genaueren Prüfung kaum standhalten würde.

Kapitel 12

Anne und Henrietta, die sich am nächsten Morgen als erste von der Gesellschaft unten einfanden, beschlossen vor dem Frühstück einen Spaziergang ans Meer hinunter zu machen. Sie gingen zum Strand, um die auflaufende Flut zu beobachten, die eine frische südöstliche Brise herantrieb und die für die Flachheit der Küste gewaltig war. Sie priesen den Morgen, begeisterten sich an der See, teilten das Entzücken über die belebende Brise – und schwiegen, bis Henrietta plötzlich wieder das Wort ergriff:

»O ja, ich bin völlig davon überzeugt, daß Seeluft mit sehr wenigen Ausnahmen immer guttut. Es ist gar keine Frage, daß sie Dr. Shirley nach seiner Krankheit im vergangenen Frühjahr außerordentlich gut getan hat. Er sagt selbst, daß der vierwöchige Aufenthalt in Lyme ihm mehr geholfen hat als alle Medizin und daß der Aufenthalt am Meer ihn geradezu verjüngt hat. Es ist doch wirklich ein Jammer, daß er nicht immer am Wasser wohnt. Ich finde, er sollte Uppercross lieber ganz verlassen und nach Lyme ziehen. Findest du nicht, Anne? Findest du nicht auch, das wäre das beste, was er tun könnte? Für sich und auch für Mrs. Shirley? Sie hat nämlich Vettern und Kusinen hier und viele Bekannte, die ihr Abwechslung bieten würden, und sie wäre bestimmt froh, irgendwo zu wohnen, wo ärztliche Hilfe für den Fall, daß er wieder einen Anfall bekommt, direkt am Ort wäre. Ich finde es wirklich sehr traurig, daß so ausgezeichnete Leute wie Dr. und Mrs. Shirley, die ihr Leben lang Gutes getan haben, ihre letzten Tage auf so trostlose Weise an einem Ort wie Uppercross verbringen, wo sie abgesehen von unserer Familie anscheinend zu niemandem Kontakt haben. Wenn seine Freunde ihm doch nur den Vorschlag machten! Ich finde, das sollten sie wirklich tun; und eine Dispensierung zu bekommen, kann doch in seinem Alter und bei seinem Charakter keine Schwierigkeit sein. Ich bin nur skeptisch, ob er sich dazu bewegen läßt, die Gemeinde zu verlassen. Er hat so strikte und gewissenhafte Vorstellungen, übertrieben gewissenhaft, scheint mir. Findest du nicht, Anne, daß sie übertrieben gewissenhaft sind? Findest du nicht, daß es ganz falsche Skrupel sind, wenn ein Pfarrer seine Gesundheit den Pflichten opfert, die ebenso gut von jemand anderem übernommen werden können? Und in Lyme, nur siebzehn Meilen entfernt, wäre er auch nahe genug, wenn jemand glaubt, er hat Grund, sich zu beklagen.«

Anne mußte bei diesen Worten im stillen mehr als einmal lächeln; und bereit, nun einer jungen Dame, indem sie auf ihre Gefühle einging, ebenso zu helfen wie vorher einem jungen Mann, ging sie auf das Thema ein, obwohl es sich hier um weniger anspruchsvolle Hilfe handelte, denn was konnte sie schon tun als allgemein zustimmen? Sie sagte zu der Sache, was sich Vernünftiges und Sinnvolles dazu sagen ließ, zeigte, wie es von ihr erwartet wurde, Verständnis für Dr. Shirleys Anspruch auf Ruhe, sah ein, wie höchst wünschenswert es für ihn wäre, einen tatkräftigen, geachteten jungen Mann als Vikar zur Seite zu haben, und war sogar höflich genug, auf den Vorteil hinzuweisen, wenn ein solcher Vikar verheiratet wäre.

»Wenn nur«, sagte Henrietta sehr zufrieden mit ihrer Gefährtin, »wenn nur Lady Russell in Uppercross lebte und Dr. Shirleys Vertrauen hätte. Ich habe immer wieder gehört, daß Lady Russell eine Frau ist, die auf alle großen Einfluß hat. Ich halte sie für jemanden, der einen Menschen zu allem überreden kann. Ich habe Angst vor ihr, das habe ich dir schon einmal erzählt, ziemlich große Angst, weil sie so intelligent ist; aber ich habe auch ungeheure Achtung vor ihr und wollte, wir hätten solche Nachbarn in Uppercross.«

Anne war belustigt über Henriettas Art, Dankbarkeit zu zeigen, belustigt auch, daß die Entwicklung der Ereignisse und das neue Ziel von Henriettas Wünschen ihrer Freundin überhaupt die Gunst von jemandem aus der Familie Musgrove eintrug. Sie hatte allerdings nur Zeit für eine ganz allgemeine Antwort und den Wunsch, daß eine Frau wie Lady Russell in Uppercross wohnen möge, ehe beim Anblick von Louisa und Kapitän Wentworth, die ihnen entgegenkamen, jede Unterhaltung aufhörte. Sie waren, bis das Frühstück fertig war, ebenfalls auf einem Spaziergang. Aber als Louisa sich gleich darauf erinnerte, daß sie etwas in einem Laden besorgen mußte, lud sie sie alle ein, mit ihr zurück in den Ort zu gehen. Sie waren alle dazu bereit.

Als sie an die Stufen kamen, die vom Strand hinaufführten, trat im selben Augenblick ein Gentleman, im Begriff herunterzukommen, höflich zur Seite und wartete, um sie vorbeizulassen. Sie stiegen hinauf und gingen an ihm vorbei, und im Vorbeigehen blieb sein Blick auf Annes Gesicht hängen, und er sah sie sich mit solch echter Bewunderung an, daß es ihr nicht entgehen konnte. Sie sah bemerkenswert gut aus, da ihre sehr regelmäßigen, sehr hübschen Züge bei dem leichten Wind, der ihr ins Gesicht wehte, und der Lebhaftigkeit, die er in ihren Augen hervorrief, ihre jugendliche Blüte und Frische wiedergewonnen hatten. Es war offensichtlich, daß der Gentleman (seinem Benehmen nach ganz und gar ein Gentleman) sie außerordentlich bewunderte. Kapitän Wentworth sah sich sofort auf eine Weise nach ihr um, die verriet, daß es ihm nicht entgangen war. Er warf ihr einen kurzen Blick zu – einen vielsagenden Blick, der zu sagen schien: »Der Mann ist von dir beeindruckt, und selbst ich erkenne in diesem Augenblick etwas von der alten Anne Elliot wieder.«

Nachdem sie Louisa bei ihren Besorgungen begleitet hatten und noch ein bißchen herumgebummelt waren, kehrten sie ins Gasthaus zurück; und als Anne anschließend in aller Eile von ihrem Zimmer ins Speisezimmer laufen wollte, wäre sie fast mit eben jenem Gentleman zusammengestoßen, als er aus einem angrenzenden Zimmer kam. Sie hatte schon vorher vermutet, daß er wie sie ein Fremder sei, und beschlossen, daß ein gutaussehender Reitknecht, der bei ihrer Rückkehr in der Nähe der beiden Gasthöfe herumstreifte, sein Diener sein müsse. Daß sowohl Herr wie Diener in Trauer waren, bestätigte diesen Eindruck. Es war nun bewiesen, daß er im selben Gasthaus wohnte wie sie; und bei dieser zweiten Begegnung, so kurz sie auch war, bewies der Gesichtsausdruck des Gentleman, daß er ihren für sehr reizvoll hielt, und die Bereitwilligkeit und vornehme Art seiner Entschuldigung, daß er ein Mann von außerordentlich guten

Umgangsformen war. Er war anscheinend ungefähr dreißig und hatte, obwohl nicht eigentlich gutaussehend, ein ansprechendes Äußeres. Anne gestand sich, daß sie gern gewußt hätte, wer er war.
Sie waren fast mit dem Frühstück fertig, als das Geräusch einer Kutsche (beinahe die erste, die sie seit ihrer Ankunft in Lyme hörten) die eine Hälfte der Gesellschaft ans Fenster lockte. »Es ist der Wagen eines Gentlemans, ein leichter Zweispänner, aber er wird nur vom Stall zur Eingangstür gefahren. Anscheinend reist jemand ab. Er wird von einem Diener in Trauer gelenkt.«
Das Wort Zweispänner brachte Charles Musgrove auf die Beine, damit er ihn mit seinem eigenen vergleichen konnte; der Diener in Trauer erregte Annes Neugier, und alle sechs waren am Fenster versammelt und sahen den Besitzer schließlich unter den Verbeugungen und Artigkeiten des gesamten Personals aus der Tür treten, seinen Sitz einnehmen und davonfahren.
»Ah«, rief Kapitän Wentworth sofort und mit einem verstohlenen Blick auf Anne, »das ist ja der Mann, dem wir begegnet sind.«
Die Miss Musgrove bestätigten es; und nachdem sie ihm alle liebevoll nachgesehen hatten, bis er hinter dem Hügel verschwand, kehrten sie an den Frühstückstisch zurück. Gleich darauf kam der Kellner ins Zimmer.
»Hören Sie«, sagte Kapitän Wentworth unverzüglich, »können Sie uns den Namen des Gentleman sagen, der gerade abgefahren ist?«
»Ja, Sir, ein Mr. Elliot, ein Gentleman von großem Vermögen ... ist gestern abend von Sidmouth gekommen. Sie haben sicher die Kutsche gehört, Sir, als Sie beim Essen waren ... und fährt nun weiter nach Crewkherne auf seinem Weg nach Bath und London.«
»Elliot!« Viele Blicke waren zwischen ihnen hin- und hergegangen, viele Male war der Name wiederholt worden, bevor der Kellner trotz seiner routinierten Wortgewandtheit all dies herausgebracht hatte.

»Du liebe Güte!« rief Mary. »Das ist bestimmt unser Vetter, das ist bestimmt unser Vetter Mr. Elliot, das muß er sein, bestimmt! Charles, Anne, das ist er doch bestimmt! Und obendrein in Trauer, genau wie unser Mr. Elliot. Was für ein Zufall! Im selben Gasthaus wie wir! Anne, meinst du nicht, das ist unser Mr. Elliot, der Erbe unseres Vaters? Entschuldigen Sie, Sir (und sie wandte sich an den Kellner), haben Sie nicht gehört ... hat sein Diener nicht gesagt, ob er zur Familie von Kellynch gehört?«

»Nein, Madam, von Familie hat er nichts gesagt. Er hat bloß gesagt, sein Herr ist ein sehr reicher Mann und kriegt eines Tages eine Baronage.«

»Da, seht ihr!« rief Mary voller Aufregung. »Was habe ich gesagt! Der Erbe Sir Walter Elliots! Ich wußte, es würde herauskommen, wenn er es ist. Verlaßt euch drauf, das ist ein Umstand, den seine Diener nicht verheimlichen, wo immer er hinkommt. Aber denk doch nur, Anne, was für ein Zufall! Schade, daß ich ihn mir nicht genauer angesehen habe. Schade, daß wir nicht rechtzeitig gewußt haben, wer er ist, sonst hätte er uns vorgestellt werden können. Wie schade, daß wir einander nicht vorgestellt worden sind! Findest du, er sah wie ein Elliot aus? Ich habe ihn kaum angesehen, ich habe nur auf die Pferde geachtet. Aber ich glaube, er hatte etwas von einem Elliot. Daß mir das Wappen nicht aufgefallen ist! Ach ja, sein Reisemantel hing über der Wagentür und hat das Wappen verdeckt. So war es, sonst wäre es mir bestimmt aufgefallen, und auch die Livree. Wenn der Diener nicht in Trauer gewesen wäre, hätte man ihn gleich an der Livree erkannt.«

»Wenn man all diese außerordentlichen Zufälle bedenkt«, sagte Kapitän Wentworth, »muß man es als ein Werk der Vorsehung betrachten, daß Ihr Vetter Ihnen nicht vorgestellt worden ist.«

Sobald Anne Marys Aufmerksamkeit gewinnen konnte, versuchte sie sie mit ruhigen Worten davon zu überzeugen, daß das Verhältnis zwischen ihrem Vater und Mr. Elliot schon seit vielen Jahren nicht dazu angetan war, eine Gelegenheit, einander vorgestellt zu werden, überhaupt wünschenswert erscheinen zu lassen.

Gleichzeitig verschaffte es ihr insgeheim allerdings selbst eine gewisse Genugtuung, ihren Vetter gesehen zu haben und zu wissen, daß der zukünftige Besitzer von Kellynch zweifellos ein Gentleman war und den Eindruck eines vernünftigen Mannes machte. Sie wollte unter keinen Umständen erwähnen, daß sie ihm ein zweites Mal begegnet war. Zum Glück achtete Mary nicht weiter darauf, daß sie bei ihrem Morgenspaziergang dicht an ihm vorbeigegangen waren, aber sie hätte sich stark benachteiligt gefühlt, wenn sie erfahren hätte, daß Anne im Flur regelrecht mit ihm zusammengestoßen war und seine sehr höflichen Entschuldigungen entgegengenommen hatte, während sie überhaupt nichts von ihm gesehen hatte. Nein, das kurze Gespräch zwischen Vetter und Kusine mußte ein vollkommenes Geheimnis bleiben.

»Du mußt natürlich«, sagte Mary, »unsere Begegnung mit Mr. Elliot unbedingt erwähnen, wenn du das nächste Mal nach Bath schreibst. Ich finde, unser Vater sollte unbedingt davon erfahren; erwähne es auf jeden Fall.«

Anne vermied eine direkte Antwort, aber es handelte sich um ein Ereignis, dessen Mitteilung in ihren Augen nicht nur überflüssig war, sondern das geradezu unterschlagen werden mußte. Die Beleidigung, die ihrem Vater vor vielen Jahren zugefügt worden war, war ihr bekannt. Elizabeths besondere Rolle dabei ahnte sie; und daß der bloße Gedanke an Mr. Elliot bei beiden Ärger erregte, stand außer Zweifel. Mary schrieb nie selbst nach Bath. All die Mühe, eine schleppende und wenig befriedigende Korrespondenz mit Elizabeth aufrecht zu erhalten, fiel Anne zu.

Das Frühstück war noch nicht lange vorüber, als Kapitän Harville mit seiner Frau und Kapitän Benwick bei ihnen eintrafen, mit denen sie sich zu ihrem letzten Spaziergang in Lyme verabredet hatten. Sie wollten gegen eins nach Uppercross aufbrechen und bis dahin die Zeit gemeinsam und so lange wie möglich draußen verbringen.

Anne merkte, daß Kapitän Benwick ihre Nähe suchte, sobald sie sich alle auf der Straße versammelt hatten. Ihre Unterhaltung vom vorherigen Abend veranlaßte ihn, sich ihr erneut anzuschließen; und sie wanderten eine Zeitlang nebeneinander her, unterhielten sich wieder über Mr. Scott und Lord Byron und waren wieder unfähig – so unfähig wie zwei Leser dieser Autoren immer –, sich über ihre jeweiligen Vorzüge zu einigen, bis durch Zufall eine fast völlige Umgruppierung der Personen stattfand und sie statt Kapitän Benwick Kapitän Harville neben sich hatte.

»Miss Elliot«, sagte er und senkte die Stimme, »Sie haben eine gute Tat getan, indem Sie den armen Jungen zum Sprechen gebracht haben. Schade, daß er nicht öfter solche Gesellschaft hat. Es ist nicht gut für ihn, ich weiß, daß er sich so abschließt, aber was können wir tun? Wir können uns nicht trennen.«

»Nein«, sagte Anne, »ich will gerne glauben, daß das unmöglich ist. Aber mit der Zeit vielleicht ... wir wissen, welche Rolle die Zeit bei allem Kummer spielt ... und Sie müssen bedenken, Kapitän Harville, daß Ihr Freund eigentlich noch nicht lange trauert. Erst in diesem Sommer ... wenn ich recht verstehe ...«

»Ach ja, leider (mit einem tiefen Seufzer), erst im Juni.«

»Und er hat es vielleicht noch nicht einmal gleich erfahren.«

»Nicht vor der ersten Augustwoche, als er vom Kap zurückkehrte. Er hatte gerade erst die ›Grappler‹ übernommen. Ich war in Plymouth, mir graute davor, von ihm zu hören. Er schickte Briefe, aber die ›Grappler‹ hatte Befehl, Portsmouth anzulaufen. Dort mußte ihm die Nachricht überbracht werden, aber wer sollte es ihm mitteilen? Ich nicht. Eher hätte ich mich hängen lassen. Niemand war dazu in der Lage außer dem guten Burschen dort (er zeigte auf Kapitän Wentworth). Die ›Laconia‹ war in der Woche vorher in Plymouth eingelaufen. Keine Gefahr, daß sie so schnell wieder auslaufen mußte. Er setzte alles andere aufs Spiel, beantragte Landurlaub, reiste, ohne die Genehmigung abzuwarten, Tag und Nacht, bis er Portsmouth erreichte, setzte auf der Stelle zur ›Grappler‹ über und ließ den armen Jungen eine ganze Woche nicht allein. Das hat er getan, und niemand sonst hätte den armen James retten können. Sie können sich gar nicht vorstellen, Miss Elliot, wie teuer er uns ist.«

Nichts konnte Anne sich besser vorstellen und antwortete, so gut es ihre innere Bewegung ihr gestattete oder seine es anscheinend ertragen konnte, denn er war zu erschüttert, das Thema fortzusetzen; und als er wieder das Wort ergriff, sprach er von etwas völlig anderem.

In ihrer Überzeugung, daß ihr Mann lange genug auf den Beinen gewesen sei, wenn man direkt nach Hause ging, übernahm Mrs. Harville bei ihrem voraussichtlich letzten Spaziergang die Führung. Die Gesellschaft sollte sie zu ihrer Haustür begleiten und dann umkehren und selbst aufbrechen. Nach ihrem eigenen Zeitplan war dafür gerade noch Zeit; aber als sie sich dem Cobb näherten, wurde so allgemein der Wunsch geäußert, dort noch einmal entlangzugehen, lag allen so viel daran, und war Louisa gleich so dazu entschlossen, daß man fand, ein viertelstündiger Aufschub sei überhaupt kein Aufschub; und so trennten sie sich, wie man sich vorstellen kann, mit herzlichen Abschiedsworten und einem herzlichen Austausch von Einladungen und Versprechungen von Kapitän Harville und seiner Frau vor deren Haustür und gingen, noch immer in Begleitung von Kapitän Benwick, der sich anscheinend nicht von ihnen trennen konnte, weiter, um sich vom Cobb zu verabschieden, wie es sich gehörte.

Lyme Regis. Zeitgenössische Zeichnung. (Britisches Museum, London)

Anne fand Kapitän Benwick wieder an ihrer Seite. Die Aussicht vor ihnen ließ das Gespräch unweigerlich auf Lord Byrons »Tiefe blaue See« kommen, und sie schenkte ihm gern ihre ganze Aufmerksamkeit, solange sie ihre Aufmerksamkeit auf ihn konzentrieren konnte. Aber bald wurde sie zwangsläufig abgelenkt.

Der Wind war zu stark, um den oberen Teil des neuen Cobb für die Damen angenehm zu machen, und sie einigten sich, die Stufen zum unteren Teil hinunterzusteigen, und waren bereit, manierlich und vorsichtig die steile Treppe hinabzugehen – außer Louisa. *Sie* mußte mit Kapitän Wentworths Hilfe unbedingt die Treppe hinunterspringen; sie liebte den Nervenkitzel dabei. Wegen des für ihre Füße zu harten Pflasters erhob er diesmal Bedenken dagegen; er ließ es aber trotzdem zu. Sie kam sicher unten an und lief auf der Stelle, um ihr Vergnügen daran zu zeigen, die Stufen wieder hinauf, um mit seiner Hilfe noch einmal zu springen. Er riet ihr davon ab, hielt den Aufprall für zu stark, aber nein, er argumentierte und redete vergeblich. Sie lächelte und sagte: »Ich bin fest dazu entschlossen.« Er streckte seine Hände aus, sie kam ihm eine halbe Sekunde zuvor, sie schlug auf dem Unteren Cobb aufs Pflaster und wurde bewußtlos aufgehoben.

Es war keine Wunde, kein Blut, keine auffällige Schramme zu sehen. Aber ihre Augen waren geschlossen, sie atmete nicht, ihr Gesicht war totenblaß. Das Entsetzen, das alle Umstehenden in diesem Augenblick ergriff!

Kapitän Wentworth, der sie aufgehoben hatte, kniete bei ihr und hielt sie in den Armen und sah sie mit ebenfalls bleichem Gesicht in stummer Verzweiflung an. »Sie ist tot! Sie ist tot!« schrie Mary, klammerte sich an ihren Mann und steigerte sein Entsetzen so, daß er regungslos dastand; und einen Augenblick später verlor auch Henrietta, von dieser Überzeugung ganz erschüttert, das Bewußtsein und wäre auf die Stufen gefallen, hätten

Kapitän Benwick und Anne sie nicht gemeinsam aufgefangen und gehalten.
»Will mir denn niemand helfen?« waren die ersten Worte, in die Kapitän Wentworth in einem Ton der Verzweiflung, und als hätten ihn seine eigenen Kräfte verlassen, ausbrach.
»Helfen Sie ihm, helfen Sie ihm!« rief Anne. »Um Gottes willen helfen Sie ihm doch. Ich kann sie alleine halten. Lassen Sie mich und helfen Sie ihm. Reiben Sie ihr die Hände, reiben Sie ihr die Schläfen, hier ist Riechsalz, nehmen Sie, nehmen Sie!«
Kapitän Benwick gehorchte; und da Charles sich im selben Augenblick von seiner Frau losmachte, kamen sie ihm beide zu Hilfe; und Louisa wurde aufgerichtet und fand sicheren Halt zwischen den beiden, und alles wurde so gemacht, wie Anne geraten hatte, aber vergeblich. Kapitän Wentworth taumelte gegen die Mauer, um sich aufrecht zu halten, und rief in tiefster Verzweiflung:
»O Gott, ihr Vater und ihre Mutter!«
»Einen Arzt«, sagte Anne.
Das Wort verfehlte seine Wirkung nicht, es brachte ihn anscheinend auf der Stelle zur Besinnung, und mit den Worten: »Richtig, richtig, einen Arzt, sofort«, wollte er davonstürzen, als Anne eindringlich riet:
»Kapitän Benwick, sollte nicht Kapitän Benwick gehen? Er weiß, wo ein Arzt zu finden ist.«
Allen, die noch einigermaßen bei Sinnen waren, leuchtete der Gedanke augenblicklich ein, und in ein paar Sekunden (es spielte sich alles in Bruchteilen von Sekunden ab) hatte Kapitän Benwick die arme leblose Gestalt ganz der Obhut ihres Bruders überlassen und eilte mit äußerster Geschwindigkeit in Richtung Ort davon.
Was die unglücklichen Zurückgebliebenen anging, so war schwer zu sagen, wer von den dreien, die klar denken konnten, am meisten litt – Kapitän Wentworth, Anne oder Charles, der sich als wirklich liebevoller Bruder unter schmerzlichem Schluchzen über Louisa

beugte und nur die Augen von der einen Schwester abzuwenden brauchte, um die andere im gleichen bewußtlosen Zustand zu erblicken oder die hysterischen Zustände seiner Frau mitansehen zu müssen, die ihn um Hilfe rief, die er nicht leisten konnte.

Anne, die sich instinktiv mit Kraft, Eifer und Gefaßtheit um Henrietta bemühte, versuchte zwischendurch auch, den anderen Trost zuzusprechen, versuchte, Mary zu beruhigen, Charles Mut zu machen und Kapitän Wentworths inneren Aufruhr zu beschwichtigen. Beide warteten anscheinend auf Anweisungen von ihr.

»Anne, Anne!« rief Charles. »Was sollen wir jetzt tun? Was um Gottes willen sollen wir jetzt tun?«

Kapitän Wentworths Blick war ebenfalls auf sie gerichtet.

»Sollte sie nicht lieber ins Gasthaus getragen werden? Doch, unbedingt, tragen Sie sie vorsichtig ins Gasthaus.«

»Ja, ja, zum Gasthaus«, wiederholte Kapitän Wentworth einigermaßen gefaßt und ungeduldig, überhaupt etwas zu tun. »Ich trage sie selbst. Musgrove, kümmern Sie sich um die anderen.«

Inzwischen hatte sich das Gerücht von dem Unfall unter den Arbeitern und Fischern am Cobb herumgesprochen, und viele standen um sie herum, um sich, wenn nötig, nützlich zu machen oder jedenfalls den Anblick einer toten jungen Dame, nein, zweier junger Damen – denn das anfängliche Gerücht wurde um ein Erhebliches überboten – nicht entgehen zu lassen. Unter diesen guten Leuten wurde Henrietta einigen der Vertrauenerwekkendsten anvertraut, denn obwohl sie einigermaßen wieder zu sich gekommen war, war sie völlig hilflos; und während Anne an ihrer Seite ging und Charles sich um seine Frau bemühte, brachen sie auf und gingen mit unaussprechlichen Gefühlen den Weg zurück, den sie gerade erst so kürzlich und so leichten Herzens entlanggegangen waren.

Sie hatten den Cobb noch nicht verlassen, da kamen ihnen schon die Harvilles entgegen. Sie hatten Kapitän Benwick mit einem Gesichtsausdruck, der verriet, daß etwas passiert war, an ihrem Haus vorbeilaufen sehen; und sie hatten sich unverzüglich aufgemacht und waren unterwegs informiert und zu der Stelle gewiesen worden. Trotz seines Schocks brachte Kapitän Harville Vernunft und Kaltblütigkeit mit, die sich sofort als nützlich erwies; und ein Blick zwischen ihm und seiner Frau entschied, was zu tun war. Louisa müsse zu ihrem Haus gebracht werden, alle müßten zu ihrem Haus gehen und die Ankunft des Arztes dort erwarten. Sie ließen keine Bedenken gelten; er setzte sich durch. Bald waren sie alle unter seinem Dach; und während Louisa unter Mrs. Harvilles Leitung nach oben und in deren Bett gebracht wurde, verabreichte ihr Mann allen, die es nötig hatten, Hilfe, Stärkungs- und Belebungsmittel.

Louisa hatte einmal die Augen geöffnet, aber anscheinend ohne das Bewußtsein zu erlangen, gleich wieder geschlossen. Dies allerdings war ein Lebenszeichen, das ihrer Schwester guttat; und Henrietta, obwohl völlig außerstande, mit Louisa im selben Zimmer zu sein, wurde durch das ständige Schwanken zwischen Furcht und Hoffnung davor bewahrt, erneut das Bewußtsein zu verlieren. Auch Mary beruhigte sich langsam.

Der Arzt erschien, ehe man noch mit ihm gerechnet hatte. Alle waren vor Entsetzen wie gelähmt, während er sie untersuchte. Aber er war nicht ohne Hoffnung. Sie habe eine schwere Gehirnerschütterung erlitten, aber er habe Patienten gehabt, die sich von schwereren Verletzungen erholt hätten. Er sei durchaus nicht ohne Hoffnung. Es klang ermutigend.

Daß er es nicht als einen aussichtslosen Fall betrachtete, daß er nicht sagte, in ein paar Stunden würde alles vorbei sein, überstieg die Hoffnungen der meisten von ihnen; und die überschwengliche Freude über den Aufschub, die tiefe und stumme innere Genugtuung, nachdem sie ein paar inbrünstige Ausrufe der Dankbarkeit gen Himmel gerichtet hatten, läßt sich ermessen.

Anne war sicher, daß sie den Ton, den Blick, mit dem Kapitän Wentworth ein »Gott sei Dank!« hervorstieß, niemals vergessen würde, und auch nicht den Anblick, als er später, den Kopf auf die Arme gestützt, vornübergebeugt an einem Tisch saß, als sei er innerlich von den widerstrebendsten Empfindungen überwältigt und versuche, sie durch Gebete und Besinnung zu beruhigen.

Körperlichem Schaden war Louisa entgangen. Außer am Kopf hatte sie keine Verletzungen.

Die Gesellschaft mußte nun überlegen, was in der gegenwärtigen Lage am besten zu tun war. Sie waren nun imstande, miteinander zu sprechen und zu beratschlagen. Daß Louisa bleiben mußte, wo sie war, wie unangenehm es ihren Freunden auch sein mochte, den Harvilles damit Ungelegenheiten zu bereiten, stand außer Zweifel. Sie zu transportieren war ausgeschlossen. Die Harvilles brachten alle Skrupel zum Schweigen, und soweit es ging, auch alle Äußerungen der Dankbarkeit. Sie hatten bereits alles geplant und arrangiert, ehe die anderen angefangen hatten, darüber nachzudenken. Kapitän Benwick mußte ihnen sein Zimmer überlassen und sich anderswo ein Bett besorgen – und schon war das Problem gelöst. Sie machten sich lediglich Gedanken, daß das Haus nicht mehr Menschen faßte, und wollten sich nicht ohne weiteres mit dem Gedanken abfinden, daß sich nicht vielleicht für zwei oder drei, wenn man »die Kinder im Mädchenzimmer unterbrachte oder eine Wiege unter die Decke hängte«, noch Platz finden ließe, falls sie den Wunsch haben sollten, ebenfalls zu bleiben. Aber sie brauchten sich keine Gedanken zu machen, Miss Musgrove völlig der Pflege von Mrs. Harville zu überlassen. Mrs. Harville war wie auch ihr Kindermädchen, das schon seit langem bei ihnen war und sie überallhin begleitet hatte, eine sehr erfahrene Krankenschwester. Bei den beiden würde es ihr Tag und Nacht an keinerlei Pflege fehlen; und all dies wurde mit so aufrichtigen und ehrlichen Gefühlen vorgebracht, daß man ihnen nicht widersprechen konnte.

Charles, Henrietta und Kapitän Wentworth berieten nun untereinander; und eine Zeitlang beschränkte sich ihr Gespräch auf einen Austausch von fassungslosen und entsetzten Worten: »Uppercross ... jemand müsse unbedingt nach Uppercross fahren ... die Nachricht überbringen ... wie solle man es Mr. und Mrs. Musgrove eröffnen ... und der Vormittag so vorgeschritten ... bereits eine Stunde vergangen, seit sie hätten aufbrechen sollen ... unmöglich, auch nur einigermaßen rechtzeitig einzutreffen.« Zuerst waren sie zu nichts anderem als solchen Ausrufen fähig, aber nach einer Weile nahm sich Kapitän Wentworth zusammen und sagte:

»Wir müssen zu einem Entschluß kommen, und zwar ohne weiteren Zeitverlust. Jede Minute ist kostbar. Jemand muß sich auf der Stelle entschließen, nach Uppercross aufzubrechen. Musgrove, entweder Sie oder ich müssen fahren.«

Charles war ganz seiner Meinung, erklärte aber seine Entschlossenheit, den Ort nicht zu verlassen. Er werde Kapitän Harville und seiner Frau so wenig wie möglich zur Last fallen, aber er dürfe und wolle seine Schwester auf keinen Fall in einem solchen Zustand allein lassen. Soweit war die Sache klar; und Henrietta erklärte zu Anfang dasselbe. Sie umzustimmen, gelang ihnen allerdings bald. Sie und sich nützlich machen! Sie, die nicht einmal mit Louisa im selben Zimmer bleiben oder sie hatte ansehen können, ohne Zustände zu bekommen, die sie völlig hilflos machten! Sie war schließlich gezwungen, zuzugeben, daß sie nicht helfen konnte, war aber immer noch nicht bereit, abzureisen, bis der Gedanke an ihren Vater und ihre Mutter sie veranlaßte, nachzugeben. Sie willigte ein, sie konnte es gar nicht abwarten, nach Hause zu kommen.

Soweit war der Plan gediehen, als Anne leise aus Louisas Zimmer die Treppe herunterkam und nicht umhin konnte, die folgenden Worte zu hören, da die Wohnzimmertür offenstand:

»Dann sind wir uns also einig, Musgrove«, rief Kapitän Wentworth, »daß Sie bleiben und daß ich Ihre Schwester nach Hause begleite. Aber was die übrigen betrifft ... was die anderen angeht: Wenn *einer* bleibt, um Mrs. Harville zu helfen, genügt das, glaube ich. Mrs. Charles Musgrove wird natürlich zu ihren Kindern zurück wollen. Aber wenn Anne bleibt ... niemand so geeignet, so umsichtig wie Anne!«

Sie hielt einen Augenblick inne, um sich von der inneren Erregung zu erholen, daß man so von ihr sprach. Die anderen beiden stimmten dem, was er sagte, nachdrücklich zu; dann trat sie ins Zimmer.

»Sie bleiben doch bestimmt, Sie bleiben doch und pflegen sie«, rief er, indem er sich ihr zuwandte; und dabei verrieten seine Worte so viel Vertraulichkeit, aber auch so viel Zartgefühl, daß sie sich beinahe in die Vergangenheit zurückversetzt fühlte. Sie errötete tief. Er faßte sich und wandte sich ab. Sie erklärte sich geneigt, einverstanden, gerne bereit zu bleiben. Sie habe selbst schon daran gedacht und gehofft, man werde die Erlaubnis dazu geben. Ein Bett auf dem Fußboden in Louisas Zimmer würde ihr reichen, wenn Mrs. Harville nur damit einverstanden wäre.

Noch eine Kleinigkeit, dann war wohl alles geregelt. Obwohl es ihnen nur lieb sein konnte, wenn Mr. und Mrs. Musgrove durch eine leichte Verspätung schon vorher in Unruhe versetzt wurden, würde doch die Zeit, die die Pferde von Uppercross für die Heimreise brauchten, ihre Ungewißheit auf unerträgliche Weise verlängern; und Kapitän Wentworth schlug vor und Charles Musgrove stimmte zu, daß es besser wäre, wenn er einen Wagen im Gasthaus nähme und Mr. Musgroves Kutsche und Pferde früh am nächsten Morgen nachkommen

ließe, was gleichzeitig den Vorteil hätte, daß sie erführen, wie Louisa die Nacht verbracht hatte.
Kapitän Wentworth brach nun eilig auf, um sich für die Reise fertig zu machen, und die beiden Damen sollten ihm bald folgen. Als der Plan allerdings Mary mitgeteilt wurde, war es mit der Einhelligkeit vorbei. Sie protestierte so verzweifelt und so nachdrücklich, beklagte sich so über die Ungerechtigkeit, daß sie statt Anne fahren sollte – Anne, die Louisa nichts bedeutete, während sie ihre Schwägerin war und alles Recht hatte, Henrietta zu vertreten! Warum durfte sie sich nicht ebenso nützlich machen wie Anne? Und auch noch ohne Charles nach Hause fahren – ohne ihren Mann! Nein, es war zu rücksichtslos! Kurz und gut, sie redete so lange, bis ihr Mann nicht mehr widerstehen konnte; und da niemand anders Einspruch erheben konnte, als *er* nachgab, ließ es sich nicht ändern. Anne durch Mary zu ersetzen war unumgänglich.
Nie hatte Anne den eifersüchtigen und unvernünftigen Ansprüchen Marys so ungern nachgegeben. Aber sie mußte sich fügen und machte sich auf den Weg in den Ort, wobei sich Charles um seine Schwester kümmerte und Kapitän Benwick sie begleitete. Als sie die Straße entlangeilten, dachte sie einen Augenblick lang über die kleinen Vorfälle nach, die sie im Laufe des Vormittags auf dem gleichen Weg erlebt hatten. Hier hatte sie Henriettas Plänen für Dr. Shirleys Weggang aus Uppercross zugehört; dort hatte sie Mr. Elliot zum erstenmal gesehen; aber sie hatte höchstens einen Augenblick für alle außer Louisa und die, die um ihr Wohlergehen besorgt waren, übrig.
Kapitän Benwick war unendlich um sie bemüht; und da das Unglück des Tages das Zusammengehörigkeitsgefühl unter ihnen anscheinend gestärkt hatte, fand sie ihn zunehmend sympathischer und sogar Vergnügen bei dem Gedanken, daß dies vielleicht eine Gelegenheit war, ihre Bekanntschaft fortzusetzen.

Kapitän Wentworth hielt nach ihnen Ausschau, und ein vierspänniger Wagen wartete zu ihrer Bequemlichkeit am unteren Ende der Straße. Aber seine unverhohlene Überraschung und Verärgerung über den Austausch der einen Schwester gegen die andere, sein veränderter Gesichtsausdruck, sein Erstaunen, die angefangenen und unterdrückten Worte des Protests, mit denen er Charles zuhörte, bereiteten Anne einen ziemlich demütigenden Empfang oder mußten sie zumindest davon überzeugen, daß ihr Wert lediglich in ihrer Unentbehrlichkeit für Louisa bestand.

Sie bemühte sich, gefaßt zu sein, gerecht zu sein. Ohne den Empfindungen einer Emma für ihren Henry[8] nacheifern zu wollen, hätte sie Louisa um seinetwillen mit einer Hingabe gepflegt, die weit über das übliche Maß von Freundschaft hinausging; und sie hoffte, sein ungerechter Eindruck, sie scheue unnötig vor einem Freundschaftsdienst zurück, werde nicht lange anhalten.

Unterdessen saß sie im Wagen. Er hatte ihnen beiden beim Einstieg geholfen und sich selbst zwischen sie gesetzt; und auf diese Weise, unter Umständen, die Anne in solch Erstaunen, in solche Bewegung versetzten, verließ sie Lyme. Wie die lange Fahrt vergehen, wie sie ihr Verhalten zueinander beeinflussen würde, worüber sie sich unterhalten würden, konnte sie sich nur schwer vorstellen. Es lief alles ganz natürlich ab. Er widmete sich Henrietta, wandte sich immer an sie, und wenn er überhaupt etwas sagte, dann in der Absicht, ihre Zuversicht zu stärken und ihre Stimmung zu heben. Im allgemeinen waren seine Stimme und sein Benehmen betont ruhig; Henrietta Aufregung zu ersparen, schien sein oberstes Ziel. Nur einmal, als sie den letzten unbesonnenen, unseligen Spaziergang zum Cobb bedauerte und bitter beklagte, daß man je darauf verfallen war, brach er, wie völlig überwältigt, in die Worte aus:

»Reden Sie nicht davon, reden Sie nicht davon! O mein Gott, hätte ich ihr in dem unglückseligen Augenblick doch nur nicht nachgegeben! Hätte ich getan, was meine Pflicht war! Aber so ungestüm und so entschlossen! Liebe, reizende Louisa!«

Anne fragte sich im stillen, ob es ihm wohl manchmal einfiel, sein früheres unumstößliches Urteil über die grundsätzliche Richtigkeit und Überlegenheit von Charakterstärke in Frage zu stellen; und ob er nicht manchmal einsah, daß sie wie alle anderen Eigenschaften ihr Maß und ihre Grenze haben sollte. Sie fand, daß er sich gelegentlich wohl kaum der Einsicht erwehren konnte, daß ein nachgiebiges Temperament manchmal ebenso sehr zum Glück beiträgt wie ein sehr entschlossener Charakter.

Sie kamen schnell voran. Anne war überrascht, dieselben Hügel und dieselben Häuser so schnell wiederzusehen. Die Geschwindigkeit, mit der sie fuhren und die durch die Angst vor dem Ende noch erhöht wurde, ließ die Strecke nur halb so lang erscheinen wie am Vortag. Es begann allerdings schon zu dunkeln, als sie in die Nähe von Uppercross kamen; und da Henrietta sich mit einem Schal über dem Gesicht in eine Ecke zurückgelehnt hatte und Anlaß zu der Hoffnung gab, daß sie sich in Schlaf geweint hatte, hatte schon einige Zeit Schweigen zwischen ihnen geherrscht, als Kapitän Wentworth, während sie den letzten Hügel hinauffuhren, mit einemmal das Wort an Anne richtete. Mit leiser, zögernder Stimme sagte er:

»Ich habe darüber nachgedacht, was wir am besten tun. Sie darf nicht als erste hineingehen. Sie wäre dem nicht gewachsen. Ich habe überlegt, ob Sie nicht lieber mit ihr im Wagen bleiben, während ich hineingehe und Mr. und Mrs. Musgrove die Nachricht überbringe. Halten Sie das für einen guten Plan?«

Das tat sie; er war beruhigt und sagte nichts weiter. Aber der Gedanke daran, daß er sie um Rat gefragt hatte, erfüllte sie noch lange mit Freude – als ein Beweis seiner Freundschaft und seiner Achtung für ihr Urteil mit sehr

großer Freude; und daß sie sich als Abschiedsworte herausstellten, schmälerte ihren Wert nicht.
Als die betrübliche Nachricht in Uppercross überbracht war und er Vater und Mutter so gefaßt, wie man nur hoffen konnte, und die Tochter erleichtert gesehen hatte, bei ihnen zu sein, erklärte er seine Absicht, mit demselben Wagen nach Lyme zurückzukehren; und sobald die Pferde gefüttert waren, brach er auf.

Kapitel 13

Anne verbrachte den Rest ihres Aufenthalts in Uppercross, wobei es sich nur noch um zwei Tage handelte, ausschließlich im Herrenhaus, und es war ihr eine Genugtuung zu wissen, daß sie dort außerordentlich nützlich war, und zwar als ständige Gefährtin und als Hilfe bei den Vorbereitungen für die nächste Zeit, die Mr. und Mrs. Musgrove in ihrer Niedergeschlagenheit schwer gefallen wären.
Sie erhielten schon früh am nächsten Morgen eine Nachricht aus Lyme. Louisas Zustand war unverändert. Es hatte keine Verschlechterung stattgefunden. Ein paar Stunden später erschien Charles und brachte einen neueren und eingehenderen Bericht. Er war einigermaßen optimistisch. Mit einer schnellen Erholung war nicht zu rechnen, aber alles verlief so gut, wie in einem solchen Fall zu erwarten war. Als er von den Harvilles sprach, konnte er sich anscheinend nicht genug tun, ihre Freundlichkeit und besonders Mrs. Harvilles Anstrengungen als Krankenpflegerin zu loben. Sie habe Mary wirklich gar nichts zu tun übrig gelassen. Sie hätten Mary und ihn überredet, gestern abend schon früh ins Gasthaus zurückzugehen. Mary habe heute morgen wieder einen hysterischen Anfall gehabt. Als er abgefahren sei, habe

sie gerade mit Kapitän Benwick einen Spaziergang vorgehabt, der ihr hoffentlich gutgetan habe. Vielleicht wäre es besser gewesen, man hätte sie dazu veranlaßt, schon gestern mit nach Hause zu kommen. Aber, um ehrlich zu sein, Mrs. Harville lasse wirklich niemandem etwas zu tun übrig.

Charles wollte am selben Vormittag nach Lyme zurückkehren, und sein Vater war schon halb entschlossen, mitzufahren, aber die Damen waren damit nicht einverstanden. Er würde den anderen nur doppelte Arbeit und sich selbst unglücklich machen; und ein viel besserer Plan wurde entworfen und in die Tat umgesetzt: Man ließ eine Kutsche von Crewkherne kommen, und Charles nahm als weitaus nützlichere Person das alte Kindermädchen der Familie mit zurück, das alle Kinder aufgezogen und noch erlebt hatte, wie Harry, der allerletzte, Nachkömmling und Nesthäkchen, wie seine Brüder vor ihm zur Schule geschickt wurde, und die nun in ihrem verwaisten Kinderzimmer lebte, Strümpfe stopfte und all die Beulen und Kratzer pflegte, mit denen man zu ihr kam, und die deshalb ausgesprochen froh war, daß sie mitfahren und die liebe Miss Louisa pflegen durfte. Mrs. Musgrove und Henrietta hatten schon vorher gelegentlich daran gedacht, Sarah hinzuschicken, aber ohne Anne hätten sie sich wohl kaum dazu entschlossen oder diese Lösung so schnell für durchführbar gehalten.

Am nächsten Tag verdankten sie die eingehenden Nachrichten über Louisa, auf die sie alle vierundzwanzig Stunden so viel Wert legten, Charles Hayter. Er machte sich die Mühe, nach Lyme zu fahren, und sein Bericht gab weiterhin zu Hoffnung Anlaß. Die Zeiträume, in denen sie bei Bewußtsein und bei klarem Verstand war, wurden anscheinend länger, und alle Berichte bestätigten, daß Kapitän Wentworth offenbar die Absicht hatte, in Lyme zu bleiben.

Anne sollte sie am nächsten Tag verlassen, ein Ereignis, vor dem allen graute. Was sollten sie ohne sie anfangen?

Wie sollten sie sich gegenseitig trösten? Dies und ähnliches wurde so häufig gesagt, daß sie es für das beste hielt, den, wie sie wußte, geheimen Wunsch aller auszusprechen und sie zu überreden, auf der Stelle nach Lyme aufzubrechen. Es kostete sie wenig Mühe; man einigte sich schnell darauf zu fahren, gleich morgen zu fahren, sich im Gasthaus einzuquartieren oder eine Wohnung zu mieten, wie es sich ergab, und dort zu bleiben, bis die liebe Louisa transportfähig war. Sie mußten die guten Leute, bei denen sie war, ein wenig entlasten; sie konnten Mrs. Harville wenigstens die Pflege ihrer eigenen Kinder abnehmen. Kurz und gut, sie waren so froh über ihren Entschluß, daß Anne über ihren Einfall beglückt war und fand, daß sie an ihrem letzten Vormittag in Uppercross nichts Besseres tun konnte, als ihnen bei ihren Vorbereitungen zu helfen und sie früh am Morgen auf den Weg zu schicken, obwohl die Folge davon war, daß sie ganz allein im Haus zurückblieb.
Sie war die letzte, sie war außer den kleinen Jungen in der Cottage die allerletzte, die einzige, die übriggeblieben war von allen, die beide Häuser bevölkert und belebt hatten, von allen, die Uppercross seinen heiteren Charakter gegeben hatten. Was für eine Veränderung in so wenigen Tagen!
Wenn Louisa sich erholte, würde alles wieder gut sein; und es würde größeres Glück herrschen als vorher. Es bestand kein Zweifel, jedenfalls für Anne, was die Folge ihrer Gesundung sein würde. Ein paar Monate, und die jetzt so verlassenen Räume, in denen sich nur ihre eigene stille, nachdenkliche Gestalt bewegte, würden vielleicht wieder erfüllt sein von allem, was Glück und Frohsinn, was blühende Liebe an Hoffnung und Zuversicht mit sich brachten, von allem, was Anne Elliot so wenig entsprach.
Eine Stunde ungestörter Muße zu solchen Überlegungen an einem dunklen Novembertag, während ein leichter, dichter Regen die wenigen Gegenstände, die man über-

haupt vom Fenster aus sehen konnte, verschwimmen ließ, genügten Anne, das Geräusch von Lady Russells Kutsche als außerordentlich wohltuend zu empfinden; und obwohl ihr daran lag, fortzukommen, konnte sie das Herrenhaus doch nicht verlassen oder einen letzten Abschiedsblick auf die Cottage mit ihrer schwarzen, tropfenden und wenig einladenden Veranda werfen oder auch nur die letzten bescheidenen Hütten des Dorfes durch die beschlagenen Scheiben wahrnehmen, ohne daß ihr das Herz schwer wurde. Ereignisse hatten in Uppercross stattgefunden, die es ihr lieb und wert machten. Es war Zeuge vieler erst bitterer, doch nun gelinderer schmerzlicher Empfindungen geworden, aber gelegentlich auch Zeuge von versöhnlichen Gefühlen, Andeutungen von Freundschaft und Vergebung, die sich nicht wiederholen und die ihr immer kostbar sein würden. Sie ließ all das hinter sich zurück – alles, außer der Erinnerung, daß diese Dinge wirklich geschehen waren.

Anne hatte Kellynch nicht wieder betreten, seit sie Lady Russell im September verlassen hatte. Es war nicht nötig gewesen, und die wenigen Gelegenheiten, die sich ihr geboten hatten, nach Kellynch Hall zu fahren, hatte sie absichtlich versäumt oder vermieden. Nun sollte sie bei ihrer Rückkehr ihren Platz in den modernen eleganten Räumen der Lodge wieder einnehmen und das Herz ihrer Besitzerin erfreuen.

Unter Lady Russells Freude über das Wiedersehen mischte sich eine gewisse Besorgnis. Sie wußte, wer regelmäßig in Uppercross verkehrt hatte; aber zum Glück sah Anne entweder wirklich voller und besser aus, oder Lady Russell bildete es sich ein; und als Anne ihre Komplimente entgegennahm, schmunzelte sie bei dem Gedanken an die stillschweigende Bewunderung ihres Vetters und bei der Hoffnung, daß ihr ein zweiter Frühling von Jugend und Schönheit beschert sein könnte.

Als sie sich zu unterhalten begannen, merkte sie bald,

daß gewisse Veränderungen in ihr vorgegangen waren. Die Dinge, die sie beim Verlassen von Kellynch bewegt hatten, deren Übergehen sie gekränkt hatte und die sie bei den Musgroves hatte unterdrücken müssen, waren jetzt nur noch von zweitrangigem Interesse. Sie hatte in letzter Zeit sogar ihren Vater, ihre Schwester und Bath aus den Augen verloren. Deren Sorgen waren hinter denen von Uppercross zurückgetreten; und als Lady Russell auf ihre früheren Hoffnungen und Befürchtungen zu sprechen kam, ihre Zufriedenheit mit dem am Camden Place[9] gemieteten Haus und ihr Bedauern ausdrückte, daß Mrs. Clay noch bei ihnen war, hätte sich Anne geschämt, merken zu lassen, wie viel mehr ihre Gedanken in Lyme waren, bei Louisa Musgrove und all ihren Bekannten dort; wie viel größer ihr Interesse am Zuhause und der Freundschaft der Harvilles und Kapitän Benwicks war als am Haus ihres eigenen Vaters am Camden Place oder dem intimen Verhältnis ihrer eigenen Schwester mit Mrs. Clay. Sie mußte sich tatsächlich dazu zwingen, auch nur den Anschein zu erwecken, als habe sie das gleiche Interesse wie Lady Russell an den Themen, die doch an sich größere Aufmerksamkeit von ihr verlangten.

Es herrschte eine gewisse Verlegenheit, als sie zuerst über ein anderes Thema sprachen. Sie mußten auf den Unfall in Lyme kommen. Lady Russell war am Tag vorher noch keine fünf Minuten bei ihr, da hatte sie die ganze Geschichte schon über sich ergehen lassen müssen. Aber es mußte trotzdem davon gesprochen werden, sie mußte Fragen stellen, sie mußte die Unklugheit bedauern, die Folgen beklagen, und Kapitän Wentworths Name mußte von beiden erwähnt werden. Anne war sich bewußt, daß ihr das nicht so gut gelang wie Lady Russell. Sie konnte nicht gleichzeitig den Namen aussprechen und Lady Russell direkt in die Augen blicken, solange sie nicht auf den Ausweg verfallen war, ihr kurz zu berichten, was sie von der Beziehung zwischen ihm und Louisa hielt. Nach

diesem Bericht machte ihr sein Name weiter kein Kopfzerbrechen.
Lady Russell brauchte nur gefaßt zuzuhören und ihnen Glück zu wünschen. Aber innerlich war sie von heimlicher Schadenfreude, von wohltuender Verachtung erfüllt, daß der Mann, der mit dreiundzwanzig offensichtlich einen gewissen Sinn für den Wert einer Anne Elliot gehabt hatte, sich acht Jahre später von einer Louisa Musgrove umgarnen ließ.
Die ersten drei oder vier Tage vergingen äußerst friedlich, ohne irgendwelche Zwischenfälle, außer einer gelegentlichen Nachricht aus Lyme, die ihren Weg auf geheimnisvolle Weise zu Anne fand und ausgesprochen zufriedenstellende Neuigkeiten über Louisa enthielt. Nach Ablauf dieser Zeit ließ Lady Russells Sinn für Etikette ihr keine Ruhe mehr, und die früheren halbherzigen Selbstvorwürfe wurden nun bestimmter: »Ich muß Mrs. Croft einen Besuch machen. Ich muß ihr nun wirklich bald einen Besuch machen. Anne, hast du den Mut, mich zu begleiten und dem Haus einen Besuch abzustatten? Es wird uns beiden nicht leichtfallen.«
Anne wich der Aufforderung nicht aus, im Gegenteil, sie meinte es ganz ernst, als sie sagte: »Wahrscheinlich leiden Sie von uns beiden mehr. Sie haben sich innerlich weniger mit dem Wechsel abgefunden als ich. Ich bin in der Gegend geblieben und habe mich daran gewöhnt.«
Sie hätte mehr über das Thema sagen können, denn sie hatte tatsächlich eine so hohe Meinung von den Crofts und fand, ihr Vater hatte solches Glück mit seinen Mietern gehabt, die der Gemeinde bestimmt ein gutes Beispiel geben, sich um die Armen kümmern und ihr Los erleichtern würden, daß sie trotz Bedauern und Scham über den unumgänglichen Umzug gerechterweise zugeben mußte, daß die, die es nicht verdient hatten zu bleiben, ausgezogen waren. Diese Einsicht mußte unweigerlich weh tun, und zwar bitter weh tun. Aber wenigstens schlossen sie die Art von Bitterkeit aus, die Lady

Russell empfinden würde, wenn sie das Haus wieder betrat und durch die wohlbekannten Räume ging.
In solchen Augenblicken gelang es Anne nicht, zu sich selbst zu sagen: »Diese Räume gehören eigentlich nur uns. Ach, wie sie im Wert gesunken sind! Wie entweiht sie sind! Eine alte Familie so davongejagt! Fremde Leute an ihrer Stelle!« Nein, außer wenn sie an ihre Mutter dachte und sich erinnerte, wo sie gesessen, geschaltet und gewaltet hatte, sah sie zu solchen Stoßseufzern keinen Anlaß.
Mrs. Croft begegnete ihr immer mit einer Herzlichkeit, die ihr das angenehme Gefühl gab, von ihr auch gemocht zu werden; und als sie sie jetzt in ihrem Haus empfing, war sie besonders zuvorkommend.
Der traurige Unfall in Lyme beherrschte bald das Gespräch; und als sie die letzten Nachrichten über die Kranke austauschten, stellte sich heraus, daß beide Damen ihre Informationen am Vortag zur selben Stunde erhalten hatten, daß Kapitän Wentworth gestern in Kellynch gewesen (das erstemal seit dem Unfall), daß er Anne die letzte Botschaft, deren genaue Herkunft sie nicht hatte in Erfahrung bringen können, hatte zukommen lassen, ein paar Stunden geblieben und dann nach Lyme zurückgekehrt war, und zwar ohne die Absicht, es vorläufig wieder zu verlassen. Er hatte sich, wie sie erfuhr, ausdrücklich nach ihr erkundigt, hatte die Hoffnung geäußert, daß Miss Elliots Anstrengungen keine unangenehmen Folgen für sie gehabt hatten, und hatte diese Anstrengungen als außerordentlich groß bezeichnet. Das war nett von ihm und bereitete ihr mehr Freude als alles auf der Welt.
Was die traurige Katastrophe selbst betraf, so konnten zwei verläßliche, vernünftige Frauen, deren Urteil sich an Tatsachen orientierte, sie nur auf *eine* Art und Weise erörtern; und sie waren sich völlig darüber einig, daß sie die Folge großer Gedankenlosigkeit und großer Unklugheit war, daß die Auswirkungen höchst beängstigend

waren und der Gedanke schrecklich, wie lange Miss Musgroves völlige Wiederherstellung sich vielleicht noch hinzog, und wie groß die Gefahr war, daß sie auch später unter den Folgen der Gehirnerschütterung zu leiden hatte. Der Admiral faßte alles knapp zusammen, indem er ausrief:

»Ja, ja, eine sehr schlimme Geschichte. Wer hat je davon gehört, daß ein verliebter junger Mann seiner Angebeteten den Hals statt das Herz bricht. Finden Sie nicht, Miss Elliot? Er sollte sich lieber den eigenen Kopf zerbrechen als den anderer.«

Admiral Crofts Umgangston war nicht ganz nach Lady Russells Geschmack, aber Anne war davon entzückt. Seine Herzensgüte und charakterliche Geradheit waren unwiderstehlich.

»Also, das muß sehr unangenehm für Sie sein«, sagte er plötzlich, aus seinen Gedanken auffahrend, »herzukommen und uns hier zu finden. Ich hatte bisher gar nicht daran gedacht, aber es muß sehr unangenehm sein. Aber bitte, fühlen Sie sich wie zu Hause. Stehen Sie auf und gehen Sie durch alle Räume des Hauses, wenn Sie wollen.«

»Ein andermal, Sir, vielen Dank, nicht jetzt.«

»Nun gut, wann immer Sie wollen. Sie können jederzeit durch den Garten hereinschlüpfen; und da sehen Sie auch gleich, wo wir unsere Schirme aufhängen, direkt neben der Tür. Ein guter Platz, nicht wahr? Das heißt (er besann sich), Sie werden es nicht für einen guten Platz halten, denn Ihre standen immer im Zimmer des Butlers. Ja, es ist doch immer das gleiche. *Eine* Methode ist vermutlich so gut wie die andere, aber unsere eigene ist uns immer am liebsten; und deshalb müssen Sie selbst am besten wissen, ob Sie durchs Haus gehen möchten oder nicht.«

Anne merkte, daß sie ablehnen konnte, und tat es dankbar.

»Wir haben auch nur sehr wenige Veränderungen vorgenommen«, fuhr der Admiral nach kurzem Nachdenken fort. »Sehr wenige. Wir haben Ihnen in Uppercross von der Waschküchentür erzählt. Das ist eine sehr große Verbesserung. Wir haben uns gefragt, wie um alles in der Welt eine Familie so lange mit einer Tür leben konnte, die sich so unglücklich öffnen ließ. Sagen Sie Sir Walter, was wir gemacht haben, und daß Mr. Shepherd findet, es ist die größte Verbesserung, die je an dem Haus vorgenommen worden ist; und im übrigen muß ich uns zugestehen, daß die wenigen Veränderungen, die wir vorgenommen haben, sich sehr bemerkbar machen. Allerdings gebührt das Verdienst daran meiner Frau. Ich habe sehr wenig getan, außer daß ich ein paar von den großen Spiegeln aus meinem Ankleidezimmer entfernt habe, das Ihrem Vater gehört hat. Ein ausgezeichneter Mann und bestimmt von Kopf bis Fuß ein Gentleman, aber ich könnte mir denken, Miss Elliot (er machte ein nachdenkliches Gesicht), ich könnte mir denken, daß er für sein Alter ein sehr modebewußter Mann ist. Eine solche Anzahl von Spiegeln! Du lieber Himmel, man konnte sich selbst nicht entrinnen. Also habe ich Sophy gebeten, mit anzufassen, und bald hatten wir sie weggeschafft; und nun fühle ich mich richtig wohl mit meinem kleinen Rasierspiegel in einer Ecke und einem riesigen Ding, dem ich aber nie zu nahe komme.«

Anne war zwar gegen ihren Willen belustigt, aber doch um eine Antwort verlegen, und der Admiral nahm in der Befürchtung, nicht höflich genug gewesen zu sein, das Thema noch einmal auf und sagte:

»Wenn Sie das nächste Mal an Ihren lieben Vater schreiben, Miss Elliot, richten Sie bitte Grüße von mir und Mrs. Croft aus und sagen Sie, daß wir uns hier sehr wohl fühlen und nichts an dem Haus auszusetzen haben. Der Kamin im Frühstückszimmer raucht zwar ein wenig, zugegeben, aber nur, wenn der Nordwind darauf steht, und das kommt im Winter höchstens dreimal vor; und genau besehen gibt es jetzt, wo wir die meisten Häuser der Umgebung kennen und es beurteilen können, eigentlich keins, das uns besser gefällt als dieses. Sagen Sie ihm das bitte mit meinen Grüßen ... Er wird sich darüber freuen.«

Lady Russell und Mrs. Croft fanden großen Gefallen aneinander. Aber die Bekanntschaft, die mit diesem Besuch begann, konnte vorläufig leider nicht weiter gedeihen, denn als der Besuch erwidert wurde, erklärten die Crofts ihre Absicht, ein paar Wochen zu verreisen, um ihre Verwandten im Norden der Grafschaft zu besuchen, und vermutlich würden sie noch nicht zurück sein, wenn Lady Russell nach Bath übersiedelte.

Damit endete alle Gefahr, daß Anne Kapitän Wentworth in Kellynch Hall traf oder ihm mit ihrer Freundin in Gesellschaft begegnete. Sie konnte sich nun in Sicherheit wiegen und über die vielen ängstlichen Befürchtungen lächeln, die sie darauf verschwendet hatte.

Kapitel 14

Obwohl Charles und Mary nach Mr. und Mrs. Musgroves Ankunft in Lyme viel länger dort geblieben waren, als sie Annes Meinung nach vermutlich erwünscht waren, trafen sie doch als erste der Familie wieder zu Hause ein und fuhren nach ihrer Rückkehr nach Uppercross, so schnell es ging, zur Lodge hinüber. Als sie abgefahren waren, hatte Louisa angefangen, sich aufzusetzen. Aber obwohl sie bei klarem Verstand war, mußte ihr Kopf noch sehr geschont werden, und ihre Nerven waren so empfindlich, daß man sie mit äußerster Behutsamkeit behandeln mußte; und obwohl sie sich den Umständen entsprechend gut erholte, ließ sich doch noch keineswegs sagen, wann sie dem Transport nach Hause gewachsen sein würde; und ihr Vater und ihre

Mutter, die rechtzeitig zurückkehren mußten, um da zu sein, wenn die anderen in den Weihnachtsferien nach Hause kamen, konnten kaum damit rechnen, sie mitbringen zu dürfen.

Sie hatten alle gemeinsam zur Miete gewohnt. Mrs. Musgrove hatte sich, soviel sie konnte, um die Kinder gekümmert, alle Vorräte waren, soweit wie möglich, von Uppercross beschafft worden, um die Harvilles zu entlasten, während die Harvilles darauf bestanden hatten, daß sie täglich zu ihnen zum Dinner kamen. Kurz und gut, beide Seiten hatten anscheinend miteinander gewetteifert, wer selbstloser und gastfreundlicher war.

Mary hatte es nicht leicht gehabt, aber alles in allem ließ sich aus ihrem langen Aufenthalt schließen, daß das Vergnügen die Unannehmlichkeiten aufgewogen hatte. Charles Hayter war öfter in Lyme gewesen, als ihr lieb war; und wenn sie bei den Harvilles aßen, hatten sie zum Servieren nur das Hausmädchen gehabt; und zuerst hatte Mrs. Harville immer Mrs. Musgrove den Vortritt gelassen, aber als sie dann erfuhr, wessen Tochter *sie* war, hatte sie sich mit wirklich ehrlichem Bedauern bei ihr entschuldigt; und es hatte jeden Tag so viel zu tun gegeben, so viele Spaziergänge zwischen ihrer Wohnung und der der Harvilles, und sie hatte Bücher aus der Leihbücherei geliehen und sie so oft umgetauscht, daß die Waage sich eindeutig zugunsten Lymes geneigt hatte. Sie war sogar in Charmouth gewesen, und sie hatte Bäder genommen, und sie war zur Kirche gegangen, und es gab in der Kirche in Lyme viel mehr Leute anzusehen als in Uppercross – und all dies, zusammen mit dem Gefühl, sich äußerst nützlich zu machen, hatte ihr zwei unterhaltsame Wochen verschafft.

Anne erkundigte sich nach Kapitän Benwick. Sofort fiel ein Schatten auf Marys Gesicht; Charles lachte.

»Ach, Kapitän Benwick geht es sehr gut, glaube ich, aber er ist ein komischer junger Mann. Ich konnte nicht aus ihm klug werden. Wir haben ihn gebeten, ein oder zwei

Tage mit uns zu kommen. Charles hat versprochen, mit ihm auf die Jagd zu gehen, und er schien sehr angetan; ich jedenfalls dachte, die Sache sei abgemacht, aber bewahre, am Dienstagabend machte er sehr fadenscheinige Ausflüchte. Er gehe nie auf die Jagd, und er sei völlig mißverstanden worden, und er habe dies versprochen und das versprochen; jedenfalls kam schließlich dabei heraus, daß er nicht mitkommen wollte. Ich vermute, er hatte Angst, sich zu langweilen. Dabei sollte man meinen, daß wir einem Mann mit solchem Liebeskummer wie Kapitän Benwick Unterhaltung genug in der Cottage bieten.«

Charles lachte wieder und sagte: »Komm, Mary, du weißt genau, was wirklich dahintersteckt. Du bist an allem schuld (er wandte sich Anne zu). Er dachte, wenn er mitkäme, würde er in deiner Nähe sein. Er dachte, alle Welt lebt in Uppercross; und als er feststellte, daß Lady Russell drei Meilen entfernt wohnt, verließ ihn der Mut, und er traute sich nicht zu kommen. Genau so war es, ich gebe mein Wort; und Mary weiß es auch.«

Aber Mary gab nur sehr ungern nach. Ob sie nun Kapitän Benwick seiner Geburt oder seinem Stand nach nicht für würdig hielt, sich in eine Elliot zu verlieben, oder ob sie nicht zugeben wollte, daß Annes Anziehungskraft in Uppercross größer war als ihre eigene, mag dahingestellt bleiben. Annes gute Laune wurde jedenfalls durch das, was sie hörte, nicht beeinträchtigt. Sie gestand kühn, daß sie sich geschmeichelt fühle, und fuhr in ihren Erkundigungen fort.

»Er redet in den höchsten Tönen von dir«, rief Charles.

Mary unterbrach ihn: »Offen gesagt, Charles, ich habe ihn keine zweimal von Anne reden hören in der ganzen Zeit, die ich da war. – Offen gesagt, Anne, er redet überhaupt nicht von dir.«

»Na ja«, gab Charles zu, »er tut es natürlich nicht so direkt – aber trotzdem, es ist ganz offensichtlich, daß er dich ungeheuer bewundert. Er hat nichts als Bücher im

Kopf, die er auf deine Empfehlung liest, und er möchte mit dir darüber reden. In einem hat er irgend etwas gefunden, was seiner Meinung nach ... Ach, ich will nicht behaupten, daß ich mich daran erinnere. Aber es war etwas ganz Besonderes. Ich habe gehört, wie er Henrietta alles erzählt hat, und dabei hat er von Miss Elliot in den höchsten Tönen gesprochen. Also, Mary, ganz genau so war es, ich habe es selbst gehört, und du warst im Nebenzimmer. ›Eleganz, Liebenswürdigkeit, Schönheit!‹ Ach, Miss Elliots Reize wollten kein Ende nehmen.«

»Und darauf braucht er sich bestimmt nichts einzubilden«, rief Mary erregt. »Miss Harville ist erst im Juni gestorben. Wer will schon ein solches Herz erobern? Finden Sie nicht auch, Lady Russell? Sie sind bestimmt meiner Meinung.«

»Ich muß Kapitän Benwick erst kennenlernen, bevor ich ein Urteil fälle«, sagte Lady Russell lächelnd.

»Und dazu werden Sie bald Gelegenheit haben, glauben Sie mir, Madam«, sagte Charles. »Er hatte zwar nicht den Mut, mit uns mitzukommen und sich dann allein zu einem förmlichen Besuch bei Ihnen aufzumachen, aber eines Tages wird er auf eigene Faust nach Kellynch reiten, verlassen Sie sich darauf. Ich habe ihm die Entfernung und die Straße beschrieben, und ich habe ihm beschrieben, wie sehenswert die Kirche ist, denn da er Sinn für diese Dinge hat, dachte ich, das wäre eine gute Ausrede, und er hörte auch mit aller Aufmerksamkeit und Anteilnahme zu; und seinem Benehmen nach können Sie bestimmt bald mit seinem Besuch hier rechnen. Ich habe Sie also gewarnt, Lady Russell.«

»Alle Bekannten von Anne sind mir jederzeit willkommen«, war Lady Russells freundliche Antwort.

»Na ja, was die Bekanntschaft mit Anne angeht«, sagte Mary, »so halte ich ihn eher für meinen Bekannten, denn ich bin die letzten vierzehn Tage jeden Tag mit ihm zusammen gewesen.«

»Gut, ich werde mich freuen, Kapitän Benwick also als euren gemeinsamen Bekannten zu begrüßen.«

»Ich fürchte, Sie werden ihn nicht besonders umgänglich finden, Madam. Er ist einer der langweiligsten jungen Männer, die es je gegeben hat. Er ist manchmal mit mir von einem Ende des Strandes zum anderen gegangen, ohne ein einziges Wort zu sagen. Er ist ganz und gar kein wohlerzogener junger Mann. Sie werden ihn bestimmt nicht mögen.«

»Da bin ich anderer Meinung, Mary«, sagte Anne. »Ich glaube, Lady Russell würde ihn mögen. Ich glaube, sie wäre von seinem Verstand so angetan, daß sie an seinen Umgangsformen sehr bald nichts mehr auszusetzen hätte.«

»Das glaube ich auch, Anne«, sagte Charles. »Lady Russell würde ihn bestimmt mögen. Er ist genau Lady Russells Typ. Geben Sie ihm ein Buch, und er liest den ganzen Tag.«

»Ja, genau«, rief Mary spöttisch. »Dann hockt er über seinem Buch und merkt gar nicht, wenn jemand mit ihm spricht oder wenn jemandem die Schere hinuntergefallen ist oder irgend etwas anderes passiert. Glaubt ihr, das würde Lady Russell mögen?«

Lady Russell konnte nicht umhin zu lachen. »Wirklich«, sagte sie, »ich hätte nicht gedacht, daß meine Meinung über jemanden Anlaß zu so unterschiedlichen Vermutungen geben könnte, unbestechlich und nüchtern, wie ich mich nennen möchte. Ich bin wirklich neugierig, *den* Menschen zu sehen, der so entgegengesetzte Urteile herausfordert. Ich hoffe, er läßt sich dazu bewegen, hierherzukommen; und wenn er das tut, Mary, dann verspreche ich dir, meine Meinung ehrlich zu sagen, aber ich bin entschlossen, keine Vorurteile über ihn zu haben.«

»Sie werden ihn nicht mögen, dafür verbürge ich mich.«

Lady Russell begann von etwas anderem zu sprechen.

Mary erzählte lebhaft, wie sie Mr. Elliot auf so außergewöhnliche Weise getroffen oder eher verfehlt hatten.

»Das ist ein Mann«, sagte Lady Russell, »dem ich nicht zu begegnen wünsche. Seine Weigerung, mit dem Oberhaupt seiner Familie auf freundschaftlichem Fuß zu stehen, hat einen sehr ungünstigen Eindruck bei mir hinterlassen.«

Dieses Urteil dämpfte Marys Eifer und hinderte sie daran, ihr Elliot-Gesicht aufzusetzen.

Über Kapitän Wentworth erhielt Anne, auch ohne daß sie sich zu fragen traute, unaufgefordert genügend Nachrichten. Wie zu erwarten, hatte sich sein Gemütszustand in letzter Zeit wesentlich gebessert. In dem Maße, wie es Louisa besser ging, ging es auch ihm besser, und er war nun wieder ein völlig anderer Mensch als in der ersten Woche nach dem Unfall. Er hatte Louisa nicht besucht und hatte so starke Befürchtungen, ein Gespräch könne nachteilige Folgen für sie haben, daß er keineswegs darauf bestand, ja, anscheinend sogar den Plan hatte, eine Woche oder zehn Tage wegzufahren, bis ihrem Kopf mehr zugemutet werden konnte. Er hatte davon gesprochen, eine Woche nach Plymouth hinunterzufahren, und wollte Kapitän Benwick überreden, mitzukommen. Aber Kapitän Benwick war anscheinend, wie Charles bis zuletzt behauptete, viel eher geneigt, nach Kellynch herüberzukommen.

Es gibt keinen Zweifel, daß sowohl Lady Russell wie Anne von nun an gelegentlich an Kapitän Benwick dachten. Jedesmal, wenn es an der Haustür klingelte, glaubte Lady Russell, daß er sich nun ankündigte, und jedesmal, wenn Anne von einem einsamen, wehmütigen Spaziergang im Park ihres Vaters oder von einem wohltätigen Besuch im Dorf zurückkehrte, fragte sie sich, ob sie ihm begegnen oder von ihm hören würde. Kapitän Benwick allerdings kam nicht. Er war entweder weniger geneigt, als Charles vermutet hatte, oder er war zu schüchtern; und nachdem sie eine Woche Nachsicht mit ihm geübt hatte, erklärte Lady Russell ihn der Anteilnahme für unwürdig, die sie für ihn zu zeigen begonnen hatte.

Die Musgroves kamen zurück, um ihre glücklichen Jungen und Mädchen von der Schule in Empfang zu nehmen, und brachten die kleinen Kinder von Mrs. Harville mit, um den Krach in Uppercross zu vermehren und den in Lyme zu vermindern. Henrietta blieb bei Louisa, aber die ganze übrige Familie war wieder in den gewohnten vier Wänden.

Lady Russell und Anne machten ihnen einmal einen Besuch, und dabei konnte sich Anne des Eindrucks nicht erwehren, daß es in Uppercross schon wieder ganz lebhaft zuging. Obwohl weder Henrietta noch Louisa noch Charles Hayter noch Kapitän Wentworth da waren, hätte es keinen erfreulicheren Gegensatz zwischen dem Zimmer jetzt und dem Zustand, in dem sie es zuletzt erlebt hatte, geben können.

Um Mrs. Musgrove geschart hatten sich die kleinen Harvilles, die sie sorgfältig vor der Tyrannei der beiden Kinder aus der Cottage in Schutz nahm, die ausdrücklich herübergekommen waren, um sie zu unterhalten. Auf der einen Seite stand ein Tisch, an dem ein paar schwatzende Mädchen damit beschäftigt waren, Seiden- und Goldpapier auszuschneiden, und auf der anderen Seite standen Klapptische und Tabletts, die sich unter dem Gewicht von Sülze und kalter Pastete bogen und wo ausgelassene Jungen sich gütlich taten. Das Ganze wurde vervollständigt von einem lodernden Weihnachtsfeuer, das es anscheinend darauf angelegt hatte, sich trotz des allgemeinen Lärms Gehör zu verschaffen. Charles und Mary kamen während ihres Besuchs natürlich auch herein; und Mr. Musgrove ließ es sich nicht nehmen, Lady Russell seine Aufmerksamkeit zu erweisen, und nahm zehn Minuten lang dicht neben ihr Platz, wobei er mit erhobener Stimme sprach, aber bei dem Lärm der Kinder auf seinen Knien weitgehend vergeblich. Es war eine erhebende Familienszene.

Entsprechend ihrem eigenen Naturell hätte Anne einen solchen häuslichen Wirbelsturm für ein ungeeignetes Heilmittel für Nerven gehalten, die durch Louisas Krankheit so angegriffen waren. Aber Mrs. Musgrove, die Anne extra in ihre Nähe zog, um ihr immer wieder aufs herzlichste für all die Mühe zu danken, die sie sich um ihretwillen gemacht hatte, beschloß die kurze Aufzählung dessen, was sie ausgestanden hatte, mit einem glücklichen Rundblick durchs Zimmer und der Bemerkung, daß ihr nach allem, was sie durchgemacht hatte, bestimmt nichts so guttun würde wie ein wenig besinnliche Heiterkeit zu Hause.

Louisa erholte sich nun schnell. Ihre Mutter hoffte sogar, daß sie wieder bei ihnen zu Hause sein würde, ehe ihre Geschwister wieder zur Schule mußten. Die Harvilles hatten versprochen, sie bei ihrer Rückkehr herzubringen und in Uppercross zu bleiben. Kapitän Wentworth war vorübergehend fort, um seinen Bruder in Shropshire zu besuchen.

»Ich hoffe, ich werde in Zukunft daran denken«, sagte Lady Russell, sobald sie wieder in der Kutsche saßen, »während der Weihnachtsferien nicht in Uppercross vorzusprechen.«

Jeder hat bei Geräuschen wie bei anderen Dingen seine eigenen Vorlieben; und Geräusche sind eher aufgrund ihres Charakters als aufgrund ihrer Lautstärke völlig harmlos oder höchst qualvoll. Als Lady Russell nicht lange danach an einem regnerischen Nachmittag in Bath ankam und unter dem Rollen anderer Kutschen, dem lauten Gepolter von Karren und Wagen, dem Geschrei der Zeitungsjungen, Brezelverkäufer und Milchmänner und dem endlosen Geklapper von Holzschuhen durch die langen Straßen von Old Bridge zum Camden Place fuhr, beschwerte sie sich nicht. Nein, dies waren Geräusche, die zu den Wintervergnügen gehörten. Ihre Stimmung hob sich unter ihrem Einfluß; und wie Mrs. Musgrove empfand sie, obwohl sie es nicht sagte, daß nach einem langen Aufenthalt auf dem Lande nichts so guttat wie ein wenig besinnliche Heiterkeit.

Anne teilte diese Empfindungen nicht. Sie beharrte auf ihrer entschiedenen, wenn auch stummen Abneigung gegen Bath, empfing den ersten verschwommenen Eindruck der ausgedehnten Gebäude, die im Regen dampften, ohne den leisesten Wunsch, sie deutlicher wahrzunehmen, und empfand die Fahrt durch die Stadt bei aller Unannehmlichkeit trotzdem als zu schnell. Denn wer würde sich schon über ihre Ankunft freuen? Und sie sah mit liebevollem Bedauern auf das Gewimmel in Uppercross und die Abgeschiedenheit in Kellynch zurück.

Elizabeths letzter Brief hatte eine Neuigkeit von gewissem Interesse enthalten. Mr. Elliot war in Bath. Er hatte am Camden Place vorgesprochen, hatte ein zweites Mal vorgesprochen, und ein drittes Mal, war betont aufmerksam gewesen; und wenn Elizabeth und ihr Vater sich nicht täuschten, hatte er sich diesesmal ebenso große Mühe gegeben, die Bekanntschaft zu erneuern und den Wert der verwandtschaftlichen Beziehung zu betonen, wie er sich vorher bemüht hatte, sie zu vernachlässigen. Das war ganz außerordentlich, wenn es stimmte; und Lady Russell befand sich im Zustand äußerst angenehmer Neugier und Verwirrung über Mr. Elliot und widerrief bereits die Überzeugung, die sie erst vor kurzem Mary gegenüber geäußert hatte, daß er ein Mann sei, dem sie nicht zu begegnen wünsche. Sie hatte ein ausgesprochenes Bedürfnis, ihm zu begegnen. Wenn er wirklich den Wunsch hatte, wie ein pflichtbewußter Sproß die Versöhnung zu suchen, dann mußte man ihm verzeihen, daß er sich von dem väterlichen Baum gelöst hatte.

Anne versetzte dieser Umstand nicht in die gleiche Begeisterung. Aber sie war durchaus nicht abgeneigt,

Mr. Elliot wiederzusehen, was sie von vielen anderen Personen in Bath nicht gerade behaupten konnte.
Sie wurde am Camden Place abgesetzt, und Lady Russell fuhr weiter zu ihrer eigenen Wohnung in der River Street.

Kapitel 15

Sir Walter hatte ein sehr stattliches Haus am Camden Place gemietet, in vornehmer, respektabler Lage, wie es sich für einen Mann in seiner Stellung gehört; und er und Elizabeth hatten sich zu ihrer vollsten Zufriedenheit darin eingerichtet.
Anne betrat das Haus schweren Herzens, machte sich auf viele Monate der Gefangenschaft gefaßt und sagte besorgt zu sich selbst: »Ach, wann werde ich dich endlich wieder verlassen?« Das unerwartete Maß an Herzlichkeit, das sie bei ihrer Begrüßung empfing, tat ihr allerdings wohl. Ihr Vater und ihre Schwester freuten sich, sie zu sehen, damit sie ihr das Haus und die Möbel zeigen konnten, und waren sehr nett zu ihr. Daß sie sich nun zu viert zu Tisch setzen konnten, wurde als Vorteil betrachtet.
Mrs. Clay begrüßte sie freundlich und lächelte freundlich, aber ihr Knicksen und Lächeln waren mehr eine Formalität. Anne hatte nie etwas anderes erwartet, als daß *sie* die Gebote der Schicklichkeit bei ihrer Ankunft zum Schein einhalten würde; aber das Entgegenkommen der anderen kam unerwartet. Sie waren ganz offensichtlich in ausgezeichneter Stimmung, und Anne sollte die Gründe bald hören. Sie waren nicht geneigt, ihr zuzuhören. Erst versuchten sie ihr einige Komplimente, die Anne nicht machen konnte, zu entlocken, wie sehr man ihnen in ihrer alten Nachbarschaft nachtrauerte, und dann beschränkten sie sich auf ein paar halbherzige Fra-

gen, bevor sie das Gespräch ganz an sich rissen. Uppercross erregte keinerlei Interesse, Kellynch nur sehr wenig, es drehte sich alles um Bath.
Sie hatten das Vergnügen, ihr zu versichern, daß Bath ihre Erwartungen in jeder Hinsicht übertraf. Ihr Haus war zweifellos das beste am Camden Place. Ihre Wohnzimmer waren allen, die sie gesehen oder von denen sie gehört hatten, entschieden überlegen; und dieser Anspruch zeigte sich nicht weniger im Stil der Einrichtung oder im Geschmack der Möbel. Ihre Bekanntschaft war außerordentlich gefragt. Man riß sich darum, sie zu besuchen. Sie hatten bewußt auf viele Bekanntschaften verzichtet, und doch wurden ständig Visitenkarten von Leuten bei ihnen abgegeben, die sie gar nicht kannten.
Welch unerschöpfliche Quelle des Vergnügens! Durfte Anne sich wundern, daß ihr Vater und ihre Schwester glücklich waren? Sie wunderte sich vielleicht nicht, aber sie mußte doch seufzen bei dem Gedanken, daß ihr Vater keine Demütigung über die Umstellung empfand, den Pflichten und dem Ansehen eines Großgrundbesitzers so gar nicht nachtrauerte und in den Bagatellen einer Stadt so viel Anlaß zu Befriedigung seiner Eitelkeit fand; und sie mußte seufzen und lächeln und sich doch wundern, als Elizabeth die Flügeltüren aufstieß, überwältigt von dem einen Wohnzimmer ins andere schritt und mit ihrer Größe prahlte, wie es möglich war, daß eine Frau, die Herrin auf Kellynch gewesen war, in vier Wänden, die keine zehn Meter auseinanderlagen, Anlaß zu Stolz fand.
Aber das war nicht alles, was zu ihrem Glück beitrug. Sie hatten auch Mr. Elliot. Anne mußte sich alles mögliche über Mr. Elliot anhören. Man hatte ihm nicht nur vergeben, sie waren entzückt von ihm. Er war seit ungefähr vierzehn Tagen in Bath. Als er im November auf seinem Weg nach London durch Bath gekommen war, hatte er natürlich gehört, daß Sir Walter jetzt dort wohnte, aber, da er sich nur vierundzwanzig Stunden an dem Ort

aufgehalten hatte, die Gelegenheit nicht wahrnehmen können. Nun war er seit vierzehn Tagen in Bath, hatte es sich bei seiner Ankunft gleich angelegen sein lassen, seine Karte am Camden Place abzugeben, seitdem so unermüdliche Anstrengungen gemacht, ihnen zu begegnen, und als man sich begegnete, solche Aufrichtigkeit im Benehmen gezeigt, solche Bereitwilligkeit, sich für die Vergangenheit zu entschuldigen, solch Bemühen, wieder als Familienmitglied betrachtet zu werden, daß ihr früheres gutes Einvernehmen vollkommen wiederhergestellt war.

Sie hatten nichts an ihm auszusetzen. Er hatte den Anschein von Versäumnissen seinerseits völlig aus dem Weg geräumt. Es beruhte alles auf Mißverständnissen. Er hatte niemals die Absicht gehabt, die Familienbande zu zerschneiden. Er hatte nur befürchtet, *sie* hätten sie zerschnitten, wußte aber nicht, warum; und nur aus Zartgefühl hatte er geschwiegen. Bei der Andeutung, daß er respektlos oder leichtfertig über die Familie und die Familienehre gesprochen hatte, war er ganz indigniert. Er, der sich immer etwas darauf zugute gehalten hatte, ein Elliot zu sein, und dessen strenge Vorstellungen von verwandtschaftlichen Beziehungen sich mit dem heutigen bourgeoisen Umgangston so gar nicht vereinbaren ließen! Wirklich, er war überrascht. Aber sein Charakter und sein Benehmen im allgemeinen würden diesen Vorwurf widerlegen. Er konnte Sir Walter an alle seine Bekannten verweisen; und zweifellos waren die Anstrengungen zur Versöhnung, die er bei dieser ersten Gelegenheit, wieder als Verwandter und Erbe in den Schoß der Familie aufgenommen zu werden, machte, ein hinlänglicher Beweis seiner eigenen Überzeugungen.

Auch die Umstände seiner Ehe rechtfertigten, wie sich herausstellte, ein milderes Urteil. Dieses Thema schnitt er nicht von selber an. Aber ein sehr enger Freund von ihm (und keineswegs ein übelaussehender Mann, wie Sir Walter hinzufügte), der auf großem Fuß in Marlborough

Buildings lebte und auf seinen eigenen ausdrücklichen Wunsch durch Mr. Elliot in ihren Kreis eingeführt worden war, hatte ein oder zwei Einzelheiten bezüglich der Ehe erwähnt, die erheblich zu seiner Entlastung beitrugen.

Oberst Wallis kannte Mr. Elliot schon lange, war ebenfalls gut mit seiner Frau bekannt gewesen, war mit der ganzen Geschichte vertraut. Sie war zweifellos keine Frau von Stand gewesen, aber mit einer guten Erziehung, gebildet, reich und grenzenlos in seinen Freund verliebt. *Da* hatte der Zauber gelegen. Sie hatte ihn umworben. Ohne diesen Reiz hätte auch ihr ganzes Geld Elliot nicht in Versuchung geführt; und Sir Walter war darüber hinaus überzeugt, daß sie eine kultivierte Frau gewesen war. Das änderte die Sache erheblich. Eine kultivierte Frau mit großem Vermögen, in ihn verliebt! Sir Walter akzeptierte es offenbar als vollständige Entschuldigung; und obwohl sich die Sache Elizabeth in nicht ganz so vorteilhaftem Licht darstellte, war auch sie zu einem erheblich milderen Urteil geneigt.

Mr. Elliot hatte wiederholt bei ihnen vorgesprochen, hatte einmal bei ihnen gegessen, offenbar entzückt über die Auszeichnung, dazu eingeladen zu werden, denn sie gaben im allgemeinen keine Dinner, kurzum, entzückt von all diesen Beweisen familiärer Aufmerksamkeit und bereit, sein ganzes Glück in der Intimität mit Camden Place zu finden.

Anne hörte zu, verstand aber vieles nicht. An den Worten der Sprecher mußte man Abstriche, große Abstriche machen, das wußte sie. Sie hörte es überall unter den Ausschmückungen heraus. Alles, was bei dieser schnellen Versöhnung übertrieben oder unverständlich klang, war vielleicht nur auf die Sprache der Erzähler zurückzuführen; und trotzdem hatte sie das Gefühl, daß hinter Mr. Elliots Wunsch, nach einer Pause von so vielen Jahren gnädig von ihnen aufgenommen zu werden, etwas mehr steckte, als auf den ersten Blick zu erkennen war.

In finanzieller Hinsicht hatte er nichts zu gewinnen, wenn er mit Sir Walter im Einvernehmen war, und nichts zu verlieren, wenn er mit ihm im Streit lag. Aller Wahrscheinlichkeit nach war er bereits der reichere von beiden, und der Besitz von Kellynch würde ihm anschließend so gewiß sein wie der Titel. Ein vernünftiger Mann! Und er hatte auch wie ein durch und durch vernünftiger Mann ausgesehen, warum sollte er sich darum bemühen? Für sie gab es nur eine Lösung: Er tat es vielleicht Elizabeths wegen. Vielleicht hatte er vorher wirklich Zuneigung zu ihr empfunden, nur hatten ihn Bequemlichkeit und Zufall andere Wege geführt, und jetzt, wo er es sich leisten konnte, seine Wünsche zu erfüllen, wollte er sich vielleicht um sie bewerben. Elizabeth war zweifellos sehr hübsch, besaß gewählte, gepflegte Umgangsformen, und vielleicht hatte Mr. Elliot ihren Charakter nie durchschaut, da er sie nur in der Öffentlichkeit, und als er selbst noch sehr jung war, getroffen hatte. Ob ihr Charakter und ihre Intelligenz jetzt, wo er mehr Erfahrung besaß, einer genaueren Prüfung standhalten würden, war eine andere Sache, und zwar eine ziemlich zweifelhafte. Von ganzem Herzen wünschte sie, daß er nicht zu wählerisch oder zu scharfsichtig wäre, falls Elizabeth das Ziel seiner Wünsche war; und daß Elizabeth sich dafür hielt und daß ihre Freundin Mrs. Clay sie in dieser Überzeugung bestärkte, ging aus gelegentlichen Blicken hervor, die sie sich zuwarfen, wenn von Mr. Elliots häufigen Besuchen die Rede war.
Anne erwähnte, daß sie ihm in Lyme ein paarmal flüchtig begegnet war, aber niemand hörte richtig zu. »O ja, vielleicht war es Mr. Elliot. Woher sollten sie das wissen. Vielleicht war er es ja.« Sie waren an ihrer Beschreibung von ihm nicht interessiert. Sie beschrieben ihn selbst, besonders Sir Walter. Er betonte sein ungewöhnlich gentlemanhaftes Äußeres, seine elegante und modische Erscheinung, sein gut geschnittenes Gesicht, seine wachen Augen, aber gleichzeitig konnte er nicht umhin,

sein hervorstehendes Kinn zu beklagen, ein Schönheitsfehler, der sich offenbar mit der Zeit verschlimmert hatte; und es ließ sich auch nicht leugnen, daß er sich innerhalb von zehn Jahren in jeder Hinsicht zum Nachteil verändert hatte. Umgekehrt fand Mr. Elliot anscheinend, daß er (Sir Walter) sich seit ihrer letzten Begegnung gar nicht verändert hatte. Aber Sir Walter hatte das Kompliment nicht uneingeschränkt erwidern können, was ihm unangenehm gewesen war. Er wollte sich allerdings nicht beklagen. Mr. Elliot bot einen erfreulicheren Anblick als die meisten Männer, und er würde sich mit ihm jederzeit überall blicken lassen.
Mr. Elliot und seine Freunde in Marlborough Buildings bildeten den ganzen Abend das Gesprächsthema. Oberst Wallis hatte gar nicht abwarten können, ihnen vorgestellt zu werden, und Mr. Elliot hatte so viel daran gelegen. Und es gab auch eine Mrs. Wallis, die sie gegenwärtig nur der Beschreibung nach kannten, da täglich mit ihrer Niederkunft zu rechnen war. Aber Mr. Elliot sprach von ihr als einer außerordentlich charmanten Frau, durchaus würdig, am Camden Place eingeführt zu werden; und sobald sie sich erholt hatte, würden sie sie kennenlernen. Sir Walter hielt große Stücke auf Mrs. Wallis. Sie war angeblich eine außerordentlich hübsche Frau, eine Schönheit. Er war schon richtig gespannt auf sie. Hoffentlich würde sie ihn entschädigen für die vielen biederen Gesichter, denen er ständig auf der Straße begegnete. Das Schlimmste an Bath war die große Zahl biederer Frauen. Nicht, daß es nicht auch hübsche Frauen gab, aber die Zahl der biederen stand in keinem Verhältnis dazu. Ihm war auf seinen Spaziergängen häufig aufgefallen, daß auf *ein* ansprechendes Gesicht dreißig oder fünfunddreißig Schreckgespenster folgten; und einmal, als er in einem Laden in der Bond Street gestanden hatte, hatte er siebenundachtzig Frauen gezählt, die eine nach der anderen vorbeigegangen waren, ohne daß ein einziges passables Gesicht darunter gewesen war. Es hatte an

dem Vormittag zwar gefroren, scharfer Frost, dem kaum eine Frau unter tausend gewachsen war, aber trotzdem, es gab zweifellos eine erschreckende Anzahl von häßlichen Frauen in Bath. Und erst die Männer! Sie waren unendlich viel schlimmer! Die Straßen wimmelten von Vogelscheuchen. Man merkte richtig an der Wirkung, die ein Mann von akzeptabler Erscheinung hervorrief, wie wenig die Frauen an den Anblick von etwas Erträglichem gewöhnt waren. Wo immer er Arm in Arm mit Oberst Wallis auftauchte (und der Oberst machte eine schneidige Figur, obwohl er rotblond war), entging ihm nicht, daß er die Blicke aller Frauen auf sich zog. Oberst Wallis zog zweifellos die Blicke aller Frauen auf sich. Der bescheidene Sir Walter! Er kam allerdings nicht so davon. Seine Tochter und Mrs. Clay machten gemeinsam Anspielungen, daß Oberst Wallis' Begleiter vielleicht eine ebenso gute Figur machte wie Oberst Wallis und keineswegs rotblond war.

»Wie sieht Mary aus?« fragte Sir Walter in denkbar bester Laune. »Als ich sie das letztemal sah, hatte sie eine rote Nase, aber das kommt hoffentlich nicht alle Tage vor.«

»Oh, nein, das war sicher nur Zufall. Alles in allem geht es ihr seit Ende September ausgezeichnet, und sie sieht ausgezeichnet aus.«

»Ich würde ihr einen neuen Hut und einen neuen Mantel schicken, wenn ich nicht fürchten müßte, daß sie gleich damit bei scharfem Wind spazierengeht und sich den Teint verdirbt.«

Anne überlegte schon, ob sie ihn nicht darauf aufmerksam machen sollte, daß ein Kleid oder eine Haube solchem Mißbrauch kaum ausgesetzt sein würden, als ein Klopfen an der Tür sie unterbrach. Ein Klopfen! Und so spät! Es war zehn Uhr. Ob es wohl Mr. Elliot war? Sie wußten, daß er am Lansdown Crescent zum Essen geladen war. Es war möglich, daß er auf dem Nachhauseweg bei ihnen vorsprach, um sich zu erkundigen, wie es ihnen ging. Wer sollte es sonst wohl sein? Mrs. Clay war entschieden der Meinung, daß Mr. Elliot geklopft hatte. Mrs. Clay hatte recht. Mit all dem Pomp, zu dem ein Butler und ein Diener fähig sind, wurde Mr. Elliot ins Zimmer gelassen.

Es war derselbe, genau derselbe Mann, nur daß er anders gekleidet war. Anne trat etwas in den Hintergrund, während die anderen seine Begrüßung und ihre Schwester seine Entschuldigung entgegennahmen, daß er sie zu so ungewöhnlicher Stunde aufsuche, aber er könne einfach nicht in der Nähe sein, ohne Gewißheit zu haben, daß weder sie noch ihre Freundin sich am Tag vorher erkältet hätten usw. usw. Und all das wurde mit größter Zuvorkommenheit gesagt und mit größter Zuvorkommenheit entgegengenommen, aber danach war unweigerlich Anne an der Reihe. Sir Walter sprach von seiner »jüngsten« Tochter. Mr. Elliot müsse ihm erlauben, ihm seine jüngste Tochter vorzustellen (es gab keinen Anlaß, Mary zu erwähnen) und unter Lächeln und Erröten, das ihr ausgesprochen gut stand, zeigte Anne Mr. Elliot ihr hübsches Gesicht, das er keineswegs vergessen hatte; und amüsiert über sein leichtes Stutzen sah sie sofort, daß er nicht im mindesten geahnt hatte, wer sie war. Sein Gesicht verriet größtes Erstaunen, aber nicht mehr Erstaunen als Freude. Seine Augen strahlten, und ohne im mindesten die Fassung zu verlieren, begrüßte er die Verwandtschaft, spielte auf die Vergangenheit an und bat, als alter Bekannter betrachtet zu werden. Er sah wirklich so gut aus, wie es ihr in Lyme vorgekommen war. Sein Gesichtsausdruck gewann noch beim Sprechen und seine Umgangsformen waren so über jeden Zweifel erhaben, so gewandt, so zwanglos, so durch und durch angenehm, daß sie sich in ihrer Vollkommenheit nur mit denen einer einzigen Person vergleichen ließen. Sie waren nicht gleich, aber sie waren vielleicht ebenso vollendet.

Er nahm bei ihnen Platz und trug wesentlich zur Belebung des Gesprächs bei. Er war ohne jede Frage ein vernünftiger Mann. Zehn Minuten genügten, um das zu beweisen. Sein Umgangston, seine Ausdrucksweise, seine Themenwahl, seine Sicherheit in der Gesprächsführung, alles verriet Vernunft und Urteilskraft. Sobald er konnte, begann er mit ihr von Lyme zu sprechen, wollte seine Ansichten über den Ort mit ihren austauschen und besonders über den Umstand sprechen, daß sie zufällig zur gleichen Zeit Gäste im selben Gasthaus gewesen waren, seine eigene Reiseroute erklären, Genaueres über ihre erfahren und sein Bedauern ausdrücken, daß er eine solche Gelegenheit versäumt hatte, ihr vorgestellt zu werden. Sie gab ihm einen kurzen Bericht über ihre Begleitung und ihren Ausflug nach Lyme. Sein Bedauern wuchs, während er zuhörte. Er hatte den ganzen Abend einsam im Nebenzimmer verbracht, hatte Stimmen gehört, ständige Heiterkeit, hatte sie für eine sehr unterhaltsame Gruppe von Leuten gehalten, hätte sich liebend gern dazugesellt, ohne aber im geringsten zu ahnen, daß er auch nur im entferntesten das Recht dazu hatte, sich vorzustellen. Wenn er nur gefragt hätte, wer die Gesellschaft war! Der Name Musgrove hätte ihm genug gesagt. Nun ja, es würde ihn vielleicht von der absurden Angewohnheit heilen, im Gasthaus niemals Fragen zu stellen, die er als sehr junger Mann aus der Überzeugung angenommen habe, daß es unfein sei, neugierig zu sein.

»Die Vorstellungen, die ein junger Mann von einundzwanzig oder zweiundzwanzig darüber hat«, sagte er, »welche Umgangsformen nötig sind, um als Mann von Welt aufzutreten, sind, glaube ich, absurder als die jedes anderen Lebensalters. Die unvernünftigen Mittel, die er dabei anwendet, werden häufig nur von den unvernünftigen Zielen übertroffen, die er dabei im Auge hat.«

Aber er durfte sich mit seinen Betrachtungen nicht allein an Anne richten. Das war ihm klar. Er trug bald wieder zum Gespräch der anderen bei, und nur von Zeit zu Zeit konnte er auf Lyme zurückkommen.

Schließlich aber erhielt er auf seine Erkundigungen einen Bericht der Szene, die sich nach seinem Aufbruch in ihrem Beisein abgespielt hatte. Nach ihrer Anspielung auf »einen Unfall« bestand er darauf, das Ganze zu hören. Als er Fragen stellte, begannen Sir Walter und Elizabeth ebenfalls Fragen zu stellen. Aber der Unterschied in ihrer Art zu fragen ließ sich nicht übersehen. Anne konnte Mr. Elliot in seinem ehrlichen Wunsch, wirklich zu begreifen, was vorgefallen war, und seiner echten Anteilnahme an dem, was sie als Beteiligte dabei durchgemacht haben mußte, nur mit Lady Russell vergleichen.

Er blieb eine Stunde bei ihnen. Die elegante Uhr auf dem Kaminsims hatte »mit silberhellem Klang elf geschlagen«,[10] was man den Nachtwächter in der Ferne bestätigen hörte, ehe offenbar Mr. Elliot und den anderen klar wurde, wie lange er sich bei ihnen aufgehalten hatte.

Anne hätte es nicht für möglich gehalten, daß ihr erster Abend am Camden Place so angenehm vergehen würde!

Kapitel 16

Es gab einen Punkt, über den Anne sich bei der Rückkehr zu ihrer Familie noch lieber Gewißheit verschafft hätte als darüber, daß Mr. Elliot in Elizabeth verliebt war, nämlich daß ihr Vater nicht in Mrs. Clay verliebt war; und sie war in dieser Hinsicht nach ein paar Stunden zu Hause alles andere als beruhigt. Als sie am nächsten Morgen zum Frühstück herunterkam, merkte sie, daß die Dame anstandshalber gerade so getan hatte, als habe sie die Absicht, sie zu verlassen. Sie konnte sich vorstellen, wie Mrs. Clay gesagt hatte, daß sie sich jetzt, wo Miss Anne hier war, als völlig überflüssig empfand, denn Elizabeth antwortete beinahe flüsternd: »Dazu besteht überhaupt kein Anlaß, glauben Sie mir, nicht der geringste; verglichen mit Ihnen bedeutet sie mir gar nichts.« Und sie kam gerade rechtzeitig, um ihren Vater sagen zu hören: »Meine liebe Madam, das darf nicht sein. Sie haben noch gar nichts von Bath gesehen. Bisher haben Sie sich nur nützlich gemacht. Sie dürfen jetzt nicht davonlaufen. Sie müssen bleiben und die Bekanntschaft von Mrs. Wallis machen, der schönen Mrs. Wallis. Ich weiß doch, daß für Ihr empfindsames Gemüt der Anblick von Schönheit eine wahre Wohltat ist.«

In seinen Worten und Blicken lag so viel Ernsthaftigkeit, daß Anne nicht überrascht war, als sie sah, wie Mrs. Clay Elizabeth und ihr selbst einen verstohlenen Blick zuwarf. Ihr eigenes Gesicht verriet vielleicht eine gewisse Besorgnis, aber bei ihrer Schwester löste das Lob auf ihr empfindsames Gemüt anscheinend keinerlei Bedenken aus. Die Dame konnte nicht umhin, ihren gemeinsamen Bitten nachzugeben, und versprach zu bleiben.

Als Anne im Laufe des Vormittags mit ihrem Vater zufällig allein war, begann er, ihr Komplimente über ihr verändertes Aussehen zu machen. Er fand ihre Figur, ihre Wangen nicht mehr so mager, ihre Haut, ihren Teint wesentlich verbessert, klarer, frischer. »Hatte sie irgend etwas Besonderes benutzt?« – »Nein, nichts.« – »Lediglich Gowland Gesichtswasser«, vermutete er. – »Nein, gar nichts.« – So, das überraschte ihn, und er fügte hinzu: »Du kannst nichts Besseres tun, als so weiterzumachen. Besser als gut kann es dir nicht gehen. Sonst würde ich Gowland empfehlen, die ständige Anwendung von Gowland während der Frühjahrsmonate. Mrs. Clay hat es auf meinen Rat hin benutzt, und du siehst selbst, wie gut es ihr getan hat. Du siehst, wie es ihre Sommersprossen beseitigt hat.«

Hätte Elizabeth ihn nur hören können! Ein so persönliches Lob hätte sie vielleicht stutzig gemacht, besonders, wo Anne nicht im geringsten den Eindruck hatte, daß die Sommersprossen weniger geworden waren. Aber man mußte die Dinge auf sich zukommen lassen. Das

Unglück dieser Heirat würde entschieden vermindert, wenn auch Elizabeth heiratete. Was sie selber betraf, so konnte sie immer bei Lady Russell ein Zuhause finden.

Lady Russells Fassung und Höflichkeit wurden bei ihren Besuchen am Camden Place in diesem Punkt auf eine harte Probe gestellt. Mrs. Clay dort so bevorzugt und Anne so benachteiligt zu sehen, war ihr ein ständiges Ärgernis und verstimmte sie, wenn sie unterwegs war, so sehr wie jemand, der in Bath den Brunnen trinkt, alle neuen Veröffentlichungen erhält und einen sehr großen Bekanntenkreis besitzt, eben Zeit hat, verstimmt zu sein.

Sobald sie Mr. Elliot kennenlernte, wurde sie den anderen gegenüber nachsichtiger oder gleichgültiger. Seine Umgangsformen waren für sie sofort eine Empfehlung; und als sie sich mit ihm unterhielt, fand sie, daß es unter der Oberflächlichkeit einen so soliden Kern gab, daß sie zuerst, wie sie Anne erzählte, beinahe geneigt war auszurufen: »Ist das wirklich Mr. Elliot?« und sich allen Ernstes keinen angenehmeren oder schätzenswerteren Mann vorstellen konnte. Alles vereinigte sich in ihm: hohe Intelligenz, angemessenes Urteil, Welterfahrung und ein empfindsames Herz. Er hatte entschiedene Vorstellungen von Familienzusammengehörigkeit und Familienehre, frei von Dünkel oder Übertreibung; er lebte wie ein wohlhabender Mann: großzügig, aber ohne Pomp; er verließ sich in allen wichtigen Dingen auf sein eigenes Urteil, ohne die öffentliche Meinung in Fragen des Anstands zu provozieren. Er war verläßlich, aufmerksam, maßvoll und offen, ließ sich nie von Launen oder Eigensinn hinreißen, die sich als entschiedene Überzeugungen ausgaben, und besaß doch ein Gespür für alles Liebenswürdige und Schöne und einen Sinn für häusliches Glück, den Gemüter von gespielter Begeisterung oder hemmungsloser Exaltiertheit selten wirklich besitzen. Sie war überzeugt, seine Ehe war nicht glücklich gewesen. Oberst Wallis behauptete es, und Lady Russell sah es. Aber diese unglückliche Ehe hatte ihn nicht verbittert und hielt ihn (wie sie bald zu vermuten begann) auch nicht davon ab, eine zweite Wahl zu erwägen. Ihre Zufriedenheit mit Mr. Elliot überwog bald ihren Ärger über Mrs. Clay.

Anne war schon vor einigen Jahren aufgegangen, daß sie und ihre ausgezeichnete Freundin manchmal verschiedener Meinung sein konnten; und es überraschte sie deshalb nicht, daß Lady Russell Mr. Elliots großes Bedürfnis nach einer Versöhnung nicht verdächtig oder inkonsequent vorkam oder daß sie dabei keine Hintergedanken vermutete. In Lady Russells Augen war es nur natürlich, daß es Mr. Elliot – nun reifer geworden – als erstrebenswertes Ziel erschien, und etwas, was ihm bei allen vernünftigen Leuten Sympathien gewinnen würde, mit dem Oberhaupt seiner Familie in gutem Einvernehmen zu stehen – die natürlichste Entwicklung der Welt bei einem jungen Mann mit normalerweise klarem Kopf, der sich nur in jugendlichem Überschwang geirrt hatte. Anne allerdings gestattete sich, weiter darüber zu lächeln und schließlich Elizabeth zu erwähnen. Lady Russell hörte zu, sah sie an und gab nur die vorsichtige Antwort: »Elizabeth! Na schön, das wird sich mit der Zeit herausstellen.«

Es war ein Vertrösten auf die Zukunft, dem sich Anne nach einigen weiteren Beobachtungen wohl oder übel fügen mußte. In ihrer Familie spielte Elizabeth die zentrale Rolle, und sie war es als »Miss Elliot« gewohnt, so sehr im Mittelpunkt zu stehen, daß es fast unmöglich schien, irgendwelche Aufmerksamkeiten ihr gegenüber als etwas Besonderes erscheinen zu lassen. Man durfte auch nicht vergessen, daß Mr. Elliot noch keine sieben Monate Witwer war. Ein kleiner zeitlicher Aufschub seinerseits war durchaus verzeihlich; und tatsächlich konnte sich Anne beim Anblick des Trauerflors um seinen Hut des unangenehmen Gefühls nicht erwehren, daß es unverzeihlich von ihr war, ihm solche Absichten zu unterstellen, denn obwohl seine Ehe nicht sehr glücklich gewesen war, hatte sie doch so viele Jahre gedauert, daß sie sich nicht vorstellen konnte, wie er sich von dem furchtbaren Schlag ihres unwiderruflichen Endes so schnell erholt haben sollte.

Aber was dabei auch herauskommen mochte, er war zweifellos ihr erfreulichster Umgang in Bath. Es gab niemanden, der ihm gleich kam; und sie gönnte sich das Vergnügen, von Zeit zu Zeit mit ihm über Lyme zu sprechen, denn er hatte offensichtlich den gleichen lebhaften Wunsch wie sie, es wiederzusehen und mehr davon zu sehen. Viele Male riefen sie sich die Einzelheiten ihrer ersten Begegnung ins Gedächtnis zurück. Er gab ihr zu verstehen, daß er sie mit erheblichem Interesse angesehen hatte. Sie wußte es wohl, und sie erinnerte sich auch an den Blick einer anderen Person.

Sie waren nicht immer einer Meinung. Sie merkte, daß er größeren Wert auf Rang und Beziehungen legte als sie. Es war nicht bloße Gefälligkeit, es mußte echte Anteilnahme sein, die ihn dazu bewegte, sich lebhaft an einem Thema zu beteiligen, das ihrem Vater und ihrer Schwester so sehr am Herzen lag und das sie nicht für wert hielt, so ernst genommen zu werden. Die Zeitung von Bath kündigte eines Morgens die Ankunft der verwitweten Vicomtesse Dalrymple und ihrer Tochter, der gnädigen Miss Carteret an; und mit der Gemütlichkeit war es nun am Camden Place, Nummer ... für viele Tage vorbei, denn die Dalrymples waren zu Annes großem Bedauern mit den Elliots nah verwandt, und nun stand man vor der quälenden Frage, wie man sich angemessen bei ihnen einführen sollte.

Anne hatte ihren Vater und ihre Schwester noch nie im Umgang mit höherem Adel erlebt, und sie konnte sich ihre Enttäuschung nicht verhehlen. Sie hatte sich mehr von deren hochfliegenden Vorstellungen über den eigenen gesellschaftlichen Rang versprochen und mußte sich nun etwas eingestehen, was sie nicht erwartet hatte – den

Wunsch nämlich, sie hätten mehr Stolz; denn »unsere Verwandten Lady Dalrymple und Miss Carteret«, »unsere Verwandten, die Dalrymples« klang es ihr den ganzen Tag in den Ohren.

Sir Walter war dem verstorbenen Vicomte einmal in Gesellschaft begegnet, hatte aber die übrige Familie nie kennengelernt, und die Schwierigkeiten in ihrer Beziehung ergaben sich daraus, daß der briefliche Verkehr zwischen den beiden Häusern seit dem Tod des besagten verstorbenen Vicomte aufgehört hatte, als man sich infolge einer gefährlichen Krankheit Sir Walters zu jener Zeit ein unglückseliges Versäumnis hatte zuschulden kommen lassen. Man hatte keinen Kondolenzbrief nach Irland geschickt. Diese Unterlassung war auf das Haupt des Sünders zurückgefallen, denn als die arme Lady Elliot starb, hatte man in Kellynch keinen Kondolenzbrief erhalten, und infolgedessen war ihre Befürchtung, daß die Dalrymples die Beziehung als abgebrochen betrachteten, nur allzu berechtigt. Wie man es anstellen sollte, diese heikle Angelegenheit ins Lot zu bringen und wieder als zur Verwandtschaft gehörig betrachtet zu werden, war die Frage; und es war eine Frage, die auch Lady Russell oder Mr. Elliot – auf vernünftigere Weise – nicht für unwichtig hielten. Es lohne sich immer, familiäre Bindungen zu pflegen; sich um gute Gesellschaft zu bemühen, lohne sich immer. Lady Dalrymple habe für drei Monate ein Haus am Laura Place gemietet und werde ein herrschaftliches Leben führen. Sie war schon im vorigen Jahr in Bath gewesen, und Lady Russell hatte von ihr als von einer charmanten Frau sprechen hören. Es war höchst wünschenswert, die Beziehung wieder anzuknüpfen, wenn es sich für die Elliots machen ließ, ohne sich zu kompromittieren.

Sir Walter allerdings hatte seine eigenen Vorstellungen und schrieb schließlich einen wohlformulierten Brief voller ausführlicher Erklärungen, Selbstvorwürfen und Abbitten an seine »Hochverehrte Kusine«. Der Brief fand weder bei Lady Russell noch bei Mr. Elliot Anklang, aber er erreichte seinen Zweck, indem er ihm drei flüchtige Zeilen von der verwitweten Vicomtesse einbrachte. Es sei ihr eine Ehre, und sie freue sich, ihre Bekanntschaft zu machen. Nun waren die Mühen vorüber, die Annehmlichkeiten begannen. Sie sprachen am Laura Place vor, sie erhielten die Visitenkarten der verwitweten Vicomtesse Dalrymple und der gnädigen Miss Carteret, legten sie demonstrativ dorthin, wo man sie am besten sah, und »unsere Verwandten am Laura Place«, »unsere Verwandten Lady Dalrymple und Miss Carteret« wurden allen gegenüber erwähnt.

Anne war beschämt. Selbst wenn Lady Dalrymple und ihre Tochter sympathisch gewesen wären, hätte sie sich immer noch für die Aufregung geschämt, die sie hervorriefen, aber sie waren nicht der Rede wert. Sie zeichneten sich weder durch überlegene Umgangsformen noch durch Bildung oder Verstand aus. Lady Dalrymple hatte sich den Ruf einer charmanten Frau erworben, weil sie für jeden ein Lächeln und eine höfliche Antwort hatte. Miss Carteret, die noch weniger zu sagen hatte, war so bieder und linkisch, daß man sie ohne ihre adlige Herkunft am Camden Place niemals geduldet hätte.

Lady Russell gestand, daß sie etwas Besseres erwartet hatte. Aber dennoch sei es eine Bekanntschaft, die sich lohne; und als Anne es wagte, Mr. Elliot gegenüber ihre Meinung über sie zu äußern, stimmte er zwar zu, daß sie selbst nicht der Rede wert seien, bestand aber weiter darauf, daß sie als Familienbeziehung, als gute Gesellschaft und als Leute, die gute Gesellschaft um sich versammeln würden, ihren Wert hatten. Anne lächelte und sagte:

»Meine Vorstellung von guter Gesellschaft, Mr. Elliot, ist die Gesellschaft von klugen, gut informierten Leuten, die sich eine Menge zu sagen haben; das nenne ich gute Gesellschaft.«

»Sie irren«, sagte er freundlich, »das ist nicht gute Gesellschaft, das ist die beste. Gute Gesellschaft erfordert lediglich Rang, Erziehung und Umgangsformen, und im Hinblick auf die Erziehung ist sie nicht wählerisch. Rang und Umgangsformen sind unerläßlich, doch kann ein bißchen Bildung in guter Gesellschaft keineswegs schaden – im Gegenteil, sie macht sich sehr nett. Meine Kusine Anne schüttelt den Kopf. Sie ist nicht zufrieden. Sie ist anspruchsvoll. Meine liebe Kusine (er nahm neben ihr Platz), Sie haben mehr Recht, anspruchsvoll zu sein, als beinahe alle Frauen, die ich kenne. Aber wird es sich auszahlen? Wird es Sie glücklich machen? Ist es nicht klüger, die Gesellschaft dieser guten Damen am Laura Place zu akzeptieren und all die Vorteile der Verbindung, soweit wie möglich, zu genießen. Sie können sich darauf verlassen, daß sich die Dalrymples diesen Winter in Bath in den ersten Kreisen bewegen werden; und da Rang nun einmal Rang ist, wird Ihre Verwandtschaft mit ihnen, die ja bekannt ist, dazu beitragen, Ihrer Familie (unserer Familie sollte ich sagen) *den* Grad an Ansehen zu verschaffen, an dem uns allen liegen muß.«

»Ja«, seufzte Anne, »unsere Verwandtschaft mit ihnen wird sich herumsprechen!« Dann besann sie sich und fuhr, da ihr an einer Antwort nicht lag, fort: »Ich finde tatsächlich, daß viel zu viele Umstände gemacht worden sind, um die Bekanntschaft anzuknüpfen. Ich vermute (sie lächelte), ich habe mehr Stolz als Sie alle zusammen. Aber ich muß auch gestehen, es ärgert mich, daß wir uns solche Mühe geben, eine Beziehung anerkannt zu sehen, von der wir sicher sein können, daß sie ihnen völlig gleichgültig ist.«

»Verzeihen Sie, liebe Kusine, Sie unterschätzen Ihre eigenen Ansprüche. Auf London mag, was Sie sagen, bei Ihrem augenblicklichen zurückgezogenen Lebensstil vielleicht zutreffen, aber in Bath werden Sir Walter und seine Familie als Bekanntschaft immer gesucht, immer willkommen sein.«

»Nun ja«, sagte Anne, »ich bin zweifellos stolz, zu stolz,

um hinzunehmen, daß mein Wert so völlig vom Ort abhängt.«
»Ich finde Ihre Entrüstung köstlich«, sagte er, »sie ist sehr natürlich. Aber hier sind Sie in Bath, und hier geht es darum, mit all dem Ansehen und der Würde, die einem Sir Walter entspricht, anerkannt zu werden. Sie sagen, Sie sind stolz, ich werde ebenfalls stolz genannt, ich weiß, und ich möchte es auch gar nicht anders, denn bei genauerer Untersuchung hat unser Stolz das gleiche Ziel, daran habe ich keinen Zweifel, obwohl er vielleicht etwas unterschiedlich erscheint. In einem Punkt, da bin ich sicher, meine liebe Kusine (er fuhr mit leiserer Stimme fort, obwohl niemand sonst im Zimmer war), in einem Punkt, da bin ich sicher, sind wir uns einig. Wir sind uns einig, daß jeder neue Umgang Ihres Vaters mit seinesgleichen oder gesellschaftlich Überlegenen dabei nützlich sein kann, von denen abzulenken, die ihm nicht ebenbürtig sind.«
Er blickte beim Sprechen auf den Stuhl, auf dem Mrs. Clay vor kurzem gesessen hatte – eine hinreichende Erklärung für das, was er meinte; und obwohl Anne nicht glaubte, daß sie die gleiche Art von Stolz besaßen, war sie froh darüber, daß er Mrs. Clay nicht mochte; und insgeheim gestand sie sich ein, daß sein Bedürfnis, den Wunsch ihres Vaters nach angesehener Bekanntschaft zu unterstützen, mehr als verzeihlich war, wenn Mrs. Clay dabei den kürzeren zog.

Kapitel 17

Während Sir Walter und Elizabeth unverdrossen ihr Glück am Laura Place suchten, erneuerte Anne eine Bekanntschaft ganz anderer Art.
Sie hatte ihre frühere Gouvernante besucht und von ihr

erfahren, daß eine alte Schulfreundin in Bath lebte, die aufgrund einstiger Freundlichkeit und jetzigen Unglücks doppelten Anspruch auf ihre Teilnahme hatte. Miss Hamilton, jetzt Mrs. Smith, hatte ihr zu einer Zeit ihres Lebens ihre Freundschaft erwiesen, als sie sie besonders zu schätzen wußte. Anne war damals unglücklich in der Schule gewesen, denn sie trauerte um den Verlust ihrer Mutter, an der sie sehr gehangen hatte, litt unter der Trennung von zu Hause und empfand all den Kummer, den ein vierzehnjähriges Mädchen von starker Sensibilität und nicht sehr großer Unbekümmertheit in einer solchen Situation empfindet; und Miss Hamilton, die drei Jahre älter war als sie, aber noch ein Jahr länger zur Schule ging, weil sie keine unmittelbaren Verwandten und kein richtiges Zuhause besaß, hatte Anne eine Hilfsbereitschaft und Güte gezeigt, die ihr trostloses Leben wesentlich erleichtert hatten und an die sie sich immer mit Dankbarkeit erinnerte.

Miss Hamilton hatte die Schule verlassen, nicht lange danach geheiratet, hatte angeblich sogar einen Mann von Vermögen geheiratet; und das war alles, was Anne von ihr wußte, bis der Bericht ihrer Gouvernante ihr ein klareres, wenn auch ganz anderes Bild ihrer Lage zeichnete.

Sie war Witwe und arm. Ihr Mann war verschwenderisch gewesen und hatte bei seinem Tod vor ungefähr zwei Jahren seine Geschäfte finanziell zerrüttet zurückgelassen. Sie hatte mit allen erdenklichen Schwierigkeiten zu kämpfen gehabt und war zu allem Unglück noch von einem schweren rheumatischen Fieber befallen worden, das sich schließlich in den Beinen festsetzte und sie vorübergehend zum Krüppel machte. Sie war deswegen nach Bath gekommen und wohnte nun in der Nähe der heißen Bäder in sehr bescheidenen Verhältnissen, außerstande, sich den Luxus einer Dienerin zu leisten, und natürlich von der Gesellschaft fast ganz ausgeschlossen.

Ihre gemeinsame Freundin konnte sich für die Freude, die Mrs. Smith ein Besuch von Miss Elliot bereiten würde, verbürgen, und Anne verlor deshalb keine Zeit, hinzugehen. Sie erwähnte zu Hause nichts von dem, was sie gehört oder was sie vorhatte. Es würde ohnehin nicht auf ehrliches Interesse stoßen. Sie besprach den Besuch nur mit Lady Russell, die große Anteilnahme zeigte und sofort bereit war, sie so nahe bei Mrs. Smiths Wohnung in Westgate Buildings abzusetzen, wie es Anne lieb war.

Der Besuch wurde abgestattet, die Bekanntschaft erneuert, ihr Interesse aneinander mehr als wiederbelebt. Die ersten zehn Minuten waren nicht ohne Verlegenheit und Bewegung. Zwölf Jahre waren vergangen, seit sie sich zum letztenmal gesehen hatten, und beide entsprachen der Vorstellung, die sie voneinander hatten, nicht mehr ganz. In zwölf Jahren hatte sich Anne von einem blühenden, stillen, ungeprägten Mädchen von fünfzehn in eine elegante junge Frau von siebenundzwanzig verwandelt, mit allen Attributen der Schönheit, außer jugendlicher Blüte, und mit ebenso bewußt gepflegten wie gleichbleibend liebenswürdigen Umgangsformen; und zwölf Jahre hatten die gutaussehende, wohlproportionierte Miss Hamilton, die so viel Gesundheit und so viel Selbstvertrauen ausgestrahlt hatte, in eine arme, kränkliche, hilflose Witwe verwandelt, die aus Gefälligkeit den Besuch ihres früheren Schützlings erhielt. Aber alles, was die Begegnung peinlich machte, war bald verflogen, und sie konnten den Zauber, sich frühere gemeinsame Vorlieben zu vergegenwärtigen und von alten Zeiten zu sprechen, genießen.

Anne fand in Mrs. Smith den gesunden Menschenverstand und die angenehmen Umgangsformen, mit denen sie beinahe gerechnet hatte, und ein Interesse an Unterhaltung und eine Neigung zu Heiterkeit, die ihre Erwartungen übertraf. Weder die Zerstreuungen der Vergangenheit – und sie hatte durchaus in der großen Welt verkehrt – noch die Beschränkungen der Gegenwart, weder Krankheit noch Sorge hatten anscheinend ihr Herz unempfänglich gemacht oder ihre Lebenslust zerstört.

Im Laufe eines zweiten Besuchs sprach sie mit großer Offenheit, und Annes Erstaunen wuchs. Sie konnte sich kaum eine trostlosere Lage vorstellen als Mrs. Smiths. Sie hatte sehr an ihrem Mann gehangen – sie hatte ihn begraben. Sie war an Überfluß gewöhnt gewesen – er war dahin. Sie hatte keine Kinder, durch die sie Anschluß an Leben und Glück finden konnte, keine Verwandten, die ihr bei der Ordnung ihrer verworrenen Verhältnisse helfen, und keine Gesundheit, die ihr alles andere erträglich machen konnte. Ihre Wohnung beschränkte sich auf ein lautes Wohnzimmer und ein dunkles Schlafzimmer dahinter; sie war unfähig, sich ohne Hilfe, die ohnehin nur eine einzige Dienerin im ganzen Haus leisten konnte, von einem Zimmer ins andere zu bewegen, und sie verließ das Haus nur, um sich in die warmen Bäder bringen zu lassen; und trotz alledem hatte Anne Grund zu der Annahme, daß den Augenblicken von Resignation und Mutlosigkeit ganze Stunden von Beschäftigung und Unterhaltung gegenüberstanden. Wie war das möglich? Sie sah zu, beobachtete, überlegte und kam schließlich zu dem Ergebnis, daß es sich hier nicht nur um die Alternative von Tapferkeit oder Resignation handelte. Ein ergebenes Gemüt konnte geduldig sein, ein ausgeprägter Verstand konnte Entschlossenheit zeigen, aber hier war noch etwas anderes im Spiel. Hier war die geistige Beweglichkeit, die Gabe, Trost zu finden, die Fähigkeit, bereitwillig das Gute im Bösen zu sehen und einer Beschäftigung nachzugehen, die sie von sich selbst ablenkte und die eine Gabe der Natur war. Es war ein Gnadengeschenk des Himmels; und Anne sah ihre Freundin als einen der Menschen, bei denen diese Gabe durch eine barmherzige Fügung anscheinend dazu dient, beinahe alle Entbehrungen aufzuwiegen.

Es hatte Zeiten gegeben, erzählte ihr Mrs. Smith, wo sie der Mut fast verlassen hatte. Verglichen mit dem Zustand, in dem sie sich bei ihrer Ankunft in Bath befunden hatte, konnte jetzt von krank kaum noch die Rede sein. Damals war ihre Lage wirklich beklagenswert gewesen, denn sie hatte sich auf der Reise erkältet und war kaum in ihre Wohnung eingezogen, als sie bereits wieder ans Bett gefesselt war und unter ständigen heftigen Schmerzen litt; und all das unter Fremden, dringend angewiesen auf eine ständige Pflegerin und noch dazu in finanziellen Umständen, die gerade zu dieser Zeit keine zusätzlichen Ausgaben erlaubten. Sie hatte es allerdings überstanden, und sie konnte mit gutem Gewissen sagen, daß es ihr gutgetan hatte. Das Bewußtsein, in guten Händen zu sein, hatte ihr Befinden erheblich verbessert. Sie kannte die Welt zu gut, um von irgendwoher plötzliches oder selbstloses Mitgefühl zu erwarten, aber ihre Krankheit hatte ihr bewiesen, daß ihre Wirtin eine Frau von Charakter war und sie nicht ausnutzen würde; und mit ihrer Pflegerin, einer Schwester der Wirtin und gelernten Krankenschwester, die immer im Haus wohnte, wenn sie keine Arbeit hatte, und zufällig zur rechten Zeit frei war, um sich um sie zu kümmern, hatte sie besonderes Glück gehabt. »Und sie«, sagte Mrs. Smith, »hat mich nicht nur auf bewundernswerte Weise gepflegt, sondern sich auch als unschätzbare Bekannte erwiesen. Sobald ich meine Hände gebrauchen konnte, hat sie mir Stricken beigebracht, was mir viel Spaß macht; und sie hat mir gezeigt, wie man diese kleinen Garnkästchen, Nadelkissen und Kartenhalter macht, mit denen Sie mich immer beschäftigt finden und die mich in die Lage versetzen, ein oder zwei sehr armen Familien in der Nachbarschaft Gutes zu tun. Sie hat einen großen Bekanntenkreis, durch ihren Beruf natürlich, Leute, die es sich leisten können und an die sie meine Ware verkauft. Sie findet immer das richtige Wort zur richtigen Zeit. Alle Leute haben ja ein empfängliches Herz, wenn sie sich gerade von starken

Schmerzen erholt haben oder auf dem Wege der Genesung sind, und Schwester Rooke weiß genau, wann sie ihre Bitte vorbringen muß. Sie ist eine tüchtige, intelligente, vernünftige Frau. Sie versteht sich auf die menschliche Natur; und sie verfügt über so viel gesunden Menschenverstand und Erfahrung, daß sie als Gefährtin den vielen unendlich überlegen ist, die zwar ›die beste Erziehung der Welt‹ erhalten haben, aber nichts wissen, was der Rede wert ist. Nennen Sie es meinetwegen Klatsch, aber wenn Schwester Rooke mir eine halbe Stunde ihrer Zeit schenkt, hat sie bestimmt etwas Unterhaltsames und Lehrreiches zu erzählen, wodurch man die Gattung Mensch besser kennenlernt. Man möchte doch wissen, was los ist, auf dem laufenden sein über die neuesten Moden, lächerlich und kindisch zu erscheinen. Für mich, die ich soviel allein bin, ist die Unterhaltung mit ihr wirklich etwas Besonderes.«

Anne war weit davon entfernt, dieses Vergnügen kritisieren zu wollen, und erwiderte: »Das kann ich mir leicht vorstellen. Frauen in *dem* Beruf haben die besten Gelegenheiten; und wenn sie intelligent sind, lohnt es sich sicher, ihnen zuzuhören. Wie vielen verschiedenen menschlichen Typen sie ständig begegnen! Und sie kennen sich nicht nur in all ihren Torheiten aus, denn sie begegnen ihnen gelegentlich unter Umständen, die äußerst interessant und ergreifend sein können. Was für Beweise von glühender, selbstloser, aufopfernder Zuneigung, von Heldentum, Tapferkeit, Geduld, Verzicht müssen ihnen vor Augen kommen – all die Kämpfe und die Opfer, welche die menschliche Würde ausmachen. Ein Krankenzimmer wiegt oft viele dicke Bücher auf.«

»Ja«, sagte Mrs. Smith mit einer gewissen Skepsis, »manchmal vielleicht, obwohl ich fürchte, daß sich die Lektionen nicht oft in dem gehobenen Stil abspielen, in dem Sie sie beschreiben. Hin und wieder zeigt sich die menschliche Natur auch unter Schicksalsschlägen groß, aber im allgemeinen kommt ihre Schwäche, nicht ihre

Stärke im Krankenzimmer zum Vorschein. Man hört eher von Selbstsucht und Ungeduld als von Großmut und Tapferkeit. Es gibt so wenig wahre Freundschaft auf der Welt. Und leider (sie sprach mit leiser, zitternder Stimme) gibt es so viele, die vergessen, ernsthaft nachzudenken, ehe es beinahe zu spät ist.«

Anne konnte diese trüben Gedanken nachempfinden. Der Ehemann hatte sie enttäuscht, und die Frau war unter den Teil der Menschheit geraten, der ihr Anlaß gab, die Welt für schlechter zu halten, als sie gehofft hatte. Es war allerdings nur eine vorübergehende Anwandlung bei Mrs. Smith, sie schüttelte sie ab und fuhr bald in verändertem Ton fort:

»Ich glaube nicht, daß die Stellung, die meine Freundin Mrs. Rooke im Moment hat, mir viel Interessantes oder Erbauliches zu bieten hat. Sie pflegt nur Mrs. Wallis in Marlborough Buildings – nichts als eine hübsche, einfältige, extravagante, modebewußte Frau, soviel ich weiß, und sie wird wohl nur von Spitzen und Putz zu berichten haben. Ich habe allerdings vor, mich an Mrs. Wallis schadlos zu halten. Sie hat eine Menge Geld, und ich habe beschlossen, daß sie all die kostspieligen Sachen kaufen soll, die ich auf Lager habe.«

Erst als Anne ihre Freundin schon einige Male besucht hatte, erfuhr man am Camden Place von der Existenz einer solchen Person. Schließlich aber ließ es sich nicht länger vermeiden, sie zu erwähnen. Sir Walter, Elizabeth und Mrs. Clay kehrten eines Vormittags vom Laura Place mit einer überraschenden Einladung von Lady Dalrymple für denselben Abend zurück, und Anne hatte bereits zugesagt, den Abend in Westgate Buildings zu verbringen. Es tat ihr nicht leid, die Einladung versäumen zu müssen. Sie waren bestimmt nur gebeten worden, weil Lady Dalrymple, durch eine schwere Erkältung ans Haus gefesselt, froh war, sich einer Beziehung bedienen zu können, die ihr geradezu aufgenötigt worden war; und Anne lehnte für sich selbst ohne jedes

Zögern ab. Sie habe zugesagt, den Abend bei einer alten Schulfreundin zu verbringen. Sie waren an allem, was Anne anging, nicht besonders interessiert, aber immerhin mußte sie so viele Fragen beantworten, daß klar wurde, wer diese alte Schulfreundin war; Elizabeth reagierte mit Verachtung, Sir Walter mit Strenge.

»Westgate Buildings!« sagte er. »Und wie kommt Miss Anne Elliot dazu, Westgate Buildings zu besuchen? Eine Mrs. Smith! Eine verwitwete Mrs. Smith! Und wer war ihr Mann? Einer der fünftausend Mr. Smith, auf deren Namen man überall stößt! Und was macht sie so anziehend? Daß sie alt und kränklich ist! Weiß Gott, Miss Anne Elliot, du hast einen außerordentlichen Geschmack. Alles, was andere Leute abstößt, vulgäre Gesellschaft, erbärmliche Zimmer, verpestete Luft und widerlicher Umgang ziehen dich an. Aber du wirst diese alte Dame doch wohl bis morgen vertrösten können. Ihre Ende wird doch wohl nicht so nahe sein, daß sie nicht hoffen darf, den morgigen Tag noch zu erleben. Wie alt ist sie? Vierzig?«

»Nein, Sir, sie ist noch nicht einunddreißig. Aber ich glaube nicht, daß ich meine Verabredung verschieben kann, denn es ist vorläufig der einzige Abend, der ihr und mir paßt. Sie bekommt morgen warme Bäder, und für den Rest der Woche sind wir ja verabredet.«

»Aber was hält Lady Russell von dieser Bekanntschaft?« fragte Elizabeth.

»Sie hat nichts daran auszusetzen«, erwiderte Anne. »Im Gegenteil, sie billigt sie und hat mich meist dort abgesetzt, wenn ich Mrs. Smith besucht habe.«

»Westgate Buildings wird über den Anblick einer Kutsche, die auf ihrem Pflaster hielt, gestaunt haben«, bemerkte Sir Walter. »Das Wappen von Sir Henry Russells Witwe zeichnet sich zwar keineswegs durch besondere Ehrenzeichen aus, aber immerhin, es ist eine stattliche Equipage, und natürlich weiß jeder, daß eine Miss Elliot darin sitzt. Eine verwitwete Mrs. Smith, die in

Westgate Buildings wohnt! Eine arme Witwe zwischen dreißig und vierzig, die sich nur mühsam am Leben hält! Unter allen Leuten und allen Namen auf der Welt ausgerechnet eine Mrs. Smith, eine gewöhnliche Mrs. Smith, eine Busenfreundin von Miss Anne Elliot und von ihr den eigenen Verwandten unter dem Adel von England und Irland vorgezogen! Mrs. Smith, was für ein Name!«

An diesem Punkt hielt es Mrs. Clay, die der Szene beigewohnt hatte, für geraten, das Zimmer zu verlassen, und Anne hätte *viel* sagen können und hätte liebend gern wenigstens *etwas* zur Verteidigung der Ansprüche *ihrer* Freundin gesagt, die denen der Freundin ihres Vaters und ihrer Schwester kaum nachstanden, aber ein Gefühl der Achtung vor ihrem Vater hielt sie davon ab. Sie erwiderte nichts. Sie überließ es ihm, sich darauf zu besinnen, daß Mrs. Smith nicht die einzige Witwe in Bath zwischen dreißig und vierzig war, die wenig zum Leben und keinen klangvollen Familiennamen hatte.

Anne hielt ihre Verabredung ein; die anderen auch, und natürlich bekam sie am nächsten Vormittag zu hören, daß sie einen reizenden Abend verbracht hatten. Sie hatte als einzige aus ihrem Kreis gefehlt, denn Sir Walter und Elizabeth hatten der Lady nicht nur selbst zur Verfügung gestanden, sondern hatten auch noch das Vergnügen gehabt, ihr den Gefallen tun zu dürfen, andere mitzubringen, und hatten sich die Mühe gemacht, sowohl Lady Russell als auch Mr. Elliot einzuladen; und Mr. Elliot hatte es sich nicht nehmen lassen, Oberst Wallis vorzeitig zu verlassen, und Lady Russell hatte alle ihre abendlichen Verpflichtungen neu arrangiert, um Lady Dalrymple einen Gefallen zu tun. Anne bekam von Lady Russell einen ausführlichen Bericht von allem, was ein solcher Abend zu bieten hatte. Ihr Interesse wurde höchstens dadurch geweckt, daß ihre Freundin und Mr. Elliot viel über sie gesprochen, ihre Anwesenheit gewünscht, ihre Abwesenheit beklagt, sie aber gleichzeitig bewundert hatten, um einer solchen Sache willen weggeblieben zu sein. Ihre freundlichen, mitleidigen Besuche bei ihrer alten Schulfreundin – so krank und so hilflos! – hatten Mr. Elliot anscheinend entzückt. Er hielt sie für eine ganz außergewöhnliche junge Frau; in Wesen, Benehmen, Geist ein Muster weiblicher Vollkommenheit. Er konnte es bei der Diskussion ihrer Verdienste sogar mit Lady Russell aufnehmen; und Anne konnte bei all den Versicherungen ihrer Freundin, bei ihrer eigenen Gewißheit, daß ein vernünftiger Mann sie so hoch schätzte, nicht umhin, genau die angenehmen Gefühle zu empfinden, die ihre Freundin in ihr zu wecken beabsichtigt hatte.

Lady Russell hatte sich nun ein abschließendes Urteil über Mr. Elliot gebildet. Sie war davon überzeugt, daß er nicht nur die Absicht hatte, Anne eines Tages zu heiraten, sondern daß er sie auch verdiente; und sie begann, die Zahl der Wochen zu überschlagen, die ihn von seiner Rücksicht auf die Trauerzeit befreite und ihm erlaubte, seinen ganzen Charme auszuspielen. Anne gegenüber ließ sie von der Zuversicht, mit der sie die Sache betrachtete, kaum etwas verlauten; sie riskierte wenig mehr als Anspielungen auf das, was folgen mochte, auf eine mögliche Neigung seinerseits, auf das Erstrebenswerte der Verbindung, vorausgesetzt, eine solche Neigung war vorhanden und wurde erwidert. Anne hörte ihr zu und ließ sich nicht zu vehementen Äußerungen hinreißen. Sie lächelte und errötete und schüttelte leicht den Kopf.

»Ich bin keine Ehestifterin, wie du wohl weißt«, sagte Lady Russell, »denn ich bin mir viel zu bewußt, wie ungewiß alle menschlichen Ereignisse und Berechnungen sind. Ich will nur sagen: falls Mr. Elliot sich in naher Zukunft um dich bewerben sollte und du geneigt wärest, ihn zu akzeptieren, besteht meiner Meinung nach alle Aussicht, daß ihr miteinander glücklich werdet. Alle Welt wird es für eine höchst wünschenswerte Verbindung halten; aber ich glaube, daß sie auch glücklich sein wird.«

»Mr. Elliot ist ein außerordentlich angenehmer Mann, und in vieler Hinsicht halte ich sehr viel von ihm«, sagte Anne, »aber wir würden nicht zusammenpassen.«
Lady Russell überhörte die Bemerkung und erwiderte nur: »Ich gebe zu, die Aussicht, dich als zukünftige Herrin von Kellynch betrachten zu dürfen, als zukünftige Lady Elliot, die Hoffnung, dich an Stelle deiner lieben Mutter zu sehen, mit all ihren Rechten und all ihrer Beliebtheit und auch all ihren Tugenden, wäre mir die allergrößte Freude. Du bist in Aussehen und Wesen das Ebenbild deiner Mutter; und wenn ich mir ausmalen dürfte, daß du ihren Namen und ihr Haus übernimmst, an ihrem Platz sitzt und das Tischgebet sprichst, ihr nur dadurch überlegen, daß man dich mehr zu schätzen wüßte, meine liebste Anne, es würde mir mehr Freude bereiten, als man in meinem Alter noch erwarten kann.«
Anne mußte sich abwenden, aufstehen, zu einem entfernten Tisch gehen und sich in vorgetäuschter Beschäftigung darüberbeugen, um der Gefühle Herr werden zu können, die dieses Bild heraufbeschwor. Ein paar Augenblicke lang nahm diese Vorstellung ihre Phantasie und ihr Herz gefangen. Der Gedanke, den Platz ihrer Mutter einzunehmen; den kostbaren Namen »Lady Elliot« in sich selbst wieder erstehen zu sehen, Kellynch wiederzugewinnen, es wieder ihr Zuhause zu nennen, ihr Zuhause für immer, war ein Zauber, dem sie sich nicht gleich entziehen konnte. Lady Russell sagte nichts weiter, bereit, auf die natürliche Entwicklung der Dinge zu vertrauen, und überzeugt, wenn Mr. Elliot in diesem Augenblick in aller Schicklichkeit für sich selbst hätte sprechen können ... kurz und gut, sie glaubte, was Anne nicht glaubte. Genau diese Vorstellung von Mr. Elliot, der für sich selbst sprach, brachte Anne zur Besinnung. Der Zauber von Kellynch und von »Lady Elliot« verschwand. Sie würde Mr. Elliot niemals akzeptieren; und es lag nicht nur daran, daß ihr immer noch

alle Männer außer einem gleichgültig waren. Wenn sie alle Möglichkeiten der Entwicklung ihrer Beziehung in Gedanken durchspielte, fiel ihr Urteil gegen Mr. Elliot aus.

Obwohl sie sich bereits einen Monat kannten, konnte sie nicht behaupten, daß sie ihn wirklich durchschaute. Daß er ein vernünftiger, ein umgänglicher Mann war, daß er zu reden verstand, fundierte Meinungen äußerte, ein angemessenes Urteil besaß und ein Mann von Grundsätzen war – all das lag auf der Hand. Er wußte zweifellos, was sich gehörte, und sie konnte ihm auch nicht vorwerfen, daß er sich moralisch irgend etwas hatte zuschulden kommen lassen; und doch hätte sie sich gescheut, für sein Verhalten zu garantieren. Sie mißtraute der Vergangenheit, wenn nicht der Gegenwart. Die Namen von früheren Bekannten, Kameraden, Freunden, die gelegentlich fielen, die Anspielungen auf frühere Gepflogenheiten und Interessen gaben Anlaß zu Mißtrauen, das nicht für seine Vergangenheit sprach. Es war ihr klar, daß er einen schlechten Lebenswandel geführt hatte, daß Reisen am Sonntag an der Tagesordnung gewesen waren, daß es eine Zeit in seinem Leben gegeben hatte (und vermutlich keine kurze), wo er alle ernsthaften Aspekte des Lebens zumindest vernachlässigt hatte – wenn nicht schlimmer; und obwohl er jetzt vielleicht ganz anders dachte, wer konnte für die wirklichen Empfindungen eines klugen, vorsichtigen Mannes garantieren, der nun alt genug war, den Ruf eines anständigen Mannes schätzen zu können? Wie konnte man je sicher sein, daß er eine Wandlung zum besseren durchgemacht hatte?

Mr. Elliot war vernünftig, diskret, gewandt, aber er war nicht offen. Er ließ sich nie zu einem Gefühlsausbruch, zu spontaner Entrüstung oder Freude über die bösen oder guten Taten anderer hinreißen. Das war in Annes Augen ein entscheidender Nachteil. Der erste Eindruck war bei ihr immer entscheidend. Sie schätzte offene, ehrliche und begeisterungsfähige Menschen mehr als alle anderen; Herzlichkeit und Spontaneität beeindruckten sie immer noch. Sie fand, daß sie sich eher auf die Ehrlichkeit derer verlassen konnte, die manchmal etwas Sorgloses oder Unüberlegtes sagten oder taten, als auf die, welche nie die Fassung verloren, denen nie ein falsches Wort entschlüpfte.

Zu viele fanden Mr. Elliot umgänglich. So unterschiedlich die Temperamente im Haus ihres Vaters waren, er machte es allen recht. Er nahm alles zu gelassen hin, stand sich mit allen gut. Ihr gegenüber hatte er mit einer gewissen Offenheit über Mrs. Clay gesprochen, hatte den Eindruck erweckt, als durchschaue er, was Mrs. Clay vorhatte, und verachte sie tief; und doch fand Mrs. Clay ihn ebenso umgänglich wie alle anderen.

Lady Russell sah entweder mehr oder weniger als ihre junge Freundin, denn sie sah nichts, was ihr Mißtrauen erregt hätte. Sie konnte sich keinen vollkommeneren Mann vorstellen als Mr. Elliot, und nie war sie von einer köstlicheren Empfindung erfüllt gewesen als von der Hoffnung, ihn im Laufe des kommenden Herbstes ihrer geliebten Anne in der Kirche von Kellynch angetraut zu sehen.

Kapitel 18

Es war Anfang Februar, und da Anne nun schon einen Monat in Bath war, wartete sie sehr ungeduldig auf Nachrichten aus Uppercross und Lyme. Sie hätte gern viel mehr erfahren, als Mary ihr mitteilte. Seit drei Wochen hatte sie gar nichts von ihnen gehört. Sie wußte nur, daß Henrietta wieder zu Hause war und daß Louisa trotz ihrer erfreulich schnellen Wiederherstellung noch in Lyme war; und sie war eines Abends mit ihren Gedanken ganz bei ihnen, als ein dickerer Brief als sonst von Mary für sie abgegeben wurde, und zu ihrer Freude und

Überraschung noch dazu mit einem Gruß von Admiral und Mrs. Croft.

Die Crofts mußten also in Bath sein! Eine interessante Nachricht! Es waren Leute, für die sie eine natürliche Sympathie empfand.

»Was soll das heißen?« rief Sir Walter. »Die Crofts in Bath angekommen? Die Crofts, die Kellynch gemietet haben? Was haben sie dir mitgebracht?«

»Einen Brief von Uppercross Cottage, Sir.«

»So! Derartige Briefe sind ein bequemes Mittel, sich Einlaß zu verschaffen. Sie öffnen einem die Türen. Aber ich hätte Admiral Croft ohnehin besucht, ich weiß, was ich meinem Mieter schuldig bin.«

Anne konnte nicht länger zuhören. Sie hätte nicht einmal sagen können, wie der Teint des armen Admiral diesmal davonkam, so nahm ihr Brief sie gefangen. Er war vor mehreren Tagen begonnen worden.

»1. Februar . . .

Meine liebe Anne,

ich entschuldige mich nicht für mein Schweigen, weil ich weiß, wie wenig den Leuten in einem Ort wie Bath an Briefen liegt. Du bist sicher viel zu glücklich, um an Uppercross zu denken, von dem es, wie Du weißt, wenig zu berichten gibt. Wir haben ein sehr langweiliges Weihnachtsfest verbracht. Mr. und Mrs. Musgrove haben während der ganzen Festtage kein einziges Mal Dinnergäste gehabt. Die Hayters zähle ich gar nicht. Die Ferien der Kinder sind allerdings endlich vorbei; ich glaube nicht, daß sie jemals so lang waren. Zu unserer Zeit jedenfalls nicht. Gestern hat sich das Haus geleert, bis auf die kleinen Harvilles. Du wirst es kaum glauben, aber sie sind immer noch da. Mrs. Harville muß eine merkwürdige Mutter sein, daß sie sich so lange von ihnen trennen kann. Mir ist es unbegreiflich. Meiner Meinung nach sind es überhaupt keine netten Kinder. Aber Mrs. Musgrove sind sie anscheinend ebenso lieb, wenn nicht lieber als ihre Enkel. Was für entsetzliches Wetter wir hatten! Sicher merkt man in Bath nichts davon, bei Euren schönen gepflasterten Straßen. Aber auf dem Land sind wir abhängiger davon. Seit der zweiten Januarwoche hat mich keine Menschenseele besucht, außer Charles Hayter; der hat uns allerdings öfter besucht, als mir lieb war. Unter uns gesagt, ich finde, es ist ein Jammer, daß Henrietta nicht so lange in Lyme geblieben ist wie Louisa. Es hätte sie ein bißchen von ihm ferngehalten. Heute ist die Kutsche abgefahren, um Louisa und die Harvilles morgen herzubringen. Wir sind allerdings nicht vor übermorgen bei ihnen zum Essen eingeladen. Mrs. Musgrove hat Angst, daß die Reise sie ermüdet, was nicht sehr wahrscheinlich ist, wenn man bedenkt, wie sie umsorgt wird. Mir würde es viel besser passen, morgen bei ihnen zu essen. Ich bin froh, daß Dir Mr. Elliot so gut gefällt; schade, daß ich ihn nicht auch kennenlernen kann, aber ich habe Pech wie immer. Ich bin immer nicht da, wenn irgend etwas Aufregendes passiert; an mich denkt man in dieser Familie immer zuletzt. Und wie ungeheuer lange Mrs. Clay bei Elizabeth bleibt! Will sie denn nie wieder abreisen? Aber vielleicht werden wir nicht einmal eingeladen, wenn sie das Zimmer geräumt hat. Sag mir, was Du davon hältst. Ich erwarte gar nicht, daß meine Kinder auch eingeladen werden. Für einen Monat oder sechs Wochen kann ich sie gut im Herrenhaus lassen. Ich höre gerade, daß die Crofts jeden Augenblick nach Bath abreisen wollen. Angeblich hat der Admiral die Gicht. Charles hat es ganz zufällig gehört; sie haben nicht einmal die Höflichkeit besessen, mir Bescheid zu sagen oder sich bereit zu erklären, etwas mitzunehmen. Ich kann nicht behaupten, daß sie als Nachbarn gewinnen. Wir sehen nichts von ihnen, und dies ist wirklich ein Beweis grober Rücksichtslosigkeit. Charles läßt grüßen und schickt die üblichen guten Wünsche.

Herzlich Deine Mary

Leider muß ich sagen, daß es mir gar nicht gut geht; und Jemima erzählt mir gerade, daß der Fleischer sagt, es ist eine schlimme Erkältung in Umlauf. Ich bekomme sie bestimmt; und meine Erkältungen sind ja immer schlimmer als die anderer Leute.«

So endete der erste Teil, den sie anschließend in einen beinahe ebenso vollgeschriebenen Umschlag gesteckt hatte.

»Ich habe meinen Brief offengelassen, um Dir mitteilen zu können, wie Louisa die Reise überstanden hat, und jetzt bin ich froh darüber, denn es gibt noch eine ganze Menge zu sagen. Zunächst einmal habe ich gestern ein paar Zeilen von Mrs. Croft erhalten, mit dem Angebot, Dir etwas mitzunehmen. Wirklich ein paar sehr nette, liebenswürdige Zeilen, an mich adressiert, wie es sich gehört. Ich kann deshalb so viel schreiben, wie ich will. Der Admiral ist anscheinend nicht ernstlich krank, und ich hoffe von Herzen, daß ihm Bath die erwünschte Heilung bringt. Ich werde froh sein, wenn sie wieder zurück sind. Eine so angenehme Familie können wir in der Nachbarschaft gar nicht entbehren. Aber nun zu Louisa. Ich habe Dir etwas mitzuteilen, was Dich nicht wenig überraschen wird. Sie und die Harvilles sind heil am Dienstag hier angekommen, und als wir abends hinübergingen, um zu fragen, wie es ihr geht, waren wir ziemlich erstaunt, daß Kapitän Benwick nicht dabei war, denn er war mit den Harvilles eingeladen worden. Und was, glaubst Du, steckt dahinter? Nichts mehr und nichts weniger, als daß er in Louisa verliebt ist und daß er sich lieber nicht nach Uppercross wagen wollte, ehe er nicht eine Antwort von Mr. Musgrove hatte, denn er und sie waren sich, bevor sie abfuhr, völlig einig geworden, und er hat ihrem Vater durch Kapitän Harville einen Brief überbringen lassen. Das stimmt, Ehrenwort! Bist Du nicht überrascht? Ich wäre jedenfalls erstaunt, wenn Du davon geahnt hättest, denn ich wußte von nichts.

Mrs. Musgrove behauptet ganz ernsthaft, daß sie von der Sache nichts gewußt hat. Wir sind allerdings alle sehr froh darüber. Es ist zwar nicht mit einer Heirat mit Kapitän Wentworth zu vergleichen, ist aber jedenfalls unendlich viel besser als Charles Hayter; und Mr. Musgrove hat ihm schriftlich seine Zustimmung gegeben, und Kapitän Benwick wird heute erwartet. Mrs. Harville sagt, ihrem Mann geht es wegen seiner armen Schwester sehr nahe, aber trotzdem, sie haben Louisa beide sehr gern. Ja, Mrs. Harville und ich sind uns ganz einig, daß wir sie noch lieber mögen, weil wir sie gepflegt haben. Charles fragt sich, was Kapitän Wentworth wohl sagt, aber Du erinnerst Dich, ich fand nie, daß er in Louisa verliebt war. Ich habe nie etwas davon gemerkt; und Kapitän Benwick kommt nun natürlich als Verehrer von Dir nicht mehr in Frage. Wie Charles je darauf verfallen konnte, war mir immer unbegreiflich. Ich hoffe, er wird nun etwas umgänglicher. Zwar keine großartige Heirat für Louisa Musgrove, aber tausendmal besser, als in die Hayters einzuheiraten.«

Marys Furcht, daß ihre Schwester auch nur im geringsten auf diese Nachricht vorbereitet war, war unbegründet. Nie in ihrem ganzen Leben war sie so erstaunt gewesen. Kapitän Benwick und Louisa Musgrove! Es war fast zu schön, um wahr zu sein; und nur unter allergrößten Anstrengungen konnte sie im Zimmer bleiben, sich gelassen geben und die durch den Brief veranlaßten Fragen beantworten. Zu ihrem Glück waren es nicht viele. Sir Walter wollte wissen, ob die Crofts vierspännig reisten und ob es wahrscheinlich sei, daß sie sich in einem Teil von Bath niederließen, wo Miss Elliot und er sie besuchen konnten. Darüber hinaus interessierte ihn wenig.
»Wie geht es Mary?« fragte Elizabeth und fuhr, ohne auf eine Antwort zu warten, fort: »Und was führt denn die Crofts nach Bath?«

»Sie kommen wegen des Admirals. Er hat angeblich die Gicht.«
»Gicht und Altersschwäche!« sagte Sir Walter. »Der arme alte Herr!«
»Haben sie Bekannte hier?« fragte Elizabeth.
»Das weiß ich nicht. Aber ich kann mir nicht vorstellen, daß Admiral Croft in seinem Alter und bei seinem Beruf an einem Ort wie Bath nicht viele Bekannte hat.«
«Ich vermute«, sagte Sir Walter kühl, »daß man Admiral Croft in Bath am ehesten als den Mieter von Kellynch Hall kennen wird. Elizabeth, können wir es wagen, ihn und seine Frau am Laura Place vorzustellen?«
»Wie? Nein, das glaube ich nicht. Wie wir mit Lady Dalrymple stehen, bei unserer nahen Verwandtschaft, sollten wir uns hüten, sie mit Bekanntschaften in Verlegenheit zu bringen, die sie vielleicht mißbilligt. Wenn wir nicht familiäre Beziehungen hätten, würde es nichts ausmachen, aber als naher Verwandter wäre ihr ein solcher Vorschlag von uns sicher peinlich. Wir überlassen es besser den Crofts, ihren eigenen Umgang zu finden. Es laufen hier allerlei merkwürdig aussehende Männer herum, die, wie ich höre, Seeleute sind. Die Crofts werden sich ihnen anschließen.«
Darin bestand Sir Walters und Elizabeths ganzes Interesse an dem Brief. Als Mrs. Clay sich ihm auf eine angemessenere Weise gewidmet hatte, indem sie sich nach Mrs. Charles Musgrove und ihren prächtigen kleinen Jungen erkundigte, war Anne erlöst.
In ihrem eigenen Zimmer versuchte sie, es zu begreifen. Charles hatte allen Grund zu fragen, wie Kapitän Wentworth wohl zumute war. Vielleicht hatte er das Feld geräumt, hatte Louisa aufgegeben, hatte aufgehört, sie zu lieben, hatte festgestellt, daß er sie nicht liebte. Der Gedanke an Betrug oder Leichtsinn oder an irgend etwas, was nach Rücksichtslosigkeit zwischen ihm und seinem Freund aussah, war ihr unerträglich. Es war ihr

unerträglich, daß eine Freundschaft wie ihre ein unwürdiges Ende finden sollte.
Kapitän Benwick und Louisa Musgrove! Die ausgelassene, fröhliche, redselige Louisa Musgrove und der niedergeschlagene, nachdenkliche, gefühlvolle, lesende Kapitän Benwick schienen beide der Inbegriff dessen, was nicht zusammenpaßte.
Zwei so gegensätzliche Charaktere! Worin mochte die Anziehung bestanden haben? Die Antwort bot sich an. Es waren die Umstände. Sie waren mehrere Wochen sich selbst überlassen. Sie hatten in demselben kleinen Familienkreis gelebt. Seit Henriettas Abreise waren sie offenbar beinahe ausschließlich aufeinander angewiesen gewesen, und Louisa, die sich gerade von einer Krankheit erholte, hatte sich in einem interessanten Zustand befunden, und Kapitän Benwick war nicht über allen Trost erhaben. In dieser Hinsicht hatte sich Anne schon vorher eines Verdachts nicht erwehren können; und statt den gleichen Schluß wie Mary aus dem jetzigen Verlauf der Dinge zu ziehen, trug dieser nur zur Bestätigung ihrer Vermutung bei, daß er so etwas wie Zärtlichkeit ihr gegenüber gespürt hatte. Sie fühlte sich dadurch allerdings keineswegs mehr in ihrer Eitelkeit geschmeichelt, als Mary ihr zugestanden hätte. Sie war überzeugt, daß jeder einigermaßen ansprechenden jungen Frau, die ihm zugehört und ihm ihr Mitgefühl gezeigt hätte, dieselbe Ehre widerfahren wäre. Er hatte ein empfängliches Herz. Er mußte jemanden lieben.
Sie sah keinen Grund, warum sie nicht glücklich werden sollten. Zunächst hatte Louisa eine ausgesprochene Schwäche für die Marine, und sie würden sich bald immer ähnlicher werden. Er würde an Lebenslust gewinnen, und sie würde lernen, sich für Scott und Lord Byron zu begeistern. Ja, vermutlich hatte sie das schon gelernt, denn natürlich hatten sie sich über Gedichten ineinander verliebt. Die Vorstellung, daß sich Louisa Musgrove in einen Menschen von literarischem Ge-

schmack und empfindsamem Gemüt verwandelt hatte, belustigte sie, aber sie zweifelte nicht daran, daß es so war. Der Tag in Lyme, der Sturz vom Cobb hatte vielleicht ihre Gesundheit, ihre Nerven, ihren Mut, ihre Persönlichkeit bis ans Ende ihres Lebens so gründlich beeinflußt wie offenbar auch ihr Schicksal.

Ihr Schluß aus dem Ganzen war: Wenn man es für möglich hielt, daß eine Frau, die Kapitän Wentworths Verdienste zu schätzen gewußt hatte, einen anderen Mann vorzog, dann gab es keinen Anlaß, sich über das Verlöbnis übermäßig zu wundern; und wenn Kapitän Wentworth dabei keinen Freund verloren hatte, gewiß auch keinen Anlaß, zu bedauern. Nein, es war nicht Bedauern, was Annes Herz gegen ihren Willen schlagen ließ und ihr das Blut in die Wangen trieb, wenn sie daran dachte, daß Kapitän Wentworth nun ungebunden und frei war. Es bewegten sie Empfindungen, denen genauer auf den Grund zu gehen sie sich schämte. Sie sahen zu sehr nach Freude aus, unsinniger Freude.

Sie konnte es nicht abwarten, die Crofts zu treffen, aber als die Begegnung stattfand, war offensichtlich, daß Gerüchte über das Ereignis sie noch nicht erreicht hatten. Der Anstandsbesuch wurde abgestattet und erwidert, und Louisa Musgrove wie auch Kapitän Benwick dabei ohne die Andeutung eines Lächelns erwähnt.

Die Crofts hatten ganz zu Sir Walters Zufriedenheit eine Wohnung in der Gay Street bezogen. Er schämte sich der Bekanntschaft keineswegs und dachte und redete im übrigen sehr viel mehr über den Admiral, als der Admiral je an ihn dachte oder über ihn redete.

Den Crofts fehlte es durchaus nicht an Bekannten in Bath, und sie betrachteten den Umgang mit den Elliots als eine bloße Formalität und versprachen sich davon nicht das geringste Vergnügen. Sie hielten an ihrer ländlichen Gewohnheit fest, ihre Zeit fast immer gemeinsam zu verbringen. Ihm waren gegen seine Gicht Spaziergänge verordnet worden, und Mrs. Croft war anscheinend bereit, sein Los in allem zu teilen und um ihr Leben zu wandern, wenn es ihm guttat. Anne traf sie, wo immer sie hinging. Lady Russell nahm sie jeden Vormittag in der Kutsche mit, und sie dachte unweigerlich an sie, und unweigerlich begegnete sie ihnen; und da sie ihre Gefühle kannte, erschienen sie ihr als ein äußerst anziehendes Bild des Glücks. Sie sah ihnen immer so lange nach, wie sie konnte, froh, sich vorstellen zu können, worüber sie sich unterhielten, während sie in glücklicher Unabhängigkeit dahinwanderten, oder eben so froh, den herzlichen Handschlag des Admirals zu beobachten, wenn er einem alten Freund begegnete, und über die Lebendigkeit der Unterhaltung, wenn sich gelegentlich ein kleiner Kreis von Marineangehörigen zusammenfand, in dem Mrs. Croft einen ebenso intelligenten und wachen Eindruck machte wie alle die Offiziere um sie herum.

Anne wurde zu viel von Lady Russell in Anspruch genommen, um oft allein spazierenzugehen, aber eines Vormittags ungefähr eine Woche oder zehn Tage nach der Ankunft der Crofts ergab es sich, daß sie Lust hatte, ihre Freundin oder die Kutsche ihrer Freundin in der Altstadt zu verlassen und allein zum Camden Place zurückzukehren; und als sie die Milsom Street hinaufging, hatte sie das Glück, dem Admiral zu begegnen. Er stand, die Hände auf dem Rücken, allein vor dem Schaufenster einer Kunsthandlung in ernsthafter Betrachtung eines Drucks, und sie hätte nicht nur unbemerkt an ihm vorbeigehen können, sondern war sogar gezwungen, ihn zu berühren und anzusprechen, bevor er sie überhaupt bemerkte. Als er sie allerdings wahrnahm und erkannte, geschah es mit gewohnter Offenheit und Gutgelauntheit. »Ach, Sie sind es. Danke, danke, Sie behandeln mich wie einen Freund. Hier stehe ich nämlich und starre ein Bild an. Ich komme nie an diesem Laden vorbei, ohne stehenzubleiben. Aber was das hier für ein komisches Schiff ist! Schauen Sie sich das an. Haben Sie so etwas schon einmal gesehen? Was für merkwürdige Kerle Ihre großartigen Maler sein müssen, wenn sie glauben, daß jemand in solch einer unförmigen kleinen Nußschale sein Leben aufs Spiel setzen würde. Und doch sitzen zwei Männer darin und sehen ungerührt und in aller Ruhe die umliegenden Felsen und Berge an, als wenn sie nicht im nächsten Augenblick Schiffbruch erleiden würden, was sie ganz gewiß tun. Ich frage mich, wo das Boot gebaut worden ist! (Er lachte herzlich.) Ich würde mich damit über keinen Ententeich trauen. Na ja (er wandte sich ab), also, wohin führt Ihr Weg? Kann ich irgendwo für Sie oder mit Ihnen hingehen? Kann ich mich irgendwie nützlich machen?«

»Nein, ich danke Ihnen, es sei denn, Sie gönnen mir für die kleine Strecke, die wir zusammen gehen, das Vergnügen Ihrer Gesellschaft. Ich bin auf dem Weg nach Hause.«

»Das tue ich herzlich gern, und sogar noch weiter. Ja, ja, wir beide machen zusammen einen gemütlichen Spaziergang, und ich habe Ihnen auf dem Weg etwas zu erzählen. Da, nehmen Sie meinen Arm. So ist es recht. Ich fühle mich nicht wohl, wenn eine Frau mich nicht einhakt. Großer Gott, was für ein Schiff!« Er warf einen letzten Blick auf das Bild, als sie sich in Bewegung setzten.

»Sagten Sie nicht, daß Sie mir etwas zu erzählen haben, Sir?«

»Ja, das habe ich, auf der Stelle, aber hier kommt mein Freund Kapitän Brigden. Ich werde allerdings vorbeigehen und nur ›Guten Tag‹ sagen. Ich werde nicht stehenbleiben. – Guten Tag. – Brigden macht Augen, daß er mich mit jemand anderem als meiner Frau sieht. Die arme Seele kann sich nicht vom Fleck rühren. Sie hat eine Blase an der Ferse, groß wie ein Taler. Sehen Sie mal auf die andere Straßenseite hinüber, da kommt Admiral Brand mit seinem Bruder. Schäbige Kerle, alle beide! Ich bin froh, sie gehen nicht auf dieser Seite. Sophy kann sie

nicht ausstehen. Sie haben mir einmal einen jämmerlichen Streich gespielt, mir ein paar meiner besten Männer ausgespannt. Ich erzähle Ihnen die ganze Geschichte ein andermal. Da kommt der alte Sir Archibald Drew mit seinem Enkel. Da, er sieht uns, er wirft Ihnen eine Kußhand zu, denkt, Sie sind meine Frau. Ach, der Friede ist zu früh gekommen für den Bengel. Der arme Sir Archibald! Und wie gefällt Ihnen Bath, Miss Elliot? Wir fühlen uns sehr wohl. Wir treffen immer den einen oder anderen alten Freund. Den ganzen Vormittag trifft man sie überall, da gibt es eine Menge zu erzählen; und dann kehren wir allen den Rücken und schließen uns in unsere Wohnung ein und rücken unsere Sessel ans Feuer und fühlen uns so behaglich, als wären wir in Kellynch, jawohl, oder sogar wie damals in North Yarmouth und Deal. Und die Wohnung hier ist uns um so lieber, glauben Sie mir, weil sie uns an die erinnert, die wir zuerst in North Yarmouth hatten. Der Wind bläst ganz genau so durch einen der Schränke.«
Ein kleines Stückchen weiter wagte Anne ihn noch einmal an die Neuigkeit zu erinnern, die er für sie hatte. Sie hatte gehofft, ihre Neugier befriedigt zu sehen, sobald sie die Milsom Street hinter sich hatten, aber sie mußte sich weiter gedulden, denn der Admiral hatte beschlossen, nicht eher zu beginnen, bis sie die größere Weitläufigkeit und Ruhe von Belmont erreicht hatten, und da sie nicht Mrs. Croft war, mußte sie ihn gewähren lassen. Sobald sie Belmont ein gutes Stück hinaufgegangen waren, begann er:
»Also, nun werden Sie etwas zu hören bekommen, was Sie erstaunen wird. Aber zuallererst müssen Sie mir den Namen der jungen Dame sagen, von der ich erzählen will. Die junge Dame, um die wir uns alle solche Sorgen gemacht haben, die eine Miss Musgrove, der das alles zugestoßen ist. Ihr Vorname, ich vergesse immer ihren Vornamen.«
Anne wäre es peinlich gewesen, sich anmerken zu lassen,

daß sie sofort wußte, worum es ging, aber jetzt konnte sie getrost den Namen »Louisa« aussprechen.

»Richtig, richtig, Miss Louisa Musgrove, das ist der Name. Ich wollte, junge Damen hätten nicht soviel ungewöhnliche Vornamen. Ich käme nicht durcheinander, wenn sie alle Sophy hießen oder ähnlich. Also, diese Miss Musgrove, dachten wir alle, würde Frederick heiraten. Er hat ihr wochenlang den Hof gemacht. Die Frage war nur, worauf sie bloß warteten, bis die Sache in Lyme passierte. Danach war allerdings klar, daß sie warten mußten, bis ihr Kopf wieder in Ordnung war. Aber selbst dann benahmen sie sich irgendwie merkwürdig. Statt in Lyme zu bleiben, ist er zuerst nach Plymouth gefahren und dann weiter zu Edward. Als wir von Minehead zurückkamen, war er schon bei Edward, und da ist er immer noch. Wir haben seit November nichts von ihm gesehen. Selbst Sophy versteht es nicht. Aber jetzt hat die Angelegenheit eine ganz merkwürdige Wendung genommen, denn diese junge Dame, die Miss Musgrove, heiratet nun angeblich nicht Frederick, sondern statt dessen James Benwick. Sie kennen doch James Benwick?«

»Flüchtig, ich kenne Kapitän Benwick flüchtig.«

»Also, angeblich heiratet sie nun ihn. Das heißt, höchstwahrscheinlich sind sie bereits verheiratet, denn ich wüßte nicht, worauf sie warten sollten.«

»Ich halte Kapitän Benwick für einen sehr liebenswürdigen jungen Mann«, sagte Anne, »und soweit ich weiß, hat er einen ausgezeichneten Charakter.«

»Wie! Nein, nein, gegen James Benwick gibt es überhaupt nichts einzuwenden. Er ist zwar erst letzten Sommer Kommandant geworden, das stimmt, und es sind schlechte Zeiten für Beförderungen, aber ich wüßte nicht, daß er sonst noch Fehler hätte. Ein ausgezeichneter, gutherziger Bursche, das versichere ich Ihnen, außerdem ein sehr aktiver, ehrgeiziger Offizier, was Sie vielleicht gar nicht erwartet hätten, denn diese etwas weichliche Art, die er hat, täuscht.«

»Da irren Sie sich, Sir. Ich finde nicht, daß Kapitän Benwicks Benehmen Mangel an Entschlossenheit verrät. Ich fand sein Benehmen außerordentlich liebenswürdig, und ich bin überzeugt, daß es auch sonst im allgemeinen für liebenswürdig gehalten wird.«

»Nun gut, Damen können das besser beurteilen. Aber James Benwick ist für mich etwas zu piano, und obwohl wir höchstwahrscheinlich voreingenommen sind, können Sophy und ich nicht umhin, Fredericks Benehmen vorzuziehen. Frederick hat etwas an sich, was mehr nach unserem Geschmack ist.«

Anne war in Verlegenheit. Sie hatte nur der allzu verbreiteten Vorstellung, daß Entschlossenheit und Zartgefühl nicht miteinander vereinbar sind, widersprechen und Kapitän Benwicks Benehmen keineswegs als das bestmögliche darstellen wollen, und nach kurzem Zögern begann sie: »Ich wollte mich auf keinen Vergleich der beiden Freunde einlassen ...«, aber der Admiral unterbrach sie:

»Und die Sache ist zweifellos wahr. Es ist nicht bloßer Klatsch. Wir haben es von Frederick selbst. Seine Schwester hat gestern einen Brief von ihm bekommen, in dem er uns davon berichtet; und er hatte es selbst gerade erst von Harville erfahren, der auf der Stelle einen Brief von Uppercross geschrieben hat. Ich nehme an, sie sind alle in Uppercross.«

Dies war eine Gelegenheit, der Anne nicht widerstehen konnte. Sie sagte deshalb: »Ich hoffe, Admiral, ich hoffe, daß der Brief von Kapitän Wentworth nichts enthält, was Sie und Mrs. Croft beunruhigt. Es sah im Herbst zweifellos so aus, als bestände zwischen ihm und Louisa Musgrove eine Zuneigung, aber ich hoffe, man kann davon ausgehen, daß sie sich auf beiden Seiten gleich schmerzlos gelegt hat. Ich hoffe, der Brief verrät nicht die Handschrift eines Mannes, der sich betrogen fühlt.«

»Keineswegs, keineswegs. Der Brief enthält von Anfang bis Ende kein böses oder klagendes Wort.«
Anne sah zu Boden, um ihr Lächeln zu verbergen.
»Nein, nein, Frederick ist nicht der Mann, der jammert oder klagt. Dafür hat er zu viel Temperament. Wenn das Mädchen einen anderen Mann lieber mag, dann ist es nur recht und billig, daß sie ihn bekommt.«
»Natürlich. Ich will damit auch nur sagen: Hoffentlich legt nichts an Kapitän Wentworths Brief die Vermutung nahe, daß er sich von seinem Freund betrogen fühlt, was sich ja auch zwischen den Zeilen sagen läßt. Es täte mir sehr leid, wenn eine so dauerhafte Freundschaft wie die zwischen ihm und Kapitän Benwick durch einen solchen Umstand zerstört oder auch nur getrübt würde.«
»Ja, ja, ich verstehe Sie schon. Aber davon steht überhaupt nichts in dem Brief. Er macht Benwick nicht den geringsten Vorwurf und sagt nicht einmal: ›Ich wundere mich darüber, ich habe schließlich Anlaß, mich darüber zu wundern.‹ Nein, nach seinem Brief zu urteilen, kämen Sie gar nicht auf die Idee, daß er es je selbst auf diese Miss (wie hieß sie noch?) abgesehen hatte. Er drückt auf großzügige Weise seine Hoffnung aus, daß sie glücklich miteinander werden, und das klingt nicht, als wäre er besonders nachtragend, finde ich.«
Es gelang dem Admiral nicht, wie es seine Absicht war, Anne vollkommen zu überzeugen, aber es wäre sinnlos gewesen, weiter in ihn zu dringen. Sie begnügte sich deshalb mit allgemeinen Bemerkungen oder schweigender Aufmerksamkeit, und der Admiral bekam seinen Willen.
»Der arme Frederick!« sagte er schließlich. »Jetzt muß er mit einer anderen ganz von vorn wieder anfangen. Ich glaube, wir müssen ihn nach Bath holen. Sophy muß an ihn schreiben und ihn bitten, nach Bath zu kommen. Hier sind bestimmt genug hübsche Mädchen. Es lohnt sich wegen der anderen Miss Musgrove nicht, noch

einmal nach Uppercross zu fahren, denn sie ist, wie ich höre, mit ihrem Vetter, dem jungen Pfarrer, verlobt. Finden Sie nicht, Miss Elliot, wir sollten lieber versuchen, ihn nach Bath zu holen?«

Kapitel 19

Während Admiral Croft mit Anne diesen Spaziergang machte und seinen Wunsch aussprach, Kapitän Wentworth nach Bath zu holen, war Kapitän Wentworth bereits auf dem Wege dorthin. Noch ehe Mrs. Croft geschrieben hatte, war er da; und schon als Anne das nächste Mal ausging, sah sie ihn.

Mr. Elliot begleitete seine beiden Kusinen und Mrs. Clay. Sie waren in der Milsom Street. Es fing an zu regnen, nicht stark, aber genug, um in den Damen den Wunsch nach einem schützenden Dach, und durchaus genug, um in Miss Elliot den entschiedenen Wunsch nach der Auszeichnung aufkommen zu lassen, in Lady Dalrymples Kutsche nach Hause gebracht zu werden, die sie in einiger Entfernung warten sahen. Sie, Anne und Mrs. Clay betraten deshalb die Konditorei Molland, während Mr. Elliot an Lady Dalrymple herantrat, um sie um ihre Hilfe zu bitten. Er gesellte sich bald wieder zu ihnen – erfolgreich natürlich: Lady Dalrymple werde es ein Vergnügen sein, sie nach Hause zu bringen, und sie in ein paar Minuten abholen.

Die Kutsche der gnädigen Frau war eine Barouche, und mehr als vier Personen konnten nicht bequem darin Platz finden. Miss Carteret begleitete ihre Mutter; deshalb war kaum damit zu rechnen, daß alle drei Damen vom Camden Place darin unterkommen würden. Miss Elliots Anrecht war unbestritten. Wenn jemand Unannehmlichkeiten ausgesetzt war, dann jedenfalls nicht sie; doch

dauerte es eine Weile, bis die beiden anderen sich geeinigt hatten, wer wem den Vortritt lassen sollte. Der Regen war nicht der Rede wert, und Anne zog es ehrlich vor, mit Mr. Elliot zu Fuß zu gehen. Aber auch Mrs. Clay fand den Regen nicht der Rede wert; sie wollte kaum zugeben, daß es überhaupt regnete, und ihre Sohlen waren so dick! Viel dicker als Miss Annes. Kurz, ihr war aus Höflichkeit ebenso viel daran gelegen, mit Mr. Elliot zu Fuß zu gehen wie Anne; und sie diskutierten den Fall mit einer so großzügigen und so entschlossenen Selbstlosigkeit, daß die anderen sich gezwungen sahen, eine Entscheidung für sie zu fällen, wobei Miss Elliot behauptete, daß Mrs. Clay bereits eine kleine Erkältung habe, und Mr. Elliot, um sein Urteil gebeten, entschied, daß die Sohlen seiner Kusine doch wohl dicker seien.
Dementsprechend einigte man sich, daß Mrs. Clay in der Kutsche mitfahren sollte; und so weit waren sie gerade gekommen, als Anne, die am Fenster saß, deutlich und unübersehbar Kapitän Wentworth die Straße entlangkommen sah.
Niemand merkte, wie sie erschrak, aber sie spürte sofort, daß sie das einfältigste Wesen, das unbegreiflichste und unvernünftigste Wesen der Welt war. Einen Augenblick verschwamm ihr alles vor Augen. Alles war verworren. Sie war hilflos; und als sie sich nachdrücklich zur Besinnung gerufen hatte, stellte sie fest, daß die anderen immer noch auf die Kutsche warteten und daß Mr. Elliot (gefällig wie immer) gerade in die Union Street aufbrach, um eine Besorgung für Mrs. Clay zu erledigen.
Sie verspürte ein ausgesprochenes Bedürfnis, vor die Tür zu treten. Sie wollte nachsehen, ob es noch regnete. Warum sollte sie sich Hintergedanken unterstellen? Kapitän Wentworth mußte längst außer Sicht sein. Sie stand auf, sie würde zur Tür gehen, ihr eines Ich sollte nicht immer alles besser wissen als ihr anderes, oder ihr anderes immer alles für schlimmer halten, als es wirklich war. Sie würde nachsehen, ob es regnete. Im Nu aller-

dings setzte sie sich wieder hin, denn Kapitän Wentworth selbst trat mit einer Gruppe von Herren und Damen ein, offensichtlich Bekannten, denen er sich etwas weiter unten in der Milsom Street angeschlossen hatte.

Seine Betroffenheit und Verwirrung bei ihrem Anblick war deutlicher, als sie je zuvor beobachtet hatte. Sein Gesicht war hochrot. Zum erstenmal seit der Erneuerung ihrer Bekanntschaft hatte sie das Gefühl, daß sie von beiden die geringere Bestürzung verriet. Sie war ihm gegenüber im Vorteil, da sie ein wenig Zeit gehabt hatte, sich zu fassen. Sie hatte die ganze atemberaubende, überwältigende, beklemmende erste Wirkung einer starken Überraschung hinter sich; und trotzdem ging noch genug in ihr vor, und zwar Erregung, Schmerz, Freude, etwas zwischen Entzücken und Verzweiflung.

Er sprach sie an und wandte sich dann ab. Sein Benehmen verriet Verlegenheit. Sie konnte es weder kühl noch freundlich, sondern eigentlich wirklich nur verlegen nennen.

Nach kurzer Pause trat er allerdings wieder zu ihr und sprach sie noch einmal an. Die üblichen Fragen wurden ausgetauscht, wobei vermutlich keiner von beiden begriff, wovon die Rede war, und wobei Anne sich weiterhin völlig darüber im klaren war, daß er sich unbehaglicher fühlte als sonst. Aufgrund ihres ständigen Umgangs hatten sie sich daran gewöhnt, mit einem beträchtlichen Maß an sichtbarer Gleichgültigkeit und Gefaßtheit miteinander zu sprechen; aber dazu war er jetzt außerstande. Die Zeit hatte ihn verändert, oder Louisa hatte ihn verändert. Jedenfalls verriet er eine gewisse Verlegenheit. Er sah erholt aus, gar nicht, als ob er körperlich oder seelisch gelitten hätte, und er sprach von Uppercross, von den Musgroves, ja, sogar von Louisa, und dabei trat einen Augenblick sogar der typische vielsagende, verschmitzte Ausdruck in seine Augen, als er ihren Namen nannte; und doch stand ihr ein

durchaus nicht überlegener, durchaus nicht gelassener Kapitän Wentworth gegenüber – durchaus nicht fähig, diese Eigenschaften vorzutäuschen.
Es überraschte Anne nicht, aber es schmerzte sie, als sie merkte, daß Elizabeth ihn nicht erkennen wollte. Sie sah, daß er Elizabeth sah, daß Elizabeth ihn sah und daß beide wußten, wer der andere war. Sie war überzeugt, daß er bereit war, ja, darauf wartete, die Bekanntschaft zu erneuern, und es tat ihr weh zuzusehen, wie ihre Schwester sich mit unwiderruflicher Kälte abwandte.
Lady Dalrymples Kutsche, die Miss Elliot mit großer Ungeduld erwartete, fuhr nun vor. Der Diener kam herein, um sie zu melden. Es fing wieder an zu regnen, und irgendwie ergab sich eine Verzögerung und ein Gedränge und ein Gerede, dem die kleine Gruppe im Laden unmißverständlich entnehmen konnte, daß Lady Dalrymple vorgefahren war, um Miss Elliot abzuholen. Schließlich verließen Miss Elliot und ihre Freundin, nur von einem Diener begleitet (denn ihr Vetter war noch nicht zurückgekehrt), den Laden; und Kapitän Wentworth, der ihnen nachsah, wandte sich wieder Anne zu und bot ihr mehr durch Gesten als durch Worte seine Dienste an.
»Ich bin Ihnen sehr verbunden«, war ihre Antwort, »aber ich fahre nicht mit. Es ist nicht für so viele Platz in der Kutsche. Ich gehe zu Fuß. Ich gehe lieber zu Fuß.«
»Aber es regnet.«
»Ach, das bißchen, nicht der Rede wert.«
Nach kurzer Pause sagte er: »Obwohl ich erst gestern angekommen bin, habe ich mich, wie Sie sehen (er zeigte auf einen neuen Schirm), bereits angemessen für Bath ausgerüstet. Ich möchte, daß Sie ihn benutzen, wenn Sie darauf bestehen, zu Fuß zu gehen. Obwohl ich glaube, es wäre besser, wenn ich Ihnen eine Sänfte besorgte.«
Sie war ihm außerordentlich verbunden, lehnte aber alles ab, wiederholte ihre Überzeugung, daß der Regen vorläufig nicht schlimmer werden würde, und fügte hinzu:

»Ich warte nur noch auf Mr. Elliot. Er wird bestimmt gleich hier sein.«

Sie hatte diese Worte kaum gesprochen, als Mr. Elliot eintrat. Kapitän Wentworth erinnerte sich genau an ihn. Es bestand keinerlei Unterschied zwischen ihm und dem Mann, der in Lyme auf den Stufen gestanden und Anne im Vorbeigehen bewundert hatte, außer daß er nun Erscheinung und Aussehen und Benehmen des bevorzugten Verwandten und Freundes hatte. Er kam in aller Eilfertigkeit herein, suchte und sah offensichtlich nur sie, bedauerte, daß er sie hatte warten lassen, und war darauf bedacht, sich unverzüglich und bevor der Regen schlimmer würde, mit ihr auf den Weg zu machen; und im nächsten Augenblick gingen sie eingehakt hinaus, wobei ein freundlicher und verlegener Blick und ein »Auf Wiedersehen« alles war, wozu sie Zeit hatte, bevor sie verschwand.

Sobald sie außer Sicht waren, fingen die Damen in Kapitän Wentworths Begleitung an, von ihnen zu reden.

»Mr. Elliot machte nicht den Eindruck, als sei ihm seine Kusine gleichgültig.«

»O nein, das ist unübersehbar. Man kann sich denken, was daraus wird.«

»Er ist ständig um sie, ist, glaube ich, bei ihnen so gut wie zu Hause. Was für ein ungewöhnlich gutaussehender Mann!«

»Ja, und Miss Atkinson, die einmal mit ihm bei den Wallis eingeladen war, sagt, er sei der umgänglichste Mann, den sie je getroffen hat.

»Sie ist hübsch, finde ich, Anne Elliot, sehr hübsch, wenn man genauer hinsieht. Es entspricht nicht der gängigen Meinung, aber ich muß gestehen, ich bewundere sie mehr als ihre Schwester.«

»Oh, ich auch!«

»Und ich auch, kein Vergleich. Aber die Männer sind alle ganz wild auf Miss Elliot. Anne ist ihnen zu zerbrechlich.«

Anne wäre ihrem Vetter außerordentlich dankbar gewesen, wenn er den ganzen Weg zum Camden Place neben ihr hergegangen wäre, ohne ein Wort zu sagen. Noch nie hatte sie es so mühsam gefunden, ihm zuzuhören, obwohl seine Fürsorge und Aufmerksamkeit nicht größer hätten sein können und seine Gesprächsthemen eigentlich nie an Interesse zu wünschen übrig ließen: herzliches, zutreffendes und kluges Lob für Lady Russell und höchst einleuchtende Unterstellungen in bezug auf Mrs. Clay. Aber in diesem Augenblick konnte sie nur an Kapitän Wentworth denken. Sie verstand seine momentanen Empfindungen nicht, ob er nun eigentlich sehr unter der Enttäuschung litt oder nicht; und ehe sie sich darüber nicht im klaren war, konnte sie an nichts anderes denken.
Sie hoffte, mit der Zeit weise und vernünftig zu werden, aber leider, leider mußte sie sich eingestehen, daß sie noch nicht weise war.
Ein anderer Umstand, der ihr besonders wissenswert schien, war, wie lange er vorhatte, in Bath zu bleiben. Er hatte es nicht erwähnt, oder sie konnte sich nicht daran erinnern. Vielleicht war er nur auf der Durchfahrt. Aber es war wahrscheinlicher, daß er bleiben würde; und wie es sich in Bath nicht umgehen ließ, daß jeder jeden traf, würde auch Lady Russell ihm aller Wahrscheinlichkeit nach irgendwo begegnen. Würde sie sich an ihn erinnern? Wie würde sich alles abspielen?
Sie hatte nicht umhin können, Lady Russell zu erzählen, daß Louisa Musgrove Kapitän Benwick heiraten würde. Es war ihr nicht leicht gefallen, sich mit Lady Russells Überraschung abzufinden; und sollte sie sich nun zufällig mit Kapitän Wentworth in der gleichen Gesellschaft befinden, so würde ihre unzureichende Kenntnis der Angelegenheit ihr Vorurteil gegen ihn womöglich um einige Grade stärken.
Am folgenden Vormittag war Anne mit ihrer Freundin unterwegs und hielt zunächst eine Stunde lang ständig

und ängstlich, wenn auch vergeblich, nach ihm Ausschau. Schließlich, als sie die Pulteney Street entlang zurückfuhren, erkannte sie ihn auf der rechten Seite, aber noch so weit entfernt, daß sie ihn fast die ganze Länge der Straße im Blick hatte. Er befand sich in Begleitung von verschiedenen anderen Männern; verschiedene Gruppen gingen in dieselbe Richtung, aber sie täuschte sich nicht. Sie sah Lady Russell unwillkürlich an, aber nicht, weil sie auf den tollkühnen Gedanken gekommen war, Lady Russell würde ihn so schnell erkennen wie sie. Nein, es war nicht anzunehmen, daß Lady Russell ihn wahrnehmen würde, bevor sie beinahe mit ihm auf gleicher Höhe waren. Trotzdem warf sie ihr von Zeit zu Zeit einen ängstlichen Blick zu; und als der Augenblick da war, wo man ihn nicht mehr übersehen konnte, spürte sie deutlich, obwohl sie sich selbst nicht traute hinzusehen (denn sie wußte, ihr eigenes Gesicht hätte zuviel verraten), daß Lady Russell genau in seine Richtung blickte; kurz und gut, daß sie ihn aufmerksam beobachtete. Sie hatte vollstes Verständnis für die Art Faszination, die er auf Lady Russell ausüben mußte, die Schwierigkeit, die es für sie bedeuten mußte, ihren Blick abzuwenden, das Erstaunen, das sie darüber empfinden mußte, daß acht oder neun Jahre und noch dazu in fremdem Klima und aktivem Dienst an ihm vorübergegangen waren, ohne ihm etwas von seinem persönlichen Charme zu rauben.

Schließlich wandte Lady Russell sich ihr wieder zu. Und was würde sie nun über ihn sagen?

»Du wirst dich fragen«, sagte sie, »was meinen Blick so lange gefesselt hat. Aber ich habe nach Gardinen Ausschau gehalten, von denen Lady Alicia und Mrs. Frankland mir gestern abend erzählt haben. Sie haben die Wohnzimmergardinen in einem der Häuser auf dieser Straßenseite und auf dieser Höhe als die schönsten und dekorativsten in ganz Bath beschrieben, konnten sich aber nicht an die genaue Nummer erinnern, und ich habe versucht, herauszufinden, welches Haus es sein könnte. Aber ich muß gestehen, ich kann hier nirgendwo Gardinen entdecken, die ihrer Beschreibung entsprechen.«

Anne seufzte und errötete und lächelte aus Mitleid und Verachtung – entweder für sich oder ihre Freundin. Das Ärgerlichste war, daß sie bei all dieser unnötigen Vorausschau und Vorsicht den richtigen Augenblick verpaßt hatte, um zu sehen, ob er sie gesehen hatte.

Ein oder zwei Tage vergingen, ohne daß etwas geschah. Das Theater oder die Gesellschaftsräume, wo er wahrscheinlich verkehrte, waren den Elliots, deren abendliche Unterhaltung sich völlig auf den vornehmen Stumpfsinn privater Gesellschaften beschränkte, die ihre Zeit immer mehr in Anspruch nahmen, nicht distinguiert genug; und Anne, die dieser Zustand der Stagnation belastete, die es leid war, nichts zu wissen, und sich stärker vorkam, weil ihre Stärke nicht auf die Probe gestellt wurde, sah mit Ungeduld dem Konzertabend entgegen. Es war ein Konzert zugunsten einer Künstlerin, die Lady Dalrymple protegierte. Natürlich mußten sie hingehen. Man rechnete wirklich mit einer guten Darbietung, und Kapitän Wentworth hatte sehr viel für Musik übrig. Wenn sie sich nur noch einmal ein paar Minuten mit ihm unterhalten könnte, dann wäre alles gut; und ihn anzusprechen, fehlte es ihr keineswegs an Mut, wenn sich die Gelegenheit dazu bot. Elizabeth hatte sich von ihm abgewandt, Lady Russell hatte ihn übersehen; ihre Nerven fühlten sich durch diese Vorfälle gestählt. Sie fand, daß sie ihm Aufmerksamkeit schuldig war.

Sie hatte Mrs. Smith vor einiger Zeit halbwegs versprochen, den Abend bei ihr zu verbringen, aber bei einem kurzen eiligen Besuch entschuldigte sie sich und versprach ihr fest einen längeren Besuch für den folgenden Tag. Mrs. Smith stimmte gutgelaunt zu.

»Aber ja«, sagte sie, »nur müssen Sie mir alles erzählen, wenn Sie wiederkommen. Mit wem gehen Sie?«

Anne nannte alle Namen. Mrs. Smith gab keine Antwort, aber als sie ging, sagte sie mit einem halb ernsthaften, halb scherzhaften Blick: »Also, ich wünsche Ihnen von Herzen, daß das Konzert Ihre Erwartungen erfüllt; und lassen Sie mich morgen nicht im Stich, wenn es geht, denn ich habe so eine Ahnung, daß ich vielleicht nicht mehr viele Besuche von Ihnen bekommen werde.«
Anne stutzte und war verwirrt, aber nachdem sie einen Augenblick unschlüssig dagestanden hatte, war sie gezwungen aufzubrechen und bedauerte es nicht.

Kapitel 20

Sir Walter, seine beiden Töchter und Mrs. Clay waren an diesem Abend aus ihrem Kreis die ersten in den Gesellschaftsräumen; und da sie auf Lady Dalrymple warten mußten, hielten sie sich in der Nähe eines Kaminfeuers im Oktagonzimmer auf. Aber kaum hatten sie ihren Platz eingenommen, da öffnete sich die Tür noch einmal und Kapitän Wentworth trat allein ein. Anne stand am nächsten bei ihm; sie trat noch einen Schritt auf ihn zu und sprach ihn sofort an. Er war im Begriff gewesen, sich nur zu verneigen und weiterzugehen, aber ihr freundliches »Guten Abend« veranlaßte ihn, von seinem geraden Kurs abzuweichen, bei ihr stehenzubleiben und trotz ihrer ehrfurchtgebietenden Familie im Hintergrund ebenfalls Fragen zu stellen. Daß ihr Vater und ihre Schwester im Hintergrund standen, machte die Sache für Anne leichter. Sie konnte ihre Gesichter nicht sehen und fühlte sich allem gewachsen, was sie für richtig hielt.
Während sie sich unterhielten, entging ihr nicht, daß ihr Vater und Elizabeth miteinander flüsterten. Sie konnte zwar nicht verstehen, sich aber denken, worum es ging; und als Kapitän Wentworth eine Verbeugung aus der

Entfernung machte, merkte sie, daß ihr Vater es für angebracht gehalten hatte, die Bekanntschaft mit ihm durch diese einfache Geste einzugestehen, und mit einem Seitenblick sah sie gerade noch, wie sogar Elizabeth einen leichten Knicks machte. Das war, wenn auch verspätet und zögernd und ungnädig, immerhin besser als gar nichts, und ihre Stimmung hob sich.

Nachdem sie vom Wetter und von Bath und vom Konzert gesprochen hatten, begann ihre Unterhaltung allerdings zu erlahmen, und schließlich wurde so wenig gesagt, daß sie jeden Augenblick damit rechnete, er werde sich abwenden. Aber das tat er nicht. Er schien es gar nicht eilig zu haben, sich zu entfernen; und schließlich sagte er mit erneuter Lebhaftigkeit, mit einem kleinen Lächeln, einem kleinen Strahlen:

»Ich habe Sie seit dem Tag in Lyme kaum gesehen. Ich fürchte, der Schock ist Ihnen sehr nahe gegangen, um so mehr, als Sie sich damals so beherrscht haben.«

Sie versicherte ihm, daß das nicht der Fall war.

»Es war eine fürchterliche Stunde«, sagte er, »ein fürchterlicher Tag«, und er fuhr sich mit der Hand über die Augen, als sei die Erinnerung daran noch zu schmerzlich. Aber einen Augenblick später lächelte er beinahe wieder und fuhr fort: »Der Tag hat allerdings seine Auswirkungen gehabt, er hat Folgen gezeitigt, die als das genaue Gegenteil von fürchterlich betrachtet werden müssen. Als Sie so geistesgegenwärtig vorschlugen, daß niemand geeigneter sei als Benwick, um einen Arzt zu holen, konnten Sie kaum ahnen, daß er schließlich eine so entscheidende Rolle bei Louisas Wiederherstellung spielen würde.«

»Das konnte ich natürlich nicht, aber es scheint . . . ich möchte hoffen, daß es eine sehr glückliche Ehe wird. Auf beiden Seiten gibt es gute Grundsätze und gute Anlagen.«

»Ja«, sagte er und vermied es, sie direkt anzusehen, »aber damit hört die Ähnlichkeit auch auf. Ich wünsche ihnen von ganzem Herzen Glück und freue mich über jeden Umstand, der dazu beiträgt. Mit Schwierigkeiten zu Hause, mit Widerstand, mit Launen, mit Verzögerungen ist nicht zu rechnen. Die Musgroves verhalten sich, wie nicht anders zu erwarten, höchst ehrenwert und freundlich, nur darauf bedacht, mit wahrer elterlicher Fürsorge das Glück ihrer Tochter zu fördern. Das alles spricht entschieden, ganz entschieden für ihr Glück, vielleicht mehr als ...«

Er hielt inne. Anscheinend besann er sich und begann zu ahnen, warum Annes Wangen sich röteten und sie die Augen zu Boden senkte. Nachdem er sich allerdings geräuspert hatte, fuhr er fort:

»Ich muß gestehen, ich finde, sie passen nicht zueinander, sie passen gar nicht zueinander, und zwar in einem so entscheidenden Punkt wie ihrem Wesen. Ich halte Louisa Musgrove für ein sehr umgängliches, liebenswertes Mädchen, und keineswegs für dumm. Aber Benwick ist mehr. Er ist ein kluger Mann, ein belesener Mann, und ich muß gestehen, daß mich seine Verlobung mit ihr einigermaßen überrascht. Wenn sie auf Dankbarkeit beruhte, wenn er sie lieben gelernt hätte, weil er glaubte, daß sie ihn bevorzugt, dann wäre es etwas anderes gewesen. Aber zu der Vermutung habe ich keinen Anlaß. Im Gegenteil, es war auf seiner Seite anscheinend eine völlig spontane, unvorbereitete Neigung, und das überrascht mich. Ein Mann wie er, in seiner Lage! Mit getroffenem, verwundetem, beinahe gebrochenem Herzen! Fanny Harville war ein ganz außergewöhnliches Geschöpf, und seine Zuneigung zu ihr war wirklich echte Zuneigung. Ein Mann erholt sich nicht so leicht von solcher Hingabe an eine solche Frau. Er darf es nicht, er kann es nicht.«

Aber die Einsicht, daß seine Freundin sich erholt hatte, oder irgendeine andere Einsicht hielten ihn davon ab fortzufahren; und Anne, die trotz der erregten Stimme, mit der die letzten Worte gesprochen worden waren, und trotz all der verschiedenen Geräusche im Zimmer, des ständigen Türenschlagens und ständigen Kommens und Gehens deutlich verstanden hatte, war betroffen, dankbar, verwirrt und begann schneller zu atmen und tausend verschiedene Dinge gleichzeitig zu empfinden. Sie konnte zu diesem Thema unmöglich etwas sagen. Da sie aber nach einer Pause die Notwendigkeit zu sprechen empfand und nicht den geringsten Wunsch hatte, das Thema gänzlich zu wechseln, half sie sich damit, daß sie sagte:

»Sie waren ziemlich lange in Lyme, nicht wahr?«

»Ungefähr vierzehn Tage. Ich konnte nicht eher abreisen, bis Louisas Wiederherstellung ganz feststand. Ich war zu sehr an dem Unheil beteiligt, um mich so schnell zu beruhigen. Es war meine Schuld gewesen, ausschließlich meine. Sie wäre nicht dickköpfig gewesen, wenn ich nicht schwach gewesen wäre. Die Umgebung von Lyme ist sehr schön. Ich bin viel gewandert und ausgeritten; und je mehr ich sah, desto mehr fand ich zu bewundern.«

»Ich würde Lyme sehr gerne wiedersehen«, sagte Anne.

»Wirklich? Ich hätte nicht vermutet, daß irgend etwas in Lyme Sie zu diesem Wunsch veranlassen könnte. Der Schock und die Erschütterung, denen Sie ausgesetzt waren, die geistige Anspannung, die nervliche Belastung. Ich hätte erwartet, daß Sie mit ausgesprochenem Widerwillen an Ihre letzten Eindrücke von Lyme denken.«

»Die letzten Stunden waren natürlich sehr schmerzlich«, erwiderte Anne, »aber wenn der Schmerz vorüber ist, wird die Erinnerung daran oft zum Vergnügen. Man hat einen Ort nicht weniger gern, weil man dort gelitten hat, es sei denn, man hat *nur* gelitten, nichts als gelitten, und das war keineswegs der Fall in Lyme. Nur während der letzten zwei Stunden haben wir Ängste und Erschütterungen durchgemacht. Vorher dagegen gab es so viel Anlaß zu Freude, so viel Neues und Schönes! Ich bin so wenig gereist, daß jeder neue Ort interessant für mich wäre. Aber in Lyme gibt es wirkliche Schönheit; kurz und gut (sie errötete leicht bei gewissen Erinnerungen), alles in allem sind meine Eindrücke von dem Ort sehr erfreulich.«

Als sie schwieg, wurde die Eingangstür erneut geöffnet, und es erschienen die, auf die sie gewartet hatten. »Lady Dalrymple, Lady Dalrymple« tönte es freudig durch den Saal; und mit so viel Beflissenheit, wie sich mit ihrem Bemühen um Vornehmheit vertrug, traten Sir Walter und seine beiden Damen vor, um sie zu begrüßen. Lady Dalrymple und Miss Carteret, begleitet von Mr. Elliot und Oberst Wallis, die zufällig fast im gleichen Augenblick eingetroffen waren, betraten den Raum. Die anderen gesellten sich zu ihnen und bildeten eine Gruppe, in die sich auch Anne unvermeidlich eingeschlossen fand. Sie wurde von Kapitän Wentworth getrennt. Ihre interessante, beinahe zu interessante Unterhaltung mußte für eine Weile unterbrochen werden. Aber leicht war die Strafe im Vergleich zu dem Glück, dem sie folgte. Sie hatte in den letzten zehn Minuten mehr über seine Gefühle Louisa gegenüber erfahren, mehr über seine Gefühle im allgemeinen, als sie sich einzugestehen wagte; und sie widmete sich den Anforderungen der Gesellschaft, den notwendigen Höflichkeiten des Augenblicks mit köstlichen, wenn auch erregten Empfindungen. Sie wandte sich allen in bester Laune zu. Sie hatte Dinge erfahren, die sie veranlaßten, allen gegenüber verbindlich und freundlich zu sein und alle zu bemitleiden, weil sie weniger glücklich waren als sie.

Ihre gehobene Stimmung wurde ein wenig gedämpft, als sie sich aus der Gruppe löste, damit Kapitän Wentworth sich wieder zu ihr gesellen konnte, und feststellte, daß er fort war. Sie sah ihn gerade noch um die Ecke in den Konzertsaal biegen. Er war fort, er war verschwunden; einen Augenblick lang empfand sie Bedauern, aber sie würden sich wieder begegnen. Er würde sie suchen, er würde sie lange vor Ablauf des Abends wieder entdecken, und vorläufig war es vielleicht ganz gut, getrennt zu sein. Sie brauchte die kleine Pause zum Nachdenken.

Als Lady Russell kurz darauf erschien, war die ganze Gesellschaft versammelt, und sie brauchten sich nur einzureihen, um in den Konzertsaal zu schreiten, und so gewichtig aufzutreten wie möglich, so viele Augen auf sich zu ziehen und so viel Geflüster zu erregen und so viele Leute zu stören, wie es ging.

Überglücklich waren beim Eintritt sowohl Elizabeth wie Anne Elliot. Elizabeth, Arm in Arm mit Miss Carteret und den breiten Rücken der verwitweten Vicomtesse Dalrymple vor sich, blieb nichts zu wünschen übrig, was nicht in Reichweite schien; und Anne – aber es hieße Annes Glücksgefühle beleidigen, wenn man sie mit denen ihrer Schwester vergliche. Die der einen beruhten nur auf selbstsüchtiger Eitelkeit, die der anderen ganz auf hochherziger Neigung.

Anne sah nichts von, lag nichts an der Pracht des Saals. Ihr Glück kam von innen. Ihre Augen strahlten, ihre Wangen glühten, aber sie wußte nichts davon. Sie dachte nur an die letzte halbe Stunde; und während sie zu ihren Plätzen gingen, ließ sie sie in Gedanken noch einmal flüchtig an sich vorüberziehen. Die Wahl seiner Gesprächsthemen, seine Formulierungen und mehr noch sein Benehmen und sein Aussehen ließen nur eine Deutung zu. Sein Urteil über Louisa Musgroves Unbedarftheit, ein Urteil, das er sie anscheinend absichtlich wissen ließ, sein Erstaunen über Kapitän Benwick, seine Ansichten über eine erste, starke Zuneigung, angefangene Sätze, die er nicht beenden konnte, sein deutlich abgewandter Blick und sein – noch deutlicher – vielsagender Ausdruck, all das gab ihr zu verstehen, daß sein Herz sich ihr wieder zuwandte, daß von Zorn, Ärger, Ausweichen keine Rede mehr sein konnte und daß sie nicht von bloßer Freundschaft und Hochachtung abgelöst wurden, sondern von der früheren Zärtlichkeit, ja, ein bißchen von der früheren Zärtlichkeit. Eine andere

Erklärung konnte sie für den Wandel nicht finden. Er mußte sie lieben.
Diese Gedanken und die damit zusammenhängenden Vorstellungen beschäftigten und erregten sie so, daß sie keine Muße hatte, sich umzusehen; und sie ging durch den Saal, ohne *ihn* wahrzunehmen, ja, sogar ohne den Versuch, ihn zu suchen. Als sie sich ihre Sitze ausgesucht und alle Platz genommen hatten, sah sie sich um, ob er zufällig im selben Teil des Saales saß, aber das war nicht der Fall; sie konnte ihn nicht entdecken; und da das Konzert gerade anfing, mußte sie sich eine Zeitlang damit begnügen, auf anspruchslosere Weise glücklich zu sein.
Der Kreis war getrennt, und Mr. Elliot war es mit Hilfe seines Freundes Oberst Wallis gelungen, einen Platz neben ihr zu erhalten. Miss Elliot, umgeben von ihren Verwandten und besonderes Ziel von Oberst Wallis' Galanterien, fühlte sich ausgesprochen wohl.
Anne war für die Unterhaltung des Abends außerordentlich empfänglich; es war genau die richtige Beschäftigung. Sie hatte Empfindsamkeit für die Zärtlichen, Lebhaftigkeit für die Ausgelassenen, Aufmerksamkeit für die Kenner und Geduld für die Langweiligen; und noch nie hatte sie ein Konzert so genossen, jedenfalls während der ersten Hälfte. Gegen Ende, in der kurzen Pause, die auf eine italienische Arie folgte, erklärte sie Mr. Elliot den Text der Arie. Sie studierten gemeinsam das Programm.
»Das«, sagte sie, »ist ungefähr der Sinn oder besser die Bedeutung der Worte, denn natürlich braucht man über den Sinn eines italienischen Liebesliedes kein Wort zu verlieren. Jedenfalls kommt es der Bedeutung einigermaßen nahe, denn ich kann nicht behaupten, daß ich die Sprache verstehe. Meine Italienischkenntnisse sind sehr dürftig.«
»Ja, ja, das merke ich. Ich merke, daß Sie nichts davon verstehen. Ihre Kenntnis der Sprache reicht gerade hin,

um diese verdrehten, vertrackten und verknappten italienischen Zeilen auf Anhieb in klares, verständliches, elegantes Englisch übersetzen zu können. Sie brauchen nichts weiter über Ihre Unwissenheit zu sagen. Hier haben wir den Beweis.«

»Ich will solch freundlicher Höflichkeit nicht widersprechen, aber ich möchte nicht von einem wirklichen Kenner geprüft werden.«

»Ich habe nicht das Vergnügen gehabt, so lange am Camden Place zu verkehren«, sagte er, »ohne etwas von Miss Anne Elliot zu verstehen; und ich halte sie für zu bescheiden, als daß die Welt ihre Talente überhaupt zu schätzen wüßte, und für zu talentiert, als daß ihre Bescheidenheit bei anderen Frauen noch natürlich wirkte.«

»Schämen Sie sich, schämen Sie sich, das ist zu viel Schmeichelei. Was wird denn als nächstes gesungen?« Sie wandte sich dem Programm zu.

»Vielleicht«, sagte Mr. Elliot mit gesenkter Stimme, »kenne ich Sie länger, als Sie ahnen.«

»Wirklich? Wie kann das sein? Sie können mich erst kennen, seit ich in Bath bin, außer daß Sie vielleicht meine Familie vorher haben von mir reden hören.«

»Ich kannte Sie vom Hörensagen lange, bevor Sie nach Bath gekommen sind. Ich habe Leute, die Sie ausgezeichnet kennen, von Ihnen sprechen hören. Ich bin mit Ihnen seit vielen Jahren vertraut. Ihre Persönlichkeit, Ihr Naturell, Ihre Talente, Ihre Art – sie waren mir alle gut bekannt.«

Mr. Elliot war über das Interesse, das er zu wecken hoffte, nicht enttäuscht. Niemand kann dem Zauber eines solchen Geheimnisses widerstehen. Einem neuen Bekannten vor langer Zeit von Unbekannten beschrieben worden zu sein, hat einen unwiderstehlichen Reiz; und Annes Neugier war lebhaft. Sie war erstaunt und forschte ihn aus, aber umsonst. Er genoß es, gefragt zu werden, aber er verriet nichts.

Nein, nein, irgendwann später vielleicht, aber nicht jetzt. Er würde jetzt keine Namen nennen. Aber es stimme, sie könne ihm glauben. Er habe vor vielen Jahren eine Beschreibung von Miss Anne Elliot erhalten, die ihm den größten Eindruck von ihren Vorzügen vermittelt und eine unbezwingbare Neugier in ihm erregt habe, sie kennenzulernen.

Anne konnte sich nicht vorstellen, daß jemand anders als Mr. Wentworth von Monkford, Kapitän Wentworths Bruder, vor vielen Jahren mit solcher Sympathie von ihr gesprochen hatte. Vielleicht war er Mr. Elliot begegnet, aber sie hatte nicht den Mut, danach zu fragen.

»Der Name Anne Elliot«, sagte er, »hat seit langem einen interessanten Klang für mich. Sehr lange übt er schon einen Zauber auf meine Phantasie aus; und wenn ich den Mut hätte, würde ich mich zu meinem Wunsch bekennen, daß der Name sich nie ändern möge.«

So oder ähnlich waren seine Worte gewesen. Aber kaum waren diese Laute an ihr Ohr gedrungen, als ihre Aufmerksamkeit von anderen Lauten unmittelbar hinter ihr in Anspruch genommen wurde, die alles andere unwichtig erscheinen ließen. Ihr Vater und Lady Dalrymple unterhielten sich.

»Ein gutaussehender Mann«, sagte Sir Walter, »ein sehr gutaussehender Mann.«

»Wirklich, ein sehr stattlicher junger Mann!« sagte Lady Dalrymple. »Eine vornehmere Erscheinung, als man in Bath zu sehen gewohnt ist. Doch sicher ein Ire.«

»Nein, ich kenne zufällig seinen Namen. Eine Grußbekanntschaft. Wentworth, Kapitän Wentworth von der Marine. Seine Schwester ist mit meinem Mieter in Somersetshire verheiratet – die Crofts, die Kellynch gemietet haben.«

Noch ehe Sir Walter so weit gekommen war, hatte Annes Blick sein Ziel schon gefunden und Kapitän Wentworth entdeckt, der in geringer Entfernung in einer Gruppe von Männern stand. Als ihr Blick ihn traf, hatte er seinen anscheinend gerade von ihr abgewandt. Den Eindruck machte es jedenfalls. Anscheinend war sie einen Augenblick zu spät gekommen; und solange sie ihn zu beobachten wagte, sah er sie nicht wieder an. Aber die Darbietung nahm ihren Fortgang, und sie mußte wohl oder übel so tun, als ob sie ihre Aufmerksamkeit wieder dem Orchester zuwandte, und geradeaus sehen.

Als sie wieder einen Blick hinwerfen konnte, war er verschwunden. Selbst wenn er gewollt hätte, hätte er nicht näher kommen können, so war sie von Leuten umgeben und eingeschlossen. Aber sie hätte lieber seinen Blick eingefangen.

Auch Mr. Elliots Worte bedrückten sie nun. Sie verspürte nicht mehr das geringste Bedürfnis, sich mit ihm zu unterhalten. Wenn er ihr nur nicht so nahe gewesen wäre!

Der erste Teil war vorüber. Nun konnte sie auf eine günstigere Wendung hoffen; und nachdem die Gesellschaft eine Zeitlang Belanglosigkeiten ausgetauscht hatte, beschlossen einige, sich nach Tee umzusehen. Anne war eine der wenigen, die es vorzogen, sich nicht zu rühren. Wie Lady Russell blieb sie auf ihrem Platz sitzen. Aber zu ihrer Freude wurde sie Mr. Elliot los und hatte auch nicht die Absicht, aus Rücksicht auf Lady Russell auf ein Gespräch mit Kapitän Wentworth zu verzichten, wenn er ihr Gelegenheit dazu geben sollte. Lady Russells Gesichtsausdruck bestätigte ihr, daß sie ihn gesehen hatte.

Er kam allerdings nicht. Anne glaubte manchmal, ihn in der Entfernung zu erkennen, aber er kam nicht. Die spannungsreiche Pause ging ereignislos vorüber. Die anderen kehrten zurück, der Saal füllte sich wieder, Plätze wurden zurückgefordert und wieder eingenommen, und eine weitere Stunde voll Genuß oder Qual mußte man über sich ergehen lassen, eine weitere Stunde Musik würde Entzücken oder Gähnen hervorrufen, je nachdem, ob man wirklichen oder geheuchelten Kunstverstand besaß. Anne machte sich auf eine Stunde innerer

Unruhe gefaßt. Sie konnte nicht in Ruhe den Saal verlassen, ohne Kapitän Wentworth noch einmal gesehen, ohne einen freundlichen Blick mit ihm getauscht zu haben.

Beim Wiedereinnehmen der Plätze hatten sich viele Veränderungen ergeben, die Anne nur lieb sein konnten. Oberst Wallis lehnte es ab, sich wieder zu setzen, und Mr. Elliot wurde von Elizabeth und Miss Carteret auf eine Weise aufgefordert, zwischen ihnen Platz zu nehmen, daß er nicht ablehnen konnte; und durch einige weitere Umgruppierungen und einige kleine Manöver ihrerseits gelang es Anne, viel weiter am Ende der Bank zu sitzen als vorher, eher in Reichweite für einen Vorbeikommenden. Sie konnte dabei nicht umhin, sich mit Miss Larolles[11] zu vergleichen, der unnachahmlichen Miss Larolles, aber sie tat es trotzdem, und zwar keineswegs mit mehr Erfolg, obwohl ihr das Glück durch einen vorzeitigen Aufbruch ihrer unmittelbaren Nachbarn hold zu sein schien und sie sich noch vor dem Ende des Konzerts ganz am Ende der Bank fand.

So hatte sie einen freien Platz neben sich, als Kapitän Wentworth wieder auftauchte. Sie entdeckte ihn ganz in ihrer Nähe. Er sah sie auch, aber er machte ein ernstes Gesicht und war anscheinend unentschlossen und trat nur sehr zögernd so weit näher, daß er mit ihr sprechen konnte. Sie spürte, daß etwas nicht stimmte. Die Veränderung war unverkennbar. Der Unterschied zwischen seinem jetzigen Benehmen und dem im Oktagonzimmer war auffällig. Aber warum? Sie dachte an ihren Vater, an Lady Russell. Hatte es vielleicht mißbilligende Blicke gegeben? Er sprach zunächst vom Konzert, ohne zu lächeln, eher wie der Kapitän Wentworth von Uppercross, gestand seine Enttäuschung, hatte bessere Stimmen erwartet; kurz und gut, er müsse gehen, er wäre froh, wenn es bald vorüber wäre. Anne antwortete und verteidigte die Aufführung so gut und mit Rücksicht auf seine Empfindungen doch so zartfühlend, daß sich sein

Gesicht aufheiterte und er bei einer erneuten Antwort beinahe lächelte. Sie unterhielten sich noch einige Minuten, die Aufheiterung hielt an, er warf sogar einen Blick auf die Bank, als ob er erwäge, dort Platz zu nehmen. Aber in dem Augenblick veranlaßte eine Berührung ihrer Schulter Anne, sich umzudrehen. Sie kam von Mr. Elliot. Er bat sie um Verzeihung, aber sie sei unentbehrlich, um noch einmal den italienischen Text zu erklären. Miss Carteret sei sehr daran gelegen, einen Eindruck von der nächsten Arie zu bekommen. Anne konnte nicht ablehnen. Aber noch nie hatte ihr Höflichkeit ein größeres Opfer abverlangt.
Ein paar Minuten, aber möglichst wenige, mußten unweigerlich darangegeben werden; und als sie wieder ihr eigener Herr war, als sie sich wieder umdrehen und zu ihm aufsehen konnte, richtete er ein paar förmliche, wenn auch knappe Abschiedsworte an sie. Er müsse sich verabschieden, er gehe, er werde so schnell er könne nach Hause gehen.
»Verdient diese Arie nicht, daß Sie bleiben?« fragte Anne, der plötzlich ein Gedanke durch den Kopf schoß, der ihren Wunsch, ermutigend zu klingen, noch verstärkte.
»Nein«, erwiderte er mit Nachdruck, »hier verdient nichts, daß ich bleibe«, und war auf der Stelle verschwunden.
Eifersucht auf Mr. Elliot! Das war das einzige einleuchtende Motiv. Kapitän Wentworth war eifersüchtig auf ihre Zuneigung! Hätte sie das vor einer Woche, vor drei Stunden für möglich gehalten? Einen Augenblick lang genoß sie dieses köstliche Gefühl. Aber ach! Dann folgten ganz andere Gedanken. Wie konnte man diese Eifersucht besänftigen? Wie konnte man ihm die Wahrheit übermitteln? Wie sollte er bei ihrem unglückseligen Verhältnis zueinander ihre wahren Gefühle jemals erfahren? Der Gedanke an Mr. Elliots Aufmerksamkeiten ließ sie fast verzweifeln. Der Schaden war nicht abzusehen.

Kapitel 21

Anne erinnerte sich am nächsten Morgen mit Erleichterung an ihr Versprechen, Mrs. Smith zu besuchen, was bedeutete, daß sie zu der Zeit, wenn Mr. Elliot höchstwahrscheinlich vorsprach, außer Haus beschäftigt war, denn Mr. Elliot aus dem Weg zu gehen, war beinahe ihr größter Wunsch.

Sie empfand große Sympathie für ihn. Trotz seiner lästigen Aufmerksamkeiten war sie ihm Dankbarkeit und Hochachtung, ja, sogar Mitgefühl schuldig. Sie konnte nicht umhin, immer wieder an die außerordentlichen Umstände zu denken, unter denen sie sich kennengelernt hatten, an das Recht, das er aufgrund seiner familiären Beziehungen, seiner eigenen Gefühle, seiner spontanen Voreingenommenheit beanspruchen konnte. Es war alles schon sehr ungewöhnlich – schmeichelhaft, aber schmerzlich. Es gab viel zu bedauern. Zu untersuchen, wie sie reagiert hätte, wenn es keinen Kapitän Wentworth gegeben hätte, lohnte sich nicht, denn es gab einen Kapitän Wentworth; und gleichgültig, ob die gegenwärtige Ungewißheit nun gut oder schlecht ausging, ihre Neigung würde ihm immer gehören. Ihre Verbindung mit ihm, davon war sie überzeugt, würde sie für andere Männer in ebenso unerreichbare Ferne rücken wie ihre unwiderrufliche Trennung.

Reizendere Betrachtungen über hochfliegende Liebe und ewige Treue, als Anne sie zwischen Camden Place und Westgate Buildings anstellte, sind sicher kaum je auf den Straßen von Bath spazierengeführt worden. Es genügte fast, um läuternden Wohlgeruch auf dem ganzen Weg zu verbreiten.

Sie konnte mit einem freundlichen Empfang rechnen; und ihre Freundin war an diesem Vormittag offenbar besonders dankbar für ihr Kommen, hatte sie offenbar kaum erwartet, obwohl der Besuch verabredet war.

Sie bat sofort um einen Bericht über das Konzert; und Annes Erinnerungen daran waren so erfreulich, daß sich ihre Züge belebten und sie mit großem Vergnügen davon berichtete. Alles, was sie erzählen konnte, erzählte sie von Herzen gern. Aber das alles war wenig für jemanden, der da gewesen war, und unbefriedigend für eine so beharrliche Fragerin wie Mrs. Smith, die auf dem Umweg über eine Wäscherin und einen Kellner bereits mehr über den allgemeinen Erfolg und Ausgang des Abends gehört hatte, als Anne berichten konnte, und die nun vergeblich nach verschiedenen Einzelheiten über die Anwesenden fragte. Wer immer in Bath berühmt oder berüchtigt war, war Mrs. Smith dem Namen nach gut bekannt.

»Die kleinen Durands waren vermutlich da«, sagte sie, »und haben der Musik mit offenen Mündern zugehört, wie junge Spatzen im Nest, die auf das Futter warten. Sie lassen kein Konzert aus.«

»Ja, ich habe sie selbst nicht gesehen, aber ich habe Mr. Elliot sagen hören, sie seien anwesend.«

»Die Ibbotsens, waren sie da? Und die beiden neuen Schönheiten mit dem großen irischen Offizier, der angeblich für eine von ihnen bestimmt ist?«

»Ich weiß es nicht, ich glaube aber nicht.«

»Die alte Lady Maclean? Nach ihr brauche ich gar nicht zu fragen. Sie ist immer dabei, das weiß ich. Sie haben sie bestimmt gesehen. Sie hat bestimmt zu Ihrem eigenen Kreis gehört, denn da Sie in Lady Dalrymples Begleitung waren, haben Sie auf den Ehrenplätzen gesessen, direkt vor dem Orchester natürlich.«

»Nein, aber genau das hatte ich befürchtet. Es wäre mir außerordentlich unangenehm gewesen. Aber zum Glück zieht es Lady Dalrymple immer vor, weiter entfernt zu sitzen, und wir hatten außerordentlich gute Plätze, jedenfalls konnten wir gut hören . . . sehen darf ich wohl nicht sagen, denn ich habe offenbar sehr wenig gesehen.«

»Oh! Sie haben für Ihre eigene Unterhaltung genug gesehen. Ich verstehe schon. Es gibt ein intimes Vergnügen, auch in einer Menschenmenge; und das haben Sie gehabt. Sie waren an sich schon eine große Gesellschaft, und das war Ihnen genug.«
Aber ich hätte mich mehr umsehen sollen«, sagte Anne und war sich beim Sprechen wohl bewußt, daß es am Umsehen nicht gefehlt hatte, daß nur das Ziel ihrer Blicke den Ansprüchen nicht genügte.
»Nein, nein, Sie hatten Besseres zu tun. Sie brauchen mir gar nicht zu sagen, daß Sie den Abend genossen haben. Ich sehe es Ihren Augen an. Ich kann mir lebhaft vorstellen, wie die Stunden vergingen, daß Sie immer etwas Angenehmes zum Zuhören hatten. In den Pausen des Konzerts war es die Unterhaltung.«
Anne lächelte leicht und sagte: »Sehen Sie das meinen Augen an?«
»O ja, Ihr Gesicht verrät mir eindeutig, daß Sie gestern abend mit dem Menschen zusammen waren, der Ihnen am liebsten auf der ganzen Welt ist, der Person, die Sie im Augenblick mehr interessiert als alle anderen Menschen auf der Welt.«
Röte überflog Annes Wangen. Sie wußte nichts zu sagen.
»Und da das der Fall ist«, fuhr Mrs. Smith nach kurzer Pause fort, »glauben Sie mir hoffentlich, wie sehr ich die Freundlichkeit zu schätzen weiß, daß Sie heute Vormittag zu mir gekommen sind. Es ist wirklich sehr gütig von Ihnen, herzukommen und bei mir zu sitzen, wenn Sie Ihre Zeit so viel angenehmer verbringen könnten.«
Anne hörte gar nicht zu. Sie war immer noch erstaunt und verwirrt über den Scharfblick ihrer Freundin, unfähig, sich zu erklären, woher sie wohl von Kapitän Wentworth wissen mochte. Nach kurzem Schweigen fuhr Mrs. Smith fort:
»Sagen Sie, weiß Mr. Elliot von Ihrer Bekanntschaft mit mir? Weiß er, daß ich in Bath bin?«

»Mr. Elliot!« wiederholte Anne und sah überrascht auf. Im gleichen Augenblick war ihr der Irrtum klar, dem sie erlegen war. Sie begriff sofort; und da das Gefühl der Sicherheit ihr Mut einflößte, fuhr sie bald gefaßter fort: »Kennen Sie Mr. Elliot?«

»Ich kannte ihn recht gut«, erwiderte Mrs. Smith ernst, »aber das ist nun wohl vorbei. Wir haben uns lange nicht gesehen.«

»Davon wußte ich gar nichts. Sie haben es nie erwähnt. Hätte ich es gewußt, dann hätte ich mir das Vergnügen gegönnt, mit ihm über Sie zu sprechen.«

»Um die Wahrheit zu gestehen«, sagte Mrs. Smith und nahm ihre übliche heitere Art wieder auf, »das ist genau das Vergnügen, das ich Ihnen gönnen möchte. Ich möchte, daß Sie mit Mr. Elliot über mich sprechen. Ich möchte, daß Sie sich für mich einsetzen. Er kann mir einen großen Gefallen tun; und wenn Sie, meine liebe Miss Elliot, die Güte hätten, sich dafür einzusetzen, wäre der Erfolg so gut wie sicher.«

»Mit dem allergrößten Vergnügen! Ich hoffe, Sie zweifeln nicht an meiner Bereitschaft, mich Ihnen jederzeit nützlich zu erweisen«, erwiderte Anne, »aber ich fürchte, Sie unterstellen mir einen größeren Anspruch auf Mr. Elliot, ein größeres Recht, ihn zu beeinflussen, als ich tatsächlich habe. Irgendwie müssen Sie diesen Eindruck gewonnen haben. Sie dürfen mich lediglich als Verwandte von Mr. Elliot betrachten; und wenn es unter dieser Voraussetzung . . . wenn es irgend etwas gibt, was seine Kusine Ihrer Meinung nach mit gutem Gewissen von ihm erbitten kann, dann zögern Sie nicht, mich in Anspruch zu nehmen.«

Mrs. Smith warf ihr einen eindringlichen Blick zu und sagte dann lächelnd:

»Ich sehe, ich bin ein bißchen voreilig gewesen. Ich bitte um Verzeihung. Ich hätte die offizielle Ankündigung abwarten sollen. Aber nun, meine liebe Miss Elliot, verraten Sie mir als Ihrer alten Freundin, wann ich sprechen darf. Nächste Woche? Nächste Woche darf ich doch bestimmt damit rechnen, daß alles beschlossene Sache ist, und meine eigenen egoistischen Pläne auf Mr. Elliots Glück bauen.«

»Nein«, erwiderte Anne, »weder nächste, noch übernächste, noch überübernächste. Glauben Sie mir, daß nichts, womit Sie rechnen, beschlossene Sache ist, weder diese noch nächste Woche. Ich werde Mr. Elliot nicht heiraten. Wie kommen Sie denn nur darauf?«

Mrs. Smith sah sie wieder an, sah sie nachdenklich an, lächelte, schüttelte den Kopf und rief:

»Ja, wenn ich Sie doch durchschauen könnte! Wenn ich doch wüßte, worauf Sie hinauswollen! Ich habe nicht das Gefühl, daß Sie beabsichtigen, grausam zu sein, wenn der richtige Augenblick kommt. Bis er kommt, haben wir Frauen natürlich nie die Absicht, irgend jemanden zu nehmen. Es versteht sich unter uns von selbst, daß jeder Mann abgewiesen wird – bis er einen Antrag macht. Aber warum sollten Sie grausam sein? Lassen Sie mich für meinen ... augenblicklichen Freund kann ich ihn nicht nennen ... aber für meinen früheren Freund ein gutes Wort einlegen. Wo finden Sie eine bessere Partie? Wo könnten Sie sonst auf einen solchen Gentleman, einen so umgänglichen Mann hoffen. Lassen Sie mich Mr. Elliot empfehlen. Ich bin überzeugt, Sie hören nur Gutes über ihn von Oberst Wallis; und wer sollte ihn besser kennen als Oberst Wallis?«

»Meine liebe Mrs. Smith, Mr. Elliots Frau ist erst gut ein halbes Jahr tot. Wie kann man ihm unterstellen, daß er irgend jemandem den Hof macht.«

»Ach, wenn das Ihr einziger Einwand ist«, rief Mrs. Smith ironisch, »dann ist Mr. Elliot gerettet, und ich brauche mir um ihn keine Mühe mehr zu geben. Vergessen Sie mich nur nicht, wenn Sie verheiratet sind, das ist alles. Verheimlichen Sie ihm nicht, daß ich eine Freundin von Ihnen bin, und dann wird es ihn wenig kosten, sich die notwendige Mühe zu machen, die er bei seinen vielen

Geschäften und eigenen Verpflichtungen verständlicherweise, so gut es geht, vermeiden und loswerden möchte – verständlicherweise vielleicht. Neunundneunzig von hundert würden es ebenso machen. Natürlich ahnt er nicht, wie viel für mich davon abhängt. Nun ja, meine liebe Miss Elliot, ich hoffe und vertraue darauf, daß Sie sehr glücklich werden. Mr. Elliot ist einsichtig genug, den Wert einer Frau wie Sie zu erkennen. Ihr Seelenfrieden wird nicht Schiffbruch erleiden wie meiner. Sie brauchen um materielle Dinge und um seinen Charakter nicht zu fürchten. Er wird sich nicht auf Abwege führen, er wird sich nicht durch andere in den Ruin treiben lassen.«

»Nein«, sagte Anne, »das sieht meinem Vetter nicht ähnlich. Er hat offenbar ein ruhiges, entschlossenes Naturell, das gefährlichen Einflüssen durchaus nicht zugänglich ist. Er hat meine ganze Hochachtung; und nach allem, was ich bisher habe beobachten können, mit vollem Recht. Aber ich kenne ihn noch nicht lange, und ich glaube nicht, daß er ein Mann ist, mit dem man sehr schnell vertraut wird; und überzeugt die Art, wie ich von ihm spreche, Sie nicht davon, daß er mir nichts bedeutet, Mrs. Smith? Nüchterner kann man doch gar nicht sein. Ehrenwort, er bedeutet mir nichts. Sollte er mir je einen Antrag machen (und ich habe sehr wenig Anlaß zu glauben, daß er dazu die geringste Absicht hat), dann werde ich ihn nicht annehmen, das versichere ich Ihnen. Ich versichere Ihnen, nicht Mr. Elliot ist es zu verdanken, wie Sie angenommen haben, wenn mir das Konzert gestern abend Vergnügen bereitet hat ... nicht Mr. Elliot ... es ist nicht Mr. Elliot, der ...«

Sie hielt inne und bedauerte unter tiefem Erröten, so weit gegangen zu sein. Aber weniger hätte kaum genügt. Mrs. Smith hätte kaum so schnell an Mr. Elliots Scheitern geglaubt, wenn sie nicht eingesehen hätte, daß jemand anders im Spiel war. Aber nun gab sie sich auf der Stelle zufrieden und erweckte ganz den Anschein, als sähe sie nicht, daß mehr dahintersteckte; und in dem Bedürfnis, weiteren Fragen zu entgehen, brannte Anne darauf zu erfahren, wie Mrs. Smith darauf gekommen war, daß sie Mr. Elliot heiraten würde, woher sie den Gedanken haben oder von wem sie davon gehört haben konnte.

»Sagen Sie mir doch, wie Sie darauf gekommen sind.«

»Ich bin darauf gekommen«, erwiderte Mrs. Smith, »als ich merkte, wie viel Zeit Sie zusammen verbrachten, und weil ich fand, daß die Verbindung auf der Hand lag und im Interesse aller Beteiligten sein mußte; und Sie können sich darauf verlassen, daß alle Ihre Bekannten die gleiche Zukunft für Sie geplant haben. Aber ich habe vor zwei Tagen zum erstenmal davon sprechen hören.«

»Und spricht man wirklich davon?«

»Haben Sie die Frau bemerkt, die Ihnen die Tür geöffnet hat, als Sie gestern kamen?«

»Nein, war es nicht Mrs. Speed, wie sonst, oder das Hausmädchen? Mir ist niemand aufgefallen.«

»Es war meine Freundin Mrs. Rooke, Schwester Rooke, die übrigens sehr neugierig darauf war, Sie zu sehen, und entzückt war, daß sie Gelegenheit hatte, Sie hereinzulassen. Sie hat Marlborough Buildings erst am Sonntag verlassen, und *sie* hat mir erzählt, Sie würden Mr. Elliot heiraten. Sie hatte es von Mrs. Wallis persönlich, und das schien keine unzuverlässige Quelle. Sie hat am Montagabend eine Stunde bei mir gesessen und mir die ganze Geschichte erzählt.«

»Die ganze Geschichte!« wiederholte Anne lachend. »Eine sehr lange Geschichte kann sie doch wohl nicht gemacht haben aus einem solch winzigen, unbegründeten Gerücht.«

Mrs. Smith sagte nichts.

»Aber«, fuhr Anne gleich darauf fort, »obwohl an meinen angeblichen Ansprüchen auf Mr. Elliot nichts ist, wäre ich doch sehr froh, wenn ich Ihnen auf irgendeine Weise nützlich sein könnte. Soll ich ihm gegenüber erwähnen, daß Sie in Bath sind? Soll ich ihm eine Nachricht überbringen?«

»Nein, vielen Dank, nein, auf keinen Fall. Im Eifer des Augenblicks und unter einem falschen Eindruck wäre ich beinahe versucht gewesen, Sie für bestimmte Dinge zu interessieren. Aber nun nicht mehr, nein, vielen Dank, es gibt nichts, womit ich Sie belästigen möchte.«

»Sprachen Sie nicht davon, daß Sie Mr. Elliot schon seit Jahren kennen?«

»Ja.«

»Nicht vor seiner Heirat, nehme ich an.«

»Doch, er war nicht verheiratet, als ich ihn kennenlernte.«

»Und ... kannten Sie ihn gut?«

»Sehr gut.«

»Wirklich! Dann erzählen Sie doch, was für ein Mensch er damals war. Ich bin außerordentlich neugierig darauf, was für ein Mensch Mr. Elliot als sehr junger Mann war. War er so, wie er jetzt erscheint?«

»Ich habe Mr. Elliot seit drei Jahren nicht gesehen«, gab Mrs. Smith so ernst zur Antwort, daß Anne das Thema unmöglich weiter verfolgen konnte; und sie fand, daß nichts dabei herausgekommen war, als daß ihre Neugier zugenommen hatte. Sie schwiegen beide, Mrs. Smith sehr nachdenklich. Schließlich rief sie in ihrem üblichen herzlichen Ton:

»Verzeihen Sie, meine liebe Miss Elliot, verzeihen Sie die kurzen Antworten, die ich Ihnen gegeben habe, aber ich wußte wirklich nicht, was ich tun sollte. Ich hatte Zweifel und Skrupel, was ich Ihnen erzählen sollte. Es gab so vieles zu bedenken. Man möchte nicht aufdringlich sein, keine falschen Gerüchte verbreiten, kein Unheil anrichten. Die glatte Oberfläche von Familieneintracht ist auch dann wert, bewahrt zu werden, wenn es darunter nichts Dauerhaftes gibt. Trotzdem, ich habe mich entschlossen. Ich glaube, Sie sollten Mr. Elliots wahren Charakter kennenlernen. Obwohl ich Ihnen durchaus glaube, daß Sie im Augenblick nicht die geringste Absicht haben, seinen Antrag anzunehmen, weiß man doch nicht, was kommt. Über kurz oder lang empfinden Sie vielleicht ganz anders für ihn. Hören Sie deshalb die Wahrheit, jetzt, solange Sie unvoreingenommen sind. Mr. Elliot ist ein Mann ohne Herz und Gewissen; ein berechnender, vorsichtiger, kaltblütiger Mensch, der nur an sich selbst denkt, der sich in seinem eigenen Interesse oder zu seinem eigenen Vorteil jede Grausamkeit oder jeden Verrat zuschulden kommen ließe, den man ohne Risiko für das eigene Ansehen begehen kann. Er hat kein Mitgefühl für andere. Leute, an deren Ruin hauptsächlich er schuld ist, läßt er ohne die geringsten Gewissensbisse fallen und im Stich. Er ist jedem Gefühl von Gerechtigkeit oder Mitleid gegenüber unzugänglich. Ach, sein Herz ist schwarz, kalt und schwarz.«

Annes sichtbares Erstaunen und überraschter Ausruf ließen sie innehalten, und sie fuhr in ruhigerem Ton fort:

»Meine Worte erschrecken Sie. Sie müssen sie einer verletzten, empörten Frau zugute halten. Aber ich will versuchen, mich zu beherrschen. Ich werde ihn nicht beschimpfen. Ich werde Ihnen nur von meinen Erfahrungen mit ihm erzählen. Die Tatsachen sollen für sich sprechen. Er war der engste Freund meines lieben Mannes, der ihm vertraute und ihn liebte und ihn für ebenso gut hielt wie sich selbst. Die enge Freundschaft bestand seit vor unserer Ehe. Ich lernte sie als sehr enge Freunde kennen, und auch ich fand Mr. Elliot bald außerordentlich sympathisch und hielt große Stücke auf ihn. Mit neunzehn, wissen Sie, denkt man nicht viel nach, aber Mr. Elliot erschien mir auch nicht schlechter als andere und sehr viel unterhaltsamer als die meisten anderen, und wir waren fast immer zusammen. Wir hielten uns meist in London auf und führten ein völlig sorgloses Leben. Er lebte damals in bescheideneren Verhältnissen, er war damals der Mittellose. Er hatte ein Rechtsanwaltsbüro, und das reichte gerade, um den Lebensstil eines Gentleman aufrechtzuerhalten. Wenn er wollte, konnte er immer ein Zuhause bei uns finden; er war immer willkommen; er war wie ein Bruder. Mein armer Charles, der hochherzigste, großzügigste Mensch der Welt, hätte den letzten Pfennig mit ihm geteilt; ich weiß, daß er ihm oft unter die Arme gegriffen hat.«

»Das muß ziemlich genau der Zeitpunkt in Mr. Elliots Leben gewesen sein«, sagte Anne, »der immer meine besondere Aufmerksamkeit erregt hat. Es muß ungefähr zu der Zeit gewesen sein, als mein Vater und meine Schwester ihn kennenlernten. Ich habe ihn selbst nicht gekannt, ich habe nur von ihm gehört, aber es war damals irgend etwas in seinem Verhalten meinem Vater und meiner Schwester gegenüber und später in den Umständen seiner Heirat, das ich nie mit der Gegenwart in Einklang bringen konnte. Es schien sich um einen völlig anderen Menschen zu handeln.«

»Ich weiß alles, ich weiß alles«, rief Mrs. Smith. »Er war Sir Walter und Ihrer Schwester vorgestellt worden, bevor ich ihn kennenlernte, aber ich hörte ihn ständig von ihnen reden. Ich weiß, er wurde eingeladen und ermutigt, und ich weiß, er zog es vor, nicht hinzugehen. Ich kann Ihnen unter Umständen Aufschlüsse geben, mit denen Sie nicht gerechnet hätten; und was seine Heirat angeht, darüber wußte ich damals genau Bescheid. Ich war in all das Für und Wider eingeweiht, ich war die Freundin, der er alle seine Hoffnungen und Pläne anvertraute; und obwohl ich seine Frau vorher nicht kannte (ihre untergeordnete gesellschaftliche Stellung machte das natürlich unmöglich), kannte ich sie doch von da an oder jedenfalls bis zwei Jahre vor ihrem Tod und kann Ihnen alles beantworten, was Sie wissen möchten.«

»Nein«, sagte Anne, »ich habe keine besonderen Fragen über sie. Soviel ich weiß, waren sie kein glückliches Paar.

Aber ich wüßte gern, warum er damals die Bekanntschaft mit meinem Vater ausgeschlagen haben sollte. Mein Vater war zweifellos geneigt, sich seiner sehr freundlich und angemessen anzunehmen. Warum zog sich Mr. Elliot zurück?«

»Mr. Elliot«, erwiderte Mrs. Smith, »hatte zu jener Zeit nur ein Ziel im Auge: ein Vermögen zu machen, und zwar auf schnellerem Weg als über das Recht. Er war entschlossen, es durch eine Heirat zu machen. Er war jedenfalls entschlossen, seine Chancen nicht durch eine unkluge Heirat zu verderben; und ich weiß, daß er überzeugt war (ob zurecht oder nicht, kann ich natürlich nicht beurteilen), daß Ihr Vater und Ihre Schwester bei ihren Aufmerksamkeiten und Einladungen eine Heirat zwischen dem Erben und der jungen Dame im Auge hatten; und es war ausgeschlossen, daß eine solche Heirat seinen Vorstellungen von Reichtum und Unabhängigkeit entsprochen hätte. Das war der Grund für seinen Rückzug, glauben Sie mir. Er hat mir die ganze Geschichte erzählt. Er hatte keine Geheimnisse vor mir. Es war merkwürdig, daß die erste und wichtigste Bekanntschaft bei meiner Heirat, nachdem ich Sie gerade in Bath zurückgelassen hatte, ausgerechnet Ihr Vetter war und daß ich durch ihn ständig von Ihrem Vater und Ihrer Schwester hörte. Er beschrieb die eine Miss Elliot, und ich dachte sehr liebevoll an die andere.«

»Vielleicht«, rief Anne, der plötzlich ein Gedanke kam, »haben Sie Mr. Elliot manchmal von mir erzählt?«

»Natürlich, sehr oft sogar. Ich habe oft mit meiner eigenen Anne Elliot geprahlt und geschworen, daß Sie ganz anders seien als . . .«

Sie hielt gerade noch rechtzeitig inne.

»Das macht etwas klarer, was Mr. Elliot gestern abend gesagt hat«, rief Anne. »Das erklärt es. Ich erfuhr, daß er früher öfter von mir gehört hat. Ich konnte nicht begreifen, wie. Zu welchen Vorstellungen man sich versteigt, wenn es um das eigene liebe Ich geht! Wie man sich irren kann! Aber ich bitte um Verzeihung. Ich habe Sie unterbrochen. Mr. Elliot hat also lediglich des Geldes wegen geheiratet? Ein Umstand, der Ihnen vermutlich zuerst die Augen über seinen Charakter geöffnet hat.«

Mrs. Smith zögerte ein wenig. »Ach, solche Dinge kommen zu häufig vor. Wenn man in der Gesellschaft lebt, kommt es so häufig vor, daß ein Mann oder eine Frau des Geldes wegen heiraten, daß es einem gar nicht auffällt. Ich war sehr jung und ging nur mit jungen Leuten um, und wir waren ein gedankenloser, ausgelassener Kreis ohne irgendwelche festen Grundsätze. Wir lebten nur um des Vergnügens willen. Ich denke jetzt ganz anders. Die Zeit und die Krankheit und der Kummer haben meine Vorstellungen gewandelt, aber damals habe ich, wie ich gestehen muß, nichts Verwerfliches an Mr. Elliots Verhalten gesehen. ›Jeder ist sich selbst der Nächste‹, galt als Pflicht.«

»Aber kam sie nicht aus sehr einfachen Verhältnissen?«

»Ja, und dagegen machte ich Einwände, aber er wollte nicht hören. Geld, Geld war alles, was er wollte. Ihr Vater war Viehzüchter, ihr Großvater war Fleischer gewesen, das zählte alles nicht. Sie war eine kultivierte Frau, hatte eine anständige Erziehung genossen, war von einigen Vettern und Kusinen in die Gesellschaft eingeführt worden, zufällig Mr. Elliot über den Weg gelaufen und hatte sich in ihn verliebt; und ihn bewegte nicht der leiseste Zweifel oder Skrupel, was ihre Herkunft betraf. Er verwandte alle Umsicht darauf, die wirkliche Höhe ihres Vermögens herauszubekommen, bevor er sich festlegte. Verlassen Sie sich darauf, welchen Wert Mr. Elliot jetzt auch seiner gesellschaftlichen Stellung im Leben beimessen mag, als jungem Mann bedeutete ihm das gar nichts. Seinen Anspruch auf den Besitz von Kellynch nahm er ernst, aber die ganze Familienehre war ihm keinen Pfifferling wert. Ich habe ihn oft erklären hören, wenn der Titel eines Barons verkäuflich wäre, könnte jeder Beliebige *seinen* einschließlich Wappen und Motto, Name und Livree für fünfzig Pfund haben. Ich will Ihnen nicht zumuten, auch nur die Hälfte dessen anzuhören, was ich ihn immer wieder über das Thema habe sagen hören. Das wäre nicht fair; und doch müssen Sie Beweise haben, denn was sind dies anderes als Behauptungen; und Sie sollen Beweise haben.«

»Aber meine liebe Mrs. Smith, ich will gar keine«, rief Anne. »Sie haben nichts behauptet, was dem Eindruck, den Mr. Elliot vor ein paar Jahren machte, widerspräche. Dies alles bestätigt eher, was wir damals gehört und geglaubt haben. Ich bin eher neugierig zu erfahren, warum er sich so verändert hat.«

»Aber zu meiner eigenen Rechtfertigung ... Hätten Sie die Freundlichkeit, nach Mary zu klingeln. – Nein, bleiben Sie, ich bin sicher, Sie haben die noch größere Freundlichkeit, selbst in mein Schlafzimmer zu gehen und mir das kleine Intarsienkästchen zu bringen, das Sie auf dem oberen Regal im Schrank finden.«

Als Anne sah, daß ihre Freundin ernsthaft entschlossen war, erfüllte sie ihr den Wunsch. Sie brachte das Kästchen und stellte es vor sie hin, und Mrs. Smith schloß es mit einem Seufzer auf und sagte:

»Dies Kästchen ist voll von Papieren, die ihm gehörten, meinem Mann, nur ein kleiner Teil dessen, was ich durchzusehen hatte, als ich ihn verlor. Den Brief, den ich suche, hatte Mr. Elliot vor unserer Heirat an ihn geschrieben, und er wurde zufällig aufgehoben; warum, kann ich mir kaum vorstellen. Aber wie viele Männer war er nachlässig und unsystematisch in solchen Dingen; und als ich schließlich seine Papiere durchsah, fand ich diesen Brief unter vielen anderen hier und da verstreuten, noch banaleren von verschiedenen Leuten, während viele Briefe und Unterlagen von wirklicher Bedeutung vernichtet worden waren. Hier ist er. Ich wollte ihn nicht verbrennen, denn da ich schon damals wenig Grund hatte, Mr. Elliot zu vertrauen, war ich entschlossen, jeden Beweis früherer Freundschaft aufzuheben. Jetzt habe ich einen weiteren Grund, froh darüber zu sein, daß ich ihn vorzeigen kann.«

Der Brief, adressiert an »Herrn Charles Smith, Tunbridge Wells« und datiert »London«, schon »im Juli 1803«, lautete folgendermaßen:

»Lieber Smith,

ich habe Deinen Brief erhalten. Deine Güte überwältigt mich fast. Ich wollte, es gäbe mehr solche Menschen wie Dich, aber ich bin seit dreiundzwanzig Jahren auf der Welt, und mir ist keiner begegnet. Im Augenblick brauche ich Deine Dienste aber wohl nicht, da ich wieder flüssig bin. Du kannst mir gratulieren, ich bin Sir Walter und Miss wieder los. Sie sind nach Kellynch zurückgefahren, und ich mußte ihnen beinahe schwören, sie noch diesen Sommer zu besuchen; aber wenn ich jemals nach Kellynch fahre, dann nur mit einem Grundstücksmakler, der mir sagen kann, wie ich es am vorteilhaftesten unter den Hammer bringe. Der Baron ist allerdings durchaus imstande, wieder zu heiraten. Er ist zu jeder Dummheit fähig. Wenn er das tut, werden sie mich wohl endlich in Ruhe lassen, was den Erbanspruch durchaus wettmacht. Er ist schlimmer als letztes Jahr.

Wenn ich nur nicht Elliot hieße. Ich habe den Namen satt. Den Namen Walter kann ich ja Gott sei Dank fallen lassen, und ich bitte Dich, beleidige mich nie wieder mit meinem zweiten W.; und so verbleibe ich von jetzt an

Dein William Elliot«

Anne konnte einen solchen Brief nicht lesen, ohne daß ihr die Röte ins Gesicht stieg, und Mrs. Smith, die ihre veränderte Gesichtsfarbe bemerkte, sagte:

»Ich weiß, die Sprache läßt es gänzlich an Respekt fehlen. Obwohl ich den genauen Wortlaut vergessen habe, erinnere ich mich genau an den allgemeinen Tenor. Aber da enthüllt sich der Mann. Beachten Sie seine Bekenntnisse meinem armen Mann gegenüber. Gibt es etwas Eindeutigeres?«

Anne hatte Mühe, sich von dem Schock und der Demütigung zu erholen, daß in solchen Worten von ihrem Vater gesprochen wurde. Sie mußte sich erst klarmachen, daß ihre Lektüre des Briefes ein Verstoß gegen die Gebote der Ehre war, daß niemand aufgrund solcher Zeugnisse beurteilt oder eingeschätzt werden durfte und daß Privatkorrespondenz fremden Blicken nicht standhalten konnte, bevor sie sich genügend gefaßt hatte, um den Brief, den sie nachdenklich betrachtet hatte, zurückzugeben und zu sagen:

»Vielen Dank. Dies ist zweifellos Beweis genug, Beweis für alles, was Sie gesagt haben. Aber warum jetzt unsere Bekanntschaft suchen?«

»Das kann ich auch erklären«, rief Mrs. Smith lächelnd.

»Wirklich?«

»Ja, ich habe Ihnen Mr. Elliot gezeigt, wie er vor zwölf Jahren war, und ich werde Ihnen zeigen, wie er jetzt ist. Ich habe zwar keinen schriftlichen Beweis, aber ich kann Ihnen die überzeugendste mündliche Bestätigung von dem, was er jetzt will und was er jetzt tut, geben, die Sie sich wünschen können. Er spielt jetzt nicht den Scheinheiligen, er will Sie wirklich heiraten. Seine augenblicklichen Aufmerksamkeiten Ihrer Familie gegenüber sind ehrlich gemeint, kommen durchaus von Herzen. Ich will Ihnen meine Quelle nennen: sein Freund Oberst Wallis.«

»Oberst Wallis! Sie kennen ihn?«

»Nein, auf so direktem Wege kommen die Informationen nicht zu mir. Sie machen ein oder zwei Umwege, aber das ist nicht weiter schlimm. Der Strom ist so klar wie zu Anfang; das bißchen Schmutz, das er an den Biegungen ansammelt, läßt sich leicht beseitigen. Mr.

Elliot erzählt Oberst Wallis vorbehaltlos von seinen Absichten auf Sie, und ich halte besagten Oberst Wallis selbst für einen vernünftigen, umsichtigen, urteilsfähigen Menschen, aber Oberst Wallis hat eine sehr hübsche, alberne Frau, der er Dinge sagt, die er lieber für sich behalten sollte, und er erzählt ihr alles, Wort für Wort. Mit dem Überschwang der Genesenden erzählt sie es Wort für Wort ihrer Pflegerin; und die Pflegerin, die von meiner Bekanntschaft mit Ihnen weiß, trägt mir natürlich alles zu. Am Montagabend hat mich meine gute Freundin Mrs. Rooke daher in die Geheimnisse von Marlborough Buildings eingeweiht. Wenn ich also von einer ganzen Geschichte gesprochen habe, dann habe ich nicht so sehr übertrieben, wie Sie vermuten.«

»Meine liebe Mrs. Smith, Ihre Quelle ist unzuverlässig. So geht es nicht. Daß Mr. Elliot Absichten auf mich hat, erklärt nicht im mindesten seine Anstrengungen zu einer Versöhnung mit meinem Vater. All das hat vor meiner Ankunft in Bath stattgefunden; sie waren bereits die besten Freunde, als ich ankam.«

»Das weiß ich, das weiß ich alles genau, aber ...«

»Wirklich, Mrs. Smith, wir dürfen nicht erwarten, auf diesem Wege verläßliche Informationen zu bekommen. Tatsachen oder Meinungen, die durch so viele Hände gegangen und von dem einen durch Torheit, von dem anderen durch Unwissenheit verdreht worden sind, können nicht mehr viel Wahrheit enthalten.«

»Hören Sie mich doch wenigstens an. Sie können die Glaubwürdigkeit des Ganzen bald beurteilen, wenn Sie sich einige Einzelheiten anhören, die Sie selbst unmittelbar widerlegen oder bestätigen können. Niemand behauptet, daß Sie sein erster Anreiz waren. Dabei war er Ihnen begegnet, bevor er nach Bath kam, und hatte Sie bewundert, ohne zu wissen, daß Sie es waren. Das behauptet jedenfalls meine Berichterstatterin. Stimmt das? Ist er Ihnen im Sommer oder Herbst ›irgendwo unten im Westen‹, um ihre eigenen Worte zu benutzen, begegnet, ohne zu wissen, daß Sie es waren?«

»In der Tat, soweit stimmt alles. In Lyme, ich war zufällig in Lyme.«

»Na also«, fuhr Mrs. Smith triumphierend fort, »Sie müssen meiner Freundin also zugestehen, daß ihre erste Behauptung sich als glaubwürdig erweist. Er ist Ihnen also in Lyme begegnet, und Sie haben ihm so gut gefallen, daß er außerordentlich froh war, Sie am Camden Place als Miss Anne Elliot wiederzutreffen, und von dem Augenblick an, daran zweifle ich nicht, hatte er für seine Besuche dort einen doppelten Grund. Aber den anderen gab es früher, und den werde ich Ihnen jetzt erklären. Wenn Ihnen an meiner Geschichte irgend etwas falsch oder unwahrscheinlich vorkommt, dann unterbrechen Sie mich. Meine Quelle sagt, daß die Freundin Ihrer Schwester, die Dame, die jetzt bei Ihnen wohnt und die Sie mir gegenüber schon einmal erwähnt haben, bereits im September mit Miss Elliot und Sir Walter nach Bath gekommen ist (also bei ihrer eigenen Ankunft hier) und seitdem ununterbrochen bei Ihnen gewohnt hat und daß ihre Stellung und ihr Benehmen unter Sir Walters Bekannten Anlaß zu der allgemeinen Vermutung gegeben hat, sie beabsichtige, Lady Elliot zu werden, und auch zu der anscheinend ebenso allgemeinen Überraschung, daß Miss Elliot offensichtlich blind für die Gefahr ist.«

Hier hielt Mrs. Smith einen Augenblick inne, aber Anne hatte nichts zu sagen, und sie fuhr fort:

»In diesem Licht stellte sich die Situation denen, die Ihre Familie kannten, lange vor Ihrer Ankunft dar; und Oberst Wallis hatte ein so wachsames Auge auf Ihren Vater, daß er es merkte, obwohl er damals noch nicht am Camden Place verkehrte. Aber seine Freundschaft mit Mr. Elliot veranlaßte ihn, alles zu beobachten, was dort vorging; und als Mr. Elliot ein oder zwei Tage nach Bath kam, was er kurz vor Weihnachten zufällig tat, machte ihn Oberst Wallis mit dem Stand der Dinge und den unterdessen umlaufenden Gerüchten bekannt. Nun müssen Sie wissen, daß Mr. Elliots Ansichten über den Wert eines Baronats sich im Laufe der Zeit gründlich geändert hatten. In allem, was sich auf Adel oder Familienverbindungen bezieht, ist er ein völlig anderer Mensch. Da er seit langem mehr Geld hat, als er ausgeben und ohne weiteres jedem Verlangen und jeder Laune nachgeben kann, hat er sich mit der Zeit daran gewöhnt, sein höchstes Glück in dem Adelstitel zu sehen, den er erben wird. Ich habe es kommen sehen, bevor unsere Bekanntschaft zu Ende ging, und meine Ahnung hat sich nun bestätigt. Er kann den Gedanken, nicht Sir Walter zu werden, nicht ertragen. Sie können sich deshalb denken, daß die Neuigkeiten, die sein Freund für ihn hatte, ihm nicht sehr angenehm waren, und Sie können sich ausmalen, wozu sie führten – zu dem Entschluß nämlich, so schnell wie möglich nach Bath zurückzukommen und sich dort eine Weile mit dem Ziel niederzulassen, die frühere Bekanntschaft zu erneuern und sich eine Stellung in der Familie zu verschaffen, die es ihm erlaubte, den Grad der ihm drohenden Gefahr abzuschätzen und die Dame auszuschalten, wenn sie ihm gefährlich werden sollte. Darin sahen die beiden Freunde das einzig mögliche Vorgehen; und Oberst Wallis sollte ihm auf jede erdenkliche Weise beistehen. Er sollte vorgestellt werden, und Mrs. Wallis sollte vorgestellt werden, und überhaupt sollte alle Welt vorgestellt werden. Mr. Elliot kam also wie geplant zurück, und auf seine Bitte wurde ihm, wie Sie wissen, vergeben, und er wurde wieder in den Schoß der Familie aufgenommen; und dort war es sein ständiges Ziel und sein einziges Ziel (ehe Ihre Ankunft einen weiteren Grund hinzufügte), Sir Walter und Mrs. Clay zu beobachten. Er ließ keine Gelegenheit aus, mit ihnen zusammenzusein, drängte sich ihnen auf, sprach zu allen möglichen Tageszeiten vor ... aber ich brauche dabei nicht ins einzelne zu gehen. Sie können sich vorstellen, wozu ein raffinierter Mann imstande ist, und erinnern sich mit Hilfe dieses Berichts vielleicht an Dinge, die Sie selbst beobachtet haben.«

»Ja«, sagte Anne, »Sie erzählen mir nichts, was nicht mit dem, was ich weiß oder was ich mir vorstellen könnte, übereinstimmt. Die Einzelheiten einer Intrige haben immer etwas Anstößiges. Die Schachzüge des Egoismus und der Hinterlist haben etwas Abstoßendes, aber ich habe eigentlich nichts gehört, was mich wirklich überrascht. Ich kenne Leute, die über ein solches Bild von Mr. Elliot schockiert wären, die Mühe hätten, daran zu glauben. Aber ich habe ihm nie ganz vertraut. Ich habe für sein Verhalten immer nach irgendwelchen anderen Gründen als den zutage liegenden gesucht. Ich wüßte gern, für wie wahrscheinlich er das Ereignis, das er befürchtet, im Augenblick hält. Ob die Gefahr seiner Meinung nach abnimmt oder nicht.«

»Seiner Meinung nach, ja, soweit ich weiß«, erwiderte Mrs. Smith. »Er glaubt, Mrs. Clay habe Angst vor ihm, habe gemerkt, daß er sie durchschaut, und wage nicht, so vorzugehen, wie sie es in seiner Abwesenheit tun würde. Da er aber gelegentlich abwesend sein muß, ist mir nicht klar, wie er jemals sicher sein will, solange sie ihren augenblicklichen Einfluß behält. Mrs. Wallis ist, wie die Schwester mir erzählt hat, auf den köstlichen Gedanken gekommen, daß bei Ihrer Heirat mit Mr. Elliot eine Klausel in den Heiratsvertrag aufgenommen werden soll, daß Ihr Vater Mrs. Clay unter keinen Umständen heiraten darf – eine Vorstellung, die Mrs. Wallis' Verstand alle Ehre macht; aber meine vernünftige Schwester Rooke begreift die Unsinnigkeit. ›Denn natürlich, Madam‹, sagte sie, ›würde ihn das nicht daran hindern, irgend jemand anders zu heiraten.‹ Und die Wahrheit zu gestehen, ich kann mir wirklich nicht vorstellen, daß Schwester Rooke allen Ernstes gegen eine zweite Ehe von Sir Walter ist. Man kann es ihr nicht verdenken, daß sie sich für eine Ehe stark macht, und (da sicher jeder sich selbst der nächste ist), wer weiß, ob sie nicht hochfliegende Pläne hat, die nächste Lady Elliot zu pflegen – dank Mrs. Wallis' Empfehlung.«

»Ich bin froh, all dies zu erfahren«, sagte Anne nach kurzem Nachdenken. »Es wird in mancher Hinsicht schmerzlich für mich sein, ihn in Gesellschaft zu treffen, aber ich weiß wenigstens, was ich zu tun habe. Ich kann nun zielstrebiger handeln. Mr. Elliot ist offensichtlich ein unaufrichtiger, berechnender, materialistischer Mensch, der nie nach anderen Grundsätzen als egoistischen gehandelt hat.«

Aber das Thema Mr. Elliot war noch nicht erledigt. Mrs. Smith war von ihrer ursprünglichen Richtung abgelenkt worden, und Anne hatte über dem Interesse an ihren eigenen Familienangelegenheiten ganz vergessen, was ihm zu Anfang alles unterstellt worden war. Sie mußte sich nun auf die Erklärung dieser ersten Andeutungen konzentrieren, und sie hörte einen Bericht, der zwar vielleicht Mrs. Smiths uneingeschränkte Bitterkeit nicht völlig rechtfertigte, aber doch bewies, wie rücksichtslos er sich ihr gegenüber verhalten hatte, wie sehr er es an Fairness und Mitleid hatte fehlen lassen.

Sie erfuhr, daß sie (ihre enge Freundschaft dauerte trotz Mr. Elliots Heirat an) wie vorher ständig zusammen gewesen waren und Mr. Elliot seinen Freund zu Ausgaben verführt hatte, die sein Vermögen weit überstiegen. Mrs. Smith war nicht bereit, selbst Schuld auf sich zu nehmen, und zögerte, sie ihrem Mann zu geben. Aber Anne erinnerte sich, daß ihr Einkommen ihrem Lebensstil keineswegs entsprochen hatte und daß sie von Anfang an gemeinsam zu erheblicher Verschwendung geneigt hatten. Aus den Berichten seiner Frau gewann Anne den Eindruck, daß Mr. Smith ein Mann von starken Emotionen und umgänglichem Naturell, von leichtsinnigen Gewohnheiten und ohne große Intelligenz gewesen war, sehr viel liebenswürdiger als sein Freund und ihm ganz und gar unähnlich, von ihm beeinflußt und vermutlich von ihm verachtet. Mr. Elliot, durch seine Ehe zu großem Vermögen gelangt und bereit, sich jedes Vergnügen und jeden eitlen Wunsch zu erfüllen, solange der Genuß ihn finanziell nicht belastete (denn er war trotz seines ausschweifenden Lebenswandels ein vorsichtiger Mann geworden), und auf dem Wege, ein reicher Mann zu werden, während es mit seinem Freund nur bergab gehen konnte, hatte anscheinend auf die zu erwartende finanzielle Lage seines Freundes nicht die geringste Rücksicht genommen, ja, im Gegenteil, ihn zu Ausgaben veranlaßt und ermutigt, die nur zum Ruin führen konnten; und so hatten sich die Smiths schließlich finanziell ruiniert.

Der Mann war gerade rechtzeitig gestorben, so daß ihm die volle Kenntnis seiner Lage erspart blieb. Sie waren vorher oft genug in Verlegenheit gewesen, um sich auf die Freundschaft ihrer Freunde noch einmal zu verlassen und nicht zu wissen, daß auf Mr. Elliots Freundschaft kein Verlaß war. Aber erst bei seinem Tod wurde das ganze Ausmaß der Katastrophe bekannt. Im Vertrauen auf Mr. Elliots Freundschaft, was mehr für seine noblen Gefühle als für sein Urteilsvermögen sprach, hatte Mr. Smith ihn zu seinem Testamentsvollstrecker ernannt. Aber Mr. Elliot hatte abgelehnt, und die Schwierigkeiten und Sorgen, die diese Weigerung zusätzlich zu der unausweichlichen Hoffnungslosigkeit ihrer Lage ihr aufbürdete, waren so groß gewesen, daß sie nicht ohne seelische Qualen berichtet oder ohne entsprechende Erbitterung angehört werden konnten.

Anne bekam ein paar Briefe zu sehen, die er bei dieser Gelegenheit geschrieben hatte, Antworten auf dringende Bitten von Mrs. Smith, die alle dieselbe unnachgiebige Entschlossenheit, sich nicht mit unnötigem Ärger zu belasten, und unter kühler Höflichkeit dieselbe hartherzige Gleichgültigkeit gegenüber der Not verrieten, die ihr dadurch bevorstehen mochte. Es war ein erschrekkendes Bild von Undankbarkeit und Unmenschlichkeit;

und Anne hatte manchmal den Eindruck, daß kein schamloses, öffentlich begangenes Verbrechen schlimmer hätte sein können. Es gab eine Menge anzuhören. All die Einzelheiten vergangener, trauriger Szenen, all die Details von immer neuer Verzweiflung, die in früheren Unterhaltungen nur angedeutet worden waren, wurden nun mit verständlicher Ausführlichkeit vor ihr ausgebreitet. Anne hatte vollstes Verständnis für die wohltuende Erleichterung ihrer Freundin und bewunderte ihren sonstigen Gleichmut um so mehr.

Es gab einen besonders ärgerlichen Umstand in der langen Folge ihrer Klagen. Sie hatte guten Grund zu der Annahme, daß man Grundbesitz, den ihr Mann in der Karibik gehabt hatte und der seit vielen Jahren wegen einer Hypothekenschuld zwangsverwaltet wurde, durch geeignete Maßnahmen zurückgewinnen konnte; und obwohl nicht ausgedehnt, würde dieser Grundbesitz ausreichen, sie verhältnismäßig wohlhabend zu machen. Aber es gab niemanden, der sich darum kümmerte. Mr. Elliot wollte nichts unternehmen, und sie selbst konnte nichts unternehmen, da ihr körperlicher Zustand sie davon abhielt, selbst Anstrengungen zu machen, und ihr Mangel an Geld, andere zu beauftragen. Sie hatte nicht einmal Verwandte, die ihr mit ihrem Rat beistehen konnten, und sie konnte es sich nicht leisten, sich einen Rechtsanwalt zu nehmen. Dadurch wurde ihre ohnehin beschränkte Lage auf grausame Weise verschlimmert. Zu wissen, daß es ihr besser gehen könnte, daß geringe Anstrengungen am richtigen Ort ihre Lage ändern konnten, und zu befürchten, daß jeder Zeitverlust ihre Ansprüche womöglich beeinträchtigte, war schwer zu ertragen.

In dieser Angelegenheit, hatte sie gehofft, würde Anne ein gutes Wort für sie bei Mr. Elliot einlegen. Sie hatte bisher bei dem Gedanken an eine Heirat zwischen ihnen große Angst gehabt, ihre Freundin zu verlieren, aber als sie erfuhr, daß er in dieser Hinsicht nichts unternommen

haben konnte, da er gar nicht wußte, daß sie, Mrs. Smith, in Bath war, kam ihr sofort der Gedanke, daß die Frau, die er liebte, ihren Einfluß bei ihm geltend machen könne, und sie hatte sich schnell darauf eingestellt, an Annes Mitgefühl zu appellieren, jedenfalls soweit das bei aller Rücksicht auf Mr. Elliots guten Ruf möglich war, aber dann hatte Annes Leugnung der angeblichen Verlobung die Situation von Grund auf verändert und ihr zwar die frisch geschöpfte Hoffnung auf Erfolg bei ihrer dringendsten Sorge geraubt, ihr aber wenigstens den Trost gelassen, die ganze Geschichte aus ihrer Sicht zu erzählen.
Nachdem Anne sich diesen ausführlichen Bericht über Mr. Elliot angehört hatte, konnte sie nicht umhin, Erstaunen darüber zu äußern, daß Mrs. Smith zu Beginn ihrer Unterhaltung so vorteilhaft von ihm gesprochen hatte. Sie habe doch den Eindruck erweckt, als empfehle und lobe sie ihn.
»Meine liebe Miss Elliot«, war Mrs. Smiths Antwort, »was hätte ich denn sonst tun sollen? Ich hielt Ihre Heirat für sicher, auch wenn er seinen Antrag vielleicht noch nicht gestellt hatte; und ich konnte Ihnen genauso wenig die Wahrheit über ihn sagen, als wenn er Ihr Mann gewesen wäre. Mir hat das Herz für Sie geblutet, als ich von Glück sprach – und trotzdem, er ist vernünftig, er ist umgänglich, und mit einer Frau wie Ihnen bestand Anlaß zu Hoffnung. Er hat seine erste Frau sehr schlecht behandelt. Sie waren unglücklich miteinander, aber sie war zu dumm und zu leichtsinnig, als daß er sie respektieren konnte, und er hatte sie nie geliebt. Ich war geneigt zu hoffen, daß es Ihnen besser gehen würde.«
Anne erschien die Vorstellung, daß sie sich bereit gefunden hätte, ihn zu heiraten, durchaus im Bereich des Möglichen, und der Gedanke an das unweigerlich folgende Elend ließ sie schaudern. Es wäre durchaus möglich gewesen, daß Lady Russell sie dazu überredet hätte! Und wäre diese Aussicht nicht um so elender gewesen,

wenn sich im Laufe der Zeit alles – zu spät! – enthüllt hätte?
Es war höchst wünschenswert, daß Lady Russell nicht länger im unklaren blieb; und eine der abschließenden Vereinbarungen dieser wichtigen Besprechung, die den größeren Teil des Vormittags in Anspruch nahm, war, daß Anne volle Freiheit haben sollte, ihrer Freundin alles das über Mrs. Smith zu erzählen, wobei sein Verhalten eine Rolle spielte.

Kapitel 22

Anne ging nach Hause, um über alles nachzudenken, was sie gehört hatte. In einer Hinsicht fühlte sie sich durch diese Offenbarungen über Mr. Elliot erleichtert. Zärtliche Gefühle konnte er nun nicht mehr beanspruchen. Er stand im Gegensatz zu Kapitän Wentworth in seiner ganzen unerwünschten Aufdringlichkeit da, und das Unheil seiner Aufmerksamkeiten gestern abend, den nicht wiedergutzumachenden Schaden, den er womöglich angerichtet hatte, betrachtete sie mit unnachsichtigen, unbestechlichen Empfindungen. Mitleid hatte sie mit ihm nicht mehr, aber darin bestand auch die einzige Erleichterung. In jeder anderen Hinsicht hatte sie, wenn sie sich umsah oder in die Zukunft blickte, Grund zu Mißtrauen und Befürchtungen. Sie dachte mit Besorgnis an die Enttäuschungen und den Schmerz, die Lady Russell empfinden würde, die Demütigungen, die ihrem Vater und ihrer Schwester bevorstanden, und sie litt darunter, all das Unheil auf sich zukommen zu sehen, ohne es im geringsten abwenden zu können. Sie selbst war äußerst dankbar für die Offenbarungen. Sie hatte nie mit einer Belohnung dafür gerechnet, daß sie eine alte Freundin wie Mrs. Smith nicht geschnitten hatte – und was für eine Belohnung sie nun dafür erhielt! Mrs. Smith hatte ihr erzählen können, was sonst niemandem möglich gewesen wäre. Hätten die Offenbarungen nur an ihre Familie weitergegeben werden können! Aber das war eine vergebliche Hoffnung. Sie mußte mit Lady Russell sprechen, ihr alles erzählen, mit ihr beratschlagen, und wenn sie ihr möglichstes getan hatte, den Lauf der Ereignisse so gefaßt wie möglich abwarten; und leider war ihre Fassung durch die Geheimnisse ihres Herzens, die sie Lady Russell nicht mitteilen konnte, durch den Strom von Befürchtungen und Ängsten, die sie für sich behalten mußte, besonders gefährdet.

Als sie nach Hause kam, erfuhr sie, daß sie Mr. Elliot, wie beabsichtigt, verpaßt hatte; daß er vorgesprochen und ihnen einen langen Vormittagsbesuch abgestattet hatte. Aber kaum hatte sie sich beglückwünscht und sich über ihre Ungestörtheit bis zum nächsten Tag gefreut, als sie hörte, daß er abends wiederkommen würde.

»Ich hatte nicht die geringste Absicht, ihn zu bitten«, sagte Elizabeth mit gekünstelter Gleichgültigkeit, »aber er hat so viele Anspielungen gemacht; das behauptet jedenfalls Mrs. Clay.«

»Das behaupte ich in der Tat. Nie im Leben habe ich jemanden sich so um eine Einladung bemühen sehen. Der arme Mann! Ich habe richtig mit ihm gelitten, denn Ihre hartherzige Schwester, Miss Anne, ist anscheinend zur Grausamkeit entschlossen.«

»Ach«, rief Elizabeth, »ich habe das Spiel zu lange mitgemacht, um den Anspielungen eines Gentleman so schnell nachzugeben. Allerdings, als ich merkte, wie außerordentlich er es bedauerte, meinen Vater heute vormittag verpaßt zu haben, habe ich sofort eingelenkt, denn ich würde doch nicht ernsthaft eine Gelegenheit auslassen, ihn und Sir Walter zusammenzubringen. Sie sind zusammen ein so erfreulicher Anblick. Beide so reizende Umgangsformen! Und Mr. Elliot als der Jüngere so voller Respekt!«

»Bezaubernd!« rief Mrs. Clay, die allerdings nicht

wagte, Anne anzusehen. »Genau wie Vater und Sohn! Meine liebe Miss Elliot, darf ich nicht sagen, Vater und Sohn?«

»Oh! Ich erteile niemandem Sprechverbot. Wenn Sie derartige Vorstellungen hegen wollen ... Aber ich muß schon sagen, ich bin mir kaum bewußt, daß seine Aufmerksamkeiten die anderer Männer übertreffen.«

»Meine liebe Miss Elliot!« rief Mrs. Clay aus, warf Hände und Augen gen Himmel und hüllte den Rest ihres Erstaunens in unverbindliches Schweigen.

»Nun ja, meine liebe Penelope, Sie brauchen sich um ihn keine Sorgen zu machen. Ich *habe* ihn ja schließlich eingeladen. Ich *habe* ihn mit einem Lächeln auf den Weg geschickt. Als ich erfuhr, daß er morgen wirklich den ganzen Tag bei seinen Freunden in Thornberry Park verbringen muß, habe ich Mitleid mit ihm gehabt.«

Anne bewunderte die Verstellungskunst der Freundin, die bei der Erwartung und dem tatsächlichen Eintreffen gerade der Person, deren Gegenwart ihre wichtigsten Pläne durchkreuzte, soviel Vergnügen vorspiegeln konnte. Mrs. Clay konnte der bloße Anblick von Mr. Elliot nur verhaßt sein; und doch konnte sie ein höchst entgegenkommendes, zufriedenes Gesicht aufsetzen und den Anschein erwecken, als sei sie durchaus damit einverstanden, sich Sir Walter nur halb so intensiv zu widmen, wie sie es sonst getan hätte.

Anne befand sich in größter Verlegenheit, als Mr. Elliot den Raum betrat, und litt Qualen, als er auf sie zukam und mit ihr sprach. Sie hatte schon vorher das Gefühl gehabt, daß er nicht immer ganz aufrichtig war, aber nun sah sie Unaufrichtigkeit in allem. Seine beflissene Ehrerbietung ihrem Vater gegenüber war verglichen mit seinen früheren Worten widerwärtig, und wenn sie an sein grausames Verhalten gegenüber Mrs. Smith dachte, dann konnte sie den Anblick seines jetzigen Lächelns und seiner Liebenswürdigkeit oder den Klang seiner schönen gekünstelten Redensarten kaum ertragen. Sie wollte in ihrem Benehmen jede Veränderung vermeiden, die ihr einen Vorwurf von ihm einbringen konnte. Ihr Hauptziel bestand darin, alle Nachfragen oder jeden Eklat zu vermeiden. Aber sie hatte die Absicht, ihm gegenüber so betont kühl zu sein, wie ihr Verhältnis es erlaubte, und, so unauffällig sie konnte, die wenigen Schritte zu unnötiger Vertraulichkeit zurückzugehen, zu denen sie sich nach und nach hatte bewegen lassen. Sie war deshalb reservierter und kühler als am Abend vorher.

Er wollte wieder ihre Neugier wecken, wie und wo er früher schon einmal ihr Lob gehört hatte; wollte unbedingt ihre erneute Wißbegier genießen, aber der Zauber war gebrochen; er merkte, daß es der angeregten Atmosphäre von Gesellschaftsräumen bedurfte, um die Eitelkeit seiner bescheidenen Kusine anzufachen. Er merkte wenigstens, daß sich mit den Annäherungsversuchen, die ihm die zu anspruchsvolle Gegenwart der anderen erlaubte, jetzt nichts erreichen ließ. Er ahnte nicht, daß er mit diesem Thema seinen eigenen Interessen zuwiderhandelte und ihr genau das an seinem Verhalten ins Gedächtnis rief, was sie am wenigsten verzeihen konnte.

Sie empfand Genugtuung bei der Nachricht, daß er Bath tatsächlich am nächsten Morgen sehr früh verlassen wollte und daß er beinahe zwei volle Tage abwesend sein würde. Er wurde gleich für den Abend seiner Rückkehr zum Camden Place eingeladen, aber von Donnerstag bis Samstagabend war seine Abwesenheit gewiß. Es war schlimm genug, immer eine Mrs. Clay um sich zu haben, aber daß sich ein noch größerer Heuchler in ihrer Gesellschaft befand, kam ihr wie die Zerstörung von allem Frieden und aller Gemütlichkeit vor. Es war so entwürdigend, über die ständigen Täuschungen nachzudenken, denen ihr Vater und Elizabeth ausgesetzt waren, und sich zu überlegen, wie viel verschiedene Demütigungen auf sie warteten. Mrs. Clays Egoismus war nicht so raffiniert und auch nicht so abstoßend wie seiner, und Anne hätte

sich auf der Stelle mit der Heirat und all ihren unangenehmen Begleiterscheinungen abgefunden, wenn sie Mr. Elliots Schachzüge bei seinem Versuch, sie zu verhindern, hätte vereiteln können.
Sie beabsichtigte ganz früh am Freitagmorgen zu Lady Russell zu gehen und die notwendige Mitteilung zu machen, und sie wäre direkt nach dem Frühstück aufgebrochen, wenn Mrs. Clay nicht ebenfalls, und zwar um ihrer Schwester aus Gefälligkeit einen Weg zu ersparen, das Haus verlassen hätte, was sie veranlaßte zu warten, bis sie vor solch einer Gefährtin sicher war. Sie wartete deshalb, bis Mrs. Clay eine Weile fort war, ehe sie davon sprach, den Vormittag in der Rivers Street zu verbringen.
»Nun ja«, sagte Elizabeth, »ich habe ihr nichts als Grüße auszurichten. Ach, und nimm das langweilige Buch mit zurück, das sie mir unbedingt leihen wollte, und tu so, als ob ich es durchgelesen hätte. Ich kann mich wirklich nicht immer durch all die neuen Gedichte und politischen Reden quälen, die auf den Markt kommen. Lady Russell schläfert einen wirklich ein mit ihren Neuerscheinungen. Du brauchst es ihr nicht zu erzählen, aber ich fand ihr Kleid neulich abend abscheulich. Ich dachte immer, sie hätte Geschmack, aber ich habe mich für sie bei dem Konzert geschämt. Sie hat so etwas Steifes und Förmliches! Und sie sitzt immer so gerade! Herzliche Grüße natürlich.«
»Auch von mir«, fügte Sir Walter hinzu. »Meine schönsten Empfehlungen. Und du kannst bestellen, daß ich ihr bald einen Besuch mache. Richte das möglichst freundlich aus. Aber ich werde nur meine Visitenkarte abgeben. Vormittagsbesuche sind für Frauen in ihrem Alter, die sich so wenig schminken, nicht besonders vorteilhaft. Wenn sie nur Rouge auflegte, brauchte sie keine Angst zu haben, sich sehen zu lassen. Als ich sie das letzte Mal besuchte, fiel mir auf, daß sofort die Jalousien heruntergelassen wurden.«

Während ihr Vater noch sprach, klopfte es an der Tür. Wer konnte das sein? Anne, der Mr. Elliots geplante überraschende Besuche zu jeder Tageszeit einfielen, hätte mit ihm gerechnet, wenn sie nicht von seiner Verabredung sieben Meilen entfernt gewußt hätte. Nach den üblichen spannungsreichen Minuten hörte man die üblichen sich nähernden Schritte und »Mr. und Mrs. Charles Musgrove« wurden eingelassen.

Überraschung war unter den durch ihr Erscheinen hervorgerufenen Empfindungen die stärkste, aber Anne war ehrlich froh, sie zu sehen, und die anderen waren nicht so unglücklich darüber, daß sie nicht eine freundliche Willkommensmiene aufgesetzt hätten; und sobald sich herausstellte, daß diese ihre nächsten Verwandten nicht mit dem Anspruch auf Unterbringung ins Haus gekommen waren, gelang es Sir Walter und Elizabeth, in aller Herzlichkeit aufzustehen und sie angemessen zu begrüßen.

Sie waren ein paar Tage mit Mrs. Musgrove nach Bath gekommen und im Hotel »White Hart« abgestiegen. So viel hatten sie bald erfahren. Aber ehe Sir Walter und Elizabeth Mary nicht in das andere Wohnzimmer geführt und sich an ihrer Bewunderung geweidet hatten, war Anne unfähig, an Charles' Verstand zu appellieren, um einen zusammenhängenden Bericht über ihren Besuch oder eine Erklärung für einige von Mary unter vielsagendem Lächeln fallengelassene Anspielungen auf ein ganz bestimmtes Vorhaben und auch für die offensichtliche Konfusion, wer nun eigentlich alles mitgekommen war, zu bekommen.

Schließlich fand sie heraus, daß die Gruppe außer den beiden aus Mrs. Musgrove, Henrietta und Kapitän Harville bestand. Charles gab ihr einen sehr einfachen und einleuchtenden Bericht des Ganzen, eine Erzählung, die Anne außerordentlich charakteristisch für die Vorgänge in Uppercross erschien. Die Sache hatte damit angefangen, daß Kapitän Harville geschäftlich in Bath zu tun hatte. Der Gedanke war vor einer Woche aufgekommen, und um etwas zu tun zu haben, da die Jagdsaison vorbei war, hatte Charles vorgeschlagen, ihn zu begleiten, und Mrs. Harville hatte der Vorschlag anscheinend ihrem Mann zuliebe sehr zugesagt. Aber Mary konnte es nicht ertragen, zurückzubleiben, und war darüber so aufgebracht, daß ein oder zwei Tage lang alles im Ungewissen oder zu Ende schien. Aber dann hatten sich sein Vater und seine Mutter der Sache angenommen. Seine Mutter hatte einige alte Freundinnen in Bath, die sie besuchen wollte. Man hielt es für eine gute Gelegenheit für Henrietta mitzufahren und die Hochzeitskleider für sich und ihre Schwester zu kaufen. Kurz und gut, schließlich veranstaltete seine Mutter die Reise, um es Kapitän Harville bequem und leicht zu machen; und zu guter Letzt wurden er und Mary, weil es sich anbot, auch mitgenommen. Sie waren spät am Abend vorher eingetroffen. Mrs. Harville, ihre Kinder und Kapitän Benwick waren mit Mr. Musgrove und Louisa in Uppercross geblieben.

Anne war lediglich überrascht, daß die Dinge bereits so weit gediehen waren, daß von Henriettas Hochzeitskleid die Rede war; sie hatte damit gerechnet, daß Geldschwierigkeiten eine baldige Heirat verhindern würden. Aber sie erfuhr von Charles, daß Charles Hayter vor kurzem (und zwar *nach* Marys letztem Brief an sie) von einem Freund aufgefordert worden war, eine Pfarre für einen kleinen Jungen zu übernehmen, der selbst erst in vielen Jahren Anspruch darauf erheben konnte; und daß die beiden Familien aufgrund seines augenblicklichen Einkommens und bei der ziemlich sicheren Aussicht auf etwas Dauerhafteres lange vor diesem Zeitpunkt den Wünschen der beiden jungen Leute nachgegeben hatten und ihre Hochzeit wahrscheinlich in ein paar Monaten stattfinden würde, gleichzeitig mit Louisas. »Und obendrein ist es eine sehr gute Pfarre«, fügte Charles hinzu, »nur fünfundzwanzig Meilen von Uppercross entfernt und in einer sehr schönen Gegend – einem schönen Teil von Dorsetshire, mitten in einem der besten Jagdreviere von ganz England, umgeben von drei Großgrundbesitzern, einer vorsichtiger und eifersüchtiger als der andere. Und für wenigstens zwei der drei wird Charles Hayter vielleicht eine ausdrückliche Empfehlung bekommen. Nicht daß er es gebührend zu schätzen wissen wird«, bemerkte er, »Charles liegt nichts an der Jagd. Das ist sein größter Fehler.«

»Ich bin außerordentlich froh«, rief Anne, »richtig froh, daß es so kommt! Daß bei zwei Schwestern, die beide das gleiche Glück verdienen und die immer solch gute Freundinnen gewesen sind, die erfreulichen Aussichten der einen die der anderen nicht überschatten; daß ihnen beiden das gleiche Maß an Wohlstand und Behaglichkeit zukommt! Ich hoffe, dein Vater und deine Mutter sind mit dem Schicksal beider ganz zufrieden.«

»O ja! Mein Vater wäre nicht böse, wenn die Herren reicher gewesen wären, aber sonst hat er nichts an ihnen auszusetzen. Schließlich muß er tief in die Tasche greifen ... zwei Töchter auf einmal ... das kann keine sehr erfreuliche Aussicht sein und ist in vieler Hinsicht eine Belastung. Aber trotzdem, ich will damit nicht sagen, daß sie keinen Anspruch darauf haben. Es ist nur recht und billig, daß sie als Töchter ihren Anteil bekommen; und mir gegenüber ist er ja immer ein sehr gütiger, großzügiger Vater gewesen. Mary kann sich mit Henriettas Wahl nicht recht abfinden. Sie hat es nie gekonnt; aber sie ist ihm gegenüber nicht gerecht und schätzt auch Winthrop nicht hoch genug ein. Ich kann sie von dem Wert des Grundstücks nicht überzeugen. Wenn man es bedenkt, ist es eine durchaus angemessene Partie; und ich habe Charles Hayter schon immer gern gemocht und werde damit auch jetzt nicht aufhören.«

»Solche ausgezeichneten Eltern wie Mr. und Mrs. Musgrove«, rief Anne, »können sich über die Ehen ihrer Kinder nur freuen. Sie tun bestimmt alles, um das Glück ihrer Kinder zu fördern. Was für ein Segen für junge

Leute, in solchen Händen zu sein! Dein Vater und deine Mutter sind anscheinend völlig frei von diesen ehrgeizigen Gefühlen, die bei jung und alt zu so vielen Fehltritten und Elend geführt haben. Und Louisa ist hoffentlich völlig wiederhergestellt?«

Er antwortete eher zögernd. »Ja, ich glaube – ziemlich wiederhergestellt. Aber sie ist verändert; mit Laufen oder Springen, Lachen oder Tanzen ist es vorbei. Es ist alles ganz anders. Man braucht nur die Tür zufällig ein bißchen lauter zuzumachen, schon schrickt sie zusammen und zappelt wie ein Küken im Wasser. Und Benwick sitzt dicht neben ihr und liest ihr Verse vor oder flüstert mit ihr – den ganzen Tag.«

Anne konnte nicht umhin zu lachen. »Das ist sicher nicht ganz nach deinem Geschmack«, sagte sie, »aber ich bin überzeugt, er ist ein ausgezeichneter junger Mann.«

»Keine Frage. Daran zweifelt niemand. Und du hältst mich hoffentlich nicht für so engstirnig, daß ich bei jedem dieselben Interessen und Vergnügungen erwarte wie bei mir. Ich habe viel für Benwick übrig, und wenn man ihn erst zum Sprechen bringen kann, hat er eine Menge zu sagen. Das viele Lesen hat ihm nicht geschadet, denn er hat auch gekämpft und nicht *nur* gelesen. Er ist ein tapferer Bursche. Ich habe ihn am letzten Montag zum erstenmal besser kennengelernt. Wir haben den ganzen Vormittag eine tolle Rattenjagd in der großen Scheune meines Vaters veranstaltet, und er hat sich dabei so geschickt angestellt, daß er mir richtig sympathisch geworden ist.«

Hier wurden sie unterbrochen, weil es absolut unumgänglich war, daß Charles den anderen folgte, um die Spiegel und das Porzellan zu bewundern. Aber Anne hatte genug gehört, um zu begreifen, wie augenblicklich die Dinge in Uppercross standen, und sich über das dortige Glück herzlich zu freuen; und obwohl sie seufzte, während sie sich freute, fehlte ihrem Seufzer doch jeder mißgünstige Anflug von Eifersucht. Sie hätte ihre Wohltaten, wenn sie gekonnt hätte, gerne selbst genossen, wollte sie ihnen aber nicht schmälern.

Während des ganzen Besuchs herrschte allseits denkbar beste Laune. Mary war in ausgezeichneter Stimmung und genoß die Ausgelassenheit und Abwechslung. Die Reise in der vierspännigen Kutsche ihrer Schwiegermutter und ihre eigene völlige Unabhängigkeit vom Camden Place gefielen ihr so, daß sie ganz dazu aufgelegt war, alles gebührend zu bewundern, sämtliche Vorzüge des Hauses bereitwillig zu würdigen, während sie ihr einzeln vorgeführt wurden. Sie stellte keine Ansprüche an ihren Vater oder ihre Schwester, und ihre eigene Bedeutung wurde durch ihre eleganten Wohnzimmer gerade genug erhöht.

Elizabeth litt eine Zeitlang Qualen. Sie war sich bewußt, daß sie Mrs. Musgrove und ihre Begleitung zu sich zum Dinner einladen mußte, aber sie konnte es nicht ertragen, daß Leute, die den Elliots von Kellynch immer so unterlegen gewesen waren, Zeuge ihres veränderten Lebensstils und der verringerten Dienerschaft wurden, was sich bei einem Dinner nicht verheimlichen ließ. Es war ein Kampf zwischen Anstand und Eitelkeit. Aber die Eitelkeit siegte, und daraufhin war Elizabeth wieder glücklich. Mit den folgenden Überlegungen gelang es ihr, sich selbst zu überzeugen: »Altmodische Vorstellungen ... ländliche Gastfreundlichkeit ... wir pflegen keine Dinnerparties zu geben ... kaum jemand in Bath tut es ... Lady Alicia gibt nie welche; hat nicht einmal die Familie ihrer eigenen Schwester eingeladen, obwohl sie einen Monat lang hier waren; und Mrs. Musgrove wäre es bestimmt auch sehr unangenehm, ihr käme es sehr ungelegen. Ich bin sicher, sie würde lieber nicht kommen ... sie kann sich doch bei uns nicht wohlfühlen. Ich werde sie auf einen Abend einladen; das ist viel besser, das ist etwas Neues und ganz Besonderes. Zwei solche Wohnzimmer haben sie in ihrem ganzen Leben noch nicht gesehen. Es wird ihnen ein Vergnügen sein, morgen abend zu kommen. Es soll eine der üblichen Gesellschaften werden – klein, aber äußerst vornehm.« Und damit war Elizabeth zufrieden; und als die Einladung an die beiden Anwesenden erging und den Abwesenden versprochen wurde, war auch Mary vollkommen zufrieden. Sie wurde ausdrücklich gebeten, Mr. Elliots Bekanntschaft zu machen und Lady Dalrymple und Miss Carteret vorgestellt zu werden, die glücklicherweise beide bereits zugesagt hatten; und man hätte Mary keine schmeichelhaftere Aufmerksamkeit erweisen können. Miss Elliot wollte sich die Ehre geben, Mrs. Musgrove im Laufe des Vormittags einen Besuch abzustatten, und Anne brach sofort mit Charles und Mary auf, um sie und Henrietta aufzusuchen.

Ihren Plan, den Vormittag bei Lady Russell zu verbringen, mußte sie einstweilen verschieben. Sie sprachen alle drei ein paar Minuten lang in der Rivers Street vor, aber Anne beruhigte sich, daß es auf eine eintägige Verzögerung ihrer Mitteilung nicht ankam, und voller Ungeduld und Vorfreude, die auf vielen angenehmen Erinnerungen beruhte, eilte sie weiter zum »White Hart«, um die Freunde und Gefährten des Herbstes wiederzusehen.

Sie fanden Mrs. Musgrove und ihre Tochter allein zu Hause, und Anne wurde von beiden aufs herzlichste begrüßt. Henrietta befand sich in *dem* Zustand von neu gewonnenen Zukunftsaussichten und jüngst gefundenem Glück, der sie mit Zuneigung und Anteilnahme für alle erfüllte, die ihr überhaupt je sympathisch gewesen waren; und Mrs. Musgroves ehrliche Zuneigung hatte sie gewonnen, als sie sich ihnen in verzweifelter Lage nützlich erwiesen hatte. Es herrschte eine Herzlichkeit und eine Wärme und eine Aufrichtigkeit, die Anne um so mehr entzückten, als sie solche Wohltaten in ihrem trostlosen Zuhause entbehrte. Man drang in sie, soviel Zeit wie möglich mit ihnen zu verbringen, lud sie für jeden Tag von morgens bis abends ein oder vielmehr: beanspruchte sie als Familienmitglied. Und sie ihrerseits wandte ihnen ganz von selbst ihre gewohnte Teilnahme und Fürsorge zu, und als Charles sie allein ließ, hörte sie schon Mrs. Musgroves Bericht über Louisa und Henriettas über sich selbst zu und gab ihre Meinung über Einkäufe und ihre Empfehlungen über Geschäfte ab und fand zwischendurch Zeit, Mary bei allem zu helfen, vom Auswechseln ihres Hutbandes bis zur Aufstellung ihrer Abrechnung, vom Suchen ihrer Schlüssel und Sortieren ihres Schmucks bis zu dem Versuch, sie zu überzeugen, daß niemand sie benachteilige, was Mary bei aller Zufriedenheit mit ihrem Platz am Fenster, das auf den Eingang zur Trinkhalle hinaussah, nicht umhin konnte, sich gelegentlich einzubilden.

Ein heillos verwirrender Vormittag stand ihnen bevor. Eine so große Gesellschaft in einem Hotel sorgte für eine schnell wechselnde, aufregende Szenerie. Alle fünf Minuten geschah etwas anderes, ein Brief wurde gebracht, dann ein Paket, und Anne war noch keine halbe Stunde da, als das Eßzimmer, so groß es war, mehr als zur Hälfte voll schien: eine Gruppe von treuen alten Freundinnen umgab Mrs. Musgrove, und Charles kam mit den Kapitänen Harville und Wentworth zurück. Das Erscheinen des letzteren rief nur eine vorübergehende Überraschung in ihr hervor. Sie hatte schließlich damit rechnen müssen, daß die Ankunft ihrer gemeinsamen Freunde sie bald wieder zusammenbringen würde. Ihr letztes Zusammentreffen hatte ihr einen wichtigen Einblick in seine Gefühle gegeben. Es hatte ihr zu einer beglückenden Einsicht verholfen. Aber seinem Gesicht nach zu urteilen, fürchtete sie, daß er noch in derselben unglückseligen Überzeugung lebte, die ihn aus dem Konzert vertrieben hatte. Er wollte anscheinend ihrer Nähe und damit einem Gespräch entgehen.

Sie bemühte sich, ruhig zu bleiben und den Dingen ihren Lauf zu lassen, und bemühte sich auch, ganz auf das folgende vernünftige Argument zu vertrauen: »Wenn auf beiden Seiten beständige Zuneigung herrscht, dann müssen sich unsere Herzen doch über kurz oder lang finden. Wir sind doch keine Kinder mehr, die sich durch Spitzfindigkeiten beirren, durch jeden momentanen Irrtum beeinflussen lassen und leichtsinnig mit dem eigenen Glück spielen.« Und dennoch hatte sie ein paar Minuten später das Gefühl, als führe ein Zusammentreffen unter den augenblicklichen Verhältnissen immer nur zu Irrtümern und Mißverständnissen der schlimmsten Art.

»Anne!« rief Mary immer noch am Fenster, »da steht doch Mrs. Clay unter den Kolonnaden und bei ihr ein Gentleman. Sie sind gerade aus der Bath Street um die Ecke gekommen. Sie sind anscheinend tief im Gespräch. Wer ist der Mann? Komm schnell her. Du lieber Himmel! Jetzt erkenne ich ihn. Es ist Mr. Elliot persönlich.«

»Nein«, rief Anne schnell, »es kann nicht Mr. Elliot sein, glaub mir. Er wollte Bath heute morgen um neun verlassen und kommt nicht vor morgen zurück.«

Während sie sprach, spürte sie, wie Kapitän Wentworth sie ansah. Das Bewußtsein davon irritierte sie und machte sie verlegen und ließ sie bedauern, so viel gesagt zu haben, so harmlos es auch war.

Mary ärgerte sich, daß man ihr zutraute, sie erkenne ihren eigenen Vetter nicht, begann sehr nachdrücklich von Familienähnlichkeit zu sprechen und bestand immer hartnäckiger darauf, daß es Mr. Elliot sei, indem sie Anne noch einmal aufforderte, ans Fenster zu kommen, um sich selbst zu überzeugen. Aber Anne hatte nicht die Absicht, sich zu rühren, und versuchte, kühl und unbeteiligt zu bleiben. Ihre Ratlosigkeit vergrößerte sich jedoch, als sie merkte, wie zwei oder drei der weiblichen Gäste ein Lächeln und vielsagende Blicke austauschten, als hielten sie sich für durchaus eingeweiht. Es war offensichtlich, daß das Gerücht über sie sich herumgesprochen hatte, und eine kurze Pause trat ein, die dafür zu sorgen schien, daß es sich nun noch weiter herumsprechen würde.

»Komm doch, Anne«, rief Mary, »komm und überzeug dich selbst. Du verpaßt sie noch, wenn du dich nicht beeilst. Sie verabschieden sich gerade, sie geben sich die Hand. Er wendet sich ab. Ich und Mr. Elliot nicht erkennen! Du hast wohl Lyme ganz und gar vergessen.«

Um Mary zu beschwichtigen und vielleicht auch ihre eigene Verlegenheit zu verbergen, trat Anne ruhig ans Fenster. Sie kam gerade rechtzeitig, um sich zu vergewissern, daß es tatsächlich Mr. Elliot war (was sie nicht für möglich gehalten hatte), bevor er in die eine Richtung verschwand, während Mrs. Clay eilig in die andere davonging; und während sie ihre Überraschung verbarg, die sie nicht umhin konnte über dieses Bild freundlichen Einvernehmens zwischen zwei Personen mit völlig entgegengesetzten Interessen zu empfinden, sagte sie gelassen: »Ja, es ist tatsächlich Mr. Elliot. Er hat seine Abreise verschoben, nehme ich an, das ist alles – oder vielleicht irre ich mich auch, ich habe wohl nicht richtig zugehört«, und ging gefaßt und in der angenehmen Hoffnung, sich geschickt aus der Affäre gezogen zu haben, zu ihrem Stuhl zurück.

Die Besucher verabschiedeten sich; und Charles, der sie höflich zur Tür begleitet und ihnen dann ein Gesicht geschnitten und sie beschimpft hatte, überhaupt gekommen zu sein, sagte:

»Also, Mutter, ich habe etwas für dich getan, was dir gefallen wird. Ich war beim Theater und habe uns eine Loge für morgen abend besorgt. Bin ich nicht ein lieber Junge? Ich weiß, du gehst gern ins Theater, und es ist Platz für uns alle. Es passen neun Leute hinein. Ich habe Kapitän Wentworth eingeladen. Anne wird sicher nicht ungern mit von der Partie sein. Wir gehen alle gern ins Theater. Hab ich das nicht gut gemacht, Mutter?«

Mrs. Musgrove begann gutgelaunt zu erklären, sie habe ganz und gar nichts gegen das Theater, wenn es Henrietta und den anderen recht sei, als Mary sie aufgeregt unterbrach:

»Du lieber Himmel, Charles! Wie kannst du an so etwas denken! Eine Loge für morgen abend bestellen! Hast du vergessen, daß wir morgen abend am Camden Place eingeladen sind? Und daß wir ausdrücklich gebeten worden sind, um Lady Dalrymple und ihre Tochter und Mr. Elliot kennenzulernen – all die bedeutenden Familienmitglieder – ausdrücklich, um ihnen vorgestellt zu werden? Wie kannst du so vergeßlich sein!«

»Pah!« erwiderte Charles, »was liegt schon an einer Abendgesellschaft. Nicht der Rede wert. Dein Vater hätte uns zum Dinner einladen können, finde ich, wenn er uns hätte sehen wollen. Du kannst machen, was du willst, aber ich gehe ins Theater.«

»Oh, Charles! Das wäre aber wirklich abscheulich von dir, wo du doch versprochen hast, mitzukommen.«

»Nein, ich habe nichts versprochen. Ich habe nur gegrinst und mich verbeugt und ›sehr erfreut‹ gesagt. Versprochen habe ich nichts.«

»Aber du mußt mitkommen, Charles. Es wäre unverzeihlich. Wir sind ausdrücklich eingeladen worden, um vorgestellt zu werden. Es hat immer ein solch ausgezeichnetes Verhältnis zwischen den Dalrymples und uns bestanden. Auf beiden Seiten hat sich nie etwas ereignet, ohne daß es sofort mitgeteilt worden wäre. Wir sind schließlich ganz nah miteinander verwandt, auch mit Mr. Elliot, den du unbedingt kennenlernen solltest. Mr. Elliot verdient unsere ganze Aufmerksamkeit. Bedenke doch – der Erbe meines Vaters, das künftige Oberhaupt unserer Familie.«

»Red mir nicht von Erben und Oberhäuptern«, rief Charles. »Ich gehöre nicht zu denen, die die herrschende Macht mißachten, um sich vor der aufgehenden Sonne zu verneigen. Wenn ich nicht einmal deinem Vater zuliebe ginge, müßte ich es für einen Skandal halten, seinem Erben zuliebe zu gehen. Was bedeutet mir Mr. Elliot?«

Die verächtlichen Worte brachten Leben in Anne, die

merkte, daß Kapitän Wentworth ganz Aufmerksamkeit war und mit äußerster Anteilnahme zuhörte und daß die letzten Worte seinen fragenden Blick von Charles auf sie selbst lenkten.
Das Gespräch zwischen Charles und Mary ging auf diese Weise noch eine Zeitlang weiter. Er bestand halb ernsthaft, halb scherzend darauf, ins Theater zu gehen, und sie protestierte unverändert ernst in äußerster Erregung dagegen und unterließ es auch nicht, alle wissen zu lassen, daß sie sich bei all ihrer Entschlossenheit, selbst zum Camden Place zu gehen, durchaus benachteiligt fühlen würde, wenn man ohne sie ins Theater ging. Mrs. Musgrove griff ein.
»Wir sollten es lieber verschieben. Charles, du solltest lieber wieder hingehen und die Loge für Dienstag umbestellen. Es wäre ein Jammer, wenn wir uns trennen müßten, und wir müßten auch auf Miss Anne verzichten, wenn eine Gesellschaft bei ihrem Vater stattfindet; und ich bin sicher, weder Henrietta noch ich hätten viel Spaß an dem Stück, wenn Miss Anne nicht dabei wäre.«
Anne war ihr von Herzen dankbar für diese Freundlichkeit und mehr noch für die Gelegenheit, die sie ihr gab, ganz entschieden zu sagen:
»Wenn es nur nach mir ginge, Madam, dann wäre die Gesellschaft zu Hause (außer um Marys willen) nicht das geringste Hindernis. Ich habe für diese Art Abendvergnügen nichts übrig und würde es nur zu gern gegen einen Theaterbesuch eintauschen, noch dazu mit Ihnen. Aber vielleicht sollte man es lieber lassen.«
Sie hatte es ausgesprochen; aber sie zitterte, als sie es getan hatte, denn sie war sich bewußt, daß man ihren Worten zuhörte, und sie wagte nicht einmal, deren Wirkung zu beobachten.
Man kam bald überein, daß man am Dienstag gehen wollte, und nur Charles erlaubte sich den Spaß, seine Frau zu ärgern, indem er darauf bestand, er würde

morgen ins Theater gehen, auch wenn niemand mitkäme.
Kapitän Wentworth stand auf und ging zum Kamin hinüber, wahrscheinlich mit dem Hintergedanken, ihn gleich wieder zu verlassen und sich in weniger leicht durchschaubarer Absicht neben Anne zu setzen.
»Sie sind noch nicht lange genug in Bath«, sagte er, »um Gefallen an den hiesigen Abendgesellschaften zu finden.«
»O nein, mir liegt an dem üblichen Verlauf dieser Abende gar nichts. Ich spiele nicht gern Karten.«
»Das taten Sie früher auch nicht. Sie hatten nie etwas für Karten übrig. Aber die Zeit bringt viele Veränderungen mit sich.«
»So sehr habe ich mich nicht verändert«, rief Anne und hielt aus Angst, neue ungeahnte Mißverständnisse heraufzubeschwören, inne. Er wartete einen Augenblick; dann sagte er – und zwar so, als drücke er eine spontane Empfindung aus: »Ja, es ist eine lange Zeit! Achteinhalb Jahre sind eine lange Zeit.«
Darüber nachzudenken, ob er fortgefahren wäre, blieb Annes Phantasie für eine stillere Stunde vorbehalten, denn während die Worte, die er geäußert hatte, noch in ihr nachklangen, riß Henrietta, die darauf brannte, während der gegenwärtigen Ruhe das Haus zu verlassen, und ihre Gefährten aufforderte, aufzubrechen, ehe neuer Besuch eintraf, sie aus ihren Gedanken.
Sie mußten aufstehen. Anne sagte, sie sei durchaus bereit, und bemühte sich, auch so auszusehen. Aber sie war sicher, wenn Henrietta gewußt hätte, mit wieviel Bedauern und Zögern im Herzen sie den Stuhl verließ, sich anschickte, das Zimmer zu verlassen, dann hätte sie in ihrer ganzen Zuneigung zu ihrem Vetter, in ihrem ganzen Vertrauen auf seine Liebe Grund genug gefunden, sie zu bemitleiden.
Ihr Aufbruch wurde allerdings abrupt unterbrochen. Alarmierende Geräusche waren zu hören. Neue Besu-

cher näherten sich, und die Tür wurde für Sir Walter und Miss Elliot aufgerissen, deren Eintritt allgemeine Kälte zu verbreiten schien. Anne überkam sofort Befangenheit, und wohin sie auch sah, erblickte sie ähnliche Empfindungen. Die Unbefangenheit, Zwanglosigkeit und Ausgelassenheit im Zimmer wandelten sich in kalte Höflichkeit, entschlossenes Schweigen oder belanglose Redensarten, um der herzlosen Förmlichkeit ihres Vaters und ihrer Schwester gerecht zu werden. Wie demütigend zu spüren, daß es so war!
Ihr eifersüchtiges Auge wurde allerdings in einer Hinsicht beruhigt. Kapitän Wentworth wurde von beiden wieder zur Kenntnis genommen, von Elizabeth zuvorkommender als vorher. Sie richtete einmal sogar das Wort an ihn und sah ihn mehr als einmal an. Tatsächlich hatte Elizabeth große Pläne. Das Folgende erklärte es. Nachdem sie ein paar Minuten auf die passenden nichtssagenden Floskeln verschwendet hatte, begann sie, die Einladung auszusprechen, die die gebührende Aufmerksamkeit gegenüber den Musgroves enthalten sollte. »Morgen abend, um ein paar Freunde zu treffen, eine ganz zwanglose Gesellschaft.« Es wurde alles formvollendet vorgebracht, und die Karten, mit denen sie sich versehen hatte (»Miss Elliot bittet um die Ehre«), wurden mit einem gewinnenden, an alle gerichteten Lächeln auf den Tisch gelegt – und ein Lächeln, und eine Karte ganz betont für Kapitän Wentworth. Die Wahrheit war, daß Elizabeth lange genug in Bath war, um die Bedeutung eines Mannes von solchem Auftreten und solcher Erscheinung zu begreifen. Die Vergangenheit bedeutete nichts. Die Gegenwart bedeutete, daß Kapitän Wentworth sich in ihrem Wohnzimmer gut ausnehmen würde. Die Karte wurde demonstrativ überreicht, und Sir Walter und Elizabeth erhoben sich und verschwanden.
Die Unterbrechung war kurz, aber spürbar gewesen, und fast alle, die sie zurückließen, als die Tür sich hinter

ihnen schloß, fanden ihre Ungezwungenheit und Lebhaftigkeit wieder, aber nicht Anne. Sie konnte nur an die Einladung, der sie mit solchem Erstaunen beigewohnt hatte, und an die Art denken, wie sie entgegengenommen wurde, eine durchaus nicht eindeutige Art, die eher Überraschung als Dankbarkeit, höfliches Zurkenntnisnehmen als Zustimmung verriet. Sie kannte ihn. Sie sah Verachtung in seinem Blick und wagte nicht zu glauben, daß er bereit war, dieses Entgegenkommen als Buße für all die Unverschämtheiten der Vergangenheit zu akzeptieren. Ihr sank der Mut. Er hielt die Karte in der Hand, nachdem sie gegangen waren, als ob er intensiv darüber nachdachte.

»Elizabeth hat tatsächlich alle in die Einladung eingeschlossen!« flüsterte Mary sehr hörbar. »Es wundert mich nicht, daß Kapitän Wentworth höchst erfreut ist. Er kann sich gar nicht von der Karte trennen.«

Anne fing seinen Blick auf, sah, wie ihm die Röte ins Gesicht stieg und ein Anflug von Verachtung um seinen Mund spielte; sie wandte sich ab, um nicht noch mehr Peinliches sehen oder hören zu müssen.

Die Gesellschaft trennte sich. Die Herren hatten ihre eigenen Beschäftigungen, die Damen gingen ihre eigenen Wege, und solange Anne dabei war, kamen sie nicht mehr zusammen. Sie wurde inständig gebeten, zurückzukommen und mit ihnen zu essen und den Rest des Tages mit ihnen zu verbringen, aber ihre seelischen Kräfte waren so beansprucht worden, daß sie sich mehr im Augenblick nicht gewachsen fühlte und sich nur nach Hause sehnte, wo sie sicher war, so ungestört sein zu können, wie sie wollte.

Sie versprach deshalb, den ganzen nächsten Vormittag mit ihnen zu verbringen, schloß die Anstrengungen des Tages mit einem mühsamen Fußweg nach Camden Place ab und verbrachte den Abend hauptsächlich damit, daß sie Elizabeth und Mrs. Clay bei ihren geschäftigen Vorbereitungen für die morgige Gesellschaft zuhörte, der wiederholten Aufzählung der eingeladenen Personen und der immer eindrucksvolleren Beschreibung all des Luxus, der sie zur weitaus vornehmsten ihrer Art in Bath machen sollte, während sie sich im stillen mit der immer wiederkehrenden Frage quälte, ob Kapitän Wentworth kommen würde oder nicht. Die beiden Damen rechneten bestimmt mit ihm, aber Anne schwebte in nagender Ungewißheit, die sich keine fünf Minuten lang beruhigen ließ. Eigentlich glaubte sie, er würde kommen, weil sie eigentlich glaubte, er müsse es. Aber es handelte sich um einen Fall, bei dem sie Pflicht- und Taktgefühl nicht als so selbstverständlich voraussetzen konnte, daß sie nicht auch direkt entgegengesetzte Reaktionen für möglich gehalten hätte.

Aus diesem Zustand ruhelosen Grübelns raffte sie sich nur auf, um Mrs. Clay wissen zu lassen, daß man sie drei Stunden nach Mr. Elliots angeblicher Abreise aus Bath mit ihm gesehen hatte; denn nachdem sie vergeblich auf eine Erwähnung des Gesprächs durch die Dame selbst gewartet hatte, entschloß sie sich, es selbst zu erwähnen, und sie hatte den Eindruck, daß Mrs. Clay ein schuldbewußtes Gesicht machte, während sie zuhörte. Es dauerte aber nur einen Augenblick, verschwand dann sofort, aber Anne hatte das Gefühl, als drücke sich darin das Geständnis aus, daß sie aufgrund irgendeiner undurchschaubaren gemeinsamen Machenschaft oder irgendeiner angemaßten Autorität seinerseits gezwungen worden war, sich (vielleicht eine halbe Stunde lang) seine Strafpredigten und Vorhaltungen über ihre Absichten auf Sir Walter anzuhören. Mrs. Clay rief allerdings mit gut gespielter Natürlichkeit:

»Du liebe Güte! Das stimmt. Stellen Sie sich vor, Miss Elliot, zu meiner großen Überraschung traf ich Mr. Elliot in der Bath Street. Noch nie war ich so erstaunt. Er kehrte um und begleitete mich zum Platz vor der Trinkhalle. Irgend etwas war bei seiner Reise nach Thornberry dazwischengekommen, aber ich weiß wirklich nicht mehr, was – denn ich war in Eile und habe nicht genau zugehört und weiß nur, daß er sich bei seiner Rückkehr auf keinen Fall verspäten wollte. Er wollte wissen, wie früh er gebeten sei. Er dachte an nichts als an morgen; und es liegt auf der Hand, daß ich auch an nichts anderes gedacht habe, seit ich das Haus betreten und von Ihren erweiterten Plänen und allem, was vorgefallen ist, erfahren habe, sonst hätte mir die Begegnung mit ihm nicht so völlig entfallen können.«

Kapitel 23

Ein Tag war erst seit Annes Gespräch mit Mrs. Smith vergangen. Aber ein lebhafteres Interesse hatte es überschattet; und abgesehen von seiner Wirkung in einer Hinsicht berührte Mr. Elliots Verhalten sie im Moment so wenig, daß es ihr nicht schwerfiel, ihren erklärenden Besuch im Laufe des nächsten Vormittags in der Rivers Street ganz selbstverständlich weiter hinauszuschieben. Sie hatte den Musgroves versprochen, vom Frühstück bis zum Dinner mit ihnen zusammenzusein. Sie hatte ihr Wort gegeben, und Mr. Elliots Charakter hatte wie der Kopf der Sultanin Scheherazade noch eine Gnadenfrist von einem Tag.[12]

Sie konnte ihre Verabredung allerdings nicht pünktlich einhalten. Das Wetter war unfreundlich, und sie bedauerte den Regen im Interesse ihrer Freunde, aber auch um ihrer selbst willen, bevor sie sich auf den Weg machen konnte. Als sie das »White Hart« erreicht hatte und in ihren Zimmern angelangt war, stellte sie fest, daß sie weder rechtzeitig noch als erste eingetroffen war. Die Gesellschaft bestand schon aus Mrs. Musgrove im Gespräch mit Mrs. Croft und Kapitän Harville im Gespräch mit Kapitän Wentworth, und sie erfuhr sofort, daß Mary und Henrietta in ihrer Ungeduld ausgegangen waren, sobald es sich aufgeklärt hatte, aber bald zurück sein würden, und Mrs. Musgrove strengste Anweisungen gegeben hatten, Anne festzuhalten, bis sie zurückkämen. Sie brauchte dem Wunsch lediglich nachzukommen, Platz zu nehmen, einen gefaßten Eindruck zu machen und sich unvermittelt in all die Unruhe versetzt zu fühlen, wovon sie im Laufe des Vormittags eigentlich nur eine kleine Kostprobe hatte nehmen wollen. Es gab keinen Aufschub, keine Zeitvergeudung. Augenblicklich war sie mitten im Glück dieses Unglücks oder im Unglück dieses Glücks. Zwei Minuten nach ihrem Eintritt ins Zimmer sagte Kapitän Wentworth:

»Wir schreiben den Brief, von dem die Rede war, am besten jetzt, Harville, wenn du mir Schreibzeug gibst.«

Schreibzeug lag auf einem anderen Tisch bereit. Er ging hinüber, drehte ihnen beinahe ganz den Rücken zu und war völlig mit Schreiben beschäftigt.

Mrs. Musgrove gab Mrs. Croft einen Bericht von der Verlobung ihrer ältesten Tochter in genau dem unangenehmen Tonfall, der sich als Flüstern ausgibt und doch wortwörtlich verstanden wird. Anne hatte das Gefühl, vom Gespräch ausgeschlossen zu sein, aber da Kapitän Harville einen nachdenklichen Eindruck machte und nicht zum Reden aufgelegt war, ließ es sich nicht vermeiden, daß sie viele unerwünschte Einzelheiten mithörte, wie zum Beispiel, daß Mr. Musgrove und ihr Bruder Hayter sich immer wieder getroffen hatten, um alles zu besprechen; was ihr Bruder Hayter einen Tag gesagt hatte, und was Mr. Musgrove am nächsten Tag vorgeschlagen hatte, und was ihrer Schwägerin Hayter eingefallen war, und was die jungen Leute gewollt hatten, und womit sie sich zuerst auf keinen Fall abfinden konnte, aber nach einiger Überredung doch ganz zufrieden war, und eine Menge ähnlicher offenherziger Mitteilungen – Einzelheiten, die auch bei allergrößtem Takt und Feingefühl, die der guten Mrs. Musgrove abgingen, wirklich nur die unmittelbar Beteiligten interessieren konnten. Mrs. Croft hörte in aller Gutmütigkeit zu, und wenn sie überhaupt etwas sagte, dann klang es sehr vernünftig. Anne hoffte, daß die Herren beide zu sehr mit sich selbst beschäftigt waren, um zuzuhören.

»Also, Madam, wenn man alle diese Dinge bedenkt«, sagte Mrs. Musgrove in ihrem durchdringenden Flüsterton, »und eigentlich hätten wir es uns ja anders vorgestellt, aber alles in allem fanden wir es nicht angebracht, unsere Zustimmung noch länger zu verweigern, denn Charles Hayter war ganz versessen darauf, und Henrietta war auch nicht viel besser, und deshalb fanden wir, sie sollten lieber gleich heiraten und das Beste daraus machen, wie viele andere Leute vor ihnen auch. Na, jedenfalls habe ich gesagt, ist es besser als eine lange Verlobung.«

»Genau das wollte ich auch gerade sagen«, rief Mrs. Croft, »mir ist es lieber, junge Leute heiraten früh und mit einem kleinen Einkommen und werden gemeinsam mit ein paar Schwierigkeiten fertig, als daß sie sich auf eine lange Verlobung einlassen. Ich finde immer, daß keine gegenseitige ...«

»Oh, meine liebe Mrs. Croft«, rief Mrs. Musgrove, außerstande, sie ausreden zu lassen, »ich verabscheue nichts so sehr wie eine lange Verlobungszeit bei jungen Leuten. Genau davor habe ich meine Kinder immer gewarnt. So eine Verlobung ist gut und schön, habe ich immer gesagt, wenn die Aussicht besteht, daß sie in sechs Monaten heiraten können, oder vielleicht auch in zwölf, aber eine lange Verlobung ...«

»Ja, meine liebe Madam«, sagte Mrs. Croft, »oder eine ungewisse Verlobung, eine Verlobung, die *vielleicht* lange dauert. Anzufangen, ohne zu wissen, daß man dann und dann die Mittel haben wird zu heiraten, halte ich für sehr unsicher und unklug, und für etwas, was alle Eltern nach Möglichkeit verhindern sollten.«

Dies stieß auf unerwartetes Interesse bei Anne. Sie

spürte, daß es auf sie zutraf, spürte es an dem erregenden Schauer, der sie überlief, und im gleichen Augenblick, als ihr Blick instinktiv zu dem entfernten Tisch hinüberwanderte, hörte Kapitän Wentworths Feder auf, sich zu bewegen, er hob den Kopf, hielt inne, lauschte, und im nächsten Augenblick drehte er sich um und warf ihr einen Blick zu – einen kurzen, vielsagenden Blick.

Die beiden Damen fuhren in ihrem Gespräch fort, wiederholten eindringlich die Wahrheiten, über die sie sich einig waren, und belegten sie mit Beispielen über die üblen Folgen gegenteiliger Praxis, die sie in ihrer Bekanntschaft beobachtet hatten. Aber Anne hörte es nur undeutlich, es war ein bloßes Summen von Worten in ihrem Ohr, in ihrem Kopf herrschte Verwirrung.

Kapitän Harville, der in Wirklichkeit gar nicht zugehört hatte, stand nun auf und trat an eins der Fenster; und Anne, die ihn zu beobachten schien, obwohl sie in Gedanken ganz woanders war, merkte allmählich, daß er sie aufforderte, zu ihm herüberzukommen. Er sah sie mit einem Lächeln und einer kleinen Kopfbewegung an, die besagten: »Komm her zu mir, ich habe dir etwas zu sagen«, und die zwanglose, natürliche Liebenswürdigkeit, die die Vertrautheit einer längeren Bekanntschaft ausdrückte, als ihre eigentlich war, gab seiner Aufforderung noch zusätzliches Gewicht. Sie rief sich zur Besinnung und ging zu ihm hinüber. Das Fenster, wo er stand, lag entfernt von den Plätzen der beiden Damen am anderen Ende des Zimmers und war, obwohl näher an Kapitän Wentworths Tisch, doch nicht sehr nahe. Als sie zu ihm trat, nahm Kapitän Harville wieder den ernsthaften, nachdenklichen Gesichtsausdruck an, der anscheinend seiner Natur entsprach.

»Sehen Sie hier«, sagte er, wickelte ein kleines Päckchen aus, das er in der Hand hielt, und zeigte ihr eine gemalte Miniatur, »wissen Sie, wer das ist?«

»Natürlich, Kapitän Benwick.«

»Ja, und Sie können sich denken, für wen es ist. Aber

(mit gesenkter Stimme) es wurde nicht für sie gemacht. Miss Elliot, erinnern Sie sich an unseren gemeinsamen Spaziergang in Lyme und wie leid er uns tat? Wie wenig ahnte ich damals . . . aber was soll's? Dies wurde am Kap gemalt. Er hatte einen begabten jungen deutschen Maler am Kap getroffen, und um ein meiner armen Schwester gegebenes Versprechen zu erfüllen, saß er ihm Modell und brachte es für sie mit nach Hause; und ich habe nun den Auftrag, es für eine andere rahmen zu lassen! Ausgerechnet ich! Aber wen hätte er sonst darum bemühen sollen? Doch ich hoffe, das tut unserer Freundschaft keinen Abbruch. Es tut mir durchaus nicht leid, es einem anderen zu überlassen! Er ist dabei . . . (er blickte zu Kapitän Wentworth hinüber) er schreibt gerade deswegen . . .« Und mit zitternden Lippen faßte er alles in dem Satz zusammen: »Die arme Fanny! Sie hätte ihn nicht so bald vergessen!«

»Nein«, erwiderte Anne mit leiser mitfühlender Stimme, »das will ich gerne glauben.«

»Es war nicht ihre Art. Sie hing sehr an ihm.«

»Es wäre die Art keiner Frau, die wirklich liebt.«

Kapitän Harville lächelte, als wollte er sagen: »Glauben Sie, das gilt für ihr ganzes Geschlecht?«, und sie beantwortete die Frage ebenfalls lächelnd: »Ja, wir vergessen euch sicher nicht so schnell wie ihr uns. Vielleicht ist das eher unser Schicksal als unser Verdienst. Wir können nicht anders. Wir wohnen zu Hause, still und abgeschlossen, und werden das Opfer unserer Gefühle. Ihr seid gezwungen, euch zu betätigen. Ihr habt immer einen Beruf, Interessen, Beschäftigungen der einen oder anderen Art, die euch immer wieder in die Welt zurückführen, und ständige Inanspruchnahme und Abwechslung läßt alle Eindrücke bald verblassen.«

»Selbst, wenn man zugibt, daß die Welt den Männern dies alles bietet (was ich allerdings nicht zugeben werde), trifft es immer noch nicht auf Kapitän Benwick zu. Er ist nicht gezwungen worden, sich zu betätigen. Der Friede hat ihn genau im richtigen Augenblick an Land geschickt, und er hat seitdem ausschließlich bei uns, in unserem beschränkten Familienkreis gewohnt.«

»Das stimmt«, sagte Anne, »das stimmt durchaus. Daran habe ich nicht gedacht. Aber was sagen wir nun, Kapitän Harville? Wenn die Veränderung nicht auf äußeren Umständen beruht, dann muß sie von innen kommen. Es muß in der Natur, in der Natur des Mannes liegen, daß es bei Kapitän Benwick so gekommen ist.«

»Nein, nein, es liegt nicht in der Natur des Mannes. Ich gebe nicht zu, daß es mehr in der Natur des Mannes als der Frau liegt, unbeständig zu sein und die zu vergessen, die sie lieben oder geliebt haben. Ich glaube das Gegenteil. Ich glaube an eine genaue Entsprechung zwischen unserer körperlichen und unserer seelischen Verfassung; und da unsere Körper stärker sind, sind es auch unsere Gefühle – imstande, die bittersten Schläge auszuhalten und das schwerste Unwetter zu überstehen.«

»Eure Gefühle sind vielleicht stärker«, erwiderte Anne, »aber dieses Prinzip der Analogie gibt mir das Recht zu behaupten, daß unsere Gefühle zärtlicher sind. Männer sind robuster als Frauen, aber sie leben nicht länger, und genau das erklärt meine Ansicht über die Art ihrer Zuneigung. Ja, es wäre zu viel für euch, wenn es anders wäre. Ihr habt mit genügend Schwierigkeiten und Entbehrungen und Gefahren zu kämpfen. Ihr müßt euch immer mühen und anstrengen und euch jedem Risiko und jeder Entbehrung aussetzen, Haus und Heimat und Freunde, alles verlassen, weder Zeit, noch Gesundheit, noch Leben euer eigen nennen. Es wäre wirklich zu viel (mit versagender Stimme), wenn weibliche Gefühle zu alldem noch hinzukämen.«

»Wir werden uns über diese Frage nie einigen«, fing Kapitän Harville gerade an, als ein leises Geräusch sie darauf aufmerksam machte, daß Kapitän Wentworth die ganze Zeit in völligem Schweigen das Zimmer mit ihnen geteilt hatte. Ihm war lediglich die Feder entfallen, aber

Anne erschrak, daß er doch näher saß, als sie angenommen hatte, und war sofort geneigt zu vermuten, daß ihm die Feder nur entfallen war, weil sie seine Aufmerksamkeit erregt hatten und er sich bemüht hatte, Worte aufzufangen, was ihm ihrer Meinung nach aber kaum gelungen sein konnte.

»Hast du deinen Brief fertig?« fragte Kapitän Harville.

»Nicht ganz, noch ein paar Zeilen. Ich bin in fünf Minuten soweit.«

»Du brauchst dich meinetwegen nicht zu beeilen. Ich bin bereit, wann immer du es bist. Ich liege hier bestens vor Anker (er lächelte Anne zu), gut versorgt und ohne etwas zu entbehren. Keine Eile mit dem Aufbruchssignal. Also, Miss Elliot«, er senkte die Stimme, »wie ich schon sagte, wir werden uns über diese Frage nie einigen. Das könnten wohl auch kein Mann und keine Frau. Aber lassen Sie mich wenigstens anmerken, daß alle historischen Fälle gegen Sie sprechen, alle Geschichten, in Prosa und Vers. Wenn ich ein Gedächtnis wie Benwick hätte, könnte ich Ihnen im Nu fünfzig Zitate geben, die für mich sprächen, und ich glaube nicht, daß ich je in meinem Leben ein Buch aufgeschlagen habe, das nicht etwas über die Unbeständigkeit der Frauen zu sagen gehabt hätte. Lieder und Sprichwörter, alle handeln von weiblicher Untreue. Aber vielleicht werden Sie sagen, die sind doch alle von Männern geschrieben.«

»Das werde ich vielleicht – nein, nein, keine Anspielung auf Beispiele aus Büchern, wenn ich bitten darf. Männer haben immer den Vorteil vor uns gehabt, daß sie ihre eigene Version erzählen konnten. Sie haben die Vorzüge der Erziehung in viel größerem Maße genossen. Sie haben die Feder in der Hand gehabt. Bücher lasse ich als Beweismaterial nicht gelten.«

»Aber wie sollen wir denn etwas beweisen?«

»Wir werden nichts beweisen. Wir können nicht erwarten, in diesem Punkt irgend etwas zu beweisen. Es handelt sich um unterschiedliche Meinungen, für die es keine Beweise gibt. Wir fangen vermutlich alle mit einer gewissen Parteilichkeit für unser eigenes Geschlecht an, und mit dieser Parteilichkeit deuten wir dann jeden Vorfall, der sich in unserem Kreis ereignet, zu seinen Gunsten; und viele dieser Fälle (vielleicht sogar diejenigen, die uns am meisten betroffen machen), sind solche, die man nicht erwähnen kann, ohne einen Vertrauensbruch zu begehen oder Dinge zu sagen, die nicht gesagt werden sollten.«

»Ach«, rief Kapitän Harville, und seine Stimme verriet innere Erregung, »wenn ich Ihnen nur verständlich machen könnte, wie ein Mann leidet, wenn er einen letzten Blick auf Frau und Kinder wirft und dem Boot, in dem er sie wegschickt, nachsieht, solange es in Sicht ist, und sich dann abwendet und sagt: ›Gott weiß, ob wir uns je wiedersehen!‹ Wenn ich Ihnen eine Vorstellung geben könnte von der tiefen inneren Freude, wenn er sie dann tatsächlich wiedersieht; wenn er nach zwölfmonatiger Abwesenheit in einen anderen Hafen einlaufen muß und ausrechnet, wie schnell sie bestenfalls da sein können, und so tut, als könne er sich selbst etwas vormachen, indem er sagt: ›Sie können nicht vor dem und dem Tag hier sein‹, aber die ganze Zeit hofft, daß sie zwölf Stunden früher kommen, und sie schließlich viele Stunden früher ankommen sieht, als hätte der Himmel ihnen Flügel gegeben! Wenn ich Ihnen das alles erklären könnte, und alles, was ein Mann ertragen und tun kann und mit Begeisterung tut für dieses kostbarste Gut seines Lebens. Ich spreche natürlich nur von Männern, die ein Herz haben«, und er legte voller Bewegung die Hand auf sein Herz.

»Oh«, rief Anne eilig, »ich hoffe, ich lasse allem, was Sie und alle, die Ihnen ähneln, empfinden, Gerechtigkeit widerfahren. Der Himmel bewahre, daß ich die herzlichen und aufrichtigen Gefühle irgendeines meiner Mitmenschen unterschätze. Ich hätte nichts als Verachtung verdient, wenn ich zu behaupten wagte, daß wirklich echte Zuneigung und Beständigkeit nur unter Frauen zu finden sei. Nein, ich glaube, die Männer sind in der Ehe zu allem fähig, was groß und gut ist. Ich glaube, sie sind jeder großen Anstrengung, jeder häuslichen Anforderung gewachsen, solange sie – wenn ich mir den Ausdruck erlauben darf, solange sie ein Ziel haben. Ich meine, solange die Frau, die sie lieben, lebt und für sie lebt. Den einzigen Anspruch, den ich für mein eigenes Geschlecht erhebe (und es ist kein beneidenswerter, Sie brauchen ihn nicht anzustreben), ist, daß wir länger lieben, wenn die Liebe oder die Hoffnung darauf verschwunden sind.«

Sie war unfähig, noch ein Wort herauszubringen. Ihr Herz war zu voll, sie mußte zu sehr nach Luft ringen.

»Sie sind eine gute Seele«, rief Kapitän Harville und legte ihr liebevoll die Hand auf den Arm. »Mit Ihnen kann man nicht streiten. Und wenn ich an Benwick denke, ist mir der Mund ohnehin versiegelt.«

Ihre Aufmerksamkeit wurde durch die anderen in Anspruch genommen. Mrs. Croft verabschiedete sich.

»Hier, Frederick, trennen sich, glaube ich, unsere Wege«, sagte sie. »Ich gehe nach Hause, und du hast eine Verabredung mit deinem Freund. Vielleicht haben wir heute abend das Vergnügen, uns alle wiederzusehen, bei Ihrer Gesellschaft (sie wandte sich an Anne). Wir haben gestern die Einladung Ihrer Schwester bekommen, und soviel ich weiß, hat Frederick auch eine erhalten, obwohl ich sie nicht gesehen habe – und du hast doch nichts vor, Frederick, genau wie wir, oder?«

Kapitän Wentworth faltete in großer Hast einen Brief zusammen und konnte oder wollte keine ausführliche Antwort geben.

»Ja«, sagte er, »durchaus, hier trennen sich unsere Wege, aber Harville und ich kommen bald nach, das heißt, wenn du fertig bist, Harville. Ich bin jeden Augenblick soweit. Ich weiß, du möchtest aufbrechen. Ich stehe dir jeden Augenblick zur Verfügung.«

Mrs. Croft verließ sie, und als Kapitän Wentworth seinen Brief in größter Hast versiegelt hatte, war er wirklich fertig, und sein überstürztes, aufgeregtes Benehmen verriet sogar Ungeduld, aufzubrechen. Anne wußte nicht, was sie davon halten sollte. Ihr wurde das freundlichste »Auf Wiedersehen, Gott segne Sie« von Kapitän Harville zuteil, aber von ihm nicht ein Wort, nicht ein Blick. Er war aus dem Zimmer verschwunden, ohne einen einzigen Blick!

Sie hatte allerdings gerade Zeit, näher an den Tisch zu treten, wo er geschrieben hatte, als sie Schritte zurückkommen hörte. Die Tür wurde geöffnet; er war es selbst. Er bat um Verzeihung, aber er habe seine Handschuhe vergessen; und während er unverzüglich quer durchs Zimmer zum Schreibtisch ging und mit dem Rücken zu Mrs. Musgrove stand, zog er einen Brief unter den verstreuten Papieren hervor, legte ihn mit einem kurzen, eindringlichen und flehentlichen Blick auf Anne vor sie hin, nahm hastig seine Handschuhe und war aus dem Zimmer, fast ehe Mrs. Musgrove seine Anwesenheit überhaupt bemerkt hatte – das Werk eines Augenblicks!

Die Wandlung, die innerhalb eines Augenblicks in Anne stattfand, ließ sich kaum in Worte fassen. Bei dem Brief mit der kaum leserlichen Aufschrift »Miss A. E.« handelte es sich offenbar um den, den er so hastig zusammengefaltet hatte. Während er anscheinend nur an Kapitän Benwick schrieb, hatte er ebenfalls einen Brief an sie gerichtet. Von dem Inhalt dieses Briefes hing alles ab, was ihr diese Welt zu bieten hatte! Alles war möglich; alles, außer Ungewißheit ließ sich ertragen. Mrs. Musgrove war an ihrem eigenen Tisch mit ihren eigenen Angelegenheiten beschäftigt. Auf diese Tätigkeiten mußte sie vertrauen, und sie sank auf den Stuhl, auf dem er gesessen hatte, nahm genau die Stelle ein, wo er sich über den Tisch gebeugt und geschrieben hatte, und ihre Augen verschlangen die folgenden Worte:

»Ich kann nicht länger schweigend zuhören. Ich muß durch die Mittel mit Ihnen sprechen, die mir zur Verfügung stehen. Sie durchbohren meine Seele. Ich schwanke zwischen Qual und Hoffnung. Sagen Sie nicht, daß ich zu spät komme, daß diese kostbaren Gefühle für immer verloren sind. Ich biete Ihnen noch einmal meine Hand, mit einem Herzen, das noch mehr das Ihre ist als vor achteinhalb Jahren, als Sie es fast gebrochen hätten. Wie können Sie sagen, daß Männer schneller vergessen als Frauen, daß ihre Liebe früher stirbt. Ich habe nie eine andere geliebt als Sie. Ungerecht war ich vielleicht, schwach und verbittert war ich bestimmt, aber niemals unbeständig. Sie allein haben mich nach Bath gelockt. Für Sie allein denke und plane ich. Haben Sie das nicht bemerkt? Können Ihnen meine Wünsche entgangen sein? Ich hätte nicht die letzten zehn Tage abgewartet, hätte ich Ihre Gefühle verstanden, so wie Sie meine durchschaut haben müssen. Sie senken Ihre Stimme, aber ich kann die Laute dieser Stimme unterscheiden, wenn andere sie nicht einmal hören würden. Unvergleichlich gutes, unvergleichlich edles Geschöpf! Sie lassen uns wirklich Gerechtigkeit widerfahren. Sie glauben, daß es wahre Zuneigung und Beständigkeit unter den Männern gibt. Seien Sie versichert, daß sie glühend und unerschütterlich ist bei Ihrem

F. W.

Ich muß gehen – im ungewissen über mein Schicksal. Aber ich werde hierher zurückkehren oder Ihrer Gesellschaft so bald wie möglich folgen. Ein Wort, ein Blick von Ihnen wird darüber entscheiden, ob ich das Haus Ihres Vaters heute abend oder nie wieder betrete.«

Von einem solchen Brief konnte man sich so schnell nicht erholen. Eine halbe Stunde Einsamkeit und Nachdenken hätte sie vielleicht beruhigt, aber die kurzen zehn Minuten, die vergingen, bevor sie unterbrochen wurde, brachten bei der Beherrschung, die ihr in ihrer Lage abverlangt wurde, keinerlei Ruhe. Vielmehr brachte jeder Augenblick neue Aufregung. Ihr Glück war überwältigend, und bevor sie die Bedeutung in ihrer ganzen Tragweite erfaßt hatte, kamen Charles, Mary und Henrietta herein.

Die unbedingte Notwendigkeit, unverändert zu erscheinen, forderte ihr äußerste Anstrengung ab, aber nach einer Weile war sie am Ende. Sie verstand nicht ein Wort von dem, was sie sagten, und war gezwungen, sich mit Unpäßlichkeit zu entschuldigen. Mit einem Mal merkten alle, wie schlecht sie aussah, waren schockiert und besorgt – und wollten um keinen Preis ohne sie aufbrechen. Es war schrecklich! Wären sie nur alle gegangen und hätten sie in der Stille des Zimmers allein zurückgelassen, dann hätte sie sich gleich erholt. Aber daß sie alle um sie herumstanden und warteten, war unerträglich, und in ihrer Verzweiflung sagte sie, sie wolle nach Hause gehen.

»Unbedingt, mein Kind«, rief Mrs. Musgrove, »gehen Sie direkt nach Hause und schonen Sie sich, damit Sie heute abend wieder wohlauf sind. Ich wollte, Sarah wäre hier und könnte Sie pflegen, denn ich bin eine schlechte Pflegerin. Charles, laß eine Sänfte kommen. Sie darf nicht zu Fuß gehen.«

Aber eine Sänfte kam nicht in Frage. Ausgeschlossen! Sich der Aussicht zu berauben, mit Kapitän Wentworth im Verlauf eines friedlichen, einsamen Spaziergangs durch die Stadt ein paar Worte zu wechseln (und sie war ganz sicher, daß sie ihn treffen würde), war unerträglich. Sie protestierte mit Nachdruck gegen eine Sänfte; und nachdem Mrs. Musgrove, die nur an eine Art von Krankheit dachte, sich mit einer gewissen Ängstlichkeit vergewissert hatte, daß sie nicht gefallen war, das Anne nicht womöglich irgendwann ausgerutscht und auf den Kopf gefallen war, daß sie ganz sicher war, nicht hingefallen zu sein, ließ sie sie in der Überzeugung, daß es ihr am Abend bessergehen würde, unbesorgt gehen.

Darauf bedacht, keine erdenkliche Vorsichtsmaßnahme außer acht zu lassen, überwand sich Anne und sagte: »Ich fürchte, Madam, es ist vielleicht nicht völlig klar. Seien Sie doch bitte so gut, den anderen Herren gegenüber zu erwähnen, daß wir hoffen, die ganze Gesellschaft heute abend zu sehen. Ich fürchte, es hat Mißverständnisse gegeben, und ich möchte, daß Sie besonders Kapitän Harville und Kapitän Wentworth versichern, daß wir sie beide bei uns zu sehen hoffen.«

»Oh, mein Kind, es ist durchaus klar, verlassen Sie sich darauf. Kapitän Harville ist fest entschlossen zu kommen.«

»Meinen Sie? Aber ich weiß nicht recht. Und es täte mir so leid! Versprechen Sie mir, es zu erwähnen, wenn Sie sie wiedersehen? Sie sehen sie doch heute vormittag bestimmt noch wieder. Sie müssen es mir versprechen.«

»Das will ich gerne tun, wenn Sie darauf bestehen. Charles, wenn du Kapitän Harville irgendwo siehst, vergiß nicht, ihm Miss Annes Nachricht auszurichten. Aber wirklich, mein Kind, Sie brauchen sich keine Gedanken zu machen. Mit Kapitän Harvilles Kommen ist fest zu rechnen, dafür verbürge ich mich, und mit Kapitän Wentworths bestimmt auch.«

Mehr konnte Anne nicht tun. Aber im Innersten ahnte sie, daß irgendein Mißgeschick die Vollkommenheit ihres Glücks dämpfen würde. Lange konnte diese Furcht allerdings nicht anhalten. Selbst wenn er nicht zum Camden Place käme, stände es in ihrer Macht, ihm durch Kapitän Harville eine unmißverständliche Nachricht zu schicken.

Dann tauchte noch ein vorübergehendes Ärgernis auf. In seiner ehrlichen Besorgnis und Gefälligkeit wollte Charles sie unbedingt nach Hause begleiten. Er ließ sich nicht davon abhalten. Das war beinahe grausam. Aber sie konnte ihm nicht lange böse sein. Er verzichtete auf eine Verabredung beim Waffenschmied, um ihr einen Gefal-

len zu tun; und sie brach mit ihm zusammen auf, scheinbar ohne jede andere Empfindung als Dankbarkeit.
Sie waren in der Union Street, als schnellere Schritte hinter ihnen, ein irgendwie vertrautes Geräusch ihr gerade Zeit ließen, sich auf den Anblick von Kapitän Wentworth vorzubereiten. Er gesellte sich zu ihnen, aber als sei er unentschlossen, ob er in ihrer Gesellschaft bleiben oder weitergehen solle, schwieg er und sah sie nur an. Anne konnte sich so weit fassen, daß sie diesen Blick erwiderte, und zwar durchaus nicht ablehnend. Ihre vorher blassen Wangen glühten jetzt, und ihre vorher zögernden Bewegungen waren entschieden. Er ging an ihrer Seite. Plötzlich kam Charles ein Gedanke, und er sagte:
»Kapitän Wentworth, in welche Richtung gehen Sie? Nur bis zur Gay Street oder weiter durch die Stadt?«
»Ich weiß es selbst nicht recht«, entgegnete Kapitän Wentworth überrascht.
»Gehen Sie bis Belmont hinauf? Kommen Sie in die Nähe von Camden Place? Wenn ja, dann möchte ich mir die Bitte gestatten, daß Sie meinen Platz einnehmen und Anne bis zur Haustür ihres Vaters Ihren Arm reichen. Sie ist heute vormittag ziemlich erschöpft und sollte ohne Hilfe lieber nicht so weit gehen; und ich müßte eigentlich bei dem Burschen am Marktplatz sein. Er hat versprochen, mir ein fabelhaftes Gewehr zu zeigen, das er wegschicken will; sagte, er würde es bis zum letzten Moment uneingepackt lassen, damit ich es sehen kann; und wenn ich jetzt nicht umkehre, habe ich keine Chance mehr. Seiner Beschreibung nach so ähnlich wie meine kleinere Doppelflinte, mit der Sie neulich geschossen haben, in der Gegend von Winthrop.«
Es gab keinen Anlaß zu Einwänden. Es gab nur Anlaß zu höchst angebrachter Bereitwilligkeit, höchst freundlichem Entgegenkommen nach außen und zu beherrschtem Lächeln und insgeheim jubelndem Entzücken. Im Handumdrehen war Charles wieder am unteren Ende

der Union Street, und die beiden anderen gingen zusammen weiter; und bald waren zwischen ihnen Worte genug gewechselt worden, um ihre Schritte zu dem verhältnismäßig ruhigen und abgelegenen Kiesweg zu lenken, wo die Macht des Gesprächs die gegenwärtige Stunde zu einem glücklichen Ende bringen und dem ewigen Andenken überliefern würde, das die schönsten Erinnerungen ihres eigenen zukünftigen Lebens gewähren konnten. Dort tauschten sie noch einmal all die Empfindungen und all die Versprechen aus, die schon einmal alles zu einem guten Ende hatten bringen sollen, auf die aber so unendlich viele Jahre der Trennung und Entfremdung gefolgt waren. Dort kehrten sie noch einmal, vielleicht bei ihrer Wiedervereinigung von noch vollkommenerem Glück beseelt, als sie sich ursprünglich ausgemalt hatten, in die Vergangenheit zurück, zärtlicher, erprobter, unerschütterlicher in der wechselseitigen Kenntnis ihres Charakters, ihrer Überzeugung und ihrer Zuneigung; dem Handeln eher gewachsen und eher zu handeln berechtigt; und während sie langsam den Weg hinaufgingen, ohne auf ihre Umgebung zu achten, ohne die schlendernden Politiker, geschäftigen Haushälterinnen, flirtenden Mädchen oder auch die Gouvernanten und Kinder zu sehen, konnten sie sich all den Rückblikken und Geständnissen überlassen und besonders all den Erklärungen dessen, was diesem Augenblick direkt vorhergegangen und von so brennendem und nicht endendem Interesse war. All das Hin und Her der letzten Woche wurde durchgegangen; und von gestern und heute konnten sie kaum ein Ende finden.

Sie hatte sich nicht in ihm getäuscht. In Eifersucht auf Mr. Elliot hatte das Gegengewicht, der Zweifel, die Qual bestanden. Sie hatte schon unmittelbar bei ihrer ersten Begegnung in Bath zu wirken begonnen. Sie hatte ihn nach kurzer Unterbrechung erneut ergriffen und ihm das Konzert verdorben; und sie hatte ihn bei allem, was er in den letzten vierundzwanzig Stunden gesagt und getan hatte oder zu sagen und zu tun unterlassen hatte, beeinflußt. Diese Eifersucht war nach und nach größerer Zuversicht gewichen, zu der ihn ihre Blicke oder Worte oder Taten gelegentlich ermutigt hatten; sie war schließlich von den Empfindungen und den Äußerungen besiegt worden, die bei ihrem Gespräch mit Kapitän Harville zu ihm gedrungen waren und unter deren unwiderstehlichem Zwang er ein Blatt Papier ergriffen und seinen Gefühlen freien Lauf gelassen hatte.

Von dem, was er darin geschrieben hatte, brauchte nichts zurückgenommen oder abgeschwächt zu werden. Er bestand darauf, nie eine andere als sie geliebt zu haben. Sie war niemals verdrängt worden. Er hatte nicht einmal selbst geglaubt, jemals ihresgleichen begegnen zu können. So viel mußte er tatsächlich eingestehen – daß er ihr unbewußt, ja unbeabsichtigt treu geblieben war. Daß er die Absicht gehabt hatte, sie zu vergessen, und geglaubt hatte, es erreicht zu haben. Er hatte sich für gleichgültig gehalten und war doch nur verbittert gewesen; und er war ungerecht gegenüber ihren Vorzügen gewesen, weil er darunter gelitten hatte. Er war inzwischen von der Vollkommenheit ihrer Persönlichkeit überzeugt, die bezauberndste Mitte zwischen Willensstärke und Nachgiebigkeit. Aber er mußte zugeben, daß er erst in Uppercross gelernt hatte, ihr gerecht zu werden, und erst in Lyme begonnen hatte, sich selbst zu begreifen.

In Lyme waren ihm Lektionen der verschiedensten Art erteilt worden. Die Bewunderung, die Mr. Elliot ihr im Vorbeigehen erwiesen hatte, hatte ihn zumindest aufgerüttelt, und die Vorgänge auf dem Cobb und bei Kapitän Harville hatten ihre Überlegenheit erwiesen.

Was seine früheren Bemühungen um Louisa Musgrove anging (Bemühungen, die auf verletztem Stolz beruhten), so bestand er darauf, daß er es immer für aussichtslos gehalten, daß er sich aus Louisa nie etwas gemacht hatte, nie etwas machen konnte, obwohl er bis zu jenem Tag, bis zu der ihm folgenden Muße zum Nachdenken,

keinen Sinn für die unbestrittene Überlegenheit einer Persönlichkeit gehabt hatte, mit der Louisas kaum einen Vergleich aushielt, oder für die einzigartige, unbestrittene Macht, die sie über ihn besaß. Erst da hatte er begriffen, zwischen der Beständigkeit von Grundsätzen und der Hartnäckigkeit von Eigensinn, zwischen der Tollkühnheit von Leichtsinn und der Standhaftigkeit einer besonnenen Persönlichkeit zu unterscheiden. Da hatte er alles erkannt, was ihm die Frau, die er verloren hatte, unvergleichlich machte, und da hatte er begonnen, den Stolz, die Dummheit und den Wahnsinn seiner Verbitterung zu bedauern, die ihn von dem Versuch abgehalten hatten, sie wiederzugewinnen, als ihre Wege sich zufällig wieder kreuzten.
Von dem Zeitpunkt an hatte er schwer büßen müssen. Kaum war er das Entsetzen und die Schuldgefühle losgeworden, unter denen er die ersten Tage nach Louisas Unfall gelitten hatte, kaum hatte er angefangen, sich wieder für lebendig zu halten – da hatte er anfangen müssen, sich, wenn auch für lebendig, so doch nicht für frei zu halten.
»Ich merkte«, sagte er, »daß Harville mich für verlobt hielt! Daß weder Harville noch seine Frau den geringsten Zweifel an unserer gegenseitigen Zuneigung hegten. Ich war bestürzt und schockiert. In gewissem Maße konnte ich es sofort abstreiten. Aber als ich zu überlegen begann, daß andere den gleichen Eindruck gewonnen haben mochten – ihre eigene Familie, ja, vielleicht sogar sie selbst, konnte ich nicht länger frei über mich verfügen. Meine Ehre verpflichtete mich ihr, wenn sie es wollte. Ich war unvorsichtig gewesen. Ich hatte nie ernsthaft darüber nachgedacht. Ich hatte nicht bedacht, daß ich durch meine übertriebene Vertraulichkeit in vieler Hinsicht das Risiko übler Folgen einging und daß ich kein Recht hatte zu versuchen, mich an eins der beiden Mädchen anzuschließen, auf die Gefahr, Gerüchte heraufzubeschwören, selbst wenn es sonst keine unangeneh-

men Auswirkungen hatte. Ich hatte einen schweren Fehler begangen und mußte die Konsequenzen tragen.«
Kurzum, er begriff zu spät, daß er gefangen war und daß er sich genau in dem Augenblick, als er sich völlig davon überzeugt hatte, daß ihm an Louisa gar nichts lag, als an sie gebunden betrachten mußte, wenn ihre Gefühle für ihn so waren, wie die Harvilles vermuteten. Es veranlaßte ihn, Lyme zu verlassen und ihre vollständige Wiederherstellung anderswo abzuwarten. Ihm war daran gelegen, auf jede vertretbare Weise zu versuchen, irgendwelche Empfindungen und Spekulationen, die im Hinblick auf ihn bestehen mochten, zu schwächen; und er fuhr deshalb in der Absicht, nach einer Weile nach Kellynch zurückzukehren und den Umständen entsprechend zu handeln, zu seinem Bruder.
»Ich blieb sechs Wochen bei Edward«, sagte er, »und sah, wie glücklich er war. Ein anderes Vergnügen gab es für mich nicht. Ich verdiente auch keins. Er erkundigte sich besonders eingehend nach dir, fragte sogar, ob du dich persönlich verändert hättest, ohne zu ahnen, daß du dich in meinen Augen niemals verändern konntest.«
Anne lächelte und ließ es durchgehen. Es war ein zu schmeichelhafter Schnitzer, um einen Vorwurf zu rechtfertigen. Die Versicherung, daß sie nichts von dem Charme früherer Jugend verloren hat, ist für eine Frau von achtundzwanzig kein geringes Kompliment; aber der Wert einer solchen Huldigung wuchs durch den Vergleich mit früheren Worten und die Überzeugung, daß sie die Folge und nicht der Grund für eine Wiederbelebung seiner herzlichen Zuneigung war, ins Unermeßliche.
Er war in Shropshire geblieben und hatte die Blindheit seines eigenen Stolzes und die Fehler seiner eigenen Berechnungen beklagt, bis die überraschende und glückverheißende Nachricht von Louisas Verlobung mit Benwick ihn mit einem Schlag von ihr befreite.
»Damit«, sagte er, »war das Schlimmste vorüber, denn

nun konnte ich wenigstens etwas für mein eigenes Glück tun, ich konnte mich anstrengen, konnte etwas unternehmen. Aber so lange untätig zu warten – und nur auf das Schlimmste zu warten – war entsetzlich. Innerhalb der ersten fünf Minuten sagte ich mir, am Mittwoch bin ich in Bath, und das war ich auch. War es unverzeihlich, daß ich mir etwas davon versprach zu kommen? Und mir gewisse Hoffnungen machte? Du warst unverheiratet, und es war möglich, daß du dir die Gefühle der Vergangenheit bewahrt hattest wie ich. Und ein Umstand sprach für mich. Ich hatte keinen Zweifel, daß andere dich lieben und umwerben würden, aber ich wußte sicher, daß du wenigstens einen Mann abgelehnt hattest, der größere Ansprüche erheben konnte als ich; und ich konnte nicht anders als mich immer wieder fragen, war das meinetwegen?«

Ihre erste Begegnung in der Milsom Street bot viel Gesprächsstoff, aber mehr noch das Konzert. Der Abend schien nur aus dramatischen Augenblicken zu bestehen. Der Augenblick, als sie im Oktagonzimmer auf ihn zugetreten war, um mit ihm zu sprechen; der Augenblick, als Mr. Elliot erschienen war und sie für sich beanspruchte oder ein oder zwei dann folgende Augenblicke, die ihn mit erneuter Hoffnung oder wachsender Enttäuschung erfüllt hatten, wurden lebhaft erörtert.

»Dich von Leuten umgeben zu sehen«, rief er, »die mir nicht wohlgesonnen sein konnten – deinen Vetter redend und lächelnd neben dir zu sehen und zu wissen, wie erschreckend vorteilhaft und naheliegend diese Heirat war – sich vorzustellen, daß sie genau den Wünschen aller entsprach, die hoffen konnten, dich zu beeinflussen! Selbst wenn du ihm gegenüber zurückhaltend oder gleichgültig gewesen wärest, sich vorzustellen, welch mächtige Verbündete er hatte. Reichte das nicht, den Dummkopf aus mir zu machen, als der ich erschien? Wie konnte ich ohne Qualen zusehen? Sprach nicht der bloße

Anblick der Freundin, die hinter dir saß, sprach nicht die Erinnerung an das, was schon einmal stattgefunden hatte, die Gewißheit ihres Einflusses, der unauslöschliche, unvergeßliche Eindruck, was ihre Überredung einmal angerichtet hatte – sprach das nicht alles gegen mich?«

»Du hättest den Unterschied erkennen sollen«, erwiderte Anne. »Du hättest mir jetzt nicht mißtrauen sollen, in meiner jetzigen Lage und bei meinem Alter. Wenn ich den Fehler gemacht habe, der Überredung *einmal* nachzugeben, bedenke, daß es sich um Überredung zugunsten der Sicherheit und nicht des Risikos handelte. Als ich damals nachgab, dachte ich, ich handelte aus Pflichtgefühl. Aber auf Pflichtgefühl konnte ich mich diesmal nicht berufen. Hätte ich einen mir gleichgültigen Mann geheiratet, wäre ich jedes Risiko eingegangen und hätte jedes Pflichtgefühl verletzt.«

»Vielleicht hätte ich so argumentieren sollen«, antwortete er, »aber das konnte ich nicht. Ich konnte keinen Nutzen aus den Einsichten ziehen, die ich gerade über deinen Charakter gewonnen hatte. Ich konnte nichts damit anfangen. Sie waren verschüttet, begraben, verloren in den früheren Gefühlen, unter denen ich Jahr für Jahr gelitten hatte. Ich konnte an dich nur als an jemanden denken, der nachgegeben, der auf mich verzichtet hatte, der sich von allen außer mir hatte beeinflussen lassen. Ich sah dich in Gesellschaft genau der Person, die dich in jenem unglückseligen Jahr beraten hatte. Ich hatte keinen Grund zu glauben, daß sie an Autorität verloren hatte. Die Macht der Gewohnheit mußte berücksichtigt werden.«

»Ich hätte gedacht«, sagte Anne, »daß mein Benehmen dir gegenüber dir vieles davon oder alles erspart hätte.«

»Nein, nein! Dein Benehmen entsprang vielleicht ja nur der Gelassenheit, die dir die Verlobung mit einem anderen Mann gab. In *der* Überzeugung habe ich dich verlassen. Und trotzdem – ich war entschlossen, dich wiederzusehen. Mein Mut kehrte mit dem nächsten Morgen zurück, und ich fand, daß ich immer noch Grund hatte hierzubleiben.«

Schließlich war Anne wieder zu Hause und glücklicher, als irgend jemand im Haus ahnen konnte. Jetzt, wo durch dieses Gespräch alle Überraschung und Spannung und jede andere schmerzliche Empfindung des Vormittags zerstreut worden waren, betrat sie das Haus so glücklich, daß sie sich gezwungen sah, sich durch vorübergehende Befürchtungen, es könne unmöglich anhalten, zur Besinnung zu rufen. Eine Pause ernsten und dankbaren Nachdenkens war das beste Gegenmittel bei allen gefährlichen Anwandlungen in einem so überschwenglichen Glückszustand; und sie ging auf ihr Zimmer und gewann Vertrauen und Unerschrockenheit aus der Dankbarkeit über ihre Freude.

Der Abend kam, die Wohnzimmer waren erleuchtet, die Gesellschaft versammelt. Es war nur ein Kartenabend, nur eine Ansammlung von Leuten, die sich nie gesehen hatten, und Leuten, die sich zu oft sahen – eine alltägliche Angelegenheit, zu zahlreich für Vertraulichkeit, zu beschränkt für Abwechslung. Aber noch nie war Anne ein Abend so schnell vergangen. Strahlend und reizvoll in ihrer Einfühlsamkeit und ihrem Glück und allgemein viel mehr bewundert, als sie ahnte oder als ihr lieb gewesen wäre, begegnete sie allen sie umgebenden Menschen mit Unbeschwertheit oder Nachsicht. Mr. Elliot war da – sie ging ihm aus dem Weg, aber sie konnte Mitleid mit ihm haben. Die Wallises – es machte ihr Spaß, sie zu durchschauen. Lady Dalrymple und Miss Carteret – sie würden bald harmlose Verwandte für sie sein. Mrs. Clay war ihr gleichgültig, und sie hatte keinen Grund, über das öffentliche Auftreten ihres Vaters und ihrer Schwester zu erröten. Mit den Musgroves fand das heitere Geplauder vollkommener Ungezwungenheit statt. Mit Kapitän Harville der herzliche Umgang von Geschwistern. Mit Lady Russell Ansätze zu einer Unterhaltung, die eine köstliche Gewißheit letzten Endes verhinderte; mit Admiral und Mrs. Croft eine ganz besondere Herzlichkeit und eine intensive Anteilnahme, die eben diese Gewißheit zu verbergen suchte – und mit Kapitän Wentworth Augenblicke einer immer erneuten Annäherung und die ständige Hoffnung auf mehr und das ständige Bewußtsein seiner Anwesenheit!

Und bei einer dieser kurzen Begegnungen, als beide scheinbar damit beschäftigt waren, ein großartiges Arrangement von Zimmerpflanzen zu bewundern, sagte sie:

»Ich habe über die Vergangenheit nachgedacht und versucht, unvoreingenommen Recht und Unrecht zu beurteilen. Ich meine, was mich selbst betrifft; und ich glaube immer noch, ich hatte recht, so sehr ich auch darunter gelitten habe, ich hatte völlig recht, mich von der Freundin leiten zu lassen, die dir bald besser gefallen wird als jetzt. Für mich war sie so etwas wie eine Mutter. Mißversteh mich aber nicht. Ich will damit nicht sagen, daß der Rat nicht falsch war. Es handelte sich vielleicht um einen der Fälle, wo erst die folgende Entwicklung zeigt, ob der Rat gut oder schlecht war. Ich selbst würde zwar unter auch nur annähernd ähnlichen Umständen keinesfalls einen solchen Rat erteilen. Ich will damit nur sagen, ich hatte recht, mich ihr zu unterwerfen, und wenn ich anders gehandelt hätte, würde ich mehr unter dem anhaltenden Verlöbnis gelitten haben als unter seiner Auflösung, weil ich unter Gewissensbissen gelitten hätte. Ich habe mir jetzt, soweit das der menschlichen Natur überhaupt erlaubt ist, nichts vorzuwerfen, und wenn ich mich nicht irre, so ist ein starkes Pflichtgefühl bei einer Frau keineswegs das Schlechteste.«

Er sah sie an, sah Lady Russell an, sah sie wieder an und antwortete, als beurteile er die Sache ganz kühl:

»Noch nicht. Aber es besteht Aussicht, daß ihr mit der Zeit verziehen wird. Ich vertraue darauf, daß sie bald Gnade vor mir findet. Aber ich habe *auch* über die

Vergangenheit nachgedacht, und ich habe mir die Frage gestellt, ob es nicht sogar einen noch größeren Feind gegeben hat als jene Dame? Mich selbst. Sei ehrlich, als ich im Jahr acht mit ein paar tausend Pfund nach England zurückkehrte und die »Laconia« übernahm – wenn ich dir damals geschrieben hätte, hättest du meinen Brief beantwortet? Kurz und gut, hättest du die Verlobung damals erneuert?«

»Ob ich das hätte!« war ihre ganze Antwort. Aber der Tonfall sprach Bände.

»Großer Gott«, rief er, »das hättest du also! Nicht, daß ich daran nicht als Krönung meines übrigen Erfolgs gedacht oder es nicht gewünscht hätte. Aber ich war stolz, zu stolz, um noch einmal zu fragen. Ich begriff dich nicht. Ich schloß die Augen und wollte dich nicht begreifen oder dir Gerechtigkeit widerfahren lassen. Diese Erinnerung sollte mich lehren, allen anderen schneller als mir selbst zu vergeben. Sechs Jahre der Trennung und des Leidens wären uns vielleicht erspart geblieben. Dies ist ein schmerzliches Gefühl, das mir ganz neu ist. Ich hielt die Genugtuung, daß ich alle Vorteile, die mir zufielen, auch verdient hatte, immer für selbstverständlich. Ich habe mir etwas auf meine ehrlichen Anstrengungen und verdienten Belohnungen eingebildet. Wie bei anderen großen Männern nach einer Niederlage«, fügte er mit einem Lächeln hinzu, »muß mein Verstand versuchen, sich damit abzufinden, daß er vom Glück abhängt. Ich muß lernen, damit fertig zu werden, daß ich glücklicher bin, als ich verdiene.«

Kapitel 24

Wer wüßte nicht, was darauf folgte? Wenn zwei junge Leute es sich in den Kopf setzen zu heiraten, werden sie diese Absicht mit aller Beharrlichkeit in die Tat umsetzen, auch wenn sie noch so arm oder noch so unklug oder noch so ungeeignet sind, zum vollkommenen Wohlergehen des anderen entscheidend beizutragen. Dies ist vielleicht keine gute abschließende Moral, aber ich halte es für die Wahrheit; und wenn *solche* Paare Erfolg haben, wie sollte es einem Kapitän Wentworth und einer Anne Elliot bei dem Vorteil geistiger Reife, dem Bewußtsein berechtigten Anspruchs und dem Besitz eines stattlichen Vermögens nicht gelingen, jeden Widerstand zu überwinden? Sie hätten vermutlich viel größeren Widerstand überwinden können, als ihnen entgegengesetzt wurde, denn außer einem Mangel an Entgegenkommen und Verständnis gab es wenig, was ihnen Sorgen machte. Sir Walter erhob keinen Einspruch, und Elizabeths Gesicht verriet nichts als Kälte und Gleichgültigkeit. Kapitän Wentworth war mit seinen 25 000 Pfund und einer Karriere, in der er es so weit gebracht hatte, wie Verdienst und Einsatz es erlaubten, kein Niemand mehr. Nun wurde er durchaus für würdig befunden, um die Tochter eines einfältigen, verschwenderischen Barons anzuhalten, dem es an Grundsätzen oder an Verstand gefehlt hatte, einen Platz zu behaupten, auf den ihn die Vorsehung gestellt hatte, und der seiner Tochter im Augenblick nur einen kleinen Teil der 10 000 Pfund geben konnte, auf die sie eigentlich Anspruch hatte.

Obwohl er keinerlei Zuneigung für Anne empfand und sich in seiner Eitelkeit nicht so geschmeichelt fühlte, daß ihn das Ereignis wirklich glücklich machte, war Sir Walter doch weit davon entfernt, ihre Heirat für eine schlechte Partie zu halten. Im Gegenteil, als er Kapitän Wentworth häufiger sah, ihn wiederholt bei Tageslicht sah und aufmerksam musterte, war er von seinen persönlichen Vorzügen außerordentlich beeindruckt und fand, daß *seine* überlegene Erscheinung *ihre* überlegene gesellschaftliche Stellung einigermaßen aufwog. Und all das, zusammen mit seinem wohlklingenden Namen, bewog Sir Walter schließlich dazu, höchst gnädig zur Feder zu greifen, um die Heirat in das Buch der Bücher einzutragen.

Die einzige unter ihnen, deren gefühlsmäßiger Widerstand Anlaß zu ernsthafter Sorge geben konnte, war Lady Russell. Anne wußte, daß es Lady Russell schwerfallen mußte, Mr. Elliot zu begreifen und aufzugeben, und daß es sie einige Mühe kosten würde, mit Kapitän Wentworth wirklich vertraut und ihm gerecht zu werden. Das allerdings mußte Lady Russell nun tun. Sie mußte einsehen, daß sie sich in beiden getäuscht hatte, daß sie sich bei beiden vom äußeren Schein hatte trügen lassen; daß sie sich, weil Kapitän Wentworths Umgangsformen ihren eigenen Vorstellungen nicht entsprachen, vorschnell zu dem Verdacht hatte hinreißen lassen, sie verrieten einen gefährlich unbeherrschten Charakter; und daß sie, weil Mr. Elliots Umgangsformen in ihrer Schicklichkeit und Angemessenheit, in ihrer allgemeinen Höflichkeit und Verbindlichkeit ihr so ausgesprochen zugesagt hatten, sie ebenso vorschnell für das sichere Anzeichen höchst angemessener Ansichten und einer verläßlichen Persönlichkeit gehalten hatte. Nun blieb Lady Russell nichts anderes übrig, als einzugestehen, daß sie sich ziemlich gründlich getäuscht hatte, und all ihre Überzeugungen und Hoffnungen völlig zu ändern.

Manche Leute besitzen eine schnelle Auffassungsgabe, ein Gespür für die Beurteilung von Charakteren, kurz und gut, natürliches Fingerspitzengefühl, das bei anderen keine noch so große Erfahrung wettmachen kann, und Lady Russell war mit dieser Gabe der Einfühlung weniger gesegnet als ihre junge Freundin. Aber sie war eine sehr gütige Frau, und wenn es ihr einerseits darauf ankam, vernünftig und überlegt zu handeln, so kam es ihr doch andererseits mehr darauf an, Anne glücklich zu sehen. Sie liebte Anne mehr als ihre eigenen Fähigkeiten; und als sich die anfängliche Verlegenheit gelegt hatte, fiel es ihr nicht schwer, mütterliche Gefühle für den Mann zu entwickeln, der das Glück ihres anderen Kindes bedeutete.

Mary war von allen Familienangehörigen vermutlich diejenige, die die meiste Genugtuung über das Ereignis empfand. Es erhöhte das Ansehen, eine Schwester verheiratet zu haben, und sie konnte sich schmeicheln, daß die Verbindung vor allem ihr zu verdanken war, da sie Anne den Herbst über bei sich aufgenommen hatte; und da ihre eigene Schwester etwas Besseres war als die Schwestern ihres Mannes, war es ihr sehr lieb, daß Kapitän Wentworth reicher war als Kapitän Benwick oder Charles Hayter. Es verdroß sie vielleicht ein bißchen, als sie sich wiederbegegneten, daß Anne nun wieder den Vorrang vor ihr hatte und ein elegantes kleines Coupé fuhr. Aber dafür bot ihr die Zukunft einen wirksamen Trost. Anne stand kein Herrenhaus von Uppercross in Aussicht, kein Grundbesitz, kein erster Rang in einer großen Familie; und solange man verhindern konnte, daß Kapitän Wentworth geadelt wurde, würde sie mit Anne nicht tauschen wollen.

Die älteste Schwester täte gut daran, mit ihrer Lage ebenso zufrieden zu sein, denn für sie besteht wenig Hoffnung auf Veränderung. Sie erfuhr bald die Demütigung, zusehen zu müssen, wie Mr. Elliot sich zurückzog; und seitdem ist kein geeigneter Mann aufgetaucht, um auch nur die unbegründeten Hoffnungen zu wecken, die sie mit ihrem Vetter begraben mußte.

Die Nachricht von der Verlobung seiner Kusine Anne traf Mr. Elliot völlig unerwartet. Sie vereitelte seine schönsten Aussichten auf häusliches Glück, seine schönste Hoffnung, Sir Walter durch die Wachsamkeit, zu der ihn die Stellung eines Schwiegersohns berechtigt hätte, an einer Heirat zu hindern. Aber obwohl er geschlagen und enttäuscht war, war er doch immer noch imstande, sein eigenes Interesse und sein eigenes Vergnügen zu verfolgen. Er verließ Bath bald; und als Mrs. Clay den Ort bald darauf ebenfalls verließ und man erfuhr, daß sie sich unter seiner Protektion in London niedergelassen hatte, wurde klar, welches Doppelspiel er gespielt hatte und wie entschlossen er war, sich von nicht mehr als *einer* raffinierten Frau übertölpeln zu lassen.

Mrs. Clays Gefühlsregungen hatten über ihr Interesse gesiegt, und sie hatte dem jungen Mann zuliebe die Möglichkeit geopfert, Sir Walter weiterhin nachzustellen. Sie besitzt allerdings Geschick ebenso wie Gefühlsregungen; und es ist nun fraglich, ob seine oder ihre Durchtriebenheit den endgültigen Sieg davonträgt; ob er sich, nachdem er es vereitelt hat, daß sie Sir Walters Frau wird, schließlich nicht doch noch dazu beschwatzen und verführen läßt, sie zu Sir Williams Frau zu machen.

Es besteht kein Zweifel, daß der Verlust ihrer Gefährtin und die Entdeckung, daß sie sich in ihr getäuscht hatten, Sir Walter und Elizabeth schockierten und demütigten. Sie konnten zwar Zuflucht bei ihrer großartigen Verwandtschaft suchen; aber sie mußten bald feststellen, daß es nur halb soviel Vergnügen macht, andere zu umschmeicheln und nachzuahmen, wenn man nicht umgekehrt auch umschmeichelt und nachgeahmt wird.

Anne, die schon sehr bald erleichtert war, daß Lady Russell Kapitän Wentworth, wie es sich gehört, in ihr Herz zu schließen beabsichtigte, fand ihre Glücksaussichten durch nichts beeinträchtigt als durch die Gewißheit, daß sie ihm keine Verwandtschaft zu bieten hatte, die einem vernünftigen Mann etwas bedeuten konnte. In dieser Hinsicht war sie sich ihrer Unterlegenheit empfindlich bewußt. Der Unterschied in ihrem Vermögen spielte keine Rolle; er beunruhigte sie nicht einen Augenblick. Aber daß sie keine Familie hatte, die ihn angemessen aufnahm und zu schätzen wußte; keinerlei Ehrgefühl, Harmonie, Wohlwollen, um all die Wertschätzung und die Achtung und die spontane Herzlichkeit zu erwidern, die sie von seiner Verwandtschaft erfahren hatte, war eine so lebhafte Quelle des Schmerzes, wie ihn ein sonst ungetrübtes Glück ihr zu empfinden erlaubte. Sie hatte seiner Liste von Freunden nur zwei auf der ganzen Welt hinzuzufügen: Lady Russell und Mrs. Smith. Zu beiden fühlte er sich allerdings außerordentlich hingezogen. Lady Russell wußte er trotz all ihrer früheren Vergehen von Herzen zu schätzen. Zwar fühlte er sich nicht dazu verpflichtet zu sagen, daß sie seiner Meinung nach recht gehabt hatte, sie seinerzeit zu trennen, aber sonst war er bereit, alles Mögliche zu ihren Gunsten zu sagen; und was Mrs. Smith betraf, so gewann sie seine Sympathie durch die verschiedensten Ansprüche schnell und auf Dauer.

Die guten Dienste, die sie Anne kürzlich erwiesen hatte, hatten allein schon genügt; und statt sie um eine Freundin zu bringen, hatte ihr deren Ehe zwei Freunde verschafft. Sie war ihr erster Gast in ihrem neuen Heim; und indem Kapitän Wentworth sie in die Lage versetzte, den Grundbesitz ihres Mannes in der Karibik zurückzugewinnen, Briefe für sie aufsetzte, in ihrem Namen handelte und ihr bei all den lästigen Schwierigkeiten des Falles mit der Tatkraft und dem Einsatz eines furchtlosen Mannes und entschlossenen Freundes beistand, zeigte er sich für die Freundschaftsdienste erkenntlich, die sie seiner Frau erwiesen hatte oder jemals zu erweisen beabsichtigte.

Diese Aufbesserung ihres Einkommens, eine gewisse Verbesserung ihrer Gesundheit und der häufige Umgang mit solchen Freunden taten Mrs. Smiths Lebensfreude durchaus keinen Abbruch, denn ihr Optimismus und ihre geistige Beweglichkeit verließen sie nicht; und solange dieser wichtigste positive Einfluß anhielt, hätte sie vermutlich auch einem noch größeren Ansturm materiellen Wohlstands getrotzt. Sie hätte vermutlich unsäglich reich und vollkommen gesund und trotzdem glücklich sein können. Die Quelle ihres Glücks lag in ihrer Geistesfrische, so wie die ihrer Freundin Anne in ihrer Herzenswärme lag. Anne war voller Zärtlichkeit und wurde dafür voll und ganz durch Kapitän Wentworths Liebe belohnt. Nur sein Beruf ließ ihre Freunde manchmal wünschen, ihre Zärtlichkeit wäre geringer. Nur die Furcht vor einem zukünftigen Krieg konnte ihre Heiterkeit überschatten. Es war ihr ganzer Stolz, die Frau eines Seemanns zu sein, aber sie mußte auch den Preis plötzlicher Sorge dafür zahlen, zu diesem Beruf zu gehören, der sich, wenn das möglich ist, durch seine häuslichen Tugenden noch mehr als durch seine nationale Bedeutung auszeichnet.

Anhang:

Das ausgeschiedene Kapitel[13]

(ursprünglich anstelle von Kapitel 22 und 23)

Mit all diesem Wissen über Mr. Elliot und der Vollmacht, es weiterzugeben, verließ Anne Westgate Buildings, intensiv mit dem beschäftigt, was sie gehört hatte, und von Gefühlen, Gedanken, Erinnerungen und Ahnungen über alles bedrängt, schockiert über Mr. Elliot, besorgt über die Zukunft von Kellynch und voller Mitgefühl für Lady Russell, die ihm voll und ganz vertraut hatte. Wie peinlich ihr seine Gegenwart von nun an sein würde! Wie sich ihm gegenüber benehmen? Wie ihn loswerden? Wie sich allen zu Hause gegenüber verhalten? Wo die Augen zumachen? Wo eingreifen? In ihrem Kopf herrschte ein Durcheinander von Vorstellungen und Zweifeln – eine Verwirrung, ein Aufruhr, dessen Ende nicht abzusehen war. Und sie war in der Gay Street und immer noch so in Gedanken versunken, daß sie erschrak, als sie von Admiral Croft angesprochen wurde, als wäre eine Begegnung mit ihm unwahrscheinlich. Dabei befanden sie sich nur wenige Schritte von seiner eigenen Haustür entfernt. – »Sie wollen meine Frau besuchen«, sagte er, »Sie wird sehr froh sein, Sie zu sehen.« – Anne verneinte es. Nein, sie habe wirklich keine Zeit, sie sei auf dem Heimweg, aber während sie sprach, war der Admiral ein paar Schritte zurückgegangen, klopfte an die Tür und rief: »Doch, doch, treten Sie ein, sie ist ganz allein, treten Sie ein und ruhen Sie sich aus.« – Anne verspürte ausgerechnet jetzt so wenig Bedürfnis nach irgendwelcher menschlichen Gesellschaft, daß es sie verdroß, so überrumpelt zu werden, aber sie sah sich gezwungen zu bleiben. »Da Sie so liebenswürdig sind«, sagte sie, »will ich schnell sehen, wie es Mrs. Croft geht, aber ich kann wirklich keine fünf Minuten bleiben. Sind Sie sicher, daß sie ganz allein ist?« – Ihr war der Gedanke an Kapitän Wentworth gekommen, und in ihrer Besorgnis lag ihr daran, sicher zu sein – entweder daß er da war oder daß er nicht da war – was immer der Fall sein mochte. – »O ja, ganz allein, niemand außer ihrer Schneiderin ist bei ihr, und sie haben sich schon vor einer halben Stunde zurückgezogen, es muß also bald vorbei sein.« – »Ihre Schneiderin! Dann kommt mein Besuch ihr doch bestimmt höchst ungelegen. Sie müssen mir erlauben, meine Karte hierzulassen, und so gut sein, Mrs. Croft die Sache hinterher zu erklären.« »Nein, nein, auf keinen Fall, auf keinen Fall – sie wird sehr froh sein, Sie zu sehen. Wohlgemerkt, ich will nicht schwören, daß sie Ihnen nicht etwas ganz Besonderes mitzuteilen hat, aber *das* wird sich alles zur rechten Zeit herausstellen. Ich verrate nichts. Also, Miss Elliot, wir hören ja neuerdings merkwürdige Geschichten über sie. (Er lächelte sie an.) Aber Sie sehen gar nicht danach aus, ernst wie ein Richter in der Robe!« – Anne errötete. – »Ja, ja, so ist es besser. So gefällt es mir. Ich dachte mir doch, daß wir uns nicht irren.« Sie hatte keine Ahnung, worauf er mit seinem Verdacht hinauswollte. Ihre spontane Vermutung war, daß ihr Schwager irgendwelche Andeutungen gemacht hatte, aber im nächsten Augenblick schämte sie sich darüber und fand es sehr viel wahrscheinlicher, daß er Mr. Elliot meinte. Die Tür wurde geöffnet, und der Diener war offensichtlich im Begriff, seine Herrin zu verleugnen, als der Anblick seines Herrn ihn davon abhielt. Der Admiral amüsierte sich köstlich über den Spaß. Anne fand seinen Triumph über Stephen eher etwas übertrieben. Schließlich war er allerdings soweit, sie nach oben zu bitten, und indem er vorging, sagte er: »Ich gehe schnell mit Ihnen hinauf und lasse Sie ein. Ich kann nicht bleiben, weil ich zur Post muß, aber wenn Sie nur fünf Minuten warten wollen, dann kommt Sophy bestimmt, und es gibt niemanden, der Sie stören könnte – es ist niemand da als Frederick«, und er öffnete beim Sprechen die Tür. Ausgerechnet er wurde ihr gegenüber als ein Niemand abgetan! Nachdem sie sich in völliger Sicherheit wiegen, gleichmütig und gelassen fühlen durfte, vor die vollendete Tatsache gestellt zu werden, daß sie im nächsten Augenblick mit ihm im gleichen Zimmer sein würde! Keine Zeit, sich zu besinnen! Ihr Verhalten zu überlegen, sich über ihr Auftreten klarzuwerden. Sie hatte gerade noch Zeit, blaß zu werden, ehe sie durch die Tür trat und in die erstaunten Augen Kapitän Wentworths blickte, der am Kamin saß, so tat, als lese er, und auf keine größere Überraschung gefaßt war als die vorschnelle Rückkehr des Admirals. – Die Begegnung kam für beide Seiten gleich unerwartet. Es blieb ihnen allerdings nichts anderes übrig, als ihre Empfindungen zu verbergen und gelassen höflich zu sein; und der Admiral war viel zu umsichtig, um eine peinliche Pause aufkommen zu lassen. Er wiederholte noch einmal, was er bereits über seine Frau und alle anderen gesagt hatte, bestand darauf, daß Anne Platz nahm und sich wie zu Hause fühlte, bedauerte, daß er sie verlassen mußte, versicherte ihr aber, daß Mrs. Croft umgehend herunterkommen würde, und wollte nach oben gehen und ihr sofort Bescheid sagen. Anne nahm wirklich Platz, stand aber gleich wieder auf, beschwor ihn, Mrs. Croft nicht zu stören und wiederholte eindringlich ihren Wunsch, nach Hause zu gehen und ein andermal wiederzukommen. Der Admiral wollte davon nichts hören; und wenn sie nicht unbeirrbar auf ihrem Standpunkt beharrte oder mit eher passiver Entschlossenheit schweigend das Zimmer verließ (was sie zweifellos hätte tun können), kann man es ihr verdenken, wenn ihr vor einem Tête-à-tête von ein paar Minuten mit Kapitän Wentworth wirklich nicht graute; kann man es ihr verdenken, daß ihr nicht daran lag, diesen Eindruck zu erwecken? Sie nahm also wieder Platz, und der Admiral verabschiedete sich; aber als er die Tür erreichte, sagte er: »Frederick, darf ich Sie einen Moment bitten?« – Kapitän Wentworth ging zu ihm, und bevor sie noch aus dem Zimmer waren, fuhr der Admiral fort: »Da ich Sie beide allein lassen muß, ist es nur gerecht, daß ich Sie mit Gesprächsstoff versorge, und deshalb, darf ich Sie bitten ....« Hier wurde die Tür fest geschlossen, sie konnte sich denken, von wem – und die unmittelbar folgenden Worte blieben ihr unverständlich, aber sie konnte nicht umhin, den Rest teilweise mitzuhören, denn der Admiral machte aufgrund der geschlossenen Tür keinerlei Anstalten, seine Stimme zu senken, obwohl sie hören konnte, wie sein Gefährte ihn zu beschwichtigen versuchte. Sie konnte nicht daran zweifeln, daß sie von ihr sprachen. Wiederholt hörte sie ihren eigenen Namen und den Namen Kellynch. Die Situation war ihr sehr unangenehm. Sie wußte nicht, was sie tun sollte oder was ihr bevorstand, und eine der sie quälenden Befürchtungen war die Möglichkeit, daß Kapitän Wentworth gar nicht ins Zimmer zurückkehren würde, was nach ihrer Einwilligung dazubleiben, unaussprechlich trostlos gewesen wäre. – Sie sprachen anscheinend über den Pachtvertrag. Sie hörte, wie der Admiral etwas von dem Vertrag sagte, daß der Vertrag unterschrieben oder nicht unterschrieben worden war – das klang nicht gerade wie ein besonders aufregendes Thema, aber dann folgte: »Ich hasse es, im Ungewissen zu sein. Ich muß es sofort wissen. Und Sophy findet das auch.« Dann erhob Kapitän Wentworth anscheinend mit leiserer Stimme Einwände, wollte sich entschuldigen, wollte etwas aufschieben. »Pah«, antwortete der Admiral, »dies ist die Gelegenheit; wenn du es nicht sagen willst, dann bleibe ich hier und sage es selbst.« – »Also gut, Sir, also gut, Sir«, kam es mit einiger Ungeduld von seinem Gefährten, der beim Sprechen die Tür öffnete. »Sie tun es also, Sie versprechen es mir?« erwiderte der Admiral mit der ganzen Lautstärke seiner natürlichen Stimme, die nicht einmal durch eine dünne Tür gedämpft wurde. – »Ja, Sir, ja.« Und der Admiral wurde hastig zurückgelassen, die Tür wurde geschlossen, und der Augenblick kam, wo Anne mit Kapitän Wentworth allein war. Sie wagte nicht, genauer hinzusehen, was für ein Gesicht er machte, aber er trat, als sei er unentschlossen und verlegen, unverzüglich an eins der Fenster; und ungefähr fünf Sekunden lang bedauerte sie, was sie getan hatte, verurteilte die Unklugheit, errötete über die Taktlosigkeit. Sie hätte liebend gern vom Wetter oder vom Konzert gesprochen, konnte die Peinlichkeit der Situation aber nur dadurch überspielen, daß sie zur Zeitung griff. Die verlegene Pause war allerdings vorüber. Nach einer halben Minute drehte er sich um, und während er auf den Tisch, an dem sie saß, zukam, sagte er mit angestrengter und gezwungener Stimme: »Sie müssen zu viel gehört haben, Madam, um zu zweifeln, daß ich Admiral Croft versprochen habe, mit Ihnen über ein bestimmtes Thema zu sprechen; und diese Gewißheit veranlaßt mich dazu, es auch zu tun, so sehr es meinem ... meinem ganzen Sinn für Schicklichkeit auch widerspricht, mir solche Freiheiten zu erlauben! Sie werden mich hoffentlich von Impertinenz freisprechen, wenn Sie bedenken, daß ich nur für einen anderen und gezwungenermaßen spreche; und der Admiral ist ein Mann, den jemand, der ihn so gut kennt wie Sie, niemals für impertinent halten kann. Er hat immer nur die freundlichsten und besten Absichten, und Sie werden erkennen, daß nichts anderes ihn bewegt bei der Bitte, die ich nun mit ... mit sehr gemischten Gefühlen an Sie zu richten gezwungen bin.« Er brach ab, aber nur um Atem zu holen, anscheinend nicht, um eine Antwort abzuwarten. – Anne lauschte, als hinge ihr Leben von dem Inhalt seiner Worte ab. Er fuhr mit gezwungenem Eifer fort: »Der Admiral, Madam, hat heute morgen vertraulich erfahren, daß Sie ... nun ja, wie soll ich sagen, ich fühle mich beschämt ... (er atmete und sprach schneller) die Peinlichkeit, einer unmittelbar Beteiligten gegenüber dieses Thema anzuschneiden ... Sie können sich nicht im

Unklaren sein, wovon ich spreche. Es wurde ganz im Vertrauen gesagt, daß Mr. Elliot ..., daß innerhalb der Familie alles geregelt sei für eine Verbindung zwischen Mr. Elliot und Ihnen. Es wurde hinzugefügt, daß Sie in Kellynch wohnen würden, daß Kellynch geräumt werden müsse. Das, wußte der Admiral, konnte nicht stimmen. Aber es ist ihm aufgegangen, daß dies vielleicht der Wunsch der Beteiligten ist. Und ich habe den Auftrag von ihm, Madam, zu sagen, wenn dies der Wunsch der Familie ist, dann wird er den Pachtvertrag kündigen, und meine Schwester und er werden sich ein neues Haus besorgen, ohne sich dabei einzubilden, etwas zu tun, was man unter ähnlichen Umständen nicht auch für sie tun würde. Das ist alles, Madam. Ein paar Worte von Ihnen genügen als Antwort. Daß ausgerechnet ich mit diesem Auftrag betraut worden bin, ist außerordentlich; und glauben Sie mir, Madam, nicht weniger schmerzlich. Ein paar Worte werden allerdings der Peinlichkeit und der Unannehmlichkeit, die wir *beide* empfinden mögen, ein Ende machen.« Anne brachte ein oder zwei Worte hervor, aber sie waren unverständlich; und bevor sie sich in der Gewalt hatte, fügte er hinzu: »Wenn Sie mir nur sagen, daß der Admiral ein paar Zeilen an Sir Walter richten kann, das würde schon genügen. Sprechen Sie nur das Wort ›ja‹. Ich werde ihm unverzüglich mit Ihrer Nachricht folgen.« Dies wurde mit einer Gefaßtheit gesagt, die der Nachricht angemessen schien. »Nein, Sir«, sagte Anne, »es gibt keine Nachricht. Sie sind falsch ... der Admiral ist falsch informiert. Ich weiß die Freundlichkeit seiner Absichten zu schätzen, aber er ist durchaus im Irrtum. Das Gerücht enthält keinerlei Wahrheit.« Er schwieg einen Augenblick. Sie richtete zum ersten Mal, seit er das Zimmer wieder betreten hatte, ihren Blick auf ihn. Er wechselte die Farbe, und er sah sie mit all der Ausdruckskraft und all der Eindringlichkeit an, die ihrer Meinung nach nur in seinen Augen zu finden war. »Keinerlei Wahrheit an dem Gerücht?« wiederholte er. »*Keinerlei* Wahrheit daran?« – »Keine.« – Er hatte hinter einem Stuhl gestanden, froh, sich darauf lehnen oder damit beschäftigen zu können. Jetzt setzte er sich, rückte ihn etwas näher zu ihr und sah sie mit einem Ausdruck an, in dem mehr als eindringliches Forschen – etwas Weicheres lag. Ihr Blick entmutigte ihn nicht. Es war ein wortloser, aber sehr vielsagender Dialog; auf seiner Seite demütiges Bitten, auf ihrer bereitwilliges Annehmen. Noch ein bißchen näher – ihre Hand wurde ergriffen und gedrückt. Und mit »Anne, meine liebe Anne!« brach die Fülle seiner überwältigenden Gefühle aus ihm hervor; und alle Spannung und Unschlüssigkeit war vorüber. Sie waren wieder vereint. Sie waren wieder im Besitz all dessen, was verloren schien. Sie fühlten sich mit noch größerer Zuneigung und größerem Vertrauen in die Vergangenheit zurückversetzt und mit einer gerade so deutlich spürbaren Erregung über ihr gegenwärtiges Glück, daß sie der Unterbrechung durch Mrs. Croft, die sich wenig später zu ihnen gesellte, kaum gewachsen waren. *Ihr* kam in den nächsten zehn Minuten bei ihren Beobachtungen vermutlich etwas verdächtig vor; und obwohl einer Frau wie ihr der Wunsch, länger durch ihre Schneiderin festgehalten zu werden, kaum ähnlich sah, so hoffte sie wahrscheinlich doch auf eine Ausrede, um im Haus umherzulaufen, auf einen Sturm, der oben die Fensterscheiben zerbrach, oder auf eine Bitte vom Schuhmacher des Admirals, nach unten zu kommen. Das Schicksal war ihnen allen allerdings auf andere Weise hold, nämlich durch einen leichten, gleichmäßigen Regen, der zum Glück einsetzte, als der Admiral zurückkehrte und Anne aufbrechen wollte. Sie wurde eindringlich gebeten, zum Dinner zu bleiben. Eine Nachricht wurde zum Camden Place geschickt, und sie blieb – blieb bis zehn Uhr abends; und während dieser Zeit waren Mann und Frau entweder durch die Geschicklichkeit der Frau, oder weil sie ihren üblichen Beschäftigungen nachgingen, häufig gemeinsam aus dem Zimmer – oben im

Haus, um einem Geräusch nachzugehen, oder unten im Haus, um ihre Abrechnung zu machen, oder auf der Treppe, um die Lampe zu putzen. Und diese kostbaren Augenblicke wurden so gut genutzt, daß all die ängstlichen Empfindungen der Vergangenheit erörtert werden konnten. – Ehe sie sich spät am Abend trennten, wurde Anne die glückliche Gewißheit zuteil, daß sie vor allem (weit davon entfernt, sich zum Nachteil verändert zu haben) unaussprechlich an persönlichem Charme gewonnen hatte – und daß er im Hinblick auf ihre Persönlichkeit inzwischen von ihrer Vollkommenheit überzeugt war – die richtige Mitte zwischen Willensstärke und Nachgiebigkeit, daß er nie aufgehört hatte, sie zu lieben und vorzuziehen, obwohl er erst in Uppercross gelernt hatte, ihr gerecht zu werden, und erst in Lyme begonnen hatte, seine eigenen Gefühle zu begreifen –, daß ihm in Lyme Lektionen der verschiedensten Weise erteilt worden waren: die Bewunderung, die Mr. Elliot ihr im Vorbeigehen erwiesen hatte, hatte ihn zumindest aufgerüttelt, und der Vorgang auf dem Cobb und bei Kapitän Harville hatten ihre Überlegenheit erwiesen. – Was seine früheren Bemühungen um Louisa Musgrove anging (Bemühungen, die auf Verärgerung und Gekränktheit beruhten), so bestand er darauf, daß ihm die Unmöglichkeit, sich wirklich etwas aus ihr zu machen, ständig bewußt gewesen sei, obwohl er bis zu *dem Tag*, bis zu der ihm folgenden Muße zum Nachdenken, keinen Sinn für die unbestrittene Überlegenheit einer Persönlichkeit gehabt hatte, mit der Louisa kaum einen Vergleich aushielt; oder für die einzigartige, die unbestrittene Macht, die sie über ihn besaß. Erst da hatte er begriffen, zwischen der Beständigkeit von Grundsätzen und der Hartnäckigkeit von Eigensinn, zwischen der Tollkühnheit von Leichtsinn und der Standhaftigkeit einer besonnenen Persönlichkeit zu unterscheiden; da hatte er alles erkannt, was ihm die Frau, die er verloren hatte, unvergleichlich machte, und da hatte er begonnen, den Stolz, die Dummheit und den Wahnsinn seiner Verbitterung zu beklagen, die ihn daran gehindert hatten zu versuchen, sie wiederzugewinnen, als ihre Wege sich zufällig kreuzten. Von dem Zeitpunkt bis jetzt hatte er am schwersten büßen müssen. Kaum war er das Entsetzen und die Schuldgefühle losgeworden, unter denen er die ersten Tage nach Louisas Unfall gelitten hatte, kaum hatte er angefangen, sich wieder für lebendig zu halten – da hatte er anfangen müssen, sich, wenn auch für lebendig, so doch nicht für frei zu halten. – Er merkte, daß sein Freund Harville ihn für verlobt hielt! Die Harvilles hatten nicht den geringsten Zweifel an einer gegenseitigen Zuneigung zwischen ihm und Louisa. Und obwohl er dies in gewissem Maße sofort abstreiten konnte, hatte er trotzdem das Gefühl, daß vielleicht bei ihrer Familie, bei anderen, ja, sogar bei ihr selbst der gleiche Eindruck entstanden war und daß seine Ehre ihn nicht freigab, obwohl sein Herz, falls es dazu kommen sollte, sich, ach, für nur zu frei hielt! Er hatte nie ernsthaft darüber nachgedacht, er hatte nicht genügend bedacht, daß er durch seine übertriebene Vertraulichkeit in Uppercross in vieler Hinsicht das Risiko übler Folgen einging; und daß er bei dem Versuch, sich an eins der beiden Mädchen anzuschließen, unangenehme Gerüchte heraufbeschwören, wenn nicht sogar unerwiderte Zuneigung erwecken würde! – Er begriff zu spät, daß er gefangen war und daß er sich genau in dem Augenblick, als er sich vollständig davon überzeugt hatte, daß ihm an Louisa gar nichts lag, als an sie gebunden betrachten mußte, wenn ihre Empfindungen für ihn so waren, wie die Harvilles vermuteten. Es veranlaßte ihn, Lyme zu verlassen und ihre vollkommene Wiederherstellung anderswo abzuwarten. Ihm war daran gelegen, auf jede vertretbare Weise zu versuchen, irgendwelche Gefühle und Spekulationen, die im Hinblick auf ihn bestehen mochten, zu schwächen; und er fuhr deshalb in der Absicht, nach einer Weile zu den Crofts nach Kellynch zurückzukehren und so zu

handeln, wie es ihm erforderlich schien, nach Shropshire. – Er war in Shropshire geblieben und hatte die Blindheit seines eigenen Stolzes und die Fehler seiner eigenen Berechnungen beklagt, bis der erstaunliche Glücksfall von Louisas Verlobung mit Benwick ihn mit einem Schlag von ihr befreite. Bath – den Gedanken an Bath hatte er sofort gefaßt und nicht lange danach in die Tat umgesetzt. Nach Bath – voller Hoffnung anzukommen, beim ersten Anblick von Mr. Elliot von Eifersucht befallen zu werden; die Veränderung aller bei dem Konzert mitzuerleben; sich bei der zufälligen Nachricht heute morgen niedergeschlagen und sich nun glücklicher zu fühlen, als Worte ausdrücken konnten oder sonst irgend jemandes Herz zu fühlen imstande war.
Seine Beschreibung dessen, was er bei dem Konzert empfunden hatte, war voller Lebhaftigkeit und Zauber. Jener Abend schien aus dramatischen Augenblicken bestanden zu haben. Der Augenblick, als sie im Oktagonzimmer auf ihn zugetreten war, um mit ihm zu sprechen; der Augenblick, als Mr. Elliot erschienen war und sie für sich beanspruchte; und ein oder zwei dann folgende Augenblicke, die ihn mit erneuter Hoffnung oder wachsender Enttäuschung erfüllt hatten, wurden alle lebhaft erörtert. »Dich von Leuten umgeben zu sehen«, rief er, »die mir nicht wohlgesonnen sein konnten – deinen Vetter redend und lächelnd neben dir zu sehen und zu wissen, wie erschreckend vorteilhaft und naheliegend diese Heirat war – sich vorzustellen, daß sie genau den Wünschen aller entsprach, die hoffen konnten, dich zu beeinflussen! Selbst wenn du ihm gegenüber zurückhaltend oder gleichgültig gewesen wärest, sich vorzustellen, welch mächtige Verbündete er hatte. Reichte das nicht, den Dummkopf aus mir zu machen, als der ich erschien? Wie konnte ich ohne Qualen zusehen? Sprach nicht der bloße Anblick der Freundin, die hinter dir saß, sprach nicht die Erinnerung an das, was schon einmal stattgefunden hatte, die Gewißheit ihres

Einflusses, der unauslöschliche, unvergeßliche Eindruck, was ihre Überredung einmal angerichtet hatte – sprach nicht das alles gegen mich?«

»Du hättest den Unterschied erkennen sollen«, erwiderte Anne. »Du hättest mir jetzt nicht mißtrauen sollen, in meiner jetzigen Lage und bei meinem jetzigen Alter. Wenn ich den Fehler gemacht habe, der Überredung *einmal* nachzugeben, bedenke, es handelte sich um Überredung zugunsten der Sicherheit und nicht des Risikos. Als ich damals nachgab, dachte ich, ich handelte aus Pflichtgefühl. Aber auf Pflichtgefühl konnte ich mich diesmal nicht berufen. Hätte ich einen mir gleichgültigen Mann geheiratet, wäre ich jedes Risiko eingegangen und hätte jedes Pflichtgefühl verletzt.« – »Vielleicht hätte ich so argumentieren sollen«, antwortete er, »aber das konnte ich nicht. Ich konnte keinen Nutzen aus den Einsichten ziehen, die ich gerade über deinen Charakter gewonnen hatte. Ich konnte nichts damit anfangen. Sie waren verschüttet, begraben, verloren in den früheren Gefühlen, unter denen ich Jahr für Jahr gelitten hatte. Ich konnte an dich nur als an jemanden denken, der nachgegeben, der auf mich verzichtet hatte, der sich von allen außer mir hatte beeinflussen lassen. Ich sah dich in Gesellschaft genau der Person, die dich in jenem unglückseligen Jahr beraten hatte. Ich hatte keinen Grund zu glauben, daß sie an Autorität verloren hatte. Die Macht der Gewohnheit mußte berücksichtigt werden.« – »Ich hätte gedacht«, sagte Anne, »daß mein Benehmen dir gegenüber dir vieles davon oder alles erspart hätte.« – »Nein, nein. Dein Benehmen entsprang vielleicht ja nur der Gelassenheit, die dir die Verlobung mit einem anderen Mann gab. In *der* Überzeugung habe ich dich verlassen. Und trotzdem – ich war entschlossen, dich wiederzusehen. Mein Mut kehrte mit dem nächsten Morgen zurück, und ich fand, daß ich immer noch Grund hatte, hierzubleiben. Die Nachricht des Admirals war ein wirklicher Rückschlag; von dem Augenblick an hatte ich mich entschlossen, was zu tun war, und wäre sie bestätigt worden, so wäre dies mein letzter Tag in Bath gewesen.«

Sie konnten sich all dies ungestört und mit nur gelegentlichen Unterbrechungen, die den Zauber ihrer Unterhaltung noch erhöhten, erzählen; und es gab an dem Abend wohl kaum zwei Menschen in Bath, die gleichzeitig auf so besonnene und so überschwengliche Weise glücklich waren wie die zwei auf dem Sofa in Mrs. Crofts Wohnzimmer in der Gay Street.

Kapitän Wentworth war darauf bedacht gewesen, den Admiral zu treffen, als er nach Hause zurückkehrte, um ihn über Mr. Elliot und Kellynch zu beruhigen; und die taktvolle Gutmütigkeit des Admirals hielt ihn davon ab, Anne gegenüber noch ein einziges Wort über das Thema zu verlieren. Er war ganz besorgt, sie womöglich durch die Anspielung auf einen empfindlichen Punkt zu verletzen – wer konnte es wissen? Vielleicht mochte sie ihren Vetter lieber als er sie; und wirklich, wenn er es recht bedachte, hätten sie so lange gewartet, wenn sie überhaupt hätten heiraten wollen?

Gegen Ende des Abends war der Admiral vermutlich von seiner Frau aufgeklärt worden, deren besonders freundliche Art beim Abschied Anne die angenehme Gewißheit gab, daß sie verstand und zustimmte.

Was für ein Tag für Anne! Was war in den Stunden, seit sie Camden Place verlassen hatte, alles geschehen! Sie war beinahe verwirrt – fast zu glücklich, wenn sie zurücksah. Sie mußte mindestens die halbe Nacht aufbleiben und den Rest wachliegen, um ihren gegenwärtigen Zustand auch nur einigermaßen zu begreifen, und für das Übermaß an Glückseligkeit mit Kopfschmerzen und Übermüdung zahlen.

Anmerkungen

1 Der Roman spielt im Südwesten Englands. Somersetshire ist die Grafschaft südlich von Bristol. Später verlagert sich das Geschehen nach Lyme Regis, dem kleinen Badeort an der Südküste, und nach Bath, dem südöstlich von Bristol gelegenen Modebad des 18. Jahrhunderts mit den einzigen heißen Quellen Englands.
Zum Verständnis der Handlung ist noch die Kenntnis folgender Gepflogenheiten der Zeit um 1800 nötig:
Als Vormittag (*morning*) wurde die Zeit bis zum Dinner, der warmen Hauptmahlzeit des Tages, zwischen etwa 16 und 18 Uhr bezeichnet.
Bei mehreren Kindern wurden jeweils der älteste Junge und das älteste Mädchen mit Mr. bzw. Miss und dem Nachnamen angesprochen; bei den jüngeren Geschwistern wurde der Vorname hinzugefügt, es sei denn, dem Sprecher waren die älteren Geschwister unbekannt. Daher ist z. B. Elizabeth Elliot »Miss Elliot«, aber Anne Elliot »Miss Anne Elliot« oder »Miss Anne«.

2 »Tattesall (fälschlich Tattersall), Sammelpunkt für die Freunde des Sports in London, hat seinen Namen von Richard Tattesall, Training-groom des Herzogs von Kingston, welcher 1795 an der südwestlichen Ecke des Hydeparks ein Etablissement zur Ausstellung und zum Verkauf von Pferden begründete. Durch den Enkel Tattesalls wurde das sehr erweiterte Etablissement 1865 verlegt. [. . .]« (*Meyers Konversations-Lexikon*, 16 Bde., Leipzig ^{4}1885–90, Bd. 15, S. 534.)

3 Der Friede von Paris am 30. Mai 1814, der den Krieg zwischen den Alliierten (darunter England) und Frankreich beendete. Auf Ereignisse des Krieges gegen Napoleon wird im Verlauf des Buches gelegentlich hingewiesen, so auf die Seeschlacht von Trafalgar (Oktober 1805), bei der die Engländer unter Nelson die französische Flotte vor der Westküste Spaniens vernichteten, und auf den britischen Sieg vor Sto. Domingo in der Karibik (Februar 1806).

4 Die englische Flotte war in drei Flottillen aufgeteilt, die die Farben rot, weiß und blau hatten.

5 Eine Gig ist ein leichter, zweirädriger Einspänner. Später wird eine Barouche erwähnt, ein eleganter Viersitzer.

6 Der Cobb ist eine lange in die See hinausragende Pier, die schon

aus dem 17. Jahrhundert stammt und in ganz England berühmt ist. In der Gegenwartsliteratur hat John Fowles ihn in seinem Roman *The French Lieutenant's Woman* wieder als Schauplatz verwandt.

7 Anne und Kapitän Benwick sind literarisch ganz up to date: Walter Scotts (1771–1832) historische Verserzählungen *Marmion* und *The Lady of the Lake* waren 1808 und 1810 erschienen und Lord Byrons (1788–1824) orientalische Erzählgedichte *The Giaour* und *The Bride of Abydos* erst unmittelbar vor der Romanhandlung, nämlich 1813 und 1814. Beide Autoren repräsentieren den damals modernen romantischen Geschmack, und bei Byrons Gedichten ist zudem tragische Liebe im Spiel, die Benwick besonders nahegeht. – Das spätere Zitat »Tiefe blaue See« stammt aus der ersten Zeile von Byrons Verserzählung *The Corsair* (1814):

»O'er the glad water of the dark blue sea«.

8 In Matthieu Priors (1664–1721) kurzer historischer Verserzählung *Henry and Emma. A Poem. Founded on the Ancient Ballad of the Nut-Brown Maid* (1708) prüft Henry die Treue seiner Emma zuletzt dadurch, daß er ihr erzählt, er habe eine Schönere und Jüngere gefunden, worauf sie sich bereit erklärt, dieser neuen Geliebten zu dienen. Da erkennt Henry ihren Wert. Anne möchte also ihre Liebe zu Kapitän Wentworth nicht ganz so weit treiben, daß sie Louisa dient.

9 Zu den Adressen in Bath vgl. die Karte von Bath in: Jane Austen, *Kloster Northanger*, Stuttgart 1981, S. 294 f. (Reclams Universal-Bibliothek, 7728[4].)

10 Ein von der Forschung bisher nicht identifiziertes Zitat.

11 In Fanny Burneys Roman *Cecilia* (1782), 4. B., 2. Kap., gesteht Miss Larolles im Gespräch mit Cecilia nach einem Konzert, daß sie beim Tanz am Abend vorher am Ende einer Bank gesessen habe, um die Aufmerksamkeit einiger umherwandelnder Herren zu erregen – aber erfolglos.

12 Eine Anspielung auf die Rahmenhandlung der orientalischen Märchensammlung *Die Erzählungen aus den Tausendundein Nächten*: Scheherazade entgeht ihrer Hinrichtung von Tag zu Tag dadurch, daß sie jede Nacht dem König ein Märchen erzählt und an einer so spannenden Stelle aufhört, daß er die Geschichte am nächsten Abend weiterhören möchte.

13 Vgl. zu diesem von der Autorin gegen Kapitel 22 und 23 ausgetauschten Kapitel im Nachwort S. 313–315.

Literaturhinweise

Die englische Standardausgabe von »Persuasion«

The Novels of Jane Austen. Ed. R. W. Chapman. Vol. 5: Northanger Abbey and Persuasion. London: Oxford University Press, [3]1933. [Mehrfach nachgedruckt, zuletzt 1988.]

Literatur zu »Persuasion«

Babb, H. S.: Jane Austen's Novels. The Fabric of Dialogue. Ohio: State University Press, 1962. [Über *Persuasion*: S. 203–243.]

Bush, D.: Jane Austen. London/Basingstoke: Macmillan, 1975. [Über *Persuasion*: S. 168–186.]

Holznagel, S.: Jane Austens »Persuasion« und Theodor Fontanes »Der Stechlin«. Eine vergleichende morphologische Untersuchung. Bonn: Bouvier, 1956.

Liddell, R.: The Novels of Jane Austen. London: Allen Lane, 1974. (Erstausg. 1962.) [Über *Persuasion*: S. 118–137.]

Mansell, D.: The Novels of Jane Austen. An Interpretation. London/Basingstoke: Macmillan, 1973. [Über *Persuasion*: S. 185 bis 221.]

Mudrick, M.: Jane Austen. Irony as Defence and Discovery. Berkeley / Los Angeles / London: University of California Press, 1974. (Erstausg. 1952.) [Über *Persuasion*: S. 207 bis 240.]

Nardin, J.: Those Elegant Decorums. The Concept of Propriety in Jane Austen's Novels. Albany: State University Press, 1973. [Über *Persuasion*: S. 129–154.]

Pinion, F. B.: A Jane Austen Companion. A Critical Survey and Reference Book. London/Basingstoke: Macmillan, 1973. [Über *Persuasion*: S. 123–130.]

Roberts, W.: Jane Austen and the French Revolution. London/Basingstoke: Macmillan, 1979.

Southam, B. C. (ed.): »Northanger Abbey« and »Persuasion«. A Casebook. London/Basingstoke: Macmillan, 1976.

Tave, S. M.: Some Words of Jane Austen. Chicago/London: University of Chicago Press, 1973.

Nachwort

»Her circle may be restricted, but it is complete. Her world is a perfect orb, and vital.«

George H. Lewes (1817–78)
über Jane Austen

1

Persuasion ist der letzte von Jane Austens sechs Romanen. Sie schrieb daran von Mitte 1815 bis Mitte 1816, glättete dann den Text, arbeitete den Schluß völlig um (s. Abschn. 4) und konnte im März 1817 einer ihrer Nichten berichten, sie habe etwas zur Veröffentlichung fertig, was in etwa einem Jahr erscheinen solle. Aber als die Autorin diesen Brief schrieb, war sie schon unheilbar krank und hatte nur noch vier Monate zu leben. Das Erscheinen des Romans hat sie nicht mehr erlebt. Sie starb am 27. Juli 1817 im Alter von nur 42 Jahren. *Persuasion* wurde zusammen mit *Northanger Abbey* postum erst 1818 herausgegeben.

Die Heldin des Buches, Anne Elliot, hat in den letzten Jahrzehnten in der englischen und amerikanischen Literaturforschung unter anderem deshalb viel Aufmerksamkeit gefunden, weil sie so anders ist als die weiblichen Hauptgestalten der fünf früheren Romane Jane Austens. Während Anne und Elizabeth Bennet in *Pride and Prejudice*, Elinor und Marianne Dashwood in *Sense and Sensibility*, Fanny Price in *Mansfield Park*, Emma Woodhouse in *Emma* und Catherine Morland in *Northanger Abbey* um die zwanzig, zum Teil sogar erst siebzehn Jahre alt sind, geht Anne Elliot auf die Dreißig zu. Sie ist siebenundzwanzig Jahre alt, hat ihren jugendlichen Charme verloren und resigniert. Während in den anderen Romanen das Handlungszentrum die erste und einzige große Liebe der Heldin bildet, hat Anne diese schon lange hinter sich. Die vor acht Jahren eingegangene Verlobung hat sie nach wenigen Monaten aufgelöst, weil ihre adelsstolze Familie und ihre mütterliche Freundin Lady Russell, die ebenfalls »Vorurteile in Fragen des Standes« (Kap. 2) hat, den unvermögenden bürgerlichen jungen Marineoffizier Wentworth für eine Tochter von Sir Walter Elliot aus altem englischen Adel nicht akzeptierten und mit ihrer »unbilligen Überredung« (im Original unübersetzbar *over-persuasion*), den geliebten Mann aufzugeben – worauf sich der Titel des Buches vor allem bezieht – Erfolg hatten. Anne hat sich ihrem Urteil gebeugt, aber die ihrer Überzeugung und ihrer Liebe widersprechende Nachgiebigkeit bitter bereut. Sie hat einen ihr zwei Jahre später von einem anderen Mann gemachten Heiratsantrag abgelehnt, sich schweren Herzens mit ihrem Schicksal abgefunden und geht nun einem trostlosen, einsamen Alter entgegen.

Während also die anderen Heldinnen Jane Austens das Leben *vor* sich haben, scheint es *hinter* Anne Elliot zu liegen. An einer Kleinigkeit wird dieser Unterschied besonders greifbar. Die jungen Protagonistinnen der anderen fünf Romane tanzen liebend gern, wobei eine ältere Dame die Musik macht; ja, der Tanz hat für die Begegnung mit dem geliebten Mann in mehreren Werken eine besondere Bedeutung, so der Ball zu Ehren von Fanny Price in *Mansfield Park* (Kap. 28), Elizabeth Bennets ironisches Wortgeplänkel mit Darcy beim Tanz in *Pride and Prejudice* (Kap. 18) oder Catherine Morlands erster Tanz mit Henry Tilney, der sie mit seiner gespielten Geckenhaftigkeit verwirrt, in *Northanger Abbey* (Kap. 3). In *Persuasion* aber ist es Anne Elliot, die am Klavier sitzt und spielt, während ihre Schwester und ihre Schwägerinnen sich beim Tanzen amüsieren:

> »Der Abend endete mit Tanz. Als der Vorschlag gemacht wurde, bot Anne wie üblich ihre Dienste an, und obwohl sich ihre Augen gelegentlich mit Tränen füllten, als sie am Instrument saß, war sie erleichtert, beschäftigt zu sein, und wünschte sich zur Belohnung nichts, als unbeobachtet zu bleiben« (Kap. 8).

Anne weint, weil der immer noch geliebte Kapitän Wentworth, von dem sie annehmen muß, daß sie seine Achtung verloren hat, mit unter den Tanzenden ist. Er fragt seine Partnerin, ob Anne denn nie tanze, und muß hören, daß sie es ganz aufgegeben habe – sie wird nicht mehr zur Jugend gezählt und zählt sich selbst nicht mehr dazu.
Anders als die anderen Romane beginnt *Persuasion* also damit, daß die Heldin intensiv leidet. Sie ist um ihre Liebe betrogen, ihre Schönheit ist früh verblüht, und ihr Vater und ihre ältere Schwester betrachten sie nur als unliebsames Anhängsel, weil sie einem Schönheitskult huldigen und Menschen geringschätzen, deren Äußeres ihrem überkritischen Auge nicht standhält. Da die Elliot-Schwestern anders als Jane und Elizabeth Bennet in *Pride and Prejudice* und Elinor und Marianne Dashwood in *Sense and Sensibility* sich nicht gut verstehen, ist Anne zudem mit ihrem Kummer ganz allein. Ihre ältere Schwester ist kalt und hochmütig und ihre jüngere egoistisch und wehleidig. Die eine zieht eine recht ordinäre und durchtriebene geschiedene Frau ihrer eigenen Schwester vor, und die andere benutzt sie nur als eine Art Haushaltshilfe und Kindermädchen. Anne hat allen Grund, ihre Schwägerinnen Henrietta und Louisa Musgrove um ihr ungetrübtes Einvernehmen zu beneiden.
A. W. Letz (s. Literaturhinweise: Southam) hat in der Einsamkeit Anne Elliots einen dem modernen Leser besonders zugänglichen Aspekt von *Persuasion* gesehen:

> »Man könnte aus *Persuasion* eine Liste von Begriffen zusammenstellen, die den Roman wie ein Lehrbuch der modernen Soziologie klingen lassen: Sich Auseinanderleben, Gefangensein, Entfremdung, Entfernung.«

Der Ton dieses Romans ist daher insgesamt, bedingt durch die melancholische Stimmung, die Anne Elliot umgibt, gedämpfter. Die Wehmut der unerfüllten Liebe liegt über dem größeren Teil des Buches, aber das bedeutet nicht, daß die Autorin darauf verzichtet, menschliche und gesellschaftliche Schwächen mit gewohnt spitzer Feder dem Gelächter oder dem Schmunzeln des Lesers preiszugeben. Es wimmelt von grotesken Charakteren und Situationen.

Das schönste Beispiel für dieses Karikieren scheint mir die Geschichte vom toten Sohn der Musgroves zu sein, der als Taugenichts, solange er lebte, ein Alptraum der Familie war, aber nach seinem Tod von seiner korpulenten Mutter zu einem Helden verklärt wird. Vor allem die Szene, in der sich Mrs. Musgrove bei Williams früherem Kommandanten Wentworth ausweint, zeigt Jane Austen von ihrer bissigsten Seite, wobei sie aber zugleich Annes Unbehagen über die Nähe des Kapitäns einfängt:

> »Sie saßen tatsächlich beide auf demselben Sofa, denn Mrs. Musgrove hatte bereitwillig Platz für ihn gemacht – sie waren nur durch Mrs. Musgrove getrennt. Es war allerdings keine unerhebliche Barriere. Mrs. Musgrove war von gemütlichem, beträchtlichem Umfang, von der Natur viel eher dazu bestimmt, Heiterkeit und gute Laune auszustrahlen als Zärtlichkeit und Gefühl; und da man darauf vertrauen darf, daß die Erregung in Annes schlanker Gestalt und nachdenklichem Gesicht dadurch vollständig abgeschirmt war, muß man Kapitän Wentworth etwas zugute halten für die Selbstbeherrschung, mit der er ihren herzzerreißenden, fetten Seufzern über das Schicksal eines Sohnes zuhörte, für den sich zu seinen Lebzeiten niemand interessiert hatte.
> Körperlicher Umfang und seelischer Schmerz stehen natürlich nicht unbedingt in einem bestimmten Verhältnis zueinander. Eine umfangreiche, üppige Figur hat das gleiche Recht auf tiefen Seelenschmerz wie das graziöseste Ensemble von Gliedern. Aber, ob recht und billig oder nicht, es gibt unvorteilhafte Kombinationen, für die sich der Verstand vergeblich einsetzt – die der Geschmack nicht dulden kann – die der Lächerlichkeit zum Opfer fallen« (Kap. 8).

Dem melancholischen Seelenzustand Annes zu Anfang des Buches entsprechen die herbstliche Stimmung in der Natur, der »Anblick des letzten herbstlichen Lächelns, das auf rostbraunen Blättern und verwelkten Hecken liegt«, und der traurige Abschied von Kellynch, dem stolzen alten Familiensitz, der der Verschwendungssucht Sir Walters zum Opfer fällt. Anne selbst spricht »von der passenden Analogie zwischen dem sich neigenden Jahr und dem sich neigenden Glück«, als sie in Gedanken Herbstgedichte rezitiert. Der Umzug der Familie nach Bath, der Anne traurig stimmt und dem sie ohne jedes Gefühl der Erwartung, ja mit Widerwillen entgegenblickt, auch wenn sie die finanzielle Notwendigkeit dazu einsieht, spiegelt offenbar Jane Austens eigene Vorbehalte gegen die Übersiedlung ihrer eigenen Familie in den modischen Kurort, wo die Autorin von 1802 bis 1806 ungern lebte.

2

Hier läßt sich ein erstes autobiographisches Element des Romans greifen. Da Anne Elliot reifer ist als ihre Vorgängerinnen, hat die Forschung immer wieder ihre größere Nähe zur Autorin selbst, die autobiographische Dimension dieser Gestalt betont. Anne sei älter und habe resigniert, weil ihre Autorin selbst älter geworden sei und resigniert habe. Hinter der Beziehung zwischen der Heldin und Kapitän Wentworth verberge sich eine eigene Liebeserfahrung der Verfasserin, der diese entgegen der Wirklichkeit allerdings im Roman ein *happy ending* gegeben habe. Dies sei der Grund, weshalb Anne Elliot mit besonderer Innigkeit gezeichnet, ihr Leiden so tief empfunden erscheine. Aber eine so persönliche Deutung hat ihre Gefahren. Zwar gibt es Anzeichen, daß Jane Austen etwa 1801 einen geliebten Mann durch den Tod verlor; man weiß, daß sie 1802, als sie so alt war wie ihre Heldin, den Heiratsantrag eines sechs Jahre jüngeren Mannes erst annahm und dann am nächsten Morgen widerrief, aber das Biographische ist zu schlecht dokumentiert, als daß die Nachwelt über das Spekulieren hinauskäme und mit einiger Sicherheit vom Leben der Schriftstelle-

rin auf das Schicksal ihrer Heldin oder umgekehrt schließen könnte. Ihre Schwester Cassandra hat ihre Briefe, die nahezu einzige unmittelbare Informationsquelle über sie, nach ihrem Tod zensiert, indem sie alles zu Persönliche daraus entfernt hat; und die beiden von Familienmitgliedern stammenden Erinnerungsbücher wurden in viktorianischer Zeit geschrieben und haben alles damals für prekär gehaltene private Wissen über Jane Austen eher bewußt im dunkeln gelassen als aufgedeckt. 1867 schrieb ihre Nichte Caroline Austen ihr »Memoir« *My Aunt Jane Austen*, das erst 1952 gedruckt erschien; und 1870 veröffentlichte ihr Neffe James Austen-Leigh sein *Memoir of Jane Austen*. Beide hätten, wenn die Diskretion und Prüderie ihrer Zeit es ihnen erlaubt hätte, der Nachwelt sicher unschätzbares Material über ihre damals schon berühmte Tante überliefern können; sie hatten sie noch selbst gekannt – Caroline war zwölf, James neunzehn, als Jane Austen starb – und waren wohl auch mit den Familientraditionen und -geheimnissen vertraut, denn Cassandra Austen starb erst 1845, und der letzte Bruder, Sir Francis Austen, lebte noch bis 1865.
Es gibt einen weiteren Grund, warum es ratsam erscheint, den neuen Typ von Heldin, den Anne Elliot darstellt, nicht zu sehr vom Biographischen her zu interpretieren. Die drei Romane, die Jane Austen nicht schon als junges Mädchen konzipierte, sondern erst unmittelbar vor ihrer Veröffentlichung ausarbeitete – *Mansfield Park* (geschr. 1813, ersch. 1814), *Emma* (geschr. 1814, ersch. 1815 mit Druckdatum 1816) und *Persuasion* (geschr. 1815/16, ersch. 1818) – wurden allesamt innerhalb von wenig mehr als drei Jahren geschaffen. Es erscheint daher nicht sehr überzeugend, daß während dieser wenigen Jahre in der Autorin so wesentliche seelische Veränderungen vorgegangen sein sollen, und diese Vermutung wird durch ihren nächsten literarischen Plan bestätigt. Als sie *Persuasion* beendet hatte, begann sie trotz ihrer Krankheit im Januar 1817 einen neuen Roman, an dem sie noch bis Mitte März arbeiten konnte. Die ersten zwölf Kapitel, die 1870 in Auszügen und 1925 unter dem Titel

Sanditon vollständig veröffentlicht wurden, waren, wenn auch nicht in endgültiger Fassung, abgeschlossen. Die Heldin dieses neuen Buches aber, Charlotte Heywood, ist zweiundzwanzig Jahre alt, also wieder erheblich jünger als Anne Elliot, und auch die beiden anderen bald eingeführten jungen Damen, deren Liebeserlebnisse sicher im Laufe der Handlung eine wesentliche Rolle gespielt hätten, Clara Brereton und Esther Denham, sind nicht älter. Alle drei gehen, so scheint es, wieder ihrer ersten Liebe entgegen.

3

Zum Verständnis von *Persuasion* scheint es deshalb sinnvoll, über das Biographische hinauszugehen und den Roman selbst zu befragen. Anne Elliot ist ein neuer, älterer Typ von Heldin, weil der Roman ein Thema behandelt, das diese größere Reife erfordert; und dieses Thema wird in Kapitel 4 deutlich ausgesprochen:

> »Man hatte ihr in ihrer Jugend *Lebensklugheit* aufgezwungen; was *romantische Liebe* bedeutet, begriff sie erst, als sie älter wurde – die natürliche Entwicklung eines unnatürlichen Anfangs.«

In dieser Umkehrung des Verhältnisses von Lebensklugheit und Liebe und der sich daraus ergebenden Handlungsentwicklung sind Reife und Leiden Anne Elliots als Voraussetzung angelegt. *Persuasion* ist die Geschichte der unerwarteten seelischen Wiedererweckung der Heldin durch das zufällige Wiederauftauchen ihres ehemaligen Verlobten in ihrem Leben. Dadurch findet ihre scheinbar längst beendete Liebesgeschichte eine Fortsetzung, die das ursprüngliche Glück noch übertrifft und mit der Heirat des alten-neuen Paares abschließt:

> »Dort kehrten sie noch einmal, vielleicht bei ihrer Wiedervereinigung von noch vollkommenerem Glück beseelt, als sie sich ursprünglich ausgemalt hatten, in die Vergangenheit zurück, zärtlicher, erprobter, unerschüt-

terlicher in der wechselseitigen Kenntnis ihres Charakters, ihrer Überzeugung und ihrer Zuneigung; dem Handeln eher gewachsen und eher berechtigt zu handeln« (Kap. 23).

Die langsame Wiederannäherung der Entlobten angesichts vieler eingebildeter und wirklicher Hindernisse wird aus der weiblichen Perspektive Annes Schritt für Schritt mit dem für Jane Austen charakteristischen Einfühlungsvermögen gezeichnet, bei dem der Nachdruck auf der subtilen Darstellung innerer Vorgänge, nicht äußerer Ereignisse liegt. Wie die anderen Romane der Autorin ist auch dieser handlungsarm und auf Sensationen nicht erpicht. Das einzige aufregende Ereignis des Buches ist Louisa Musgroves Sturz vom Cobb in Lyme Regis, aber auch hier ist das Entscheidende nicht das Unglück selbst, sondern das Geschehen als Wendepunkt der Handlung und als psychologischer Kristallisationspunkt, in dem die Beteiligten ihre menschlichen Fähigkeiten enthüllen und Sinneswandlungen bewirkt werden. Die Haltung, die für den Sturz verantwortlich ist, und die Reaktionen darauf stehen zur Debatte. Das auf das Unglück folgende »lebende Bild«, in dem Wentworth am Boden kniet, Louisa im Arm hält und ausruft: »Will mir denn niemand helfen?«, hat deutlich Symbolcharakter für seine Lage, denn er fühlt sich Louisa gegenüber verpflichtet und weiß nicht, wie er sich aus der Bindung befreien soll. Nicht aufregende, sondern alltägliche Ereignisse bestimmen die Handlung. Ein abendliches Konzert, ein Spaziergang oder eine Dinnergesellschaft können zum Schauplatz seelischer Kämpfe und Entscheidungen, Hoffnungen und Enttäuschungen werden, wobei jeder Blick, jedes Wort, jede Geste Bedeutung tragen.
Auffällig ist bei dem Prozeß der Wiederannäherung der Liebenden die Veränderung, die mit Anne vorgeht. Äußerlich blüht sie wieder auf, innerlich gewinnt sie zunehmend an Selbstbewußtsein, und beides bedingt sich gegenseitig. Zu Anfang des Buches ist ihre Schönheit dahin, und auch

Kapitän Wentworth findet sie, wie ihre Schwester Mary ihr taktloserweise berichtet, so gealtert, daß er sie nach den Jahren der Abwesenheit kaum wiedererkannt hätte. Aber mehr und mehr nimmt nun ihre Umwelt, ohne die Ursache zu kennen, wahr, wie das Abgezehrte ihrer Gestalt verschwindet, wie ihre Wangen Farbe bekommen und ihre Augen wieder zu leuchten beginnen, so daß ihr Vetter in Lyme Regis, ohne zu wissen, wer sie ist, im bloßen Vorbeigehen von ihrer Ausstrahlung tief beeindruckt ist und sogar ihr Vater, sonst mit ihrem Aussehen immer unzufrieden, sie bei ihrer Ankunft in Bath auffällig verändert findet, »die Figur und die Wangen nicht mehr so mager, ihre Haut, ihr Teint wesentlich verbessert – klarer, frischer«.
Allerdings kann sich Sir Walter das höchstens dadurch erklären, daß sie ein wirksames kosmetisches Mittel benutzt, denn seelische Einwirkungen liegen außerhalb seines Begriffshorizonts. Gerade der Schönheitskult dieses vierundfünfzigjährigen Mannes mit immerhin drei erwachsenen Töchtern, dessen Ankleidekabinett voll von riesigen Spiegeln hängt, richtet ihn menschlich, weil er beweist, daß er völlig in Äußerlichkeiten befangen ist. Während bei Anne inneres Leiden und äußerer Verfall und umgekehrt neue Liebe und das Wiedergewinnen ihrer Schönheit Hand in Hand gehen und von ihrer harmonischen Persönlichkeit und der Tiefe ihres Empfindens zeugen, deutet die »herzlose Förmlichkeit ihres Vaters und ihrer Schwester«, die alterslose Makellosigkeit ihrer Züge und Erscheinung auf seelische Kälte hin. Sie kennen keine menschliche Anteilnahme, keine Liebe und kein Leiden, und daher kann ihnen die Zeit auch keine Wunden schlagen. Anders dagegen Annes innere Wandlung. Anfangs fürchtet sie sich vor jeder Begegnung mit Wentworth und zieht sich sofort zurück, wenn sie sich zufällig nahekommen. Zwischen ihnen herrscht Befangenheit. Sein Gespräch mit Louisa, das sie ungewollt belauscht und in dem er Nachgiebigkeit verurteilt und Standhaftigkeit als Voraussetzung einer erfolgreichen Liebe bezeichnet, scheint ihre Befürchtung zu bestätigen, daß er sie wegen der

Entlobung von vor acht Jahren ein für allemal verurteilt hat, ja, daß sie die einzige ist, die zu heiraten er sich nicht überwinden könnte. Aber die gegenläufige Bewegung hat schon begonnen. Sie nimmt wahr, wie er sie aufmerksamer zu beobachten beginnt, wie er sie verständnisvoll behandelt, etwa, wenn er sie von ihrem lästigen Neffen befreit oder darauf besteht, daß sie im Wagen nach Hause fährt, weil sie müde ist; und von ihrem Schwager hört sie, daß er anerkennend von ihr spricht. Als sie erfährt, daß er Louisa nicht liebt und diese sich mit Kapitän Benwick verlobt hat, beginnt sie mutiger zu werden und ergreift gegen Ende der Handlung geradezu die Initiative, um Wentworth zur Erklärung seiner Liebe zu veranlassen.

Aber wie *sie* zunächst von *ihm*, zieht *er* sich gegen Ende von *ihr* zurück, so daß beide gewissermaßen die Rollen tauschen, und in beiden Fällen ist ihr Verhalten von einer Mischung aus Rücksicht und Eifersucht bestimmt.

Dieser Konstellation entspricht die Teilung des Buches in zwei Teile, von denen der erste auf dem Lande und der zweite in Bath spielt. In der ersten Hälfte glaubt Anne, daß Wentworth Louisa heiraten werde und sie selbst lediglich aus der Distanz beobachtet und allenfalls schätzt. Wenigstens seine *Achtung* möchte sie wiedergewinnen, wenn sie schon seine *Liebe* durch ihre eigene Schuld für immer verloren hat. In der zweiten Hälfte der Handlung vermutet umgekehrt Kapitän Wentworth, daß sie ihren Vetter liebt und dieser ihr binnen kurzem einen Heiratsantrag machen wird. Beim abendlichen Konzert wird sich Anne darüber klar und beginnt nun entsprechend zu handeln. In der ersten Hälfte des Buches erscheint also Wentworth als der anderweitig Umworbene, in der zweiten Hälfte Anne.

Der Roman schildert aber nicht nur die »natürliche Entwicklung eines unnatürlichen Anfangs« bei dieser Liebe, sondern er nimmt dabei zugleich auch eine Neubewertung des unnatürlichen Anfangs vor, denn die mit der Trennung der Liebenden verbundenen Probleme und Entscheidungen werden in Handlungen und Gesprächen direkt oder indirekt gedeutet. So läßt Louisa Musgroves eigensinniger Sprung vom Cobb Annes Nachgiebigkeit gegenüber dem Druck ihrer Familie bei der Entlobung positiver erscheinen. Wentworth begreift, daß blinder Durchsetzungswille ebenso schlimme Folgen haben kann, und er erkennt gerade bei dieser Episode, als alle in ihrer Panik völlig hilflos und kopfscheu sind, daß Anne die einzige ist, die auch unter psychischem Druck den Kopf behält und vernünftige Entscheidungen fällen kann. An sie wendet er sich daher auch, um zu erfahren, was zu tun ist.

> »Anne fragte sich im stillen, ob es ihm wohl jetzt manchmal einfiel, sein früheres unumstößliches Urteil über die grundsätzliche Richtigkeit und Überlegenheit von Charakterstärke in Frage zu stellen; und ob er nicht manchmal einsah, daß sie wie alle anderen Eigenschaften ihr Maß und ihre Grenze haben sollte. Sie fand, daß er sich gelegentlich wohl kaum der Einsicht erwehren konnte, daß ein nachgiebiges Temperament manchmal ebenso sehr zum Glück beiträgt wie ein sehr entschlossener Charakter« (Kap. 12).

In diesem Zusammenhang wird auch die Frage diskutiert, ob eine Heirat ohne finanziell gesicherte Zukunft nicht bedenklich ist; werfen Kapitän Benwicks Verlobung mit Louisa nur acht Monate nach dem Tod seiner ersten Verlobten, William Elliots Bewerbung um Anne vor dem Ende seiner Trauerzeit für seine erste Frau die Frage auf, ob Männer oder Frauen intensiver lieben und länger treu sind. Das Gespräch, das Kapitän Harville und Anne darüber in Kapitel 23 führen, bildet den Höhepunkt des Themas. Anne spricht dabei, als Harville Beispiele für die Treulosigkeit der Frauen aus der Weltliteratur zitieren möchte, die höchst modernen, feministisch inspirierten Sätze:

> »[...] keine Anspielungen auf Beispiele aus Büchern, wenn ich bitten darf. Männer haben immer den Vorteil vor uns gehabt, daß sie ihre eigene Version erzählen

konnten. Sie haben die Vorzüge der Erziehung in viel größerem Maße genossen. Sie haben die Feder in der Hand gehabt. Bücher lasse ich als Beweismaterial nicht gelten.«

Ihre Versicherung:

»Den einzigen Anspruch, den ich für mein eigenes Geschlecht erhebe (und es ist kein beneidenswerter, Sie brauchen ihn nicht anzustreben), ist, daß wir länger lieben, wenn die Liebe oder die Hoffnung darauf verschwunden sind.«

gibt Wentworth den Mut, noch einmal um ihre Hand anzuhalten, was er in einer der zweifellos originellsten Liebeserklärungen der Weltliteratur tut. Während Anne sich mit Harville unterhält, hört er einen Teil des Gesprächs mit, ja, nimmt daran so selbstvergessen teil, daß die Feder seiner Hand entfällt, und bringt seinen Heiratsantrag zu Papier, den er Anne beim Verlassen des Zimmers hinlegt. So ist diese darauf angewiesen, seine Liebeserklärung zu lesen, während sie mit anderen Menschen im Raum ist und sich ihnen gleich darauf zuwenden muß – eine Szene von großer innerer Spannung, die sich erst löst, als das Paar endlich gemeinsam durch die Straßen von Bath geht und sich ausspricht.

4

Daß gerade diese Szene der neuen Besiegelung der alten Liebe die Autorin erhebliches Nachdenken gekostet hat, läßt sich an der Umarbeitung erkennen, der sie unterworfen wurde; und da es sich dabei um den einzigen Text Jane Austens handelt, zu dem eine frühere Fassung überliefert ist, kommt ihm als einem Blick in die Werkstatt der Künstlerin großes Gewicht zu. Aus diesem Grund ist das ausgeschiedene Kapitel in der vorliegenden deutschen Ausgabe des Romans mitübersetzt und -gedruckt worden.
Der Roman hatte ursprünglich statt 24 nur 23 Kapitel, die

übrigens, wie damals üblich, in zwei Bände aufgeteilt waren (der 1. Band endete nach Kapitel 12). Aber dann entschied sich die Schriftstellerin, das zweitletzte Kapitel durch zwei neue, also Kapitel 22 und 23, zu ersetzen, so daß die Liebeserklärung nun wesentlich anders und zweifellos spannender und gelungener stattfindet. Das letzte Kapitel blieb unverändert.

Schon der Schauplatz für die entscheidende Begegnung zwischen dem Paar wird von der Autorin verändert. In der ersten Version treffen beide in der Wohnung von Admiral Croft unerwartet aufeinander, in der zweiten in der von Mrs. Musgrove, und damit ändert sich zugleich der ganze menschliche Rahmen. Dort waren Anne und Wentworth mit Unterbrechungen durch das Ehepaar Croft von Anfang an allein. Eine direkte, von Admiral Croft veranlaßte Frage über den Mietvertrag von Kellynch zwingt Anne zu dem Geständnis, daß mit einer Heirat zwischen ihr und ihrem Vetter nicht zu rechnen ist. Dadurch wird der Weg für Wentworth frei, seine Liebe zu gestehen, wodurch die Spannung der Szene zu Ende ist. Man kann vermuten, daß unter anderem die dialogische Darstellung der ersten Minuten des Alleinseins des Paares nach dem Geständnis Jane Austen dazu veranlaßt hat, die Szene umzuschreiben, denn der intime Moment des wechselseitigen Liebesbekenntnisses wirkt etwa gegenüber dem Gartenspaziergang von Emma und Mr. Knightley in *Emma* künstlich und gesucht. Im Hotel der Musgroves aber sind die Liebenden nicht allein, sondern umgeben von anderen Menschen. Statt Alleinsein nun Gesellschaft und belebte Straßen – die reife, erfahrene Liebe zwischen Anne und dem Kapitän wird nicht in der Einsamkeit, sondern gewissermaßen in der Öffentlichkeit besiegelt – auch das eine Neuheit in Jane Austens Werk.

Die Entscheidung wird nun hinausgezögert, so daß Annes seelische Spannung dem Leser intensiver nahegebracht werden kann. Nur indirekt kann Wentworth aus Annes Desinteresse an Mr. Elliot schließen, daß sie ihn nicht liebt und heiraten wird; und daraufhin spricht er sie zum erstenmal seit ihrer Wiederbegegnung auf die gemeinsame Vergangenheit an, was Anne Gelegenheit gibt, ihm mit dem Satz »So sehr habe ich mich nicht verändert« den Zustand ihres Herzens mitzuteilen und ihm Ermutigung zu geben. Seine kryptische Antwort »Ja, es ist eine lange Zeit, achteinhalb Jahre sind eine lange Zeit!« läßt noch einmal alles offen. Sie werden von der Gesellschaft getrennt; Henrietta spricht Anne an; noch einmal erscheinen gewissermaßen wie eine Drohung Sir Walter und Elizabeth und bringen durch ihren Hochmut das zwanglose Zusammensein zum Erstarren. Ein Tag vergeht, ein neues Kapitel beginnt. Wieder sind Anne und Wentworth im Hotel der Musgroves in der Gesellschaft anderer, wieder entwickelt sich die Spannung der Ungewißheit. Nun wird Anne von Kapitän Harville in das lange Gespräch verwickelt, das Wentworth endgültigen Aufschluß über ihren Seelenzustand und ihre menschliche Reife gibt.

Aber selbst seine briefliche Liebeserklärung hebt die Spannung noch nicht auf, weil Anne keine Gelegenheit hat, unmittelbar darauf zu antworten. Beide sind durch die Gesellschaft, in der sie sich befinden, daran gehindert, sich direkt miteinander zu verständigen. Jane Austen hat wohl selbst empfunden, wie flach und kurz die erste Fassung war. Zu wieviel mehr Anteilnahme fordert den Leser dagegen die zweite Fassung mit Annes Ungewißheit und Wentworths Zögern heraus. Sie bringt noch einmal nahezu alle Personen des Romans auf engstem Raum zusammen und löst die ganze Episode wesentlich stärker in Handlung und Dialog auf. Was zwischen den Liebenden vorgeht, geschieht schweigend und auf Umwegen. Der neue Weg, den Jane Austens Phantasie gegangen ist, ist zweifellos der bessere gewesen. Daß Teile der ursprünglichen Fassung mit der endgültigen wörtlich oder nahezu wörtlich übereinstimmen, war bei der Übersetzung beider Texte natürlich zu berücksichtigen.

5

Die soziale Einbettung und Bewertung der Liebesgeschichte ist in keinem anderen Roman Jane Austens so eindeutig. In *Persuasion* stehen sich zwei Welten gegenüber, zwischen denen die Heldin Anne sich entscheiden muß: die des dekadenten Adels ihrer eigenen Familie und die der Marineoffiziere, die bürgerlicher Herkunft sind, aber durch den im Krieg erworbenen Reichtum nun soziale Ansprüche stellen können und in ihrem Lebensstil mit dem Adel zu konkurrieren beginnen. Gesellschaftliche Umschichtungen finden statt, und es hat wohl mit ihrer präzisen Erfassung zu tun, daß die Autorin gerade in diesem Roman das Handlungsjahr genau benannt hat, das in den anderen Romanen höchstens indirekt erschlossen werden kann, aber nicht so wichtig ist. Schon auf der ersten Seite von *Persuasion* erfährt der Leser eine Fülle von Daten aus der Familiengeschichte der Elliots, und noch im selben Kapitel wird die Zeit des Handlungsbeginns bezeichnet: Sommer 1814. Ende September ziehen die Crofts in Kellynch ein; Mitte Februar 1815 haben sich Anne und Wentworth wiedergefunden. Die Handlung dauert also etwa ein halbes Jahr.

Diese Jahre 1814 und 1815 bedeuten für England das siegreiche Ende des zwanzigjährigen Krieges gegen Frankreich, das den größten Teil dieser Zeit unter der Herrschaft Napoleons stand. Die bedeutendsten Erfolge in dieser Auseinandersetzung erzielte Großbritannien auf dem Meer. Die Seeschlachten von Abukir (1798) und Trafalgar (1805) sind stolze Daten der englischen Geschichte, und es gelang Napoleon nie, die souveräne englische Seeherrschaft zu brechen. Die Engländer blockierten die französischen Häfen, kaperten reihenweise französische Schiffe, und sowohl den atlantischen Seeweg nach Amerika als auch den indischen nach Asien hatten sie immer fest in der Hand. Cecil Scott Forester (1899–1966) hat der englischen Marine dieser Zeit mit seiner Romanfolge über den Aufstieg Horatio Hornblowers vom Kadetten zum Admiral und Lord ein literarisches Denkmal gesetzt, aber es ist nicht falsch zu behaupten, daß ihm Jane Austens *Persuasion* darin vorangegangen ist, denn der Schlußsatz des Buches gestattet es durchaus, es als Loblied auf die englische Marine der napoleonischen Zeit zu lesen. Auf der Kriegsmarine beruhte die englische Überlegenheit im Kampf gegen den französischen Kaiser. Admiral Nelson galt vor Wellington als der größte Kriegsheld Englands, und durch seinen frühen Tod bei Trafalgar wurde er zum Mythos. Da *Persuasion* ein Zeitroman ist, der in der unmittelbaren Gegenwart des Lesers spielt, muß die Darstellung der Marineoffiziere vor diesem Hintergrund nationalen Stolzes gesehen werden.

Jane Austen, zu deren literarischem Selbstverständnis es gehörte, über nichts zu schreiben, was ihren eigenen Erfahrungshorizont überstieg, brachte die nötigen Kenntnisse dafür mit, denn ihre beiden jüngsten Brüder, Francis (1774–1865) und Charles (1779–1852), waren schon als Jungen Marinekadetten geworden und brachten es im Laufe der Zeit beide bis zum Admiral. In den Napoleonischen Kriegen waren sie mit Unterbrechungen lange Jahre auf See und befehligten verschiedene Schiffe. Von ihnen erfuhr Jane Austen das Leben und Denken in der Marine aus erster Hand. Der Marinekalender, den die beiden Musgrove-Schwestern in ihrer Schwärmerei für Kapitän Wentworth so eifrig studieren, war der Autorin sicher bestens vertraut, und Charles Austen hat nach ihrem Tod gesagt, er habe wohl mit einigen Charakterzügen Pate für die Gestalt Kapitän Harvilles gestanden.

Die Marineoffiziere in *Persuasion* verdanken Ansehen und Wohlstand ihrer eigenen Leistung, einem gefahrvollen Beruf, der männliche Tugenden und persönlichen Einsatz erfordert. Auch ihre Frauen sind innerlich freie, menschlich reife Gestalten. Mrs. Croft trägt die von Seeluft und Sonne gegerbte Haut, die Sir Walter verabscheut, mit Stolz, denn sie hat ihren Mann, den Admiral, auf vielen Reisen in alle Teile der Welt begleitet; und Mrs. Harville ist eine energische, liebenswerte Frau. Das menschliche Verhalten der

Offiziere und ihrer Familien ist untadelig. Sie mögen es wie Admiral Croft gelegentlich an der ganz feinen Art, dem protokollgerechten Benehmen fehlen lassen, aber ihre spontane Rücksicht und Freundlichkeit ist weit schätzenswerter als die Förmlichkeiten, auf die man sich in den Adelskreisen so viel zugute hält. Mit großem Vergnügen beobachtet Anne in Bath immer wieder, wie das Ehepaar Croft, »ein höchst anziehendes Bild des Glücks«, »in glücklicher Unabhängigkeit« spazierengeht und Bekannte begrüßt. Kameradschaft, Hilfsbereitschaft und Verständnis stehen hoch im Kurs, und auch wenn Kapitän Wentworth eigentlich den Grundsatz befolgt, daß Frauen nicht aufs Schiff gehören, ist er immer bereit, dieses Prinzip zu durchbrechen, wenn ein Kamerad auf seine Hilfe angewiesen ist. Auch ihr ausgeprägter und untrüglicher Realitätssinn wird in einer kleinen Szene beleuchtet: Admiral Croft steht mit Anne vor einer Kunstdruckhandlung und amüsiert sich über einen Druck im Schaufenster, auf dem ein Schiff in völlig falschen Proportionen dargestellt ist, das niemals schwimmen könnte. Ist dies zugleich als Hinweis Jane Austens auf ihre eigene Kunsttheorie, als Kritik an dem zeitgenössischen Roman zu lesen?

Das Verhalten der Offiziere steht in scharfem Gegensatz zu dem Benehmen der Repräsentanten des Adels. Sir Walter, »ein törichter, verschwenderischer Baron«, steckt voller sozialer Vorurteile, mit denen er fast das Glück seiner zweiten Tochter zerstört hätte. Daß er zum niederen Adel gehört, macht seinen Snobismus um so unerträglicher. Er ist eitel und so unsinnig stolz darauf, einer uralten Familie anzugehören, daß er den »Gotha«, den Adelskalender, mit seiner Familiengeschichte immer offen liegen hat. Kein Wunder, daß er, wie sich bei seinem Umzug nach Bath herausstellt, von der Bevölkerung seines Dorfes nicht gerade verehrt wird. Die Abschiedsbesuche muß ohnehin Anne machen. Er ist mit nichts als seinem Äußeren und seinem Rang beschäftigt. Wer keinen Titel besitzt, erscheint ihm gewissermaßen nackt. Seine älteste Tochter steht ihm, was

den Standesdünkel anlangt, in nichts nach; und seine jüngste Tochter Mary, mit einem Bürgerlichen verheiratet, dessen wohlhabende Familie für Rangfragen wenig Sinn hat, der ärmeren Verwandtschaft gegenüber keinerlei Stolz zeigt und ihren Besitz solide verwaltet, ist ständig um ihr Renommee als Tochter eines Barons besorgt und versucht sogar, die ihrer Meinung nach unstandesgemäße Heirat ihrer Schwägerin mit Charles Hayter zu verhindern. Auch Annes mütterliche Freundin Lady Russell ist nicht frei von Standesdünkel, und ihr Vetter ist ein durchaus unwürdiger Vertreter seines Standes.
Aber Sir Walters Stellung in der Gesellschaft, auf die er so stolz ist, ist in Wirklichkeit durch den extravaganten Lebensstil, der seine Finanzverhältnisse zerrüttet hat, schon unterhöhlt. Anne weiß allzu gut, daß mit ihrer Familie kein Staat zu machen ist, und als sie Wentworth endlich heiraten kann, ist sie sich durchaus im klaren,

> »daß sie ihm keine Verwandtschaft zu bieten hatte, die einem vernünftigen Mann etwas bedeuten konnte. In dieser Hinsicht war sie sich ihrer Unterlegenheit empfindlich bewußt. Der Unterschied in ihrem Vermögen spielte keine Rolle; er beunruhigte sie nicht einen Augenblick; aber daß sie keine Familie hatte, die ihn angemessen aufnahm und zu schätzen wußte; keinerlei Ehrgefühl, Harmonie, Wohlwollen, um all die Wertschätzung und die Achtung und die spontane Herzlichkeit zu erwidern, die sie von seiner Verwandtschaft erfahren hatte, war eine so lebhafte Quelle des Schmerzes, wie ihn ein sonst ungetrübtes Glück ihr zu empfinden erlaubte« (Kap. 24).

Die bürgerlichen Marineoffiziere und die bürgerliche Familie Musgrove sind in diesem Roman ungleich sympathischer gezeichnet als der Adel, der an Einfluß und Bedeutung verliert. Anne aber wechselt von ihrer unwürdigen adligen Familie zu der neuen Schicht derer über, die sich um das Land durch den Einsatz ihres Lebens verdient gemacht haben. Während Sir Walter sein Vermögen verschwendete, hat Kapitän Wentworth seines angesammelt. Während der unvermögende junge Marineoffizier mit seinem Heiratsantrag auf die *Zukunft* setzt, ist der Baron in seinem Adelskalender mit der *Vergangenheit* beschäftigt. Während dieser seinen *Adels*kalender *allein* studiert, unterhält sich jener über seinen *Flotten*kalender *in Gesellschaft*. Sir Walters Zeit geht zu Ende, und so hat die Übernahme seines alten Familienbesitzes durch die Crofts symbolischen Charakter, weil sie Umschichtungen größeren Ausmaßes anzeigt.

In diesem Rahmen erscheint Wentworths und Annes Heirat als das Überwinden der bloßen Standes- und Vernunftehe, die das Denken von Annes aristokratischer Familie und Lady Russell bestimmt. Dort spricht man über Auf- und Abstieg, gute und schlechte Partien; über Glück und Liebe spricht man nicht. Anne aber bemerkt zu ihrem Schwager Charles Musgrove, wie froh sie ist, daß seine Eltern frei sind von gesellschaftlichen Vorurteilen und ihre Töchter nicht durch ihren eigenen Ehrgeiz ins Unglück treiben. Sie hat sich von den Fesseln ihrer sozialen Herkunft gelöst: »Es war ihr ganzer Stolz, die Frau eines Seemanns zu sein.«

Christian Grawe